Marion Zimmer Bradley, 1930 in Albany, New York, geboren, lebt heute mit ihrer Familie in Berkeley, Kalifornien. Internationale Berühmtheit erlangte sie vor allem mit ihren Science-fiction- und Fantasy-Romanen. Zu ihren berühmtesten Werken zählen die Romane um den König-Artus-Mythos: ›Die Nebel von Avalon‹, ›Die Wälder von Albion‹ und ›Die Herrin von Avalon‹.

Feuerschwester »Sword and Sorceress« – Frauen als Kämpferinnen und Zauberinnen, auch als Seherinnen und Heilerinnen – sind die traditionell großen Leitfiguren der von Marion Zimmer Bradley herausgegebenen ›Magischen Geschichten‹. Die Heldinnen durchmessen die Reihe von Feuer und Schwert, von Licht und Schatten, von Gut und Böse. Sie durchstreifen einsame Wälder, entrückte Gebirge oder öde Wüsteneien. Sie geben Beistand oder üben Rache, nichts Menschliches ist ihnen fremd.
In diesem Band versammelt die Herausgeberin wieder viele neue Geschichten für ihre große Fan-Gemeinde. »Ich glaube«, schreibt Marion Zimmer Bradley mit Stolz und bemerkenswertem Understatement in ihrem Vorwort, »daß man sich meiner – auch wenn meine eigenen Bücher einmal alle vergessen sein sollten – als einer Herausgeberin erinnern wird, die um ihr Leben gern neue Talente entdeckte. Und auch wirklich (...) unzählige entdeckt hat.«

Lieferbare Titel von Marion Zimmer Bradley im Fischer Taschenbuch Verlag: ›Die Nebel von Avalon‹ (Bd. 8222), ›Tochter der Nacht‹ (Bd. 8350), ›Die Feuer von Troia‹ (Bd. 10287), ›Lythande‹ (Bd. 10943), ›Luchsmond‹ (Bd. 11444), ›Die Wälder von Albion‹ (Bd. 12748) sowie die von Marion Zimmer Bradley herausgegebenen ›Magischen Geschichten‹: ›Schwertschwester‹ (Bd. 2701), ›Wolfsschwester‹ (Bd. 2718), ›Windschwester‹ (Bd. 2731), ›Traumschwester‹ (Bd. 2744), ›Zauberschwester‹ (Bd. 13311), ›Mondschwester‹ (Bd. 13312), ›Drachenschwester‹ (Bd. 13313) und ›Lichtschwester‹ (Bd. 13314); *in Vorbereitung:* ›Sternenschwester‹ (Bd. 13316).

Feuerschwester

Magische Geschichten IX

Herausgegeben von

Marion Zimmer Bradley

Aus dem Amerikanischen von
Wolfgang F. Müller

Fischer Taschenbuch Verlag

Deutsche Erstausgabe
Veröffentlicht im Fischer Taschenbuch Verlag GmbH,
Frankfurt am Main, Juli 1998

Die amerikanische Originalausgabe erschien 1992 unter dem Titel
›Sword and Sorceress IX‹ im Verlag DAW Books, Inc., New York
Copyright © Marion Zimmer Bradley 1992
Für die deutsche Ausgabe:
© Fischer Taschenbuch Verlag GmbH, Frankfurt am Main 1998
Gesamtherstellung: Clausen & Bosse, Leck
Printed in Germany
ISBN 3-596-13315-7

Inhalt

MARION ZIMMER BRADLEY Einleitung 7

TANYA BEATY Schwertsklavin 11
(Slave to the Sword)

BRUCE D. ARTHURS Schatten bluten nicht 22
(Shadows Do Not Bleed)

LYNNE ARMSTRONG-JONES Tierisch! 31
(Beastly!)

SUSAN HANNIFORD CROWLEY Flötchen 41
(Piper)

DIANA L. PAXSON Stoppstoß 49
(Stopthrust)

PHIL BRUCATO Elynne Drachenkind 72
(Elynne Dragonchild)

LISA DEASON Seelenbefreierin 89
(Freeing Souls)

JESSIE D. EAKER Messermeisterin 98
(Blademistress)

PATRICIA DUFFY NOVAK Das Tor der Zauberer 113
(Sorcerer's Gate)

ELISABETH WATERS Das Geburtstagsgeschenk 126
(The Birthday Gift)

LAURA J. UNDERWOOD Spinnwebgeflecht 136
(Tangled Webs)

STEPHANIE D. SHAVER Winterwald 151
(Winterwood)

JOSEPHA SHERMAN Rote Schwingen 155
(Red Wings)

ERIC HAINES Keinen Fuß auf der Erde 176
(Above the Ground)

MARK TOMPKINS   In einer Nacht wie jeder anderen   187
(On a Night Like Any Other)

MERCEDES LACKEY   Eine weibliche Waffe   191
(A Woman's Weapon)

MARY FREY   Hinter dem Wasserfall   211
(Behind the Waterfall)

STEVEN PIZIKS   Der Hort   228
(Hoard)

DOROTHY J. HEYDT   Die Totenkönigin   242
(Queen of the Dead)

DAVE SMEDS   Eine Blume, die nicht welkt   261
(The Flower that does Not Wither)

LINDA GORDON   Haben und halten   281
(To Have and To Hold)

LEE ANN MARTINS   Die Katalysatorin   286
(The Catalyst)

LESLIE ANN MILLER   Breschen schlagen   303
(Breaking Walls)

CYNTHIA L. WARD   Der Zauberfrosch   311
(The Enchanted Frog)

ROXANA PIERSON   Der Preis der Göttergabe   337
(The Price of the Gods)

SYNE MITCHELL   Tigerauge   345
(Tiger's Eye)

Einleitung

Zu meinen größten Freuden gehört es, ein neues Laster für mich zu finden, das weder moral- noch gesetzeswidrig ist – und nicht dick macht. Das Lesen, jedenfalls die Fantasy-Lektüre, fällt nach meiner festen Überzeugung in diese Kategorie. Ich lese schon seit etwa meinem siebten Lebensjahr wie eine Süchtige; natürlich vergesse ich neun Zehntel von allem, was ich lese, bald wieder; also muß alles, woran ich mich nach einem halben Jahrhundert noch erinnere, ganz und gar außergewöhnlich gewesen sein.

So werde ich zum Beispiel nie meinen Spaß an meinem ersten »Erwachsenenbuch« vergessen. Es war in normaler Schriftgröße gedruckt und ohne Illustrationen, während in meinen (doofen) Fibeln auf jeder Seite ein Bild prangte. Dieses erste echte Buch war *Understood Betsy* von Dorothy Canfield Fisher … Für illustrierte Bücher habe ich im allgemeinen wenig übrig; sie erinnern mich an *Dick and Jane* und an Comic-Hefte – beides habe ich nie gemocht. Ich mache mich immer irgendwie äußerst unbeliebt, wenn ich ungeniert frage, was Jungen oder Mädchen von zehn, zwölf Jahren dazu bringe, Comics zu verschlingen. Mir wird ständig empfohlen, mal dieses oder jenes zu lesen; für mich ist jede dieser »Entdeckungen« derselbe alte Hut: schlecht gezeichnet, schlecht geschrieben. Was mich an die Anekdote über Gustav Mahler erinnert – der auch nicht leicht von seinen Meinungen abzubringen war: Er sagte einmal, ihm gefielen die Lieder von Hugo Wolf nicht. (Ich mag sie auch nicht.) Als ihm ein streitbarer Freund erwiderte, er dürfe Wolfs Werk nicht so in Bausch und Bogen abtun, weil er doch sicher nicht alle seiner gut fünfhundert Lieder gehört habe, antwortete der große Komponist: »Hugo Wolf hat fünfhundert Lieder geschrieben; ich kenne davon etwa dreihundert. Diese dreihundert gefallen mir nicht.«

So geht es mir eben mit Comics … Die, die ich gelesen habe, gefielen mir nicht, ausnahmslos – das gilt sogar für einige dieser neuen »Erwachsenen«-Comics, wie *The Black Knight*, den Batman für Volljährige (um den überhaupt zu verstehen, mußte ich mir jede Seite von meinem Sohn, einem echten Comic-Fan, erläutern lassen); aber ich bleibe dabei – das ist schlecht gezeichnetes und schlecht geschriebenes Zeug. Und jedesmal, wenn ich mich dazu hinreißen lasse fernzusehen, frage ich mich hinterher, warum ich so dumm sein konnte, damit meine Zeit zu vergeuden – anstatt ein gutes Buch zu lesen. Ich bin eben hoffnungslos buchsüchtig!

Nun, an was für Lektüren erinnere ich mich denn noch? Also, zum einen an die erste Science-fiction-Geschichte, die ich gelesen habe, und zwar in *Boy's Life*. Sie stammte von Otis Adelbert Kline oder Ray Cummings (oder so ähnlich) und hieß »The Crimson Ray«; die Handlung war, soweit ich noch weiß, von der Art, die Hühner lachen machen kann. (Ich habe aber noch nie eines lachen gesehen. Hühner haben keinen Sinn für Humor. Ich auch nicht – jedenfalls nicht viel.) Dann war da »Through Space to Mars«, über die Abenteuer zweier Kinder in einem Raumschiff, das *Annihilator* hieß, oder so ähnlich. Ich erinnere mich auch noch an *Graustark*, *The Prisoner of Zenda*, Rider Haggards *She* und Chambers' *The King in Yellow*. Und an Haggards *Allan Quartermain* und *Cleopatra*, an Maeterlincks *Pelléas und Mélisande* – und den ersten echten Fantasy-Roman, den ich las: *The Dark World* von Kuttner (Pseudonym für C. L. Moore!). Er machte mich zu der begeisterten Leserin von Sci-fi-Magazinen, die ich noch immer bin.

Jetzt gebe ich Fantasy-Anthologien heraus und verdiene mein Geld mit Manuskriptlesen … Was für ein Glück, daß ich mich von meinem Laster auch noch ernähren kann!

Ich bin immer noch neugierig auf diese Textstapel, und wenn mich einmal plagt, daß neunzig Prozent davon Mist ist, denke ich an (den inzwischen verstorbenen) Theodore Sturgeon, der auf die Bemerkung, die Storys der Science-fiction-Magazine seien zu neunzig Prozent Mist, die (dann zu *Sturgeons Gesetz* erhobene) weise Antwort gab: »Neunzig Prozent von allem ist Mist.«

Das ist nur zu wahr, fürchte ich. Aber trotz dieser neunzig Prozent lektoriere ich noch immer gern – denn wenn ich etwas Gutes entdecke, ist mir das ein unvergleichlich aufregendes Erlebnis.

Könnte ich denn zum Beispiel meine Freude über Emma Bulls »Zerreißendes Dunkel« vergessen, die ich für Band I dieser Reihe entdeckte? Ich habe selten einen mit so sicherer Hand geschriebenen Ersttext gelesen! (Dieses Jahr erhielt ich aus unerfindlichen Gründen etliche solche Debüts.) Dann waren da Rachel Pollacks Story (*Magische Geschichten II*) und Diana L. Paxsons erster Volltreffer – »Windschwester« (in *Greyhaven*). Derlei sind Höhepunkte meines Herausgeberinnenlebens, an die ich gern denke – wie an Jennifer Robersons erste Geschichte über Tiger und Del, »Die Dame und der Tiger« in Band II (nun gibt es über das Duo schon vier Romane – einen davon, *Sword Breaker*, lese ich neben dieser Arbeit her). Und das ist auch der Grund, warum ich das hier weitermache – und weitermachen werde, solange Betsy Wollheim die Storys noch kauft und mein Augenlicht noch vorhält und die Leute das noch lesen wollen. Es ist wohl alles, was ich zum ehrenden Andenken an unseren lieben Don Wollheim, den großen Talentfinder, der leider von uns gegangen ist, tun kann. Seine Entdeckungen aufzulisten würde noch eine Seite beanspruchen – und damit sicher Ihre Geduld überstrapazieren. Sie wollen bestimmt so schnell wie möglich zu den neuen Geschichten kommen!

So möchte auch ich einmal in Erinnerung behalten werden: Ich glaube, daß man sich meiner – auch wenn meine eigenen Bücher einmal alle vergessen sein sollten – als einer Herausgeberin erinnern wird, die um ihr Leben gern neue Talente entdeckte. Und auch wirklich, wie John W. Campbell oder Don, unzählige entdeckt hat.

Marion Zimmer Bradley

TANYA BEATY

*Wie schon eingangs gesagt: Ich liebe es (fast mehr als alles an-
dere), die mit sicherer Hand verfaßte Erstlingsgeschichte eines
jungen Autors oder einer jungen Autorin zu entdecken. Tanya
Beaty schreibt (genau wie ich) schon so lange, wie sie zurückdenken kann. Das Bemerkenswerteste an ihr sei, meint sie, daß
sie in ihren gerade mal sechzehn Lebensjahren über zwanzig-
mal umgezogen sei. Sie liebt Tiere und ist die stolze Besitzerin
eines riesigen Deutschen Schäferhundes. Hurra ... noch eine
Hundefreundin! So hat sie also auch das mit ihrer Herausgeberin gemein. Möge sie auch genauso lange schreiben wie ich. –
MZB*

Schwertsklavin

Teral musterte die junge Frau, die wie blind in die Taverne trat. Er beobachtete sie nun schon seit ihrem Einritt in die Stadt, da sie ihm den Eindruck gemacht hatte, verwundet oder krank zu sein. Wie von der Seelenblindheit befallen, ging sie ... so mit leicht schwankendem Schritt und merkwürdig leeren Augen. Ihr Pferd war mehr durch seinen Instinkt als von ihr gelenkt durchs Tor getrabt. Aber sie schien sich dann doch etwas gefangen zu haben, nachdem ihr bewußt geworden war, daß ihr Hengst vor dem Pferdestand dieser staubigen Stadt angehalten hatte – sie war abgestiegen und mit einemmal auf diese Schenke zugesteuert.

Nun verharrte die junge Frau auf der Schwelle, so als ob sie dem, was ihre Augen sahen, erst Sinn und Bedeutung verleihen müsse. Inzwischen hatte jeder, aber auch jeder in der Stube die Fremde bemerkt. Was Wunder auch, bei ihrer Erscheinung! Wie eine Kriegerin sah sie aus mit der schwarzen, vom Staub der Landstraßen bedeckten Kluft aus Reithose und Bluse und dem breiten Schwertgurt, den sie um die Hüften trug. Seltsam nur, daß kein Schwert daran hing! Ihr sonst wohl in straffen Zöpfen fest zurückgenommenes braunes Haar flutete ihr nun in langen Locken um Gesicht und Hals. Blaß schimmerte ihre Haut unter all dem grauen Reisestaub, der sie bedeckte, und ihre so augenfällige Zierlichkeit wies sie als eine aus dem Süden aus. Sie war nicht schön, nur von exotischem Aussehen, aber das genügte, um die Blicke aller Männer auf sie zu ziehen. Teral nickte ihr rasch zu, damit nicht etwa ein anderer ihm zuvorkäme. Und da kam sie auch schon, sehr zu seiner Freude, an seinen Tisch und nahm ihm gegenüber Platz.

Kira war wie außerhalb der Realität. Sie konnte nicht mehr denken, nur noch fühlen. Nun, da sie mitten in dieser Stadt in dieser

Schenke saß, war die Erinnerung an all die Wochen des Reisens und des vergeblichen Grübelns und Forschens wie weggewischt. Sie hatte sie eh nur wie einen Alptraum erlebt, so sehr hatte sie unter Schock gestanden. Sie fühlte jetzt nur eines: diesen Hunger ... Das Ziehen ihrer Seele erfüllte sie ganz und gar, und sie sehnte sich so danach, wieder zu genesen und heil zu sein.

Als sie sich jetzt suchend in der Stube umsah, war sie sich des Mannes, an dessen Tisch sie da saß, kaum bewußt. Es war ganz in ihrer Nähe, das wußte sie! Es mußte sehr nahe sein! Dieser Hunger hatte von ihrem Geist völlig Besitz ergriffen und löschte jeden Gedanken aus. Sie brauchte – nein, dachte sie, und verdrängte dies Gefühl, um sich ausschließlich auf ihr Gegenüber zu konzentrieren. Die Zeit lief ihr so schnell davon!

»Willst du mir helfen?« fragte sie und war über den normalen Klang ihrer Stimme doch angenehm überrascht. Da beugte sich der Mann etwas zu ihr, und in seinen Augen lag der Blick des Raubtieres, das sich der Beute sicher ist. Diesen Blick, den hatte sie ja selbst schon oft benutzt. Sie setzte ein hartes Gesicht auf ... sich nicht verwirren lassen! Der Mann nickte kaum merklich, er hatte ihre Warnung verstanden – und hielt sich daran. Vorläufig. So lehnte sie sich zurück und sah ihn prüfend an. Er war jung, muskulös. Eher ein oberflächlicher Typ, aber das mußte sie nicht kümmern. Sein Schwert war alt, aber gepflegt. Und vor allem: Er schien mit den Leuten und der Stadt gut zu Rande zu kommen. Sie brauchte ihn. Ihr Kopf wurde wieder klar, zum allererstenmal seit Wochen. »Hör, ich brauche deine Hilfe«, sagte sie langsam, »und ich werde dich gut dafür bezahlen.« Da kniff der Mann argwöhnisch die Augen zusammen und strich sich mit geübter Hand eine Locke seines hellbraunen Haars aus der Stirn. Kira fixierte seine grünen Augen mit ihren schwarzen. »Ich muß nur etwas wiederfinden, was man mir geraubt hat«, fuhr sie fort.

»Was macht dich glauben, daß es hier ist, Lady?« fragte er und sah sie fasziniert an. Denn sie hatte vor seinen Augen binnen Sekunden ihre verstörte Miene abgelegt und war eine ganz normale, wenn auch entschlossen dreinblickende junge Frau geworden, die auch sein spöttischer Tonfall nicht aus der Fassung brachte.

Und ohne mit der Wimper zu zucken, erwiderte sie leise: »Ich weiß es eben.« Nun sah sie sich um, und Teral hätte schwören können, daß sie danach Ausschau hielt. Dann blickte sie ihm wieder so herausfordernd in die Augen. »Dreihundert Goldmark für jede Information oder jede Hilfe, die du mir binnen zwei Tagen gibst. Keine Bedingungen!«

Dreihundert Mark! Teral war sehr beeindruckt. Man wirft wohl nur so hemmungslos mit Geld um sich, wenn man sehr verrückt, sehr dumm oder sehr verzweifelt ist! Aber die Sache hat doch bestimmt einen Haken, dachte er. »Und was ist, wenn du dein ›Eigentum‹ nicht binnen zwei Tagen wiederfindest? Nicht, daß ich so lange dazu bräuchte, selbstverständlich. Wenn ich den Auftrag übernähme«, bemerkte er.

Blitzte da nicht – Kummer – in ihren Augen auf, oder bildete er sich das nur ein? Aber da wandte sie den Kopf schon etwas zur Seite und versetzte: »Wenn ich es bis dahin nicht finde, kommt es auch nicht mehr darauf an.«

Teral nickte leicht und sagte dann langsam, als ob er sich dazu zwingen müßte: »Ich werde dir helfen.«

Nun führte Kira ihn in ihr Zimmer hinauf. Beim Anblick ihres prachtvoll möblierten Gemachs pfiff er anerkennend durch die Zähne – diese Fremde hatte offenbar genug Geld, um sich das beste Zimmer im ganzen Gasthaus leisten zu können –, und er fragte sich, ob sie einen Kammerdiener habe, und wenn, wer das wohl sei. Kira musterte ihn aus den Augenwinkeln, als ob sie seine Gedanken lesen könnte. Dann ließ sie sich in einen Sessel fallen und bedeutete ihm mit einem Wink, auch Platz zu nehmen. Da setzte er sich und sah sie erwartungsvoll an. Kira massierte sich die schmerzenden Schläfen. Wenn dieses Ziehen doch bloß aufhören würde, und sei es nur für einen Augenblick … Sie war jetzt so nahe dran! Bald hätte sie es geschafft! Das mußte es doch wissen, oder?

»Also, Lady, wonach suchst du?« begann Teral und lehnte sich in seinem Sessel zurück. »Ich hoffe um deinetwillen, daß es die dreihundert Goldmark auch wert ist.« Da hob sie den Kopf und erwiderte matt, das sei es. Aber daß das auch alles war, machte ihn wütend. Sie hatte so eine Aura von »Fremdheit« um sich, die ihm auf die Nerven ging ... »Höre, Lady, ich warte! Wie soll ich etwas finden, von dem ich nichts weiß?« grollte er, verstummte jedoch, als sie erneut den Kopf hob. Sie sah ihm mit ihrem Raubtierblick in die Augen. »Ich suche«, sagte sie langsam, »ein Schwert.«

Teral war so verdutzt, daß er laut auflachte. »O Götter! Das ganze Theater um ein Schwert? Und ich dachte, du suchst etwas ganz Wichtiges, ein Schlachtroß etwa oder einen Sproß aus hohem Haus!« Kira versteifte sich. »Warum kaufst du es nicht einfach in einem der riesigen Waffenläden der Stadt?« fuhr er fort und drehte sich um und wies mit großer Gebärde auf die prächtige Möblierung. »Du hast doch offensichtlich das Geld dazu. Warum also dein Leben für ein banales Schwert riskieren?«

Aber als er sich ihr wieder zuwandte, war sie aufgesprungen, und sie funkelte ihn böse an und rief laut in die plötzliche Stille hinein: »Du kannst dir ja nicht vorstellen, welchen Wert dieses Schwert für mich hat! Erkennt man denn hier in der tiefsten Provinz des Königreichs meine Uniform nicht? Ich bin eine der Verzauberten, der Schwertgebundenen ...« Als er sie nur erstaunt und fragend ansah, begann sie auf und ab zu gehen und versuchte, diesem unwissenden Mann zu erklären, wer sie sei. »Wir sind die Leibwächter des Königs. Uns wird ein Zauber auferlegt, auf daß wir der Krone immer loyal und treu dienen. Ein Zauber, der mir zumeist eher wie ein Fluch erscheint«, sagte sie und blieb seufzend stehen. »Wenn wir den Eid ablegen, werden wir durch Magie unseren Schwertern verbunden. Unsere Seelen, vielmehr«, fuhr sie ruhig fort und bemühte sich, ihm begreiflich zu machen, welcher Hunger sie befiel, welcher Irrsinn, wenn sie von ihrem Schwert getrennt war ... »Es ist für mich unerträglich, lange Zeit ohne es zu sein. Daher tragen wir von der Garde unsere Schwerter immer bei uns. Als ich nun kürzlich mit meiner Abteilung auf einem Erkundungsritt war, wurden wir von Banditen überfallen. Sie waren weit in der Überzahl, wir konnten sie trotzdem in die Flucht schlagen ... aber nicht verhindern, daß sie uns drei Schwerter raubten, darunter auch meines, das mir entglitten war ...« Kira seufzte schwer, und Teral fühlte vage, was sie empfinden mußte. Da sah sie ihm fest in die Augen und sagte: »Ich muß das Schwert finden. Meine Zeit ist bald abgelaufen. Heute nacht.« Sie verstummte und setzte sodann hinzu: »Ich kann nur das eine sicher sagen: daß der Mann, der es jetzt hat, in dieser Stadt ist. Ich spüre, wie es mich ruft ... Ich darf mich nicht verlieren ...« Ihre Stimme verklang im Raum, und da begriff er mit einem Schlag, daß sie einen verlorenen Teil ihres Ichs suchte, diesen aus dem Kern ihrer Identität, ihres Selbstgefühls, geraubten Teil.

Teral schüttelte sich ... ihm war, als ob er sich für einen flüchtigen Moment in ihre verzweifelte Lage habe einfühlen können. Er bemühte sich, sich nicht anmerken zu lassen, daß er bereits darauf brannte, ihr zu helfen. »Also«, begann er so obenhin, »wenn du mir vielleicht sagen wolltest, wie dein Schwert aussieht, könnte ich diesen Kerl womöglich hier von diesem Sessel aus orten. Nach Fellwood Town kommt nur selten ein Fremder, und viele hier machen Geschäfte mit Händlern, die es mit dem Gesetz nicht so genau nehmen.« Und mit einem Grinsen gab er zu verstehen, daß auch er für einen gewissen Preis dazu bereit sei.

Aber er war Kiras letzte Hoffnung, und so scheute sie sich nicht – sie, eine der Verzauberten ihres Königs –, diesen schwerttragenden Dieb da anzuheuern. »Es gibt kein zweites Schwert wie dieses ... Seine Klinge ist aus einem seltenen Metall, ist reich mit Runen verziert und scheint von selbst zu leuchten. Die Parierstangen sind zu gewundenen Schlangen geschmiedet, die sich schützend um die Hand seines Trägers legen«, erläuterte sie achselzuckend. »Wer es einmal gesehen hat, vergißt es nie mehr und wird es immer wiedererkennen.«

Nun roch Teral förmlich das Gold, das bald sein eigen wäre. Daß sich in ein und derselben Stadt zwei gleiche Schwerter, noch dazu zwei von so ungewöhnlicher Schönheit, fänden, war ein Ding der Unmöglichkeit ... Jessen, der Pferdehändler, war eben von einer seiner langen Reisen heimgekehrt. Teral hatte sich über die Wunderdinge, die der Dicke mitgebracht hatte, nicht erstaunt gezeigt, da er gut wußte, daß der Kerl nicht nur mit Pferden handelte. Jungfrauen warfen oft mehr ab. Und von dieser Fahrt hatte Jessen ein Schwert von außergewöhnlicher Güte und Schönheit heimgebracht. Ja, Teral konnte verstehen, warum manche Leute für so eine Klinge zu töten bereit waren. Der Bursche hatte geprahlt, was er damit doch in der Stadt Rivermouth für einen Fang gemacht habe, und sich gebrüstet, er sei der gerissenste Händler im ganzen Land ... und dann lauthals gelacht.

Teral hatte gleich gewußt, wie der zu dem Schwert gekommen war. Aber er hatte den Mund gehalten. Man starb hier leicht eines unnatürlichen Todes, wenn man sich über diesen Händler das Maul zerriß! Aber der Gedanke an die Gefahr hinderte ihn nicht, sich triumphierend zu der jungen Frau umzudrehen: für fünfzig Goldmark bekäme er ja leicht ein besseres Pferd als sein jetziges. »Ich weiß, wer es ist!« rief er und war doch überrascht zu sehen, wie blitzartig sie da zu ihm herumfuhr. »Und wir können noch heute nacht dorthin. Bis zu seinem Haus ist es nur eine halbe Meile Wegs.« Damit schwang er sich auf und stürzte zur Tür. Als er sie öffnete, die kühle Nachtluft spürte, hätte er sich fast wieder umgedreht und sie gefragt, ob sie eine Waffe zur Hand habe – überlegte es sich aber im Nu wieder anders. Als Gardistin des Königs könnte sie selbst für sich sorgen! Besser auch, er erinnerte sie nicht daran, daß man sich seiner Zahlungsverpflichtung aus solchem Handel auch mit anderem als Geld entledigen kann ... Und er lächelte und nickte ihr zu, um sein Zögern zu überspielen. »Gehen wir also zu seinem Haus, um ihm einen angemessen warmen Empfang zu bereiten!« rief er und eilte hinaus – dabei hörte er noch undeutlich, wie sie etwas wie »genährt werden« murmelte.

Teral kauerte im finsteren Hausflur und wartete darauf, daß seine dreihundert Mark in Gestalt des Pferdehändlers zur Tür hereinspaziert kämen ... Kira, die ihnen mit einer schnellen Drehung ihres lautlos in das Schloß eingeführten Langmessers Eintritt verschafft hatte, stand nur wenige Schritte von ihm entfernt an der Wand und starrte mit ihm schon unheimlicher Konzentration zum Eingang. Sie spürt sicher ihr Schwert und versucht, es im Dunkel auszumachen, überlegte er und sagte, um sie zu beruhigen: »Keine Sorge! Er geht beim Heimkommen immer zuerst in den Stall, um nach seinen Pferden zu sehen. Ihr Lärm wird uns warnen.« Aber da sie nicht reagierte, ganz als ob sie ihn nicht gehört hätte, wandte er sich wieder dem Hauseingang zu. Und da scholl auch schon ein Wiehern aus den Ställen. Kira war nun ganz Anspannung und runzelte die Stirn vor Anstrengung, den Mann da draußen im Dunkel nach Gehör zu orten. Aber schon polterten schwere Schritte die Vortreppe herauf und enthoben sie damit dieser Mühe. Der Kerl ist wohl betrunken, dachte sie, bemerkte aber vor lauter Erregung gar nicht, daß Teral sich jetzt näher an die Tür heranschob. All ihre Gedanken galten dem Schwert, das dieser tapsige Bär von einem Mann da mit schlaffer Hand die Treppe heraufschleifte. Und in irgendeinem sehr fernen und unwirklichen Winkel ihres Bewußtseins lohte Zorn über seinen groben und ungeschlachten Umgang mit ihrer edlen Waffe auf.

Teral wartete nur darauf, daß der Kerl in Reichweite käme – und sprang jetzt! Und er warf den ungeübten Dicken, der sich bei Reisen von Leibwächtern schützen ließ, mühelos zu Boden. Die beiden Männer rollten über die blankpolierte Diele, bis Teral mit einem Ruck obenauf kam. Er kickte das Schwert, das er Jessen aus der Scheide gezogen hatte, zu Kira hin, daß es nur so über die Dielen klirrte. Aber die junge Frau, die all die Zeit keinen Laut von sich gegeben hatte, stand starr wie eine Eisstatue. Da wandte sich Teral, der einige Mühe hatte, den Händler mit nur einer Hand unten zu halten, ganz seinem Gegner zu und zog dabei sein Messer. Jessen holte röchelnd Atem, und aus seinen Zügen wich aller Protest, als Teral ihm die tückisch funkelnde Klinge an die Kehle hielt. »W ... waas willst du?« stammelte er. Schweiß lief ihm über das Gesicht, ließ seinen Hemdkragen feucht werden. Da beschloß Teral bei sich, ihn mit einer Warnung davonkommen zu lassen. Der Kerl würde ihn ja schwerlich wiedererkennen! Und wenn er sich nun sputete, könnte er mit der stattlichen Belohnung noch in der Nacht die Stadt mühelos verlassen. Es würde außerdem seinem Ruf kein bißchen schaden.

Also beugte er sich so dicht, wie seine Nase es ertrug, über den nach schlechtem Whisky stinkenden Pferdehändler und knurrte: »Bestiehl nie Leute, die stärker sind als du, du alter Narr! Sonst

endest du eines Tages noch mit einem Messer im Kreuz!« Damit
drückte er ihn wieder eisern zu Boden, sprang hoch und fuhr zu
Kira herum, die ihr Schwert panisch an sich drückte, packte sie am
Arm und riß sie mit sich fort die Stufen hinab und in die Nacht
hinaus. Erst im Schutz einiger alter Bäume wagte er einzuhalten,
um Atem zu holen, und wandte sich dann stolz seiner Gefährtin
zu.

Die hatte vor Verzückung über ihre Klinge gar nicht bemerkt, daß
er den gemeinen Räuber hatte laufen lassen. Das Gefühl, wieder
heil zu sein, hatte ihr fast alle Kraft geraubt. Sie hatte das Schwert
liebkost und erleichtert festgestellt, daß jener Hunger, der sie so
lange betäubt hatte, vergangen war, bis sie gespürt hatte, daß er
nicht völlig gewichen, daß ein Rest geblieben war … Das Schwert
war nicht getränkt worden. Doch nein! Das würde sie nie tun!
Aber es hungerte, dürstete so sehr danach …

Also machte sie jäh gegen den Mann Front, der, wie ihr nun bewußt war, ihre rechtmäßige Beute hatte entwischen lassen. Ihr
blieb ja keine andere Wahl. Sie (das Schwert) brauchte es! Er
würde für seinen Fehler büßen müssen!

Teral wich entsetzt zurück. Die raubtierhafte Glut in Kiras halb
irren Augen ließ die Furcht wie ein Messer durch sein Fleisch
fahren. »Was!« schrie er mit vor Angst, vor Grauen brüchiger
Stimme. Aber sein Tonfall schien die junge Frau nur noch tiefer
in ihren Irrsinn zu treiben. »Ich habe deine Seele, dein Schwert
gefunden! Ich habe es dir wiedergegeben! Was kannst du mehr
verlangen? Warum?«

Da fauchte sie so kehlig auf, daß ihm die kalten Schauer den Rükken hinabliefen, und ging düster auf ihn zu. Ihr Gesicht war zu einer scheußlichen Maske verzerrt, voller Haß, Angst, Blutgier.
»Ich brauchte diesen Mann! Mein Schwert dürstet! Es hat schon
seit einem Mond kein Blut mehr getrunken! Meine Klinge
braucht … ich brauche … das Blut eines Mannes … Und dieser
Mann wirst du jetzt sein!«

Damit hob sie das Schwert höher … ein verirrter Mondstrahl
brach sich darin, und das abgefälschte Licht fiel Teral eben in die
Augen und schien ihn zu blenden. Er schrie innerlich auf vor Ent-

setzen, versuchte aber doch, den Gedanken an die Schärfe der Waffe, die die junge Frau schlagbereit hielt, zu verdrängen. Bald, das wußte er, würde sich der Stahl in sein Fleisch senken und sich an seinem noch lauwarmen Blut laben. »Und tust du immer, was das Schwert befiehlt?« rief er.

Da erstarrte sie. Ein Hauch von Trauer kam über ihr Gesicht. Ja, dachte Teral, ich würde mein Leben geben, wenn ich damit die Trauer aus ihrem Antlitz tilgen könnte, die Trauer, die sie nie mehr los wird, den tiefen Gram, der aufkeimte, als sie sich ihrem Schwert weihte und begriff, welchen Preis es forderte und daß sie seine Sklavin geworden war. »Ich muß«, antwortete sie mit einer Stimme, die die Bäume umschlang und durch das Gras zu ihren Füßen kroch, einer Stimme, die seine arme Seele mit Gram und Grauen erfüllte ... und dann sah er ihre Klinge die Luft durchschneiden und auf sich niederfahren.

Kira kniete sich neben ihn, ließ aber das Schwert in seiner Brust stecken. Sie schloß die Augen, um nicht zu sehen, wie sich sein Blut auf der Klinge verflüchtigte, wie es schwand, so als ob das Schwert es aufsauge ... was es ja tat. Als sie Minuten später ihre Augen wieder aufschlug, sah sie bloß noch einen bleichen und blutleeren Leichnam vor sich. Eine Träne rollte ihr langsam die Wange hinab. Derlei sah sie nicht zum erstenmal und wohl auch nicht zum letztenmal. Sie würde es immer wieder mit ansehen müssen, solange sie ... das Schwert ... lebte. Dafür erhielt sie ja die Macht, die Männer so zu verzaubern, daß sie für diesen einen, entscheidenden Moment stillhielten, den sie brauchte, ihnen ihre Kraft zu rauben, sie sich anzueignen. Sie benötigte diese gewährte Macht, und das Schwert ermöglichte es ... um einen gewissen Preis. Und sie bezahlte ihn. Sie kannte, ja, sie kannte den Preis. Seufzend schloß sie dem Toten die Augen, um das Grauen darin ... das Entsetzen über diesen Preis, für ewig zu verbergen. Dann stand sie auf und ging, ließ ihn unter dem Baum zurück.

BRUCE D. ARTHURS

Als ich einmal, lange ehe ich mit diesen Anthologien anfing, mit Anne McCaffrey an irgendeinem Podiumsgespräch teilnahm bei irgend so einer Konferenz, da wollte irgendeine Feministin wissen, ob es denn einen grundlegenden Unterschied zwischen männlicher und weiblicher Schreibe gebe.

Nun, wir haben so ein bißchen herumdiskutiert und sind dann zu dem Schluß gekommen – der, wie alle Verallgemeinerungen, natürlich falsch war –, daß die Männer gemeinhin eher über harte Fakten und wissenschaftliche Theorien schreiben, die Frauen aber über Gefühle. Dann hat jemand als Gegenbeispiel Ted Sturgeon angeführt, der nach unser aller Meinung über Gefühle so gut schreibe wie nur irgendeine Autorin, die wir uns vorstellen konnten ... Da sagte Anne, ganz gedehnt: »Ja, Ted schreibt fast so gut wie eine Frau.« Womit sie, in jenen präfeministischen Tagen, geschickt den Spieß gegenüber denen herumdrehte, die jede fähige Autorin mit jenem zweifelhaften Kompliment herabsetzten, sie »schreibe so gut wie ein Mann«.

Warum ich diese eigentlich unerbauliche Anekdote erzähle? Um Bruce Arthurs jetzt als lebenden Beweis dafür vorzustellen, daß die Kunst des gefühlvollen Schreibens bestimmt nicht auf Frauen beschränkt ist. Bruce war in Band IV dieser Magischen Geschichten mit der ausgezeichneten und beinahe unerträglich intensiven Erzählung »Der Tod und die Häßliche« vertreten. Wenn ich je der Illusion verfallen gewesen wäre, nur Frauen (und Ted Sturgeon) könnten über Gefühle schreiben – Arthurs' Geschichte hätte mir dieses Vorurteil schnell ausgetrieben. Ja, ich bin überzeugt, daß die Fähigkeit, gut zu schreiben, geschlechtsunabhängig ist. Ich wollte zu Beginn dieser Reihe vor allem Texte weiblicher Autoren veröffentlichen, um gegen den weitverbreiteten Irrglauben anzugehen, daß Frauen keine Abenteuergeschichten schreiben könnten oder schrieben. Aber wenn je jemand daran geglaubt hat – und nach Leigh Brackett war das ja schwer oder unmöglich –, wird ihn diese Erzählung eines Besseren belehren. Arthurs' erste Story für uns (»Das Blut des Einhorns«, Band II) war so gut, daß sie alle meine Vorbehalte gegen die »Klischeefigur Einhorn« zerstreut hat; seine »Himmelsburg« habe ich zur Titelgeschichte der ersten Nummer von Marion Zimmer Bradley's Fantasy Magazine gemacht.

Bruce ist mit der Autorin Margaret Hildebrand verheiratet, die wir aus Band V dieser Fantasy-Reihe kennen (»Der Tanz der Heilerin«). Sie haben einen Sohn, Chris mit Namen, und vier Katzen.

Bruce hat letzthin einen Großteil seiner Zeit Star Trek: The Next Generation gewidmet und wird wohl vor Erscheinen dieses Bandes weitere Drehbücher für weitere TV-Shows untergebracht haben. Wir hoffen, daß er auch in Zukunft für uns Lesefutter liefert. Ein Talent wie er (mein Vorurteil kommt wieder) ist zu schade fürs Fernsehen, wo das allgemeine Niveau ja recht niedrig ist. – MZB

BRUCE D. ARTHURS

Schatten bluten nicht

Schneidender Schmerz. Zur Schulung im Orden der Unsichtbaren
hatte ein mentales Training zur Beherrschung und Linderung von
Wundschmerzen gehört, das einem erlauben sollte, trotz schwerer
Verwundung weiterzukämpfen und eine Mission zu Ende zu bringen. Aber diese Methode hatte natürlich ihre Grenzen.
Bei aufgeschlitzten Eingeweiden, dachte Jinnell, versagt sie wohl.
So sehr sie auch die Hand auf den Bauch preßte, fühlte sie doch ihr
Blut zwischen den Fingern hervorwallen. Und sie roch seinen
scharfen, metallischen Geruch, der sich mit dem ekligen Gestank
der eigenen Gedärme mischte. Der Schmerz kam in feurigen Wo-
gen, die ihr eisiges Gefühl, versagt zu haben, überspülten, aber
nicht hinwegwaschen konnten.
Mit der Linken stützte sich Jinnell gegen die kalte, feuchte Wand.
Ihr Nachtschwert lag hinter ihr im Dreck, so wie Obah Einauge es
ihr mit gewaltigem Hieb aus der Hand geschlagen hatte.
Sie war so nahe an den Tyrannen herangekommen! Im finsteren
Keller seiner Burg versteckt und selbst ein Teil des Dunkels geworden, hatte sie ihre Chance bekommen ...
Kurz zuvor hatte Obah das Gros seiner Leute auf die Südmauer
geworfen, in die Fürst Ivannans Truppe offenbar eine Bresche zu
schlagen suchte – eine List, um die Verteidiger der Feste abzulen-
ken, damit ihnen die echte Gefahr entgehe ... Da hatte Jinnell mit
zackenbewehrten Handschuhen und Stiefeletten die angeblich
unbezwingbare Schildmauer erstiegen und war völlig unbemerkt
in die Burg geschlüpft.
Von Schatten zu Schatten huschend, hatte sie sich ihrem Ziel genähert und war lautlos in die Gewölbe unter dem Bergfried einge-
drungen, wo es nur finster und still war und wohin kein Kampflärm drang. Sie hatte bestürzt registriert, daß die da lagernden

Vorräte, obwohl durch die lange Belagerung bereits sehr geschmälert, ausreichten, um Obah und seine Leute noch eine Jahreszeit durchstehen zu lassen.

Aber Fürst Ivannan mit seinem aus Söldnern, übergelaufenen Soldaten, verzweifelten Landleuten zusammengewürfelten Heer konnte es sich nicht leisten, einfach abzuwarten. Er hatte dem Despoten seine Macht über das Reich zum Teil entreißen und ihn in seiner Feste einschließen können, wäre aber nicht imstande, die Belagerung auf unbegrenzte Zeit fortzuführen.

Das war beim Kriegsrat in Ivannans Zelt, zwei Abende zuvor, klargeworden, als die Sprecher der jeweiligen Gruppen ihre Positionen vorgetragen hatten. Jinnell hatte unweit von Ivannan im Hintergrund gestanden – von den meisten unbemerkt … aber stets über die Sicherheit ihres Herrn und Geliebten wachend – und sich kein Wort entgehen lassen.

Die Bauern und Landarbeiter, die bei der Belagerung halfen, sorgten sich, daß ihre Familien im nächsten Winter Hungers sterben müßten, wenn sie weiter die Felder vernachlässigten. Die einheimischen Soldaten, die die Fahne gewechselt hatten, weil sie Obahs Exzesse und Grausamkeiten nicht mehr ertragen konnten, waren durch Fürst Ivannans Zögern entmutigt. Und die Söldner waren aus Verdruß über die ewige Untätigkeit und die Unmöglichkeit, Beute zu machen, so rauflustig geworden, daß sie mit den anderen Kämpfern nun immer öfter blutige Händel suchten.

Außerdem war das Wetter schlechter geworden. Ein anscheinend nie enden wollender Nieselregen hatte das Feldlager in einen einzigen Morast verwandelt, so daß dort schon Krankheiten um sich griffen.

Man hatte trotz aller Appelle Ivannans keine Chance gesehen, die Belagerung noch einen Monat fortzusetzen. Und man war sich einig, daß man, um die bisherigen Erfolge mit einem endgültigen Triumph krönen zu können, Einauge entweder aus seiner Zuflucht locken oder ihn dort töten müsse. »Ich bin eine Waffe …«, hatte Jinnel zu Ivannan gesagt, als sie später in jener Nacht sein Lager teilte. »Gebrauche mich als solche.«

»Du bist mehr als eine Waffe, Jinnell«, hatte er ihr sanft erwidert. »Du bist meine Beschützerin, meine Gefährtin und meine Geliebte.«

»Ivannan ... mein Herr. Nicht nur um deinetwillen bitte ich dich darum. Auch um dieses leidgeprüften Landes willen. Ich muß Blutrache nehmen. Denn ich bin die Letzte des Ordens der Unsichtbaren, den Obah verraten und vernichtet hat ... Er hat sie alle in ihrem Tempel bei lebendigem Leibe verbrannt. Nur ich habe überlebt.«

»Weil du, als Anfängerin, als Novizin, auf einem Botengang warst, Jinnell. Ich liebe dich und bange um dich. Ich möchte dich an meiner Seite wissen.«

Aber Jinnell hatte ihm nicht geantwortet. Sekunden waren so verstrichen ... »Jinnell?« hatte Ivannan dann geflüstert und nach ihr getastet ...

... und nur leere Laken gefühlt – am Hals aber plötzlich den kalten Stahl ihres geschwärzten Schwerts gespürt.

»Anfängerin?« hatte Jinnell hinter ihm gefragt.

Sie hatten ihre Meinungsverschiedenheit natürlich beigelegt. Am übernächsten Abend hatte sie die nachtfarbene Kutte ihres Ordens angelegt, auch ihr geschwärztes Schwert gegürtet, die Steighandschuhe über die schmalen, langen Hände gestülpt und die Mauerstiefel angezogen und sich an den Aufstieg gemacht.

Nur, um dann zu scheitern, überlegte sie nun bitter.

Als sie Schritte näher kommen gehört hatte, war sie rasch ins tiefste Dunkel des Kellers zurückgewichen ... Aber dann hatte ihr Herz einen Freudensprung gemacht, und sie hatte gedacht: Die Glücksgöttin ist heute nacht mit mir!

Denn Obah Einauge höchstselbst war da eingetreten, von einem Diener geleitet, der ihm mit der Kerze leuchtete. Die tiefen Schatten, die nun all die Regale und Fässer warfen, waren nur so gesprungen und gehüpft – aber Jinnell war lautlos mit ihnen gehuscht.

Dann hatte Obah mit seinem heilen Auge um sich geblickt. Er war dabei so nahe gewesen, daß sie deutlich die lange Narbe gesehen hatte, die sich schräg über sein Gesicht zog und unter der schwarzen Augenklappe links verschwand.

Er war langsam, gemächlich umhergegangen und hatte dabei den Brunnenschacht mitten im Keller umkreist ... Obah war ein beleibter Mann, und sein Gesicht zeugte von einem Leben voll Grausamkeit und Ichsucht. Aber er war auch ein meisterlicher Fechter. Diese feine Klinge mit dem edelsteinbesetzten Heft, die er am Gürtel trug, hatte er, ungeachtet ihres zierlichen Aussehens, schon oft und tief in Blut getaucht.

Mit dem Rücken zum Brunnen, war er stehengeblieben und hatte sich mit den Ellbogen auf den Schachtrand gestützt.

Aber sein Diener, schon vor Kälte bebend, hatte gestammelt: »Mein ... oh, mein Herr!«

Eine jähe Kopfbewegung, ein zorniger Blick, der den Diener erst recht erzittern ließ, und ein barscher Wink, die Erlaubnis zu gehen. »Laß mir den Leuchter hier«, hatte Obah mit seiner tiefen Stimme geknurrt. »Ich brauche dich nicht mehr.«

Da hatte der Diener das Licht auf ein Weinfaß gestellt und war sichtbar erleichtert hinausgehuscht. Und Obah hatte sich von neuem umgesehen, dabei den Kopf hierhin und dorthin gewandt.

Warum ist er in diesen Vorratskeller gekommen? hatte Jinnell sich gefragt, weiß er, daß ich hier bin? Obah war schon oft das Ziel von Anschlägen gewesen. Aber sein dichtes Netz von Informanten und Überläufern und sein beinahe übernatürliches Glück hatten immer wieder dafür gesorgt, daß er dem Tod entging. Allzu lange schon.

In einer Kellerecke hatte es plötzlich leise geraschelt. Obah hatte jäh den Kopf dahin gewandt und angestrengt ins Dunkel gestarrt. Ein paar endlose Sekunden lang war es wieder still gewesen unter diesen Gewölben. Sie hatte kaum noch zu atmen gewagt. Dann war aus dem tiefen Dunkel am Fuße der hinteren Kellerwand das Getrippel winziger Pfötchen erklungen.

Da hatte Obah sich entspannt und sachte vor sich hin gelacht. »Mäuse«, hatte er gebrummt, dann ruhig kehrtgemacht und sich angeschickt, den Keller wieder zu verlassen.

Seine blinde Seite hatte er nun ihr zugewandt. Eine bessere Gelegenheit bekomme ich nie mehr, hatte sie gedacht und war auf ihn losgesprungen – wie ein Schatten mit einem spitzen, schwarzen Stachel!

Dann war alles so schnell gegangen … Obah hatte nach seinem Schwert gegriffen, ehe sie zum Sprung angesetzt – nein, noch ehe sie sich überhaupt gerührt hatte. Sein Hieb hatte jedoch nicht ihr gegolten, nicht auf sie gezielt – sondern auf ihr Schwert, es mitten in seinem Schwung getroffen und nach oben abgelenkt. Und ihre Schrecksekunde hatte ihm exakt die Zeit gegeben, sich ganz zu ihr umzudrehen und auf sie loszugehen … und auch die Zeit, den im Ärmel verborgenen Dolch in die freie Hand gleiten zu lassen und ihn ihr jäh in den Bauch zu rammen.

Sie hatte überrascht und erschrocken aufgekeucht. Und da hatte er gelacht und den Dolch noch einmal in ihren Eingeweiden herumgedreht und sie derb zurückgestoßen. Sie war zu Boden gefallen, zusammengekrümmt, die Hände auf den Bauch gepreßt.

»Schön, schön«, hatte er gemurmelt und, wie ihr schien, aus großer Höhe auf sie herabgestarrt. »Eine Frau. Bist du …?« hatte er erstaunt gefragt und sich über sie gebeugt, ihr mit einem Ruck die schwarze Kapuze vom Kopf gerissen, dann laut und aus Leibeskräften gelacht.

»Ivannans Mördermetze! Großartig! Er muß ganz schön am Ende sein, um eine so schöne Bettgefährtin aufs Spiel zu setzen! Oh, er wird heute nacht sehr einsam sein, schätze ich!«

Mit schmerzverzerrtem Gesicht hatte sie da zu ihm aufgeblickt. »D … du wirst … sterben, Obah«, hatte sie gedroht. Aber ihre Stimme war so erschreckend dünn gewesen.

Nun hatte Einauge gekichert. »In meinem Bett … weißhaarig, verrunzelt, mit einer Frau neben mir oder auch zweien, das schwöre ich dir«, hatte er gehöhnt und sie mit seinem heilen Auge von Kopf bis Fuß gemustert. »Wie dumm von mir, dich so schnell abzustechen. Bei näherem Hinschauen, scheint mir, es wäre spaßiger gewesen, mein stumpfes Schwert zu gebrauchen.« Er hatte plötzlich nach ihr gelangt, ihr zwischen die Beine gegriffen. Da hatte ihre Bauchwunde so höllisch geschmerzt, daß sie nicht mehr schreien, nur hatte stöhnen können. Und ihr war schwarz vor den Augen geworden.

»Du meine Güte«, hatte er gehöhnt und seine blutverschmierte Hand zurückgezogen. »Wohl deine Mondphase, oder? Vielleicht sollten wir damit fortfahren, sobald deine Blutung aufgehört hat. Das müßte in einer Stunde sein, so ich das recht sehe. Das wäre doch viel romantischer?«

»D ... du Un ... Ungeheuer«, hatte sie geflüstert, als er sich nun angeschickt hatte, sich zu erheben. »Du ... D ... Dämon.«

Er hatte lächelnd auf sie herabgesehen und sich den Leuchter geholt, ihn neben sie gestellt und sich zu ihr gekauert.

»Beileibe kein Dämon oder Ungeheuer. Nur ein Mensch mit ... besonderen Mitteln«, hatte er gesagt und seine Augenklappe abgenommen. Und wo Jinnell eine leere Augenhöhle oder ein von einem Hieb blindes und trübes Auge vermutet hatte, war ein Augapfel aus klarem, mit feinen, langsam kreisenden Rotgoldblättchen durchsetztem Kristall zu sehen gewesen.

»Ja«, hatte Obah gesagt. »Das ist eines der magischen Augen, die der blinde Zauberer Allurus vor sechshundert Jahren noch selbst gefertigt hat. Damit sehe ich alle Lebewesen in einer halben Meile Umkreis wie Funken, die zum Nachthimmel steigen ... habe ich Stärke und Anordnung der Belagerungstruppen und auch dich erkannt. Sogar die schattengeübte Meuchelmörderin, eine jener Unsichtbaren. Unsichtbar zu sein ... oh, tut mir leid, dich enttäuschen zu müssen ... reicht da einfach nicht aus.«

Göttin! hatte Jinnell gedacht, kein Wunder, daß ihn niemand besiegen konnte. Erstaunlich genug, daß Ivannan um die Feste des Tyrannen einen Belagerungsring hatte legen können!

»Natürlich verrate ich dir das nur, weil du keine Gelegenheit mehr haben wirst, es irgendeiner Menschenseele zu erzählen. Wir zwei bewahren unser kleines Geheimnis, was?« hatte er gesagt, die Augenklappe wieder angelegt, sich erhoben und zum Gehen gewandt ... aber mit einem Blick zurück noch verkündet: »Ich versuche wieder da zu sein, ehe du kalt bist, meine Schöne.« Dann war er unter schallendem, von den Wänden widerhallendem Gelächter hinausgegangen.

Und kurz danach hatte sie sich langsam und unter Qualen an dieser kalten, feuchten Kellerwand aufgerichtet. Nur wenige Augenblicke trennten sie jetzt noch vom Tod. Aber sie würden genügen, Obah einen letzten Schlag zu versetzen. Sie bemühte sich, ganz ruhig zu werden, die ihr verbliebenen Fünkchen an Kraft zu sammeln für das, was sie jetzt zu tun hatte.

Ich muß leicht wie ein Schatten werden, dachte sie. Ich darf keine Spuren hinterlassen, keine Fußspur und nichts, was auf mein Tun hinwiese, nicht einen Blutstropfen. Schatten bluten nicht.

Und sie rief sich die Worte ins Gedächtnis, die man ihr und anderen Novizen beim Orden der Unsichtbaren eingetrichtert hatte: Wo ein Schwert versagt, da nimm zehn Dolche. Wo zehn Dolche versagen, da nimm hundert Nadeln. Wo hundert Nadeln versagen, da ...

Ihre Augen trübten sich. Es war Zeit zu handeln.

Schatten bluten nicht. Wie ein Mantra wiederholte Jinnell die Worte in sich. Schatten bluten nicht. Schatten bluten nicht. Und allmählich versiegte der Schwall aus Blut und Exkrement, der da ständig zwischen ihren Fingern hervorgequollen war.

Schatten bluten nicht. Jetzt tat Jinnell den ersten Schritt ihrer letzten Reise.

Der Hauptmann sah Ivannan mitfühlend an. Der Rebellenführer hatte sein Ziel erreicht – die Feste war in ihrer Hand, seit sich an diesem Morgen das Burgtor geöffnet hatte und einer von Obahs Offizieren, kraftlos eine weiße Fahne schwenkend, herausgetaumelt war. Aber sein Kommandeur sah sich nur mit traurigen, wie erloschenen Augen in der Festung um.

Kein Wunder, dachte der Hauptmann, wo doch seine Herzensdame seit der unglücklichen Mission vor zwei Wochen verschwunden ist. Ja und dann das Ziel doch noch zu erreichen, aber auf solche Weise ...

»Laß ein paar Männer Holz sammeln. Wir müssen diese Leichen hier verbrennen«, befahl Ivannan. Aber sein essiggetränkter Mund- und Nasenschutz dämpfte seine Stimme. »Nun, Hauptmann, man hat Obah also gefunden?«

»Jawohl, Herr.«
»Führe mich zu ihm.«

Obah war im Bett gestorben, in einem luxuriösen Gemach hoch
oben in einem der Burgtürme. Er hatte sich zitternd, bebend in
den eigenen Exkrementen gewälzt, als das tödliche Fieber ihn niedergestreckt hatte, und war ganz allein gewesen, als er starb.
»Wo ... wo ist sie?« waren seine letzten Worte gewesen, aber da
war niemand mehr gewesen, der ihn hätte hören können.
Aber wenn da jemand gewesen wäre, hätte der ihm vielleicht erwidert, er habe die Antwort auf seine Frage doch bereits gefunden.
Einen halben Tag lang hatte er getobt, weil er bei seiner Rückkehr
diese Frau nicht mehr angetroffen hatte. Und er hatte erneut getobt, einen ganzen Tag lang, als man ihren Leichnam dann, endlich, aufgefunden hatte. Und er war still geworden, sehr still, als er
die ersten Krankheitsanzeichen wie Fieber und Durchfall an einigen Leuten seiner Umgebung und dann an sich selbst bemerkt
hatte.
Von Blut und Exkrementen war an der Toten mit der klaffenden
Bauchwunde nichts mehr zu sehen gewesen, als man sie aus dem
tiefen Burgbrunnen geholt hatte. Die waren vom Brunnenwasser
schon abgewaschen und aufgenommen worden.

Lynne steht, wie ich wohl schon in einem der früheren Bände geschrieben habe, für die Richtigkeit meines Rats an (junge) AutorInnen: Laßt euch von Ablehnungen nicht entmutigen! Wenn ihr mit eurer ersten Einsendung kein Glück habt, versucht es wieder und wieder, bis die Lektoren oder Herausgeber es leid sind, eure Werke zurückzuschicken. Es gab eine Zeit, gleich nach dem Start von Marion Zimmer Bradley's Fantasy Magazine, da bekam ich von Lynne fast wöchentlich ein neues Manuskript – und wurde es, wie sie zu Recht vermutete, bald eben leid, die nun abzulehnen. Beharrlichkeit zahlt sich gemeinhin aus, früher oder später; wenn mir jemand seine erste Story nicht schickt, kann ich kaum seine vierte oder fünfte annehmen ... Lynne mußte mir, glaube ich, sieben oder acht schicken, bis sie bei mir zum Zuge kam. Heute ist sie mir eine gute, alte Freundin, auf deren neue Geschichten ich immer sehr gespannt bin, da ich weiß, daß sie die Mühe des Lesens wert sind und für eine Veröffentlichung in Frage kommen (so ich den Platz dafür habe). Und wenn nicht, nimmt sie meine Ablehnung nicht persönlich, sondern schickt mir einfach eine andere.

Lynne unterrichtet derzeit als Teilzeitlehrerin Englisch für Erwachsene; sie lebt und wohnt in Ontario, Kanada, und hat einen fünfjährigen Sohn – und zwei Katzen von dreizehn Jahren. Nun ... solche Feliden-Teenager brauchen wenigstens nicht soviel emotionale Unterstützung wie ihre menschlichen AltersgenossInnen. – MZB

Tierisch!

Das Tier war erschöpft. Es wanderte nun schon seit Tagen so dahin. Hunger und Müdigkeit waren seine ständigen Begleiter gewesen, aber auch abgrundtiefe Verzweiflung und ein Gefühl der Einsamkeit, die es wie bösartige Bremsen gequält hatten. Aber es wanderte fort und fort, von seiner tiefen Seelennot getrieben. Da mußte doch eine Möglichkeit sein! Ja, es mußte Hilfe finden!

Es duckte ärgerlich den eckigen Kopf, weil sich ihm schon wieder ein tiefhängender Zweig in die gelben Augen zu bohren drohte. Wie ungehörig, daß er, ja, er, in dieser Verfassung war! Warum nur hatte das Schicksal ihm beschieden, Opfer der dummen Launen einer Zauberin zu werden?

Das hatte er nicht verdient! Und das Tier fauchte vor Zorn und ließ die gespaltene Zunge wütend hin und her schnellen. Oh, ganz bestimmt würde es, würde er, irgendwo Hilfe finden ... irgendwie! Mit einem neuerlichen Seufzer beschleunigte es seinen unbeholfenen Schritt. Ach, zum Teufel auch damit! Wie hätte er denn wissen sollen, daß diese vermummte junge Frau eine Zauberin war? Wer konnte es ihm – einem kräftigen, muskulösen und hochgewachsenen und in jedem Sinne des Wortes recht attraktiven Mann – denn verübeln, daß weiche weibliche Rundungen ihn so unwiderstehlich anzogen?

Pah! Oh, er konnte es gut verstehen, daß sie ihn ein »Tier« geheißen hatte ... aber ihn dann in eines zu verwandeln? Das war doch ziemlich übertrieben.

Frauen. Damen. Mädchen. Frauenzimmer ...

Weiber. Schicksen ...

Er würde sie nie verstehen! Und sicher niemals respektieren. Vor allem jetzt nicht!

Wie blind vor Zorn und Frust, hastete das Tier nun, ohne zu sichern, auf die Landstraße hinaus, die seinen Weg querte – zog sich aber dann schleunigst wieder ins Unterholz zurück und schalt sich für seine Unachtsamkeit, als es, auf seine kurzen, reptilienartigen Beine gekauert, mit seinen gelben Augen die Hufe des riesigen Rappen sah, der über genau die Stelle trottete, wo es sich ein, zwei Sekunden zuvor selbst noch befunden hatte.

Den Rappen ritt eine Frau. Sie war blond, wie eine aus dem Norden, und war in Reithose und Bluse gewandet und hatte ein Schwert gegürtet. Und sie musterte – wie auf ihrer Hut, aber anscheinend nicht alarmiert – das vor ihr liegende Gelände. Das Tier sah ihr zu, wie sie vorbeiritt, und trat, als Pferd und Reiterin ihren Weg unbeirrt fortsetzten, wieder auf die Landstraße hinaus.

Aber da stob schon wieder ein Pferd daher, ein Schimmel nun, und er kam in scharfem Trab auf es zu! Jetzt geriet das Tier in Panik; wie festgewachsen fühlte es sich und unfähig, sich von der Stelle zu rühren.

Als der Schimmel, der nicht so riesengroß war wie der Rappe, es da vor sich auf der Straße ausmachte, blieb er jäh stehen und bäumte sich. Aber seine zierliche Reiterin schien keine Mühe zu haben, ihn zu zügeln, zu beruhigen … Sie sprach auf ihn ein und tätschelte ihm den Hals, musterte dabei aber das vor ihnen kauernde Tier, das ihren Schimmel so erschreckt hatte.

Das Objekt ihrer Neugier fühlte, wie sein Herz pochte. Aber plötzlich löste es sich aus seiner Starre, sprang in wenigen Sätzen über die Landstraße und ins Unterholz auf der anderen Seite und lief und lief weiter, so schnell seine Beinchen es trugen. Und es hielt erst wieder inne, als ein umgestürzter dicker Baumstamm ihm den Weg versperrte.

Das Tier bebte, sein Herz raste, und vor seinem inneren Auge donnerten jene Hufe noch immer über ihm dahin. Es schlug die Beinchen unter und legte sich ganz erschöpft und verschreckt nieder. Nun mußte es sich aber wirklich ausruhen!

Als es sich wieder gefaßt und erholt hatte, mußte es an die zierliche Frau denken, die ihre Stute so schnell und mühelos beruhigt hatte. Sicher, es war kein so großes Pferd gewesen. Dennoch war es erstaunlich, daß sie ihm im Handumdrehen alle Panik hatte nehmen können, so daß nicht die Spur mehr davon geblieben war.

Sie hat auf ihre Stute eingeredet, erinnerte sich das Tier, aber in einer mir unbekannten Sprache. Und das letztemal, da ich mir unverständliche Worte zu hören bekam, fand ich mich dann als Tier wieder ... Es erschauderte. Zauberei! Ich kann wohl von Glück sagen, daß sie mich nicht aus Lust und Laune einfach totgeschlagen hat!

Der Teufel hole dieses Magierpack! fluchte es vor sich hin.

Trotzdem ... diese Frau da hatte etwas an sich gehabt. Etwas Merkwürdiges und Unbestimmtes. Und jenes Etwas nährte in ihm den Wunsch, sie wiederzusehen ...

Zauberei! Noch mehr Zauberei! War denn davon kein Entrinnen mehr?

Das Tier schloß die Lider, um Ruhe zu finden. Aber da sah es gleich wieder die Augen der Frau vor sich. Leuchtende braune Augen, die solch tiefe Ruhe, eine Gelassenheit und Weisheit ohnegleichen, ausstrahlten und es und ihn selbst jetzt noch unwiderstehlich anzuziehen schienen.

Ein Gefangener der Zauberei, dachte es, das ist alles, was ich bin ...

Kaum zu glauben – wo es doch kurz zuvor noch ein strammer Krieger gewesen war, einer, von dem die Frauen träumen.

Da kam ihm ein Gedanke.

Wenn sie eine Zauberin ist, dann kann sie mir ja womöglich helfen!

Wenn es ihr irgendwie Eindruck machen und ihr Herz gewinnen könnte, würde sie ja vielleicht spüren, daß sie in ihm kein wirkliches Tier vor sich hatte ... und ihm helfen! Selbst in diesem abstoßenden Tierleib mußte doch noch eine Spur jenes Zaubers sein, der ihm die Frauenzimmer immer geneigt gemacht hatte.

Es ist jedenfalls den Versuch wert, überlegte das Tier, und sicher vernünftiger, als hier im Wald herumzurennen und mir zu wünschen, aus diesem schrecklichen kleinen Körper einfach hinauslaufen zu können.

Nun sprang es auf, jagte zur Landstraße zurück und spähte in die Richtung, in der die beiden Frauen weitergeritten waren. Aber von ihnen war nichts mehr zu sehen, und kein Hufschlag ließ mehr den Boden erbeben. Sie hatten wohl schon den Hügel überquert, ihn hinter sich gelassen.

Da folgte es in raschem Trott ihrer Spur, war dabei jedoch immer bedacht, nicht allzuweit vom Straßenrand abzukommen. Denn es legte keinen Wert darauf, daß irgend so ein adliges Dämchen es sähe und bei seinem Anblick in Entsetzensschreie ausbräche.

Fast verzweifeln wollte es, als die Hufspuren plötzlich zur Böschung abbogen und sich im Walde verloren. Wie sollte es denn auf dem grasbewachsenen Boden ihre Fährte halten? Aber halt, wozu habe ich denn jetzt eine Tiernase?! dachte es und schnüffelte und witterte, und schon hatte es zwei noch ganz frische Pferdewitterungen aufgenommen, denen es – immer der Nase nach – erleichtert und so schnell seine kurzen Beine es trugen folgte.

Völlig außer Atem langte das Tier endlich an einer Lichtung an, auf der die zwei Frauen ihr Lager aufgeschlagen hatten. Ein Hauch von Zauber lag in der Luft und hieß es für einen Augenblick zögern – aber dann ließ die Verzweiflung es alle Furcht vergessen und entschlossen näher kriechen.

Die Sonne hatte ihre Reise zum Horizont hinab vollendet, das Duo hatte ungestört zu Abend gegessen. Die Schwertkämpferin schlief schon tief, aber die Zauberin war noch hellwach und nippte, an einen mächtigen Baumstamm gelehnt, an einem Napf voll Wasser.

Lucia, die Zauberin, schloß die Augen und ging im Geiste den Schutzzauberring ab, der ihr Lager umschloß. Keine Bedrohung oder Gefahr war in der Umgebung auszumachen. Aber plötzlich schlug sie wieder die Lider auf, fühlte sie doch durch ihren Abwehrzauber hindurch die, wenn auch keineswegs bedrohliche, Gegenwart irgendeines Wesens. Sie rührte sich nicht von der Stelle, fuhr nur ihre Kraftfühler aus, um es zu orten.

Und sie mußte nicht lange suchen …

Denn da im Gras hockte unweit von ihr jene seltsame Kreatur, die ihrer Stute solch einen Schrecken eingejagt hatte. Lucia starrte erstaunt auf das merkwürdige Tier hinab. Wie schnell es doch gerannt sein mußte, daß es sie, die geritten waren, eingeholt hatte!

Und welch bizarre Kreatur es war – mit seinem echsenartigen Kopf und seinem schildkrötenähnlichen Rumpf ...

Ein rauhes Flüstern ließ sie erschrecken, zur Seite blicken. Und da sah sie neben sich die hochgewachsene Kriegerin – das Schwert erhoben, als ob sie das Fabeltier mit einem Streich erledigen wolle.

»Nein«, gebot Lucia ihr mit leiser Stimme Einhalt.

Cal verhielt mit schlagbereiter Klinge und sah die Zauberin fragend an – und so entging ihr, daß das Tier zurückwich und sich in den Schutz des Unterholzes flüchtete.

Lucia seufzte. Sie wußte, daß ihre Gefährtin eine Erklärung von ihr erwartete. »Um dieses Wesen ist etwas Magisches. Ich spüre irgendeine Art von Zauber an ihm.«

Die zum Schlag erhobene Klinge schwankte. Cal war wohl nicht überzeugt, daß ihr Schwert hier nicht gebraucht würde – ihr war bei Magie immer unbehaglich zumute, und das selbst dann, wenn sie Lucia an ihrer Seite wußte.

Da faßte Lucia sie plötzlich am Schwertarm und sprach: »Geh und ruh dich aus, meine Freundin!«

Cal nickte nur und kehrte zu ihrem Lager zurück. Besser, sie verschwendete keine Kraft auf unnützes Grübeln: Die Freundin würde es sie schon wissen lassen, wenn sie gebraucht würde.

Das Frühlicht fand Lucia noch schlaflos. Mancherlei Gedanken und Fragen trieben sie um. Dieses Tier war ihr weiterhin ein Rätsel. Sie hatte zwar eine Magie an ihm gefühlt, aber nicht den Eindruck gehabt, daß eine Gefahr von ihm ausgehe. Nur zu gern hätte sie es aufgespürt – aber man erwartete sie in der nahen Stadt zu Verhandlungen über einen Geleitschutz für die Tochter eines Barons. Und so einen neuen Auftrag hatten sie bitter nötig.

Ein Laut riß Lucia aus ihrem Grübeln. Als sie sich umdrehte, sah sie, daß die Schwertkämpferin bereits auf war und in der Asche ihres Lagerfeuers nach Glut stocherte, um es wieder in Gang zu setzen. Es war also Zeit, das Spekulieren fürs erste einzustellen.

Das Tier hockte gut gedeckt unterm Gebüsch und verfolgte mit wachsamen Augen, wie die zwei Frauen hastig frühstückten und sich dann zum Weiterreiten fertigmachten. Es hatte die ganze Nacht weiten Abstand von ihrem magischen Schutzring gehalten und war erst bei Sonnenaufgang wieder näher gekrochen.
Als die Kriegerin ihrem Hengst schnalzte, seufzte es schwer. Die Aussicht, wieder hinter den beiden herhetzen zu müssen, behagte ihm gar nicht! Aber die Gewißheit, daß die Zauberin genau diejenige sein könnte, die er brauchte, ließ ihm keine andere Wahl. So setzte es seine kurzen Beine in Bewegung und schob den ungefügen Leib so rasch wie möglich aufs Lager zu. Es mußte von dieser Zauberin Hilfe bekommen – welche und wie auch immer! Es mußte einfach sein! Die Begegnung mit ihr böte ihm vielleicht die Chance, in seinen wahren, wohlgestalteten Körper – und in sein früheres Leben – zurückzufinden …

Die Kriegerin fuhr sich mit einer Hand über die Stirn, faßte mit der anderen nach dem Hals des Rappen und suchte mit den Fingern Kontakt.
»Bald, alter Freund, das verspreche ich dir«, murmelte sie.
Und schon – als ob den Parzen am Vertrauen zwischen Roß und Reiterin gelegen sei – sah sie unweit voraus einen Strom im Sonnenlicht aufblitzen. Ihr breites Lächeln war ihrem Hengst Hinweis genug. Sie ließ ihn einfach nach seinem Sinn gehen und glitt dann von seinem Rücken, als er sein Maul ins kühle Naß tauchte. Kaum daß sie ihren Wasserschlauch gefüllt hatte, spürte sie den Schimmel neben sich. Erstaunt blickte sie auf, sah zu Lucia am Rande der Lichtung hinüber – und nun keuchte sie erschrocken auf, und ihr Schwert fuhr wie von selbst aus der Scheide.
Lucia stand starr und fixierte den Wolf, der auf sie zukam. Er war offenbar tollwütig: Schaum troff ihm aus seinem weit aufgerissenen Maul. Jetzt hob sie die Hand vors Gesicht und öffnete die Lippen, um einen Bann zu sprechen.

Aber plötzlich erschien, wie aus dem Nichts, das bizarre und häßliche kleine Tier, hetzte herzu und stellte sich zwischen sie und den tollen Wolf. Und die Zauberin verfolgte gebannt, wie es auf ihn zuschoß und dann einen Haken schlug, der das tollwütige Biest offenbar ablenken sollte.

Der Wolf beäugte es langsam, mit entsetzlich furchtsamen und leidvollen Lichtern. Aber die echsenartige Kreatur fixierte ihn. Ich muß die Zauberin schützen! Sie ist die einzige, die mir helfen kann!

Cal stürzte sich von hinten auf den Wolf ... Er sah weder sie noch ihren Hieb kommen und war binnen Sekunden tot.

Als die Kriegerin ihre Klinge abwischte, zog sie angewidert die Oberlippe hoch: Pfui, das Blut eines tollwütigen Tieres!

Aber Lucias sanfte Stimme riß sie aus ihren Gedanken.

»Was ...?« begann Cal, verstummte aber, weil ihr aufging, daß Lucia einen Zauber sprach.

Sie blickte unwillkürlich zu dem seltsamen Tier hin, das den Wolf abgelenkt hatte und nun – obwohl ihm ihres Wissens kein Haar gekrümmt worden war – wie tot dalag. Aber was, in aller Parzen Namen, machte Lucia da eigentlich?!

Als die kleine Kreatur plötzlich wie im Todeskampf zu zucken begann, hob Cal erneut ihr Schwert. Das arme Tierchen hatte gewißlich einen schnellen Tod verdient ...

Aber Lucia gebot ihr mit einem Blick einzuhalten. Und beide Frauen wandten ihre ganze Aufmerksamkeit erneut dem kleinen Tier zu, das so reglos dalag, dann aber von neuem zu zittern und zu winseln begann.

Während Cal es gespannt beobachtete, näherte Lucia sich ihm. Seine Haut schien sich bis zum Zerreißen zu dehnen – als ob ein anderes Wesen aus ihm auszubrechen suche. Da kniete sich die Zauberin langsam neben das nun von Krämpfen geschüttelte Tierchen und legte ihm die Hand auf.

Pein. Chaos. Lichtblitze in seinem Kopf. Erinnerungsfetzen, die in sein Bewußtsein aufstiegen, nur um gleich wieder von anderen verdrängt zu werden.

Erinnerungen an eine Hatz längs einer Landstraße und an das Kitzeln von Gras in der Nase. An die Suche nach irgend tief hängenden Zweigen oder nach Baumhöhlen, die einem häßlichen kleinen Tier Schutz für die Nacht böten.

Erinnerungen an den ersten Blick in den Spiegel irgendeines stillen Teichs – an das Ungeheuer, das ihm entgegengesehen hatte.

Und auch andere Erinnerungen. Das Gefühl, ein Schwert in der großen, starken Hand zu halten. Die Haut eines Frauenzimmers zu berühren, zu küssen. Und das einer besonderen Berührung. Einer wundervollen Berührung. Ein Gefühl von sanfter Wärme, als ihre Kraft, die Kraft der Zauberin, in ihn überging.

Als menschliche Augen verzauberte Augen fanden, spürte es, wie ihm vor Staunen der Kiefer herabklappte …

Ein Menschenkiefer! Und plötzlich ließ ihn die Überraschung, die Freude zittern wie ein Kind.

Sie lächelte ihr sanftes Lächeln und streckte ihm die Hand hin. Noch offenen Munds nahm er sie und ließ sich von ihr auf die noch recht unsicheren Beine helfen.

Er hörte, wie die andere Frau etwas fragte, war aber noch zu benommen, um ihre Worte zu verstehen. Er wurde aber hellwach, als die Zauberin nun zu einer Erklärung ansetzte:

»Manche Verwünschungen weisen Eigenarten auf, die mit ihren Anlässen und Umständen zusammenhängen. So dürftest du, mein Herr«, hier hielt die Zauberin inne, um ihm zuzunicken, und fuhr fort: » … von jemandem verhext worden sein, der dich für ein in seinen Augen gemeines, niederträchtiges Verhalten bestrafen wollte. Deshalb verlangte die Lösung dieses Banns von dir einen Akt wahrer Selbstlosigkeit … Ich habe da bloß etwas nachgeholfen.« Nun sah sie ihn lächelnd an – wenn auch mit einem recht schiefen Lächeln.

Der Mann war aber so von Dankbarkeit und Hochachtung für sie überwältigt, daß er anfangs nur stammelnd antworten konnte.

»Aber, aber … das war gar keine Selbstlosigkeit von mir. I … ich wollte, daß du mir hilfst! Ich verdiene dein Lob nicht. Nein, du solltest mich besser wieder in ein Tier verwandeln!«

Mit gar nicht mehr gequältem Lächeln erwiderte darauf Lucia:

»Manchmal braucht wahre Magie etwas weit Tieferes als Worte. Glaube mir, deine Menschengestalt hast du dir jetzt wirklich verdient.«

Der Mann sah die zierliche Frau noch immer erstaunt an. Dann lächelte er und küßte ihr die Hand, so als ob Galanterie und Höflichkeit schon immer seine Qualitäten gewesen wären.

Ob Mensch oder Tier – war eine Frage, die noch Mutmaßungen Raum böte. Denn er folgte wie ein eifriger Jagdhund Lucias Spuren, weil er wußte, daß er für den Rest seiner Tage ihr treuester Freund und Gefährte sein würde.

SUSAN HANNIFORD CROWLEY

Ich biete hier, wie ich in meinen Ablehnungsschreiben immer wieder betone, kein Podium für Serien. Was mit einer meiner Exzentrizitäten zu tun hat: Ich kann Begleitschreiben nicht ausstehen, in denen steht: »Diese Story ist die erste einer Serie ...« Mich erinnert das an die Absurdität, daß man etwas als »das erste jährliche« Diesunddas vorstellt oder – beispielsweise – bei einer College-Feier verkündet: »Ja, es wird von nun an Tradition sein, daß ...«

Nach meiner Ansicht sollten die AutorInnen als erstes ihre erste Geschichte schreiben; wenn mir die gefällt, nehme ich gern auch ihre nächste und übernächste. So war das etwa bei Mercedes Lackey und ihren Erzählungen über Tarma und Kethry oder bei Diana L. Paxson und ihren Shanna-Geschichten, die diese Reihe seit dem ersten Band immer wieder so bereichert haben. Aber ich will mich nicht unbesehen festlegen und die Katze im Sack kaufen.

Susan Crowleys erste Story (»Die Ritterin«) ist in meiner Anthologie Spells of Wonder *(eine Art Band V ½ der* Magischen Geschichten*) erschienen. Sie hat, während sie zwei Töchter und eine »literarische Felide« großzog, einen Band Gedichte und einen Science-fiction-Roman verfaßt ... Diese Geschichte ist Larry, ihrem Mann, gewidmet, »der sich am 20. September 1990 einer Herztransplantation unterzog – die Gott sei Dank glückte«. Susan weiß also wenigstens, daß ihr Mann ein Herz hat ... Ich, als bereits zweimal glücklos verheiratete Frau, könnte das von den Männern in meiner Vergangenheit nicht mit Sicherheit sagen. – MZB*

Flötchen

Flötchen klammerte sich mit ihren kleinen Fingerchen fest an die Baumwurzeln und biß sich auf die Lippe, um ja nicht laut aufzukeuchen. Ihre grünen Augen waren weit aufgerissen, aber mehr vor Neugierde als vor Furcht. Es stimmte also: Zebulona war zurück! Die tückische alte Hexe war vierzehn Jahre zuvor ob ihrer Schuld an einem Kindstod verbannt worden ... Das war lange vor Flötchens Geburt gewesen. Aber sie kannte die alte Geschichte, wie alle Kinder hier. Man erzählte sie ihnen oft am abendlichen Kaminfeuer, um ihnen angst zu machen und sie zum Gehorsam anzuhalten. Flötchen wußte genau, daß sie jetzt ins Dorf hätte heimlaufen sollen, um Alarm zu schlagen. Aber irgend etwas hielt sie mit eiserner Gewalt zurück.

Gebannt starrte sie durch das Loch in der Höhlendecke in den brodelnden Kessel hinab, um den Flammen tanzten und zuckten. Zebulona hob ihre schlangengleich gewundenen, knotigen Hände ins Zwielicht. Und Flötchen sah ihr uraltes, von unzähligen Runzeln durchzogenes Gesicht ... Keiner der Erwachsenen würde ihr glauben, daß die Alte nach all den Jahren in der Wildnis noch am Leben war.

»Jetzt ist fast alles beisammen«, lachte die Hexe und ließ eine Wurzel in den kochenden Sud fallen. »Dann bekomme ich meine Rache an meinem Dorf und an allen Dörfern, die mich abgewiesen haben. Nur noch eine Zutat ... das schwarze Herz eines von keinem Menschen Geliebten ... dann ist es soweit, oh, meine Rache wird süß sein.«

Flötchens ebenholzschwarze Locken bebten. Denn da im Dunkel, auf dem schmutzigen Felsboden, sah sie einen Toten liegen – einen Mann mit langem Bart. Das war doch der Stadtmetzger ... Er war ein grausamer Mann gewesen, der seine Schlachttiere immer erst quälte, ehe er sie tötete. Kein Mensch würde ihn vermissen. Aber ihr tat er doch leid. Und Tränen rannen über ihr unschuldiges Kindersicht und fielen geradewegs in den unter ihr brodelnden Sud.

Mit ihrem blutbefleckten Krummdolch schnitt Zebulona nun dem Toten die Brust auf, riß ihm das Herz aus dem Leib und warf es hohnlachend in den Kessel. Flötchen stockte der Atem vor Entsetzen, aber sie rührte sich nicht von der Stelle.

Schon quoll schwarzer, beißender Rauch durch das Loch in der Höhlendecke. Der Gestank stach Flötchen so in die Nase, und der Rauch reizte ihr so die Kehle, daß sie ihr Kopftüchlein abnahm und sich damit Mund und Nase bedeckte. Und durch ihre Tränen hindurch sah sie, wie aus diesem blubbernden Sud eine rabenschwarze, mannsgroße Kreatur erwuchs – ein geflügeltes Wesen, dessen Schwingen jetzt stark und schnell schlugen und dabei wuchsen und trockneten … Das mußte irgendeine Art von Dämon sein, den Zebulona auf das Dorf hetzen wollte.

Da sprang Flötchen hoch und rannte, so schnell ihre kurzen Beine sie trugen, davon und aus dem finsteren Forst hinaus und kam zu einem winterkahlen Feld, das ein paar Kinder für die Frühjahrsbestellung von Steinen säuberten. Und sie lief zu dem mit fast zehn Jahren ältesten Jungen dieser Schar und zupfte ihn aufgeregt am Hemd.

»Quinn«, stieß sie hervor, »du hattest recht: Zebulona ist wieder da. Sie hat einen Dämon gemacht, der uns alle töten soll.«

»Mein Papa ist letzte Nacht zur Höhle raus, um nachzusehen. Aber er hat gesagt, dort sei niemand gewesen, und hat mich verhauen. Also laß mich damit in Ruhe!« schimpfte der kleine Schmutzfink und versetzte ihr einen Stoß, daß sie der Länge lang in den Dreck fiel.

Flötchen rappelte sich wieder hoch, wischte sich ihr Kleid ab und rannte über den Hügel spornstreichs ins Dorf zurück. Und hinter ihr färbte sich der Himmel schwarz. Als sie bei ihrem Vater anlangte, war es bereits zu spät: Vom Feld her ertönten gellende Schreie. Und als die mit Speeren und mit Mistgabeln bewaffneten Dörfler dort eintrafen, fanden sie Quinn und drei andere Kinder tot, verstümmelt, zerfleischt, und die übrigen weinend und verängstigt aneinandergedrängt.

In der Nacht lohten Feuerringe zur Dämonenabwehr gen Himmel, und die Dorfältesten lauschten Flötchens Bericht. Die Eltern der toten Kinder tobten, bis ihr Zorn sich endlich in Tränen auflöste ... Die Männer hielten abwechselnd Wache, während die Ältesten berieten, wie dem Dämon am besten beizukommen sei.

Hochberühmte Krieger traten zum Kampf gegen diese Bestie an, unterlagen ihr jedoch allesamt. Der Dämon warf ihre blutigen Leichen, nachdem er sie halb aufgefressen hatte, hoch durch die Lüfte an die Ratshaustür, daß es nur so spritzte – und verhöhnte die Ältesten, indem er ihre Namen und die der Kinder des Dorfes kreischte.

Man bot allen Zauberern und Zauberinnen, die Hilfe brächten, das ganze klägliche Dorfvermögen zum Lohn. Viele versuchten es, aber kein Zauber schreckte dieses Monster ab. Jede Nacht holte es sich ein neues Opfer – so fest man auch alle Türen und Fensterläden verriegelte.

Flötchen schlief sehr schlecht in jener Nacht. In jedem ihrer Träume suchte der Dämon sie und rief sie beim Namen. Als sie wieder aus dem Schlaf hochfuhr und um sich blickte, sah sie ihre Angehörigen friedlich auf Strohmatten auf dem Boden der kleinen Hütte schlummern. Da sprang sie hoch und huschte zur Wiege, um nach ihrem kleinen Brüderchen zu sehen. Aber sein Bettchen war leer.

Lautlos glitt sie zur Tür hinaus. Und da sah sie den Unhold im Mondlicht stehen, bereit davonzufliegen. In seinen Armen aber hielt er ihr Brüderchen.

»Halt ein«, rief sie.

Der Dämon musterte sie stumm, als sie nun unerschrocken auf ihn zuging.

»Nimm mich, nicht meinen Bruder«, bat sie und streckte ihre winzigen Händchen aus ... Tränen, die im Mondlicht wie Sterne glitzerten, standen ihr im Gesicht. Der Dämon erzitterte und legte den Säugling behutsam zu Boden.

Nun verschränkte er bebend die Arme vor der Brust und wich zurück, den Blick auf sie geheftet. Da wußte Flötchen, daß ihre Tränen, die in den heißen Schöpfungssud gefallen waren, zu einem Teil von ihm geworden waren.

»Ich sah, wie sie dich schuf«, flüsterte das kleine Mädchen mit dem nachtschwarzen Haar. »Es tut mir leid, daß ich dich nicht retten konnte. Du warst ja schon tot, als sie dir das Herz aus dem Leib riß. Es tut mir so leid, daß ich dir nicht helfen konnte.«

Ein Sausen wie Windgebraus erhob sich um sie. Ein Heulen wie von einer Pein, die keine Linderung finden kann, drang ihr durch Mark und Bein. Der Dämon weinte!

Flötchen wurde bewußt, daß das Dorf erwacht war. Bald schon standen alle Männer, Frauen und Kinder rings um sie und den Dämon und starrten sie an. Ihre Mutter stürzte aus dem Kreis und riß den Säugling an sich. Als ihr Vater nach ihr faßte, rückte Flötchen näher und näher zu dem Monster hin.

Plötzlich schlug es seine Krallen um sie und flatterte mit ihr auf und davon. Die Dörfler verfolgten es schreiend und warfen mit Steinen nach ihm ... blieben dann aber im dichten Forst bald weit hinter ihm zurück. Der Dämon landete in der Nähe einer anderen, von hohen Bergen eingeschlossenen Höhle. Er entließ sie sanft aus seinen Fängen – da faßte sie sich ein Herz und trat in die gähnende Felsöffnung ein.

»Hör, du blöder Dämon, du solltest mir doch einen Säugling bringen! Nun, dann muß es eben dieses Kind da tun, schätze ich«, keifte Zebulona und trat aus dem Dunkel. In der Hand hielt sie den Krummdolch von einst, um damit jetzt Flötchen vom Leben zum Tode zu befördern.

Da schlug der Dämon so wild mit den Flügeln, daß er die alte Hexe umfegte.

»Mach das gefälligst draußen, du hirnloses Biest«, schimpfte sie und richtete sich ächzend wieder auf.

Und ging mit hoch erhobenem Dolch auf Flötchen los. Das Kind kauerte sich dem Dämon zu Füßen und blickte mit angstvollen, unschuldigen Augen zu ihm auf. Da schloß er seine Schwingen beschützend um die Kleine.

Die Zauberin lachte böse. »Ich sehe schon. Wir brauchen ein bißchen Ansporn, um unsere Beute loszulassen, ja? Du kannst haben, was immer von ihr übrigbleibt.«

Aber seine riesigen Flügel blieben um Flötchen geschlossen – wie ein Zelt, das einen Sturm abhält.

Da las Zebulona eine lodernde Fackel auf und setzt den Dämon in Brand. Er schrie und krümmte sich vor Schmerzen. Flötchen kroch zwischen seinen Beinen hindurch und lief los. Als sie fast den Höhlenausgang erreicht hatte, fiel ihr Auge auf ein düster schimmerndes Schwert, das aus einem Haufen erbeuteter Waffen zahlloser besiegter Helden ragte, ein mächtiges Breitschwert mit einem Solitär, einem warm und lockend glühenden riesigen Smaragd, am Griff. Sie hob es rasch auf, wunderte sich noch, wie unglaublich leicht es war, und drang dann mit erhobener Klinge auf die alte Vettel ein.

Das Schwert fuhr Zebulona mitten durchs Herz. Sie erzitterte und schrie rauh auf. Schwarzes Blut schoß in dickem Strahl aus ihrer Brust, und sie stürzte grau und stumm wie ein Stein zu Boden.

Tränenüberströmten Gesichts wandte sich Flötchen dem grausam verbrannten Dämon zu, der ächzend auf dem feuchten Felsboden lag. Sie setzte sich neben ihn in den Kot, strich ihm so mit ihren kleinen Händchen über das versengte Gesicht und dankte ihm mit heiserer Stimme für seine mutige Hilfe. Tröstend und liebevoll sprach sie zu ihm, und es waren die letzten Worte, die er in seinem kurzen Leben hören sollte … Beim Frühlicht verschied er.

Flötchen sah noch ein Weilchen sinnend zu, wie die Strahlen der Morgensonne über den Höhlenboden krochen, und erhob sich sodann, um nach etwas Brot und Wasser zu suchen. Dabei fand sie auch den zu dem Schwert gehörenden Gurt samt Scheide und schnallte sich ihn um ihre schmale Taille. Einen Rundschild mit dem Bild eines Kometen als Zierde nahm sie sich aus dem Waffenhaufen. Dann verstaute sie ihre karge Wegzehrung in einem festen Ledersack, hängte sich ihn über die Schulter und trat ihre lange Heimreise an.

Der Wald prangte in Grün und Gold, aber ihr Herz war schwer, denn Weg und Steg waren ihr unbekannt, weil sie noch nie so weit von daheim weg gewesen war. Sie ging Stunde um Stunde, bis ihre Beine ihr den Dienst versagten; des Nachts schlief sie zusammengekauert unter irgendeiner Kiefer. Aber als sie schon glaubte, sie würde ihr Dorf nie mehr wiedersehen, und ihr Brot und ihr Trinkwasser bereits zur Neige gingen, hörte sie plötzlich den Wind ihren Namen raunen.

Nein, das waren nicht die Lüfte, sondern Menschen, die nach ihr riefen! Und als die Stimmen näher kamen, rannte Flötchen schreiend auf sie zu. Jetzt sah sie schon ihren Vater an der Spitze eines Haufens, der trotz tagelang vergeblicher Suche noch immer nach ihr den Wald durchkämmte. Glücklich warf sie sich in seine Arme, und die Männer trugen sie im Triumphzug heim ins Dorf.

Als Fötchen in jener Nacht auf ihrer Matte schlief, deckte ihre Mutter sie noch mit einem blauen Umhang zu, den sie für sie gefertigt hatte. Es war ein weites warmes Cape, das eine Kriegerin wohl gegen alle kalten Stürme des Lebens schützen konnte. Flötchen wachte dabei nicht auf. Sie schmiegte sich nur noch enger an ihr Schwert und lächelte im Schlaf.

Das knisternde Kaminfeuer verbreitete eine wohlige Wärme in dem Saal, den eine Zimmertanne schmückte. Sorrel de Martaine sah ihrer Lehrerin zu, wie sie ein Scheit nachlegte. Draußen heulte der Winterwind. Der zerrissene Saum von Fetzengewands Kleid flatterte in der Zugluft. Ihr schwarzes, einst kurzes Haar wallte ihr den Rücken hinab, bis fast auf den Fußboden, und sie war die Anmut in Person. Sorrel musterte diese Frau, die ihr mehr als die Schwertkunst beibrachte, und die stille Schönheit der Erzählung dieser berühmten Kriegerin erfüllte sie mit ehrfürchtigem Staunen.

»Dein Spitzname in Kindertagen war also ›Flötchen‹«? fragte sie.

Fetzengewand lachte. »Ja, aber auch dir wird man in deinem Leben noch viele Namen geben. Manche werden dich als Sorrel kennen, andere nur als die ›Ritterin‹. Manche deiner Namen werden an die Kriegerin, andere an die Bettlerin gemahnen, die du einst warst.«

»Da ist ein Punkt, den ich nicht verstehe. Warum haben deine Eltern dich denn ›Flötchen‹ gerufen?«

Die Lehrerin lächelte nur, schritt lautlos elegant zur Wand hinüber, betrachtete das Breitschwert, das da den Ehrenplatz einnahm, und den Smaragd, der seinem Goldgriff den Glanz der Ewigkeit verlieh. Dann nahm sie von dem Nagel darunter einen langen Lederbeutel, öffnete ihn und holte aus seiner dunklen Tiefe eine feingeschnitzte Holzflöte. Sie setzte sie an die Lippen. Schon füllte ein wundersamer Klang unbeschreiblicher Pracht das ganze Gemach, und er flatterte durch ihr Herz und stieg jäh mit ihrer Seele auf. Da ließ Sorrel sich in ihrem Sessel zurücksinken und von der süßen Weise einlullen.

Im Traume sah sie ein Kind in einer Berghöhle sitzen und nur wenige Schritte von ihm entfernt die alte Hexe in ihrem Blut liegen, die sich am Dorf des Kindes gerächt hatte. Aber die Kleine scherte sich nicht mehr darum. Sie blickte mit ihren smaragdgrünen Augen liebevoll auf das Monster hinab, das mit dem Kopf in ihrem Schoß ruhte, und streichelte ihm mit ihren kleinen Händen das Gesicht ... Der Unhold seufzte. Ihm konnte jetzt nichts mehr geschehen. Und er starb in ihren Armen, in ihrem Mitleid geborgen.

Nun weinte Sorrel im Schlaf über die zarte Schönheit der ihr Scheu einflößenden Kriegerin und über die Art von Kriegerin, die sie selbst einmal zu werden hoffte.

DIANA L. PAXSON

Diana Paxson hat meinen Bruder Don geheiratet und dann bald, in angemessener Form, das familientypische Metier ergriffen, die Schriftstellerei ... meine Brüder Don und Paul schreiben Romane, und sogar mein Exmann Walter Breen verdient sich als Autor numismatischer Artikel und Enzyklopädien sein Geld. Es ist bei uns demnach nichts Ungewöhnliches, Schriftsteller zu sein – es nicht zu sein, wäre schon eher etwas überraschend. Und Diana wurde, wie es sich gehört, bald zur Zierde unserer literarischen Familie. Sie hat schon, außer gut einem halben Dutzend Fantasy-Romane, einige große Sagenromane geschrieben: Der weiße Rabe, eine wunderbare Neuerzählung der Geschichte von Tristan und Isolde, sowie – als ihr neuestes Werk – Der Zahn der Schlange, worin sie die alte Sage um König Lear neu verarbeitet und das düstere Motiv weit besser gestaltet hat, als die meisten für möglich halten würden. Aber sie hat bei all dem noch die Zeit gefunden, uns eine neue Story über die Schwertkämpferin Shanna, ihre uns schon vertraute Heldin, zu schreiben. Ich sollte hinzufügen, daß sie als Gründerin der Gesellschaft für kreativen Anachronismus wirklich eine ganze Menge über die Schwertkunst weiß. Kein Wunder also, daß ihre Beschreibungen von Kampfszenen so authentisch sind. – MZB

DIANA L. PAXSON

Stoppstoß

Shanna sah sein Schwert im Sonnenlicht herabblitzen. Sie hob jäh
ihren Schild, schwang in geschultem Reflex das böse zerhauene
Holz der Klinge in die Bahn. Aber schon gewahrte sie aus ihren
Augenwinkeln etwas Dunkles neben sich wachsen – und als sie
nun fluchend den armlähmenden Schlag seines zweiten Schwerts
parierte, ließ sein dröhnendes Gelächter die Luft erzittern.
Bei Belisamas Brustharnisch! Wie ist er so schnell geworden?
dachte sie und starrte Culain über den schartigen Rand ihres
Übungsschilds an.
»Du brauchst bald einen neuen, wenn du gegen mich kämpfst«,
rief er grinsend, als sie mit jähem Blick den schon breiten Spalt in
ihrer zerhauenen Wehr maß.
Sein hellhäutiges Gesicht war leicht verschwitzt, und seine span-
nenlangen Schnurrbartspitzen funkelten wie Golddraht im grellen
Licht. Er hätte das großkarierte Cape eines Kriegers von den Nebelinseln tragen sollen – und nicht die graubraune Bluse und den
abgewetzten Lederpanzer des Gladiators … Und ich, spann sie
grimmig den Gedanken fort, sollte von Rechts wegen in seidene
Schleier gehüllt sein. Aber die Zeit dafür lag vierzehn Jahre zurück. Und statt des Goldcolliers einer Prinzessin trug sie den eisernen Halsring einer Sklavin Belisamas. Sie hatte drei Jahre in diesem Rund überlebt, Culain zwei; aber die meisten verließen es
durchs Tor des Todes und nicht durchs Siegestor … Überall
ringsum sah sie ähnlich gewappnete Zweikämpfer einander mit
schweren Hieben über die gestampfte Erde des Übungsplatzes treiben – vor und zurück und hin und her. Und sie sah die im Halbkreis
darum errichteten Kasernengebäude mit Messe und Arsenal und,
gegenüber, die große Belisama-Statue, die das Tor bewachte, durch
das ihre Sklaven und Sklavinnen die Arena betraten.

Da hob Culain, mit einem Funkeln in den blauen Augen, wieder die lederumwickelten Übungsschwerter. Es war eine großzügige Geste von ihm gewesen, ihr dies Training anzubieten. Ja, sie brauchte etwas Übung im Kampf mit zwei Schwertern. Der Hieb des langen war gefährlicher, aber das kurze konnte als Waffe oder Schild dienen, und das in verwirrend schnellem Wechsel. Die Vergangenheit war bedeutungslos: In der Arena zählte nur der nächste Kampf, der nächste Hieb. Und in Erwartung seines nächsten Hiebs ging Shanna in eine leichte Hocke und hob den Schild.

Blaue und schwarze Augen maßen einander über den Schildrand hinweg.

Du bist mein Feind ... Du bist meine Seele ...

Er kam wie ein Wirbel über sie, und plötzlich wurde es wahr. Sie trafen und trennten sich in vollkommenem Rhythmus, und das Klirren und Krachen ihrer sich kreuzenden Klingen war wie ein Sommergewitter. Immer schneller kämpften sie, und rings um sie erstarrte da alles in Reglosigkeit. Mit einem Lachen schlug Shanna seine Langwaffe zur Seite, stieß nach und verlagerte, sein abzusehendes Ausweichen vorwegnehmend, nun für ihre nächste Finte ihr Gewicht ...

... und rannte ihm so voll in die gepolsterte Spitze seines Kurzschwertes, daß es ihr die Luft und auch das Lachen nahm. Und es wurde ihr schwarz vor Augen, als sie keuchend um Atem rang.

Shanna spürte das Blut in ihren Ohren hämmern, begann jedoch wieder klar zu sehen. Sie lag flach auf dem Rücken im Staub, und Culain beugte sich über sie. In ihrer Nähe schrie einer anfeuernd, und sie fragte sich etwas benommen, wie dieser Sturz ihre Wettquote drücken würde, wenn sie das nächste Mal durch Belisamas Tor einzöge.

»Shanna, Shanna, meine dunkle Königin ... du bist doch nicht etwa ernsthaft verletzt?« fragte Culain besorgt, kniete sich geschwind neben sie und nahm sie behutsam in seine kräftigen Arme.

Culain, nein! rief ihr Herz, als sie in seinen blauen Augen ein Gefühl scheinen sah, das mehr war als kameradschaftliche Besorgnis. Aber in seinen Armen zu liegen, war wie von einem blonden Bären gewiegt zu werden. Und sie brauchte und genoß diesen Trost, auch wenn ihr Verstand in stummer Verzweiflung und Panik weinte. Sie hatte gedacht, sie könnte Freundschaft zulassen. Aber dieser Kampf eben war zu schön gewesen – fast wie ein Liebesspiel.

Die Sklaven und Sklavinnen Belisamas lebten in einem höchst zwiespältigen Verhältnis zueinander: Sie brauchten einander zur Schulung ihres Könnens und wußten dabei doch, daß sich alles, was sie an Wissen und Kunstfertigkeiten weitergaben, eines schönen Tages gegen sie selbst kehren konnte, wenn sie aufgrund des Losentscheids gegen den kämpfen mußten, mit dem sie sich hier angefreundet hatten. Selbst kameradschaftliche Gefühle konnten in dieser Gemeinschaft also zu einem fatalen Handicap werden. Und für Liebe war da erst recht kein Platz.

»... es geht schon ... Uff!« stöhnte sie und schlug kraftlos, aber tapfer mit der Rechten nach ihm. »Du hast mir nur eben die Eingeweide ums Rückgrat gewickelt! Wie hast du das bloß angestellt?«

»Ein Stoppstoß!« knurrte er und errötete vor Freude darüber, daß sie ihre Sprache wiedergefunden hatte. »Aber das ›Wie?‹, nun, das muß mein Geheimnis bleiben ...«

Sie erwiderte sein Grinsen, so gut es ging. Sie war darüber, daß er seinen Selbsterhaltungstrieb offenbar noch nicht ganz verloren hatte, viel zu erleichtert, um durch seine Abfuhr gekränkt zu sein.

»Schon gut! Beim nächsten Kampf werde ich dir dein Geheimnis aus deiner zähen nordischen Haut rauswringen!« flüsterte sie und boxte ihn gegen die Brust. Und er setzte sie, wenn auch widerwillig, ab.

Er sah ihr aber für eine Sekunde noch fest in die Augen, und da regte sich tief in ihrem Bauch ein Schmerz, der nicht von seinem Stoß herrührte. Es war vierzehn Jahre her, daß sie am Baalteyn-Feuer ihre Fraulichkeit geopfert hatte, und als die Priesterin der Dunklen Mutter den Fluch über sie gesprochen, war sie froh darüber gewesen, nun vor den Gefahren der Liebe beschützt zu sein. Aber dann war sie Tara begegnet, und die hatte ihr Ytarras Spiegel gezeigt und mit ihren Liebkosungen ihren Körper und ihre Seele wiedererweckt.

Sie war unfruchtbar. Also könnte sie unbesorgt Culains Lager teilen – bis zu dem Tag, an dem das Los gegen sie entschiede und sie dann mit blanker Waffe gegeneinander kämpfen müßten. In der Arena war nur Belisamas Umarmung sicher.

Aus allen Brunnen in Kaiser Darios Starenyis Palast floß der blutrote Wein in dicken Strahlen, und die goldenen Nieten an Shannas rotem Lederpanzer glitzerten und gleißten im Schein der Laternen und Lampions. Sie aber lauschte dem Geplätscher der höflichen Konversation, die ringsum im Gang war, um die Schreie der sterbenden Männer zu vergessen … An diesem Tag waren die Kämpfe besonders blutig gewesen. Dabei waren sogar einige Favoriten getötet worden, Männer, die fast schon ihre fünfhundert Siege errungen hatten. Die Stimmung in der Stadt war dementsprechend schlecht.

Der Wein konnte Shanna kein Vergessen schenken. Nach diesen drei Jahren wußte sie ja auf den Schluck genau, wieviel sie trinken durfte, ohne ihre Kampfkraft zu beeinträchtigen. Und diese Gesellschaft war ihr auch keine Zerstreuung. In jedem gierigen Blick der Menschen rings um sie spiegelte sich ihr noch das Gemetzel dieses Nachmittags. Für die Adligen, deren Alptraum es war, vom kaiserlichen Exekutor die Seidenschnur zu erhalten, waren die Sklaven und Sklavinnen Belisamas wie lebende Talismane für ihr eigenes Überleben. Und sie suchten deren Gesellschaft gleich Kindern, die auf einer hohen Mauer balancieren – die Gefahr genießend und zugleich in Angst vor dem Fall.

Ihr Leben hängt von des Kaisers Laune ab und meins von denen der Göttin … sind sie da freier als ich? dachte Shanna und nahm noch einen Schluck Wein. Und über den Becherrand hinweg sah sie, wie zwei jüngere Höflinge einhergeschlendert kamen und sie mit einem seltsamen Gemisch aus Begierde und Abscheu musterten.

»Für wen kämpft die … für die Grünen oder die Goldenen?« fragte der eine den anderen, ganz als ob sie ihn nicht hätte hören können.

»Weder noch«, versetzte sein Begleiter. »Wirklich, Lars, wo bist du denn die ganze Zeit gewesen? Die Rote Shanna erlaubt keiner Partei, ihre Siege als Omen für sich zu nehmen.«

Shanna lächelte säuerlich. Sicher, das war der zweite Grund dafür, daß man die Schwertsklaven hierher einlud. Sie waren gefragt als Parteigänger, deren Überleben im Kampf anzeigte, welcher Fraktion die Götter wohlgesonnen waren. Und wenn die beiden Lager in der Arena ihre Favoriten anfeuerten, tobten sie damit Leidenschaften aus, die sonst leicht zu Aufständen hätten führen können. Einige Kämpfer sammelten hier Gold und Edelsteine – den Preis für ihren Freiheitstraum. Shanna aber ging zu diesen Festen, um Nachricht über ihren vor so vielen Jahren verschollenen Bruder zu suchen. Derlei Kunde wäre der Preis für ihre Loyalität gewesen, aber diese Münze hatte ihr noch niemand angeboten.

Der junge Edelmann spann im Weitergehen seine Bemerkungen fort; aber Shanna hörte nicht mehr darauf. Sie war ganz Auge für die ihr allzu vertraute Erscheinung in Violett am fernen Ende des Saals, und ihr Bauch verkrampfte sich, als sie sah, wie Fürst Irenos Aberaisi nun beiseite trat und die um einen Kopf kleinere Frau, die in ihrer lila Schleierwolke so steif wie Eisenholz daherkam, in den Festsaal komplimentierte.

Fürstin Amniset! Wenn Shanna gewußt hätte, daß die Frau, von der sie als Sklavin gehalten, mit Drogen betäubt worden war und fast getötet worden wäre, ebenfalls erschiene, wäre sie vielleicht nicht gekommen. Aber wenn eine Kriegerin den Eid auf Belisama schwor, wurden alle alten Rechnungen hinfällig. Was konnte Lord Irenos' Gemahlin ihr also noch anhaben?

Und als ob sie ihren harten Blick gespürt hätte, drehte sich die Lady zu ihr um. An ihrer rechten Hand glühte tückisch der große Rubin der Dunklen Mutter; ihre verstümmelte Linke – den Ringfinger hatte Shanna ihr einst abgehauen! – verbarg sie in den Falten ihres Gewands. Aber in ihren Augen glommen wieder Rachegelüste auf.

»Du hast heute ja gut gekämpft, Kriegerin«, sprach einer nun Shanna rücklings und so ölig und vertraulich an, daß sie mit gesträubtem Nackenhaar herumfuhr. Sie zügelte aber ihre Wut, als sie in dem Unverschämten einen Eunuchen erkannte, der im Dienst des Kaisers stand. Was wollte er von ihr? Das war das erste Mal, daß jemand aus dem Palast an sie herantrat.

»Drei Jahre ... bemerkenswert«, fuhr er grinsend fort. »Du wirst vielleicht die erste deines Geschlechts sein, die ihre Tötungsquote erfüllt ...«

Shanna blinzelte verdutzt. Ihr war nie aufgefallen, daß sich noch keine Gladiatorin die Freiheit hatte erkämpfen können. Jetzt grinste der Eunuch immer breiter, und Shanna biß die Zähne zusammen. Dieser Mann diente am kaiserlichen Hof. Gut möglich also, daß er ihren Bruder bei dessen Antrittsbesuch in Bindir gesehen hatte.

»Und mit keiner Partei verbündet ... bemerkenswert! Hast du denn keinen Wunsch?«

»Die nächsten zwei Jahre zu überstehen?« versetzte sie, sein Grinsen erwidernd.

»Ja, dafür beten wir«, gab er aalglatt zurück. »Aber niemand kann ewig allein stehen. Du solltest ein Bündnis in Betracht ziehen. Ja, Schwertkämpferin, das solltest du in der Tat.«

Shanna musterte ihn und fragte sich dabei, welcher Fraktion er wohl angehörte. Er trug die Farben des Kaisers – Schwarz und Silber –, aber nicht die Spur von einem Bändsel, das ihr Aufschluß über seinen Auftraggeber gegeben hätte.

»Lorisos von Norsith trug Gold ... und ihm hat ein Speer die Luftröhre zermalmt«, erwiderte Shanna in ausdruckslosem Ton. »Das Grün von Nambu dem Schweiger färbte sich rot unter den Schwerthieben seines Gegners. Das Wohlwollen ihrer Parteien konnte sie nicht retten ... Ich werde auf die Gunst Belisamas bauen und meine Loyalität für den Kaiser reservieren.«

Der Eunuch vollführte automatisch eine Geste der Verehrung; aber wem sie galt – der Göttin, dem Souverän –, hätte Shanna nicht zu sagen gewußt.

»Grün und Gold sind nicht die einzigen Farben ...«, fuhr er, leiser nun, fort, und Shanna fühlte, wie sich ihr von neuem die Nackenhaare sträubten. »Was, wenn es nun eine Macht gäbe, deren Gunst ihren Getreuen den Sieg garantieren könnte?«

54

Shanna verbiß sich die naheliegende Antwort, daß derlei der Gipfel der Gottlosigkeit wäre, da ja der Ausgang der Kämpfe über den Willen der Götter Aufschluß geben solle. Aber ... Wissen konnte mehr wert sein als Gold.

»Worauf müßte ich schwören?« fragte sie vorsichtig. »Oder vielmehr: auf wen?«

»Wenn du zu dem Ort kommst, den ich dir nennen würde, wirst du die Macht zum Sieg erhalten.«

»Oh, Magie ...« Ein, natürlich, verbotenes Mittel, auf dessen Gebrauch das langsame Sterben von der Priester Hand stand, das weit gefürchteter war als der jähe Tod in der Arena.

»Schwertkämpferin, kannst du dir denn Frömmigkeit leisten?« versetzte der Eunuch achselzuckend.

»Kann ich es mir leisten, mich einer Macht mit okkultem Ziel zu verpflichten?« gab sie ihm zur Antwort.

»Das weiß ich nicht. Aber es ist nur gut ...«, versicherte er ihr ernst, mit bebenden Bäckchen. »Zum Besten von Bindir!«

»Behaupten das nicht alle diese Parteien? Erzähle mir mehr, wenn du einen Bescheid von mir willst.«

Aber er zuckte bedauernd die Achsel, schüttelte den Kopf und empfahl sich. Shanna folgte mit ihren Blicken dem in Schwarz und Silber gewandeten Mann, der da schnurstracks auf die vor lauter Schleierviolett unübersehbare Lady Amniset zustrebte, vor ihr anhielt und gestikulierend zu ihr sprach. Da reckte sich die Kriegerin hoch empor, um sie auf sich aufmerksam zu machen. Die Fürstin erstarrte. Aber ihre Augen blitzten dem verblüfften Eunuchen noch ein so entschiedenes Nein! zu, daß er erbleichte.

Interessant, dachte Shanna, er hätte mir dieses Angebot also nicht unterbreiten sollen ...

Diese dritte Fraktion in der Hauptstadt bestand wohl aus den Anhängern der Dunklen Mutter oder aus denen des Kriegsgottes Toyur ... Shanna hatte sich beide Gruppen zu Feinden gemacht, aber Lady Amniset war Anführerin der Kinder von Saibel. Die Grünen standen für Tradition, bei Handel und Wandel wie beim Krieg. Die Goldenen waren ebenso zu einem Krieg wie zu einem Bündnis mit den traditionellen Feinden des Reichs bereit und letztlich nur darauf aus, dem Neuen und neuen Leuten den Weg zu bereiten. Würden die Jünger Saibels sich mit ihrem ganzen Gewicht hinter eine jener Parteien stellen – oder versuchen, selbst die Macht zu erringen? Und wo stand nun der Kaiser in dieser Gleichung?

Da umschritt Shanna stirnrunzelnd die festliche Menge, nahm noch einen Becher Wein und blickte zu Culain hinüber, der an einer der hohen Säulen stand und Mittelpunkt einer Schar von Bewunderern war, die wohl die Siege dieses Nachmittages noch einmal Hieb um Hieb beschworen. Und wie er so im Fackellicht schimmernd dastand – um die nackte Schulter den prachtvollen Luchsfellumhang, die starken Schenkel in hauteng er karierter Lederhose –, war er jeder Zoll der Barbarenprinz, als der er geboren war. Culain war nach jedem Sieg in Hochstimmung; das ärgerte sie manchmal, aber wie konnte sie ihm sogar noch ein momentanes Glücksgefühl verargen?

Nun drehte er sich zu ihr um, als ob er ihren Blick gespürt hätte, und lächelte ihr zu. Schon fand sie sich halb auf dem Sprung zu ihm und hatte plötzlich den Wunsch, alle Pläne und Gefahren, ja, selbst die Suche nach dem Bruder, zu vergessen und sich an seinem strahlenden Lächeln zu wärmen.

Da ließ Hörnerklang vom Portale her das schwirrende Treiben erstarren ... Elisos Teyn Janufen, der Großfürst von Kateyn, Protektor der Nebelinseln und Kaiser von ganz Bindir, hielt auf einer Woge von Stahlfunkeln, Rosenduft und Blütenschnee feierlichen Einzug. Er war an diesem Abend strahlend hellen Sinns und Dekors. Seine weißgewandeten Diener schwangen bei ihrem Tanzmarsch ihre silbernen Glöckchen, daß die Melodien nur so durch den Saal perlten, und ihnen folgte, in tadellos ausgerichteten Reihen, seine eisern gedrillte Walkürengarde.

Vier hellhäutige Sklaven aus dem Norden trugen ihn auf einem goldenen Sessel seinem Gastgeber entgegen. Aber nicht ihnen, nein, den Gardistinnen folgte Shannas Blick, schritten diese Kriegerinnen doch mit einer lässigen Grazie einher, die sie in den letzten drei Jahren sogar noch mehr schätzengelernt hatte. Und auf ihren blanken Klingen sah sie die gehämmerten Wellenmuster dorischen Stahls glitzern.

Als sich der Kaiser aus seinem förmlich abgesetzten Sessel erhob, drapierte man mit einer Silberbrokatdecke hastig ein Speisesofa für ihn, damit er sich neben seinen Gastgeber lagern könne. Er war hager und blaß und sprach in fiebriger Erregung auf den Gastgeber ein, um sich dann der festlichen Menge zuzuwenden und sie mit prüfendem Blick zu umfassen … Nun wurden auch schon die Schwertsklaven zur Inspektion vor ihn befohlen. Vor all seiner weißen Pracht verblaßte selbst Culain mit seinem Gold. Er war Shanna immer wie eine Sonne erschienen; aber als sie sich der Empore näherten, sah sie, daß er im taghellen Glanz des Imperators nur ein flackerndes Flämmchen war.

»Du warst ja gut heute«, sagte Shanna und setzte ihren Krug Dünnbier ab. »Ich habe dich noch nie so kämpfen gesehen.«
Culain kippte achselzuckend seinen Krug, leerte ihn in einem Zug; und als er so das Bier hinunterschluckte, konnte Shanna seine kräftigen Halsmuskeln arbeiten sehen. Sie stocherte in den Fleischresten auf ihrem Teller herum. Es war kaum jemand zum Nachtmahl erschienen. Denn die meisten der Arenasklaven, die aus den Kämpfen dieses Tages – gegeben zu Ehren der aus den Dorischen Kriegen zurückgekehrten Vierten Legion – als Sieger hervorgegangen waren, feierten auf einem der vielen, jetzt in Bindir abgehaltenen Bankette. Und der Festlärm war selbst bei ihnen in der Messe noch zu hören. Der Rückzug der Legion stand ganz in Einklang mit der Eindämmungspolitik der Grünen; also war hoch gewettet worden, ob er auch dem Willen der Götter entspräche. Die schwersten Verluste hatte nun die Seite gehabt, die für die Goldenen kämpfte, und darum sprach man bereits von einem Wiedererstarken der Anhänger Saibels.
»Also, weshalb bist du nicht aus, um dich feiern zu lassen? Ich weiß, daß du haufenweise Einladungen hattest. Du kannst doch nicht um dieses Bierchens willen hiergeblieben sein!« fuhr Shanna fort und brachte dabei sogar ein Lachen zuwege. Aber Culain runzelte die Stirn. Sicher, sie hatte recht … aber ihn plagten ganz andere Sorgen.
»Ich bin noch am Leben, und du auch«, grollte er und starrte

57

düster in seinen leeren Humpen. »Und das ist jetzt mehr wert als Ruhm und Ehre … Aber es sind heute Männer gefallen, die eigentlich hätten siegen müssen. Wie viele Betten in dieser Kaserne werden beim Morgengrauen noch leer sein?«

»Sie werden neu belegt«, versetzte Shanna bitter. »Wenn die Generäle die Gefangenen aus diesem Feldzug gemustert haben. Aber was bekümmert dich das jetzt?«

»Bei meinem letzten Kampf heute …«, sagte er und schüttelte unglücklich den Kopf.

»Den habe ich gesehen. Was war da los? Du warst ja plötzlich wie ein Bärenpriester, der in Raserei verfällt!«

»Akonu war ein Freund«, murmelte Culain. »Und er war stark.« Er stieß seinen Bierkrug beiseite. »Komm mit nach draußen, Shanna. Hier drin kann ich nicht reden!«

»Willst du mir das Geheimnis deines Stoppstoßes verraten?« erwiderte sie mit etwas gezwungenem Lachen.

»Vielleicht«, knurrte er, als sie darauf in die warme Nacht hinaustraten. Der Vollmond hing bereits über der Arenamauer, und Belisama warf einen langen, schwarzen Schatten über den Sand des Exerzierhofes. »Vielleicht tue ich das. Vielleicht ist dieses Geheimnis ja jetzt nichts mehr wert …«

Shanna blieb erstaunt stehen und packte ihn am Arm. »Was ist los, Culain, was ist dir zugestoßen?«

»Komm, kämpf mit mir, Shanna …«, flüsterte er und verzog den Mund zu einem bitteren Grinsen, daß seine Zähne aufblitzten. »Du weißt doch, daß ich ohne ein Schwert in der Hand einfach nicht denken kann.«

Ihre vom Kampf dieses Nachmittags noch verkrampften Muskeln prostestierten schmerzhaft. Aber der unkörperliche Schmerz, der sich unter ihrem Brustbein regte, ließ sie ihm stumm zur Rüstkammer folgen.

Schwarz hoben sie sich vom weißen Sand des Übungsfeldes ab, als sie ihre Aufwärmübungen absolvierten, jene tänzerischen Bewegungen, die die Muskeln lösen und beleben und Geist und Körper in Einklang und Harmonie bringen. Shanna hatte sich – mit je einem lederumwickelten Trainingsschwert in der Linken und der

Rechten – für den beidhändigen Kampf bewaffnet, denn wenn er wirklich vorhatte, ihr das Geheimnis des Stoppstoßes zu offenbaren, wollte sie gerüstet sein, den auch gleich zu üben.

»Du siehst aus wie die Kriegsrabin, die über dem Schlachtfeld kreist ...«, rief Culain, als Shanna ihre Schwerter im hohen Bogen herauszucken ließ und unsichtbare Feinde köpfte. »Wir auf den Nebelinseln nennen sie ›Marigan‹.«

»Ich weiß ...«, stieß sie da hervor und schwang ihre Klingen wieder herum und hoch zur Parade: das Langschwert über einer Schulter in der Schwebe, das Kurzschwert aufrecht gehalten. Aber sie sah Blut und Feuer auf den Mauern von Otey, und sie hörte Männer jenen Namen schreien.

»Ich hielt das erst für Marigans Kampfrausch und freute mich darüber«, sprach Culain. »Aber daß ich das auch noch spürte, als ich meinen Freund erschlug! Daran war der Zauber schuld. Und nicht nur mir erging es so. Das ist Gotteslästerung.«

Plötzlich war er nur noch fließende Bewegung, stach jäh auf sie ein und brachte schon sein zweites Schwert herum, um in die Deckungslücke zu stoßen, sobald sie, den ersten Stoß zu parieren, eine Klinge höbe. Und Shanna war sich – eingedenk jenes Kampfes, bei dem die Kriegsgöttin einst von ihr Besitz ergriffen hatte – gar nicht sicher, ob Marigans Kampfrausch zwischen Freund und Feind unterschiede! Erst im Schatten der hölzernen Übungspuppe, deren eisenharter Leib von zahllosen Schwerthieben zerhackt und gekerbt war, kamen sie wieder zum Halten.

»Welcher Zauber?«

»Kämpfe mit mir, Shanna, so im Stillstand kann ich das nicht sagen ...«, keuchte er, hob seine Klingen und kreuzte sie zum Gruß ... ein schwarzes Kreuz, das sich wie ein Schutzzeichen gegen den mondlichtfahlen Nachthimmel abhob. »Und nimm dich gut in acht!«

»Der Eunuch des Kaisers ... kam zu mir«, fuhr er sodann fort und ging lauernd auf sie zu. »Kallios, Zennor und ich ... zu einem Fest eingeladen ... mit verbundenen Augen hingebracht. Sie müssen uns etwas in den Wein getan haben ...« Nun schlug er urplötzlich zu; und Shannas Klingen kreuzten sich jäh zur Parade und trennten sich genauso jäh wieder, um sein zweites Schwert abzuschmettern.

»... wurde darauf so seltsam«, keuchte Culain und hob seine Klingen nun langsam wieder in Eröffnungsposition. Und Shanna stellte sich erneut zum Kampf. »Aber da war so ein Ritus ... ein Zauberwort!« Seine Augen zeigten das Weiße – wie die Augen von gehetzten Pferden. »Wollen sie nur beim Wetten Kapital daraus schlagen, daß sie im voraus wissen, wer durchdrehen, wer siegen wird? Oder führen sie anderes im Schild?«

Wie ein Blitz schoß er nun auf Shanna los – zu schnell, viel zu schnell für sie ...

Klirr! Und klirr! Mit zwei fürchterlichen Hieben schlug er ihr die Klingen aus den Händen, und sie spürte, wie ihr der Atem floh, als er sich auf sie warf, sie unter sich begrub und ihr mit stählernen Händen beide Schultern auf den Boden zwang.

So lagen sie für Augenblicke keuchend da, bis die Zuckungen, die seinen starken Körper durchliefen, endlich nachzulassen begannen. Und sie spürte seinen warmen Atem auf ihrer Wange.

»Was war das für ein Zauber, Culain?« flüsterte sie. »Was haben sie dir angetan?« Ihr wurde jäh bewußt, daß ihr Hals nackt und ungeschützt war – und seine starke Hand so nahe.

»Das bloße Wort, einmal ausgesprochen ... erzeugt schon den Rausch ... Dann siehst du anstelle deines Gegners einen Dämon vor dir ... schon der Gedanke daran weckt diese Wut ... auch jetzt noch.«

Und nun berührte er ihren Hals, fuhr ihr mit seinen rauhen Fingerspitzen daran hinunter, daß ihr heiß und kalt wurde, wo immer er sie gestreift hatte, und sie sich unwillkürlich versteifte. Als er jedoch ihren eisernen Halsring erreichte, verharrte er und seufzte:

»So weich ... verwundbar, leicht zu töten.« Dann streichelte er ihr die Wangen und küßte sie, langsam, durstig, fast wie ein Wanderer, der endlich eine Quelle gefunden hat.

Ich sollte das beenden, dachte Shanna. Ja, wenn sie sich wehrte, kämpfte, würde selbst seine Kraft nicht genügen, sie zu bändigen. Aber auch sie war so schrecklich durstig.

»Ich will dich lieben, Shanna, nicht töten«, flüsterte er, als sie Atem schöpften. »Oh, ich bin dieses Tötens so müde, so fürchterlich müde.«

Und als er nun wieder seinen Kopf auf ihre Schulter sinken ließ, fühlte sie ihn mit jeder Faser ihres Körpers, seinen ganzen, von warmem Leben erfüllten Leib – und da wußte sie, daß sie ihn begehrte.

»Du sollst heute bei mir liegen, Shanna ...«, murmelte er, ihr kaum verständlich. »Ich will mit dir Leben zeugen. Leg deine Rüstung ab und komm in meine Arme.«

Da wandte sie den Kopf und starrte zu dem sterilen silbernen Rund von Belisamas Schild empor.

»Hast du vergessen, was unser Halseisen bedeutet? Du weißt, wenn wir überleben, werden sie uns eines Tages gegeneinander antreten lassen und uns beide, so wir uns verweigern, eines langsamen Todes sterben lassen.«

Schweigend wog er ihre Worte. Dann brach es aus ihm heraus: »Es ist wohl schon zu spät, um mich gegen dich zu schützen! Ich werde dir also das Geheimnis des Stoppstoßes verraten, Shanna«, flüsterte er. »Aber laß uns diese eine helle Flamme gegen all das Dunkel zeugen.«

»Nein ...«, keuchte sie, und der Schmerz in ihrem Bauch war so schneidend wie der einer Schwertwunde.

Da stützte er sich auf, und sie fühlte sich seinen Blicken schutzlos ausgeliefert. Denn ihr langes Haar, das sich beim Kampf gelöst hatte, flutete nun in dunklen Wellen über den fahlen Sand, so daß nichts mehr ihr mondlichthelles Gesicht und die Verzweiflung darin verbarg. Sein Gesicht aber lag im Schatten, und der Mond umgab seinen blonden Schopf mit einem silbernen Kranz. Die Farben des Kaisers, dachte sie grimmig, aber welches Gesicht ist jetzt das der Gnade?

»Marigan ...«, flüsterte er rauh. »Ich sah dich ... in Otey. Dunkle Königin, Bluttänzerin, was immer du mir sagst ... du bist mein Schicksal, im Leben wie im Tod.«

»Nein ...«, hob Shanna von neuem an, aber da war er bereits aufgesprungen und hetzte schon über den sandigen Kampfplatz davon. Gleich darauf hörte sie die Tür der Männerunterkunft schlagen, ihn hineingehen und einige Grußworte murmeln, die schläfrig erwidert wurden.

Sie blieb noch lange so liegen, wie er sie verlassen hatte. Dann erhob sie sich mit schmerzenden Muskeln und ging zu dem Exerzierpfahl, der dunkel und verloren in dem hellen, weiten Rund aufragte, löste den Lederschutz von ihrem Übungsschwert und schlug mit blanker Waffe auf die Holzpuppe ein, daß die Späne nur so flogen und das Mondlicht aus ihrer Klinge eitel Silber spann.

Shanna blähte die Nasenflügel und sog den Geruch der Arena ein, der durch das sich öffnende Tor hereinströmte, und sie fragte sich wieder einmal, wie sie dies Gemisch aus Schweiß- und Myrrhengeruch und dem schwachen, süßlichen Gestank alten Blutes hatte vergessen können, das mit noch so viel frischem und reinem Sand nie völlig zu tilgen war. Wie das Rauschen eines fernen Meeres erschien ihr das Gejohle, das jetzt auf den Tribünen erklang. An Kampftagen wie diesem war das Toben der Menge in der Arena immer in halb Bindir zu hören ... Aber sie würde, das wußte sie gut, in der sandbedeckten Kampfbahn nur noch das Atmen ihres Feindes vernehmen.

Hier im Dunkel des Wartegangs spürte sie schmerzlich Culains Nähe. Sie war ihm in diesen letzten Wochen immer aus dem Weg gegangen. Aber er hatte wohl den Seelenfrieden gefunden, den sie verloren hatte.

»Beim Stoppstoß ...«, sagte er nun, ohne sie anzusehen, »läßt du den Gegner in deine Klinge laufen, du brauchst nur seinen Schwung zu nutzen.«

Von der Empore draußen drang grausames Trompetengeschmetter zu ihnen. Da setzte sich die Kämpferschar in Marsch. Und als sie unterhalb Belisamas Statue in die Arena hinaustraten und hinter ihnen das Portal krachend zufiel, blinzelte Shanna ob der gleißenden Helligkeit. Gemessenen Schrittes marschierten die für die Kämpfe dieses Tages Auserwählten quer durch das gewaltige Rund, und ihre Rüstungen blitzten und funkelten im Sonnenlicht. Zu ihrer Linken, in der Mauer unter den Rängen, sah

Shanna das eiserne Tor des Todes und zu ihrer Rechten das goldene Siegestor.

»Culain ...«, flüsterte sie. »Verzeih ...«

»Du schlägst mit dem Langschwert zu, der Gegner pariert und dringt auf dich ein«, fuhr er fort, ganz als ob er sie nicht gehört hätte. »Laß dich auf ein Knie fallen und bring jetzt das Kurzschwert vor ... und du hast ihn aufgespießt, ehe er weiß, daß er in deiner Reichweite ist.«

Sie näherten sich der Loge des Kaisers, unter der Belisamas Feuer loderte und immer höhere Flammen schlug. Der Herr von Bindir trug heute eine Robe in Mitternachtsschwarz, die über und über mit kleinen, im Sonnenglast glitzernden Kristallen besetzt war. Girlanden aus riesigen Lilien, so schwarz wie Blutergüsse, schmückten seine Loge, und schwarze Sklavinnen fächelten ihm und dem Stadtadel, der ihn umgab, mit enormen Fächern aus schwarzen Federn kühlende Luft zu ... Als Shanna da oben Lady Amniset in einem Purpur so schwarz fast wie die Lilien gewahrte, versteifte sie sich, zwang sich aber, ihre Augen von ihr abzuwenden.

Schon stellten sich die Kämpfer im Halbkreis auf, denn der Kaiser kam jetzt zur Brüstung herabgeschritten. Sein hageres Gesicht wirkte angespannt. Er hatte von der dorischen Grenze schlechte Nachrichten bekommen. Wenn er die Legionen wieder zurückschickte, würde das ein Triumph für die Toyurpriester sein und die Fraktion der Goldenen.

Die Paarungen für die anstehenden Kämpfe waren nachmittags zuvor in der Stadt plakatiert worden, und nun prangten die Tribünen mit ganzen Karees grüner und goldener Fahnen. Der Kaiser hatte allen Grund zur Nervosität, wenn die Leute vom Ausgang der heutigen Kämpfe Aufschluß darüber erwarteten, ob die Göttin seine Politik billige oder nicht. Nur die Kämpfer selbst würden erst beim Aufruf in den Ring erfahren, wie das Los gefallen war – welchen Gegner es ihnen bestimmt hatte.

»Sklaven Belisamas!« riefen nun die Priester im Chor, daß es in der Arena widerhallte. »Laßt dem Willen der Göttin Genüge geschehen!«

Shanna starrte ins lodernde Feuer, und alles Sein verengte sich ihr zu etwas schrecklich Einfachem. Die Worte, die ihr längst in Fleisch und Blut übergegangen waren, dröhnten ihr in den Ohren, als nun fünfzig blitzende Schwerter aus ihren Scheiden zuckten und gen Himmel starrten.

»Ich schwöre, für die Göttin zu kämpfen, jede andere Pflicht und Schuldigkeit vergessend.« Während der Eid noch erklang, senkten sich die fünfzig Schwerter, bis ihre Spitzen auf das lohende Feuer wiesen. »Vor Belisamas heiligem Altar, und im Angesicht meines Herrn und Kaisers, weihe ich ihr mein Leben als Priester oder Opfer. So wie ich werden auch die Krieger Bindirs kämpfen. Möge Belisamas Wille offenbar werden.«

Möge Belisamas Wille offenbar werden … Diese Worte quälten Shanna, als sie ihres Auftritts harrte. Sie hatte die drei Jahre in der Arena nur überlebt, weil sie diese Zeit genutzt hatte, eine Waffe der Göttin zu werden – so gefühllos und so gnadenlos wie ihr eigenes Schwert. O nein, sie durfte jetzt nicht wieder an Culain denken …

Denk an den Schwerttrick, den er dir erklärt hat, mahnte sie sich. Wieder und wieder ging sie die Bewegungsabfolge durch und versuchte dabei, das Gejohle der Menge zu überhören. Und sie wurde Zeugin, wie Zennor sich auf den Mann warf, den er niedergestreckt hatte, und ihm wie ein tollwütiger Hund die Kehle durchbiß, und sah, daß Kallios seinen Gegner mit gleicher Brutalität tötete … Für jeden, der Augen hatte zu sehen, war klar, welche Krieger nun unter Saibels bösem Bann standen.

Jetzt kamen die Priester zu Shanna, und ihr Name erscholl im Rund der Arena. Shanna trat langsam vor, ihre hoch erhobenen Klingen blitzten in der Sonne. Schon rief man ihres Gegners Namen aus. Und die Menge wiederholte ihn Silbe für Silbe und Mal um Mal, zerhackte ihn so in sinnlose Klangfetzen. Shanna drehte sich um, starrte auf den gleißenden silbernen Panzer des näherkommenden Gegners, bis ihre Augen schwammen – damit sie ja sein Gesicht nicht sähe. Wie im Traum vollzog sie die üblichen Gesten: die Verbeugungen vor dem Altar, dem Kaiser und dem

Mann, gegen den sie jetzt antreten mußte und der so strahlend war, wie sie düster wirkte, und der in all seinen Gesten exakt die ihren spiegelte.

Shannas Hirn arbeitete fieberhaft und auf so vielen Ebenen zugleich: auf der der Kämpferin, die Entfernung, Winkel und Schwung abschätzte, um sich gegen die Attacke eines Gegners in Stellung zu bringen, der größer und stärker, aber ebenso geübt und geschickt war wie sie; auf der der Kameradin, die einen taktischen Plan nach dem anderen erwog und eine Lösung suchte, bei der am Ende keiner von ihnen verblutend im Sand liegenbliebe; und auf der (schmerzlichsten!) der Frau, die nur ihr Elend und schreckliches Dilemma beklagen konnte.

Wie ein vor langem vorherbestimmtes Treffen eröffneten sie den todbringenden Schwertertanz. Culains Langschwert fuhr auf sie herab, und Shanna wies es mit ihrem Kurzschwert ab, derweil schon ihre lange Klinge kreiste, zugleich aber sein Kurzschwert hochzuckte, um diese abzuschmettern. Ihre Waffen trafen und trennten sich und ließen mit ihrer Wucht mal den einen, mal den anderen der beiden Streiter jäh in eine neue Figur wirbeln, Arme sich verschränken und wieder lösen ... Es war die Harmonie der Schritte und Schläge, die sie auf dem Übungsfeld gefunden hatten. Aber jetzt tanzten sie zu einer stählernen Weise.

Die Attacken der beiden wurden bald kühner und ihre Paraden temperamentvoller, als ihre Muskeln sich lockerten, das Blut ihnen wilder durch die Adern rauschte. Shanna schien nun zu schweben, mit den Füßen kaum mehr den Sand zu berühren. Alle Verzweiflung war beim ersten Zusammenprall von ihr gewichen. Dieser Kampf war die vollkommene Konkordanz von Koordination und Können, von der jeder Schwertkämpfer träumt ... Sie wich einen Schritt zurück, als Culain erneut einen Ausfall wagte, und fing sein herabsausendes Langschwert mit hell blitzendem Klingenkreuz; er stieß mit dem Kurzschwert nach ihrer Brust, aber da riß sie ihre Langklinge hoch, zur Seite, und machte, ihre Schwerter wie leuchtende Schwingen von sich streckend, auf dem Absatz kehrt.

Das war nicht der Schlachtrausch, der so viele Kämpfe hatte grausig enden lassen, sondern die reine, wahre Kampfekstase. Stille machte sich auf den Tribünen breit. Atemlos verfolgte die Menge diesen Strauß, denn dergleichen hatte sie nicht zu sehen erwartet.

Und so ging es fort, bis schließlich ihre Kräfte zu erlahmen begannen. Shanna fühlte, wie ihr das Atmen schwer wurde, und erlebte Momente, wo ihre Beinarbeit an Tempo und Sicherheit verlor. Aber noch blitzten ihre Klingen wie eh und je durch die sonnenhelle Luft. Culains Langschwert zischte auf Shanna zu. Und als sie sich wandte, um seinen Hieb zu parieren, sah sie, daß er sich auf ein Knie fallen ließ, und da wußte sie, noch in ihrem Sturz auf die Spitze seines Kurzschwertes zu, daß er das besagte, das finale Manöver eingeleitet hatte.

Aber sie machte keinen Versuch auszuweichen, akzeptierte den ihrer Ekstase blühenden Höhepunkt. Culain aber wich, sprang beiseite, damit seine Klinge sie verfehle, und geriet dabei in die Bogenbahn ihres Langschwerts, das wie eine Sense über den Sand daherfegte.

Shanna spürte den Schlag bis zur Achsel hinauf, als sich der scharfe Stahl, der ihm zwischen Schulterschiene und Helmrand gefahren war, durch Kettenhemd und Steppwams und Muskeln und Knochen biß. In diesem Moment fühlte sie nur Zorn über diese Störung des Kampfrhythmus. Aber als sie dann, ihre Bewegung fortführend, ihr Schwert aus seinem Fleisch zog und all das helle Blut sah, das wie ein Fontänenstrahl der aufsteigenden Klinge folgte ...

Dem Gesetz der Figur gehorchend, brachte sie ihr Kurzschwert noch herum. Aber Culain brach schon zusammen, stürzte in den blutigen Sand. Ihren plötzlich kraftlosen Fingern entglitten die Klingen, und sie brach, wie selbst getroffen, vor ihrem gefällten Gegner in die Knie und rief ihn beim Namen.

»Hätte ... dich lehren sollen ... wie man pariert«, keuchte Culain, von Zuckungen geschüttelt; und helles Blut trat ihm über die Lippen. »Marigan!« Er suchte die Hand zu heben, um ihr Gesicht zu berühren; aber sie fiel schlaff zurück. Mit einemmal lächelte er. »Jetzt«, flüsterte er, »kann ich dir ... das Zauberwort unbesorgt sagen.« Er rang nach Atem und stieß hervor: »Amyis Saibel!«

Dabei verzerrte sich sein Gesicht. Ein Zucken durchlief ihn; er erstarrte, versuchte noch, mit gekrümmten Fingern, sie zu liebkosen. Doch die Kraft war ihm geschwunden. Shanna beugte sich tiefer und murmelte seinen Namen. Aber sein Antlitz war noch immer wutverzerrt, als seine Augen unempfänglich wurden und alles Leben daraus entwich.

Shanna stieg halb blind, halb taub die Prachttreppe zur Loge des Kaisers empor. Wie ferner Schlachtenlärm war ihr der von der Menge ausgebrachte Jubel für die Sieger, der die Luft in der Arena erzittern ließ. Culain war durch das Tor des Todes gegangen und hatte alle Klänge und Farben des Tages mit sich genommen ... So fiel es ihr leichter, den Anblick der schwarz drapierten Loge zu ertragen. Und trotzdem mußte sie um Atem ringen, als sie den Kaiser in seiner düster glitzernden Robe nun aus der Nähe sah. Elisos Teyn Janufen wirkte älter, als er war – bleich und mit dunklen Ringen unter den Augen, wie ein Mann, der schlecht geschlafen hat.

Culain wird heute nacht gut schlafen, dachte sie bitter, und ich werde allein schlafen.

Nun erhob sich der Kaiser und kam ihnen die drei Stufen vom Podium herunter entgegen, und ihm folgte eine Dame mit einem Tablett voll mit Kränzen aus silbernen Lorbeerblättern. Aber die Dame war nicht in Schwarz, sondern in Purpur gekleidet. Ihr Anblick riß Shanna aus ihrer Benommenheit.

Culain ist tot, dachte sie, mit einemmal zu sich kommend, ... und ich habe ihn getötet ... und dafür wird mir Lady Amniset nun gleich die Siegerkrone überreichen ...

Dieser Gedanke genügte, sie hellwach zu machen ... Der Kaiser blickte besorgt drein. Aber die Lady lächelte wie ein sattes Raubtier.

»O mein Herr und Kaiser, was für ein herrlicher Tag!« sagte der Eunuch an Lady Amnisets Seite. »Was für Kämpfe! Ich kann mich nicht erinnern, schon einmal so viele Männer so schön sterben gesehen zu haben!«

Culain ist tot ..., wiederholte Shanna gebetsmühlenartig, er wäre noch am Leben, wenn du Hexe mich nicht zum Kampf gegen ihn gezwungen hättest!

»Und so viele tragen Grün!« erwiderte die Lady. »Zweifellos, die Götter haben ihren Willen kundgetan. Die Legionen werden also in Bindir bleiben!«

»Da bin ich mir nicht sicher«, versetzte der Kaiser nervös. »Es gibt Schwierigkeiten. Ich weiß noch nicht, wie ich mich entscheiden werde.«

»Mein Herr und Kaiser ist sich noch nicht schlüssig?« fragte Lady Amniset mit einem merkwürdigen Unterton, der Shanna die Nakkenhaare kribbeln ließ. »Nun, kümmern wir uns erst einmal um das Nächstliegende. Wir haben hier zwanzig hervorragende Krieger, die ihrer Belohnung und Auszeichnung harren ...« Und dabei setzte sie das Tablett mit den silbernen Lorbeerkronen auf einem Sockel zur Rechten des Kaisers ab.

Die Schwertsklaven, die noch ihre siegreichen Waffen trugen, stellten sich vor dem Imperator in engem Halbkreis auf. Sie wirkten wie benommen, als ob sie aus einem Alptraum erwacht wären. Unter ihnen befanden sich auch Kolias und Zennor, die ja, laut Culain, mit ihm den Schlachtzauber erhalten hatten. Aber er hatte davon keinen Gebrauch gemacht, und er war nun tot, während sie überlebt hatten. Und Shannas Alptraum ging weiter.

Sie ließ es zu, daß man sie zum Rand abdrängte. Der Unterton in Lady Amnisets Stimme war erwartungsvoll und unheilkündend gewesen. Was hatte diese Hexe hier vor?

»Diener Belisamas«, rief der Kaiser und hob beide Hände zum Gruß. »Ihr habt Bindir heute einen guten Dienst erwiesen. Empfangt nun die Auszeichnungen für euren Sieg ...«

»Empfangt auch einen Segen«, fiel ihm da die Aberaisifürstin mit sanfter, aber sehr klarer Stimme ins Wort und trat dabei rasch hinter ihn. »Den Segen von Amyis ...«

Was nun kommen würde, ahnte Shanna schon so klar voraus, wie sie Culains finalen Stoß erahnt hatte. So sprang sie hinter Lady Amniset, ehe die auszureden vermochte.

»... Saibel!« schloß die Lady. Nun schleuderte die Kriegerin sie, aus dem Sprung heraus, den erstarrenden Männern zu, die schon, verzerrten Gesichts und wohl von allen guten Geistern verlassen, nach dem nächstbesten Feind Ausschau hielten.

»Zurück, o Herr, um Eures Lebens willen!« zischte Shanna dem Kaiser zu und schob sich an ihm vorbei. Er starrte sie eine Sekunde lang verstört an, stolperte aber, als er die ersten Schwerter aus den Scheiden zucken sah, rückwärts die Stufen hoch.

»Verrat! Verrat! Garde, zu mir!«

Aber sein Ruf ging im Wutgebrüll der Schwertsklaven unter, die sich wie Tiere auf die zierliche Frau in ihrer purpurnen Robe stürzten.

Der Eunuch stieß einen schrillen Schrei aus. Die Lady jedoch gab keinen Laut von sich. Da war nur noch Hauen und Stechen, stummes Sichwehren, und ihr purpurnes Gewand färbte sich rot ... aber da war bereits alles ein einziges Blutrot, denn die Walküren waren dabei, die Schwertsklaven, die noch immer nur den Dämon ihrer Träume sahen, systematisch niederzumetzeln.

»Wir haben Geständnisse erhalten«, sagte der Kaiser langsam. Sein Thronsaal war schwarz ausgeschlagen, er aber trug Weiß. Nein, er mußte ihr nicht erklären, wie man jene Geständnisse erlangt hatte.

»Die Verschwörer brauchten Geld. Anfänglich nutzten sie den Zauber nur, um die Kämpfe zu beeinflussen und bei den Wetten zu gewinnen. Aber dann kam die Aberaisi darauf, daß sie auch mich von diesen verhexten Männern töten lassen könnte.«

»Was hätte ihr das eingebracht?« fragte Shanna und machte es sich auf ihrem Kissen, das man zu Füßen des Thrones bereitet hatte, etwas bequemer. Es war angenehm hier, so hoch oben in der Festung, wo immer eine Brise wehte. Der kühle Wind koste ihr den Hals, und als sie darauf aus alter Gewohnheit nach ihrem Halseisen fühlte, war sie wieder äußerst erstaunt, es nicht mehr vorzufinden. Das Lüftchen trug ihr die Weisen der Fontänen zu, die da drunten auf den Terrassen plätscherten. Daß es solchen Frieden in dieser Welt geben könne, hatte sie schon ganz vergessen.

»Die Lady hat einen Vetter von mir ausfindig gemacht«, sagte Elisos, »der einwilligte, die Legionen dazubehalten und den Saibelkult wieder einzuführen ... Ein Mann aus meiner eigenen Familie, den ich immer gut behandelt hatte!«

Er lebt ja so in Furcht wie ich in der Arena, dachte Shanna, aber seine Angst ist schrecklicher, weil er nie weiß, von wo die Gefahr kommen könnte!

»Wie hast du denn die Priester Belisamas dazu gebracht, mich freizulassen?« fragte sie dann.

»Man hat bereits hundert hingerichtet«, versetzte er düster. »Und es werden noch mehr werden. Ihr Blut wird auf Belisamas Altar vergossen ... aber die Priester waren bereit, sie dir gutzuschreiben.«

Shanna erschauerte. Wenn Culain den Kampf überstanden hätte, wäre sein Leben ja dennoch verwirkt gewesen ... wie das der anderen behexten Kämpfer. Aber mit seinem Stoppstoß hatte er ihr einen Weg gezeigt, Lady Amniset schließlich doch noch zu besiegen. Wende die Kraft deines Gegners gegen ihn selbst ...

»... bestimmt wirst du eine zusätzliche Belohnung annehmen, ja?«

Nun erst wurde sie gewahr, daß Elisos zu ihr sprach, und das wohl schon seit geraumer Zeit.

Gib mir meinen Bruder wieder, dachte sie. Aber nach ihm zu fragen könnte so riskant sein wie das Tun der Verschwörer, denen sie das Handwerk gelegt hatte.

»Ein schönes Haus in der Stadt?« bot der Kaiser an. »Ja, ich würde mich gern öfter mit dir unterhalten.«

Shanna starrte ihn argwöhnisch an. Culain hatte ein offenes Gesicht gehabt, das nichts verbarg. Aber das Gesicht dieses Mannes da war voller Widersprüche, vom Meißel der Macht halb zur Maske geformt. Culain hatte nichts gefürchtet, sogar den Tod nicht. Dieser Mann hatte vor allem und jedem Angst. Aber Elisos Teyn Janufen war am Leben und war Herr und Kaiser von Bindir.

»Ich bin eine Kriegerin«, erwiderte Shanna schroff. »Wenn du Gelegenheit haben willst, mit mir zu sprechen, gib mir einen Platz in deiner Walkürengarde!«

Der Kaiser sah sie an, und für diesen Augenblick überdeckte ein Lächeln die Furcht in seinem Gesicht.

PHIL BRUCATO

Wir sind in dieser Reihe an einem Punkt angelangt – nachdem ich der männlichen Version des Schwert-und-Zauber-Themas mit der Frau als Beiwerk der Helden oder als Belohnung für deren schlechten Benimm anfänglich so weit wie möglich eine Absage erteilt hatte –, wo die männlichen Autoren hier nur noch als »Alibi-Männer« zu figurieren scheinen ... Jedenfalls wird das oft so gesehen und behauptet.

Dabei habe ich in diese Anthologien immer viele von Männern erzählte Storys aufgenommen (und will das auch künftig tun); so waren Bruce Arthurs, Jessie Eaker und Dave Smeds, um nur drei Namen zu nennen, hier oft vertreten und werden es auch weiterhin sein – das hoffe ich jedenfalls. (Von allen dreien finden Sie auch in diesem Band hervorragende Erzählungen.)

Diese Geschichte von Phil Brucato nun schien mir so gut, daß ich meinen (bekannten) Vorbehalt gegen das Drachenmotiv, das in der Fantasy ja zum Klischee verkommen ist, einmal vergaß. Denn Phil hat das Thema wohl neu durchdacht und uns nun eine sehr andere Erzählung geliefert – über eine junge Frau, die als Kind von einer Drachin adoptiert wurde. Ich garantiere, daß dies nicht nur ein Aufguß und Abklatsch all der anderen Drachenstorys ist, die Sie in diesem Jahr nun schon gelesen haben mögen. – MZB

Elynne Drachenkind

Der schwarzhaarige Mann in dem erzenen Schuppenpanzer packte Elynne am Arm. Sie schrie auf und entwand sich seinem Griff. Als er sie wieder so grob packte, rüttelte und mit barschen, ihr unverständlichen Worten anfuhr, mischte sich ein anderer Krieger ein und legte ihm die Hand auf die Achsel und redete besänftigend auf ihn ein. Der Schwarzhaarige beruhigte sich, hielt Elynne aber eisern fest, und ihr schauderte vor seinen Lederhandschuhen, die von frischem Schweiß und Blut warm und klebrig waren.

Hinten in der großen Felshöhle standen noch zwei Männer und starrten auf drei verkohlte Leichen in rauchenden Rüstungen; sie fächelten sich mit der Hand Luft zu, um den beklemmenden Gestank nach Tod und verbranntem Fleisch, der ihnen in die Nase stieg, loszuwerden. Elynne sah das nur undeutlich, so sehr schwammen ihr die Augen. Sie schluckte ein Gemisch aus Schweiß und Tränen, als sie schluchzend die heiße, üble Luft einsog, und ihre Klagen hallten in der weitverzweigten Höhle wider.

Als der Schwarzhaarige sie erneut so unsanft schüttelte, zog sein Kamerad mit mitleidigen Blicken einen Umhang aus seinem Bündel und legte ihn ihr sanft um die nackten Schultern. Das Cape war so kratzig, daß sie es einfach abschüttelte. Da hob er es auf, hüllte sie wieder darein und sprach beruhigend zu ihr. Aber Elynne fühlte sich von dem Umhang und der Nähe der beiden Männer eingeengt, erdrückt. Die Ohren begannen ihr zu klingen, als sie sah, daß kaum zwei Dutzend Schritte entfernt ein blutbespritzter Mann sich abmühte, dem in seiner letzten Zuflucht erschlagenen riesigen Tier das Herz aus dem Leib zu reißen. Dunkelheit umgab sie, und die zwei Männer neben ihr mußten sich sputen, um sie noch aufzufangen.

Man hatte ihr nicht einmal erlaubt, Abschied zu nehmem.

Elynne. Ihr Taufname zählte zu dem wenigen aus der Zeit vor dem Auftauchen der Reiter in Erz und Leder, an das sie sich noch erinnern konnte. Kaum sechs Sommer war sie alt gewesen, damals … als sie aus ihrem lichterloh brennenden Dorf ins waldige Bergland floh. Tagelang wanderte sie dann durch die Wildnis, stieg immer höher in jenes Gebirge hinauf, das ihre Leute immer gemieden hatten, und sie war schon dem Tode nah, als diese Drachin sie fand. Wie ein Kaninchen erstarrte sie, als deren Schatten über sie fiel, und warf sich so furchtsam wie flehend vor dem niederstoßenden Untier auf die Knie. Mit einem mächtigen Schlag seiner enormen Schwingen, die ihr den Himmel verdeckten und die Sonne verdunkelten, schleuderte es sie, die halbverhungerte Kleine, beim Landen auf den Rücken. Wie betäubt lag sie da, fühlte aber bald, wie ihre Angst dem Erstaunen, der Bewunderung für die majestätische Erscheinung dieses Monsters wich, dessen Schuppen bei jedem Muskelzucken metallen in der Herbstsonne schimmerten. Wie gebannt lag sie da, als das Ungeheuer den langen Hals anmutig niederbog, den riesigen Schädel senkte, um sie zu beschnuppern und sie mit einem heißen Atem, der aus den Blasebälgen eines Schmieds zu fauchen schien, bestrich … und sodann den Kopf hob und sie mit waschzubergroßen Augen betrachtete. Aber als es sich wie eine Riesenpuppe auf die Hinterbacken setzte, mußte sie doch laut kichern. Worauf das Monster, über die ihm fremden Töne erstaunt, den Schädel reckte, sich noch kurz besann und dann mit einer seiner gewaltigen Vordertatzen nach ihr langte.

Helle Angst überkam Elynne, aber sie war nach all den Tagen des Hungerns und Frierens nur noch zu einem Aufheulen fähig, als die Drachin ihre Tatze um sie schloß, mit den gewaltigen Flügeln schlug und sich in die Luft erhob – weg von den Wäldern und den Bergen, die sie durchwandert hatte. Dieser Flug war wie Traum und Alptraum in einem, und Elynne hörte nach einer Zeit auf zu weinen und verfolgte gebannt, wie das Land unter den Schwingen des Ungeheuers dahinhuschte und zurückblieb.

Als sie fast atemlos wurde, landete es, setzte sie sanft vor dem Eingang einer Höhle ab und entließ sie aus seinem Griff. Da kam die

Furcht wieder. Würde das Monster sie nun fressen? Am ganzen Leib bebend, sah sie ihm – gegen ihren Willen und wie unter einem Zwang – in die Augen. Und es erwiderte ihren Blick, starrte sie wartend an und wies dann mit dem Kopf zum Höhleneingang. Zögernd setzte sich Elynne in Bewegung, eines Bisses oder Feuerstoßes gewärtig. Aber beides blieb aus. Die Drachin wartete nur ruhig ... Vor dem gähnenden Schlund blieb Elynne wie angewurzelt stehen – keine zehn Pferde hätten sie da hineingebracht. Die modrige Luft, die ihr aus der Grotte entgegenschlug, war von dem süßen, seltsam angenehmen Geruch dieses Wesens erfüllt, der nicht an Tier, sondern an zartes, glattes Leder erinnerte. Als es ihr mit einem Nicken Zutritt zu seiner Behausung zu gewähren schien, trat sie ein. Sofort breitete es erneut die Schwingen und erhob sich unglaublich steil in die Lüfte und flog davon. Die kleine Elynne sah ihm staunend, bewundernd nach und drang dann entschlossen tiefer ein.

Dort drin war es, nach dem eisigen Wind draußen, erstaunlich warm. Die eingangs hohe, weite Höhle verengte sich rasch zu einem schmalen, gewundenen Gang, der bald zu einer Art Halle führte, wo ein Geruch von Feuer und Drachin wie Weihrauch in der Luft hing. Mit ihren wunden, bloßen Füßen spürte Elynne, daß der Felsboden spiegelglatt abgetreten war. Die mächtigen Wände, die wie die Wälle einer Märchenstadt ragten, glänzten wie poliert im Schein eines enormen, in einer Grube inmitten der Halle lodernden Feuers. Dunkle Kamine in der hohen Decke sorgten für den Rauchabzug aus diesem Raum und all den davon ausgehenden engen, krummen Gängen. Die Höhlenwände, offenbar von der Natur geschaffen, waren ebenso offenbar von riesigen Tatzen behauen, geglättet und von Feueratem gehärtet worden. Elynne fühlte sich in die Welt der Märchenerzähler versetzt, in eine verwunschene Königsburg, eine Spielstube für Elfen! Aber war es nicht doch ein Drachenhort? Plötzlich erschienen ihr diese Kamingeschichten, über die sich die älteren Kinder immer lustig machten, als die lautere Wahrheit ... Ihr Hunger und ihre Angst schwanden, gaben dem Gefühl sanften Friedens, wohliger Schläfrigkeit Raum. Was immer diese Drachin mit ihr vorhaben mochte

– hier schien sie, zum erstenmal seit Tagen, in Sicherheit zu sein. Sie löschte ihren brennenden Durst an einem Bächlein, das aus einer Felsspalte gleich beim Eingang entsprang, legte sich todmüde neben das behagliche Feuer und schlief dann auch gleich ein.

Das Stampfen und Kratzen mächtiger Tatzen riß sie aus ihrem tiefen, süßen Schlaf: Die Drachin war zurückgekehrt, und mit ihr Elynnes Furcht. Sie schrak auf und sah, daß das Monster, das nun zum Feuer tapste, einen toten, ganz zerfleischten Hirsch zwischen den furchterregenden Kiefern anschleifte. Da schrie sie gellend auf. Das Untier verhielt neben der Grube und hob verdutzt den Kopf, ließ dann seinen Fang fallen und riß ihn mit raschen Tatzenhieben im Nu in Stücke ... Elynne war – als Mädchen vom Lande – weniger über die Schnelligkeit als über die Methode erstaunt, mit der es seine Beute zerlegte, und als es dicke Fleischbrocken zum Braten auf die heißen Steine neben dem Feuer warf, begann ihr Magen vor Heißhunger laut zu knurren.

An dem Abend hielten sie das erste gemeinsame Mahl, dem noch so viele folgen sollten.

»Sag ihnen, sie sollen gründlicher suchen! Nach dem Verlust von drei guten Männern will ich wenigstens nicht mit leeren Händen abziehen!«

»Laß dich nicht von deiner Goldgier übermannen, Frederick! Wir haben ja heute immerhin eine junge Frau aus den Fängen dieser Höllenausgeburt befreit! Und wir sind durch Gottes Gnade mit dem Leben davongekommen ... Wir haben also allen Grund, dankbar zu sein!«

»Nicht, daß ich undankbar wäre, Vater, aber Dankbarkeit kann weder diese Männer aufwiegen noch ihre Witwen ernähren! Zum Satan, das Gold muß doch hier irgendwo sein ...«

Elynne hörte sie wie aus weiter Ferne. Ihre Worte waren ihr unverständlich – aber ihr Ton sagte ihr genug. Hinter ihrer Stirn pochte ein dumpfer Schmerz, ihr Magen war in Aufruhr, und im Hals würgte es sie. Aber sie zwang sich, die Augen zu öffnen, und blinzelte ins helle Sonnenlicht, das sie vor der Höhle überflutete. Wagenräder hörte sie quietschen, Zaumzeug klirren, Pferde schnauben. Sie lag, in weiches Leder gehüllt und zwischen Säcke eingezwängt, die nach Brot und Öl rochen, auf der Ladefläche eines Pferdewagens. Stöhnend richtete sie sich auf und blickte um sich.

Vor der Drachenhöhle hasteten Soldaten ameisengleich hin und her. Zu ihrer Linken stand noch ein Wagen, abfahrbereit. Ein paar Schritte entfernt sah sie den Schwarzhaarigen, hoch zu Roß, und vor ihm den Kahlkopf, den Mann mit der beruhigenden Stimme, der seinen Kameraden zu beschwichtigen suchte ... Als sie Elynne stöhnen hörten, fuhren sie herum und starrten sie an. Die junge Frau bebte. Sie hatte sich nie ihrer Nacktheit geschämt, aber unter den Blicken dieser beiden Männer fühlte sie sich so schutzlos, daß sie den Umhang, den der Kahle ihr gegeben hatte, rasch über ihre Brüste zog. Mit freundlichem Lächeln und sanften Worten trat der nun an ihren Karren und zog aus dem Stapel neben ihr einen schlaffen Sack. Und doch erstarrte sie, als er dann zu ihr hochkletterte und ihr den Wassersack anbot. Der Schwarzhaarige sprang aus dem Sattel, als der Kahle Elynne behutsam zu trinken nötigte. Sie hätte am liebsten laut geschrien, ihnen beiden ihr schales Wasser ins Gesicht gespien, sich mit einem Schwert in der Hand auf sie gestürzt und sie in Stücke gehauen. Aber sie fühlte sich noch wie benommen und schwach. Später ..., tröstete sie sich. Später, wenn ich erst wieder bei Kräften bin!

Da begann der Schwarzhaarige herumzubrüllen, daß es über die Lichtung schallte, und trat herrischen Schritts zwischen die Karren, ohne sich um den mißbilligenden Blick des Kahlen zu scheren. Elynne funkelte den Schreier an, daß ihr die Augen brannten. Aber der, am Höhepunkt seines Ausfalls angelangt, sprang in einem Satz auf den zweiten Wagen und riß mit einem Ruck die Lederplane weg, so daß ein riesiges, dunkles Etwas, offenbar seine Trophäe, zum Vorschein kam.

Als Elynne dieses Beutestück erblickte, schrie sie entsetzt auf und übergab sich.

Elynne war, nachdem die Drachin sie adoptiert hatte, als ein echter Wildfang aufgewachsen und hatte mit zunehmendem Alter die

Kleidung, Werkzeuge und Sprache der Menschen abgelegt. Mit bloßen Händen jagte und fischte sie und sammelte Beeren und Früchte und Wurzeln, und sie war bald gegen jedes Wetter abgehärtet. Weil sie niemanden hatte, der ihr hätte zuhören können, stellte sie irgendwann das Sprechen ein. Sie und die Drachin brauchten keine Wörter, um sich zu verständigen, und so vergaß sie mit der Zeit jedes Wort, das sie einst gelernt hatte.

Im Herbst jenes ersten Jahres, und auch der folgenden Jahre, ging sie mit der Drachin Vorräte für den Winter sammeln, die sie in ihrer Höhle stapelten, und sie holten auch genug Holz herbei, um über diese kalte Jahreszeit ihr Feuer unterhalten zu können. Sobald hoher Schnee das Land bedeckte, legte sich ihre Adoptivmutter zum Winterschlaf nieder und überließ sie sich selbst. Ihre weitverzweigte Höhle speicherte die Wärme ihres Feuers und der gewachsenen Erde so gut, daß sie es das ganze Jahr über behaglich warm hatten. Während dieser Monate des Alleinseins langweilte sich Elynne hin und wieder. Dann warf sie sich mitunter einen Pelz über und wanderte barfüßig durch ihr tief verschneites Waldgebirge und genoß die klare, reinigende Winterluft, bis ihr die Kälte allzu beißend wurde und sie sich in ihr wohliges Heim trollte. Manchmal nahm sie auch ein, zwei brennende Scheite aus dem Feuer und erkundete in deren Licht das weitläufige Labyrinth unter dem Berg, das nun ihr Zuhause war.

In den wärmeren Jahreszeiten aber stand die ganze Welt ihrer Neugier und Unternehmungslust offen. Sie schwamm in den Seen und Flüssen, durchstreifte die weiten Wälder und erstieg die hohen Granitberge. Sie wurde stark und selbstsicher, und ihr schwarzes Haar wuchs zur wilden Mähne. Nichts ging über ihre Kräfte. Von Jahr zu Jahr wanderte sie weiter und tauchte tiefer und kletterte höher, und die Drachin schien ganz mit ihr zufrieden, als sie so zur jungen Frau heranwuchs.

An dem Tag, als Elynne endlich auf dem allerhöchsten Gipfel stand, streckte sie triumphierend die schmerzenden Glieder und aalte sich im Wind und Sonnenlicht. Tief zu ihren Füßen dehnte sich meilenweit im Umkreis ein jungfräuliches Land, so herrlich und so schrecklich wie die Drachin oder sie selbst. Als die Sonne den Horizont rötete, erhob sich die Drachin in die Lüfte und zog über den Gipfeln ihre Kreise. Elynne rief sie lachend herbei. Das gewaltige Tier umflog sie besorgten Blicks. Aber Elynne lachte und tanzte so ausgelassen, daß es bald beruhigt grunzte und in seinen luftigen Höhen einen so wilden Tanz aufführte, daß seine Schuppen und Lederschwingen im schwindenden Licht in allen Regenbogenfarben schimmerten und glänzten. Als Elynne aber zu verstehen gab, daß sie nun allein sein wolle, nickte es verständnisvoll und flog unter dem flammenden Abendhimmel schnurstracks nach Hause. Da nahm Elynne angesichts der hereinbrechenden Nacht noch einmal den Anblick der verblassenden Lande gierig in sich auf und trat dann in rabenschwarzer Dunkelheit ihren schwierigen Abstieg an.

Ein harter Stoß ließ sie auffahren. Ihr Karren sackte in ein ausgefahrenes Wagengleis. Das Zugpferd, von seinem Geschirr mit einem Ruck zum Stehen gebracht, schnaubte ängstlich. Als der Wagen sich nun zur Seite neigte, sprang Elynne mit einer Hechtrolle ab. Hinter sich hörte sie Männer rufen und Pferde wiehern. Da rappelte sie sich hoch, warf den Umhang von sich und rannte los.
Wenn sich dieser Unfall mitten im Wald ereignet hätte, wäre ihr das Entkommen eine Leichtigkeit gewesen. Denn sie kannte auch in den meilenweit von zu Hause entfernten Forsten jeden Weg und Steg, so daß dort keiner sie eingeholt hätte ... Aber die Kerle hatten einen nur spärlich von Bäumen gesäumten Weg gewählt, der durch offenes Terrain führte. Als sie nun über den kargen, steinigen Rasen hetzte, erklang hinter ihr schon Hufegetrappel. Sie warf sich zu Boden, rollte sich zur Seite weg, so daß der Schwarzhaarige, der vorderste der Verfolger, ins Leere griff und an ihr vorbeisauste. Der nächste Reiter konnte sein Pferd eben noch hochreißen und sie vor dessen Hufen bewahren! Da las sie Steine auf und versuchte, die Kerle mit gezielten Würfen zu verjagen. Vergeblich. Sie umringten und überwältigten sie und schleppten sie dann, so sehr sie auch um sich trat und spuckte, wieder zu ihrem Karren zurück und banden sie, trotz eines Protests des Kahlkopfs, darauf fest.

Als kleiner Wildfang hatte Elynne manchmal mit ihrer Drachin gespielt und in ihr eine willige und sanfte, wenn auch recht riesige Spielgefährtin mit einem ausgeprägten Sinn für Späße und grenzenlosem Einfallsreichtum gefunden, die sie trotz ihrer Kraft und enormen Größe nie ernsthaft verletzte, so daß sie nie mehr als die kleinen Schürfwunden und blauen Flecken davontrug, die sich Kinder eben so einfangen.

Elynne sah ihrer Adoptivmutter oft sehnsuchtsvoll nach, wenn die zu der einen oder anderen Besorgung davonflog, denn ihr erster Flug in deren Tatze hatte sich in ihrer Erinnerung schon ganz verklärt. Aber die Drachin vertröstete sie immer auf später – wenn sie erst einmal älter und größer wäre ...

Aber mit den Jahren kam ihr das Untier, obwohl höher als ein Bauernhäuschen, gar nicht mehr so riesig vor. So im zehnten Sommer nach ihrer Adoption war sie schon groß genug, um sich rittlings auf es zu setzen ... Als sie wieder mal miteinander spielten, zog sie sich an einem seiner Flügel hoch und ließ sich auf seinen Rücken gleiten. Seine Panzerschuppen, deren Härte und Kühle ihr so vertraut waren, schienen nur so unter ihren Schenkeln dahinzuschießen. Die Drachin hockte sich auf ihr Hinterteil und hob neugierig den Kopf. Und Elynne pochte das Herz, prickelte die Haut, als sie sich mit allen vieren fester an sie klammerte – um sie aufzufordern, die Schwingen zu breiten, sich mit ihr in die Luft zu erheben. Durch ihren harten Panzer spürte sie Muskeln und Sehnen sich spannen und dicke Adern pulsieren. Da krallte sie sich energischer fest, nickte nur, als das Tier ihr stumm in die Augen blickte, und schon sah sie die beidseitig gefalteten riesigen Flügel sich heben und spreizen und bald gewaltig rühren. Sie fühlte den beschleunigten Puls unter ihrer Haut, fürchtete bereits, ihr hämmerndes Herz zerspränge, als ihre Atmung immer schneller, tiefer wurde ... Wolken aus Staub und Laub wirbelten, stiegen auf, zerstoben, als die Drachin mit ihr in die Lüfte schoß und die Erde unter ihnen versank.

Der Wind zauste und koste Elynne, ließ ihr Haar flattern und ihre Haut sich kräuseln. Der Magen hob sich ihr, als sie nun tief unter sich die Bäume tanzen sah, und sie klammerte sich fester in die rauhe Drachenhaut, unter der die Flügelmuskeln schwer arbeiteten. Verängstigte Vögel stoben wild kreischend aus ihrer Bahn. Die Luft wurde kälter. Als sie so eine Meile über den Baumwipfeln waren, ging die Drachin in einen langen Gleitflug über. Nun hob Elynne mutig den Kopf und schüttelte sich die Haare aus dem Gesicht. Das Herz hüpfte, sprang ihr im Leibe, als sie mit weit aufgerissenen Augen auf die sich endlos unter ihr dehnende Welt blickte ... Damit verglichen, war selbst die Aussicht von ihren Bergen ein Nichts. Alles unter ihr war grün oder blau, die Sonne schien bereits viel näher und die Schar der weißen Wolken zum Greifen nah. Ein Gefühl von Freiheit, göttlicher Freiheit, erfüllte sie. Ein Taumel ergriff sie, Jubel auch, und deren Widerstreit raubte ihr den Atem. Da suchte sie sich mit den Beinen festen Halt, setzte sich aufrecht und breitete in grenzenloser Freude die Arme, trank den Wind, der sie umbrauste, und schmetterte ihr Seelenlied ... Die Drachin vergewisserte sich mit einem Blick über die Schulter, daß sie noch wohlauf sei, was Elynne aber entging. Denn sie hatte ihre Augen geschlossen und sang weit offenen Munds wortlose Hymnen, sang lange, lange Zeit.

Sie flogen später noch oft aus – aber dieser erste Flug aus freien Stücken blieb Elynne unvergeßlich.

Nur der schwache Schein des flackernden Kaminfeuers erhellte die düstere Halle. Die Hofdamen kicherten, als Elynne ihren Eßdolch nun unbeholfen zwischen den langen, schmalen Fingern drehte und wendete. Ein übler Geruch nach Tieren, auch nach ungewaschenen Menschen, überlagerte den Duft der Speisen und schweren Parfums. Bei der Drachin hätte es so einen Gestank nicht gegeben! dachte Elynne. Ihr langes Kleid kratzte, und ihr enges Korsett ließ sie kaum Luft holen. Und was für eine schlechte Luft das war!

Dies Schloß, in das man sie gebracht hatte, war größer noch als die Drachenhöhle, aber beileibe kein Hort der Natur oder Einsamkeit, sondern ein Tollhaus voller dummer Schoßhündchen und unhöflicher Menschen ... Sie hatten sie in enge, kratzige Roben gesteckt und ihre Füße in häßliche Stöckelschuhe. Sie versuchten, ihre

Zunge für ihre Sprache, ihr Tun nach ihrer Sitte zu modeln, und rügten sie, wenn sie sich dem einen wie dem anderen Ansinnen widersetzte. Dieser Schwarzhaarige, den man hier Herr nannte, machte ihr mit schönen Worten den Hof, schenkte ihr prächtige, dem Auge schmeichelnde Kleider. Aber was sollte eine, die nackt auf einer Drachin durch die Lüfte geritten war, mit derlei Tand?! Elynne hatte für diesen Mann nur Verachtung übrig, und sein jetzt so honigsüßes Getue war ihr eine Kränkung. Die meisten anderen hielten sie offenbar für verrückt und behandelten sie entsprechend, wenn auch mit gebotener Zurückhaltung. Es gab wohl einige, die, nach ihren scharfen, abschätzenden Blicken zu urteilen, sie anziehend fanden. Dennoch fühlte sie sich, in diese Gewänder gezwängt und von der Düsterkeit der Burg niedergedrückt, häßlich und einsam. Nur der Kahlkopf, den man hier Vater nannte, konnte sie trösten und aufmuntern, aber das auch nur ein bißchen.

Vor ungefähr zehn Tagen war sie hier angekommen, und nun saß sie, über den Spott der Hofdamen errötend, an der Tafel des Lords, mitten im dicht besetzten Festsaal der Burg, und war von lauter Fremden umgeben. Man hatte sie in ein Abendkleid gesteckt, in dem sie kaum atmen konnte, und hierher geführt. Bei ihrem Eintreten hatte der Schloßherr gerade einen Toast ausgebracht, dem seine Gäste recht stürmisch applaudierten. »Lächeln!« hatte der kahle Vater ihr zugeraunt – eines der Wörter, die er sie schon gelehrt hatte. Und sie hatte steif gehorcht. Dann hatte er sie an einen Tisch geführt, und das Festmahl hatte begonnen, und damit ihr Besteckgefummel und das höhnische Gekicher über ihr Ungeschick. Der Vater hatte versucht, diese Spötter zum Schweigen zu bringen. Aber ihr war das inzwischen schon völlig gleichgültig. Dieses ganze Bankett war eine einzige Qual!

Als das Gelage, bei dem sie vor Scham kaum einen Bissen oder Schluck genommen hatte, schon weit gediehen war, sprang der Lord auf die Tafel und hielt eine Rede. Elynne verstand kaum ein Wort davon, spürte aber wohl, daß er wieder prahlte. Sie seufzte. Der Herr prahlte ausgiebig. Endlich klatschte er in die Hände und brüllte einen Befehl. Nun kamen zwei Diener in den Saal geeilt, die einen tuchbedeckten Servierwagen hinter sich herzogen. Der Herr stolzierte darauf zu. Und Elynne sah plötzlich den Pferdekarren mit der Trophäe wieder vor sich. Ihr blieb der Bissen im Halse stecken … Sie versuchte, die Augen abzuwenden, als er nach dem Tuch griff. Vergeblich. Er faßte es bei einem Zipfel, zog es weg. Ein Raunen ging durch die Festversammlung. Elynne würgte und stöhnte entsetzt auf: Da lag der Kopf ihrer Drachin, auf einen riesigen, mit deren eigener Haut bezogenen Holzschild genagelt!

Elynne spie ihren Bissen aus, packte ihren Eßdolch und ging schreiend auf den Lord und seine Trophäe los, sprang auf den Tisch, daß er wankte und die Speisereste nur so umherflogen. Gäste kreischten, brüllten, Wächter polterten herbei. Elynne trat wütend um sich und stürmte mit erhobener Klinge auf den Frevler zu. Vergeblich versuchte der Kahle, sie aufzuhalten, und der Lord taumelte verdutzt zurück. Zwei Wächter stellten sich ihr drohend in den Weg. Der eine stieß ihr die gefällte Hellebarde gegen die Brust, und der andere versetzte ihr mit seiner gepanzerten Faust einen Hieb, daß ihr der Schmerz den Atem nahm. Doch sie hatte beim Ringkampf mit der Drachin von deren Schwanz und Tatzen ja schon härtere Schläge einstecken müssen! Sie schwang ihren Dolch, stieß zu und spürte, wie er dem Kerl durchs Kettenhemd fuhr. Der Mann schrie heiser auf. Da hieb sein Kamerad ihr den Schaft seiner Hellebarde übers Handgelenk, daß ihr der Dolch entglitt. Nun warfen sich zwei andere auf sie, packten sie an Armen und Schultern … Hinter sich hörte sie den kahlen Vater rufen. Und da stand er auch schon vor ihr, schüttelte sie und redete beschwörend auf sie ein, während man ihr die Arme auf den Rükken drehte. Alles verschwamm vor ihren Augen. Sie war wehrlos, so stark sie auch war. Nun erteilte der Lord barsch einen Befehl, und die Wächter führten sie ab. Der Vater ging mit und sprach immer weiter in seinem sanften Ton mit ihr, um sie zu beruhigen.

Elynne hatte nur einmal, nur ein einziges Mal, den Zorn der Drachin geweckt. Diese Drachen haben ja, als langlebige und weise Tiere, eine Engelsgeduld. Aber so ein heranwachsendes, störrisches Kind kann selbst eine Drachin wütend machen, wie Elynne damals herausfand.

Das war, als sie partout kein Bad nehmen wollte. Die Drachin mit ihrer feinen Witterung konnte Unreinlichkeit und Gestank nicht ausstehen und hatte von Anfang an verlangt, daß Elynne – wie sie selbst – regelmäßig bade. An jenem Tag also wollte Elynne, wie Kinder das eben tun, einmal sehen, wie weit sie bei ihr gehen könne. Sie machte ein Mordstheater, als es zum Badeteich gehen sollte, zeterte und trat um sich und wollte sich nicht von der Stelle rühren.

Die Drachin sah ihr ungerührt zu.

Elynne heulte und wollte Reißaus nehmen, die Drachin vertrat ihr einfach den Weg. Sie machte kehrt, die Drachin fing sie wieder ab. Sie stand da und giftete, die Drachin hörte nicht hin. Sie trat ihr gegen eine Tatze, tat sich aber nur selbst weh. Sie weinte und warf sich zu Boden, die Drachin wartete geduldig. Sie sprang hoch und wollte erneut fortlaufen, die Drachin stellte sie wieder. Sie rührte sich nicht vom Fleck, die Drachin versetzte ihr einen Schubs. Wutschnaubend hob da die Kleine einen Stein auf und warf ihn der Drachin auf eine Tatze, er prallte wirkungslos ab. Sie nahm einen größeren ... Dasselbe Resultat. Die Drachin senkte ihren Kopf und starrte sie böse an. Diesmal schleuderte sie einen Stein nach ihrem Auge. Und sie traf.

Die Drachin bäumte sich in rasendem Schmerz. Elynne fiel vor Schreck um und verfolgte entsetzt, wie sie den Kopf hin und her warf. Endlich hielt die Drachin inne, blinzelte und sah sie wieder so an, daß sie vor Furcht erbleichte, erstarrte, ließ dann ein Grollen vernehmen, das wohl ein ganzes Dorf in schlotternde Angst versetzt hätte ... Feuer schoß aus ihren Nüstern ... Tränen traten ihr in die Augen ... ihr riesiger Kiefer fiel herab, und Zähne so groß fast wie Elynne wurden sichtbar. Nun hob sie langsam, bedächtig, eine Tatze, faßte nach der wimmernden Kleinen und schloß, ebenso langsam, die Krallen um sie. Für die Drachin war es ein behutsamer Griff, für Elynne ein Alptraum, fürchtete sie doch, zerquetscht zu werden.

Mit ihr in der Tatze, humpelte die Drachin zum Badeteich und tauchte sie unter, ohne den Griff zu lockern, schüttelte sie gründlich durch, hob sie dann aus dem Wasser, damit sie Atem hole, tauchte sie wieder unter und schüttelte sie von neuem. Etliche Tauchgänge später setzte sie das jetzt blitzsaubere und auch geläuterte Kind behutsam auf dem steinigen Ufer ab, starrte es noch einmal lang und durchdringend an und trollte sich dann.

Elynne hatte es, bei all ihrer Kraft und Dickköpfigkeit, nie mehr gewagt, die Drachin zu reizen. Denn der war ja offenbar niemand gewachsen. Ja, das hatte sie wenigstens geglaubt ...

Im Burghof unter Elynnes Fenster war es still geworden. Das Bankett war beendet, und nun schliefen wohl alle schon. Alle außer der Nachtwache. Und Elynne.

Bei ihr in ihrem Turmzimmer sah es wüst aus, hatte sie doch, kaum von den Wächtern eingesperrt, ihre Rage am Mobiliar und allem, was ihr in die Hände kam, ausgelassen, ihr Abendkleid und ihr Schnürleibchen heruntergerissen und völlig zerfetzt und die klappernden Pumps gleich durchs geschlossene Fenster hinausgeworfen. Sie hatte so gewütet, daß sogar der Kahle es für besser gehalten hatte, sie eine Weile allein und in Ruhe zu lassen ... Nun, Stunden danach, war es auch bei ihr still geworden.

Sie blickte aus ihrem Fenster und prüfte den Abstieg in den gepflasterten Hof. Die Wand war weit steiler als alles, was sie in ihren Bergen bezwungen hatte. Aber lieber einen jähen Tod als ein Elend ohne Ende! Also band sie sich, für spätere Verwendung, ihr Pelzcape um die Taille und hangelte sich aus dem Fenster, sobald die Runde gehende Wache vorüber war. Den nackten Leib an den kalten, rohen Stein pressend, glitt sie, die Erfahrung aus vielen nächtlichen Bergtouren nutzend, von Halt zu Halt hinunter. Bei fast jedem Stockwerk legte sie in einer Fensterhöhle eine Pause ein, um sich auszuruhen und zu entspannen. Glücklich im Hof angekommen, schlich sie wie ein Schatten auf die Burgmauer zu. Ein- oder zweimal duckte sie sich, um von dem patrouillierenden Wächter nicht entdeckt zu werden, und wie die pirschende Jägerin huschte und verhielt sie von einem Augenblick zum anderen. Endlich erreichte sie die Treppe zum Wehrgang.

Aber oben angelangt, erstarrte sie. Denn an einer Zinne sah sie den Vater stehen und zu den fernen Bergen spähen. Er sah sie nun über die Schulter an und wandte dann rasch den Blick wieder ab.

Elynne musterte ihn argwöhnisch, trat hinter ihn – die Hand, für alle Fälle, schlagbereit erhoben. Er flüsterte ihr etwas zu, aber sie verstand nur wenig davon. Da seufzte er, drehte sich um und blickte Elynne ins Gesicht, geflissentlich ihre Blöße übersehend. Sie breitete die Arme, wollte es ihm alles erklären, fand aber die Worte nicht. In seinen Augen las sie aber, daß es der Worte nicht bedurfte. »Geh mit Gott«, sagte er, und das verstand sie nun. Sie nickte, schätzte mit einem Blick die Höhe und die Distanz zum Wassergraben und sprang.

Elynne hatte winters das der Drachin vielfach unzugängliche Gewirr aus engen Tunnels und kleinen Kammern zu ihrem Reich gemacht und sich häufig die Zeit damit vertrieben, die Wände dort mit Holzkohle und selbstgefertigten Farben, die sie mit spitzen Stöcken auftrug, zu bemalen.

Die Männer, die ihre Drachin – Beschützerin, Spielgefährtin und Freundin für sie – getötet hatten, waren enttäuscht aus der Höhle abgezogen. Oh, im Märchen horten Drachen natürlich Gold, Edelsteine und andere Kostbarkeiten. Aber ihre Drachin hatte doch nichts dergleichen angehäuft. So hatten sie ihren Kopf, ihre Haut und auch ihre Adoptivtochter als ihre Beute mitgenommen.

Aber die Drachin hatte einen Schatz hinterlassen, der ihnen entgangen war. Und Elynne machte sich jetzt auf den Heimweg, um diesen in einem ausgemalten Raum tief im Berg verwahrten Schatz zu heben.

Sie ließ sich von ihrer Erinnerung an jene Fahrt im Fuhrwerk leiten, vermied Dörfer und Städte und ernährte sich von den Früchten des Landes. Fast drei Jahreszeiten später hatte sie ihr Ziel erreicht.

Ein abgestandener Verwesungsgestank empfing Elynne bei ihrer Heimkehr. Da warf sie den Wanderstab und den zerfetzten Umhang fort und betrat bebend die Höhle. Dunkle, schon verblassende Flecken wiesen ihr den Weg. Tränen stiegen ihr in die Augen, aber sie schritt tapfer weiter.

Als sie in die Halle kam, erfaßte sie ein Schmerz, heißer als Höllenfeuer. Denn dort sah sie die halb verweste, von ihren Mördern und von Aasfressern verstümmelte Leiche der Drachin liegen. Sie stürzte zu ihr, warf sich schluchzend neben sie auf den glattgetretenen Felsboden und weinte lange, lange Zeit.

Schließlich erhob sie sich, wischte sich die Tränen ab und kehrte den sterblichen Überresten den Rücken zu. Das Feuer war erloschen, nur kalte Asche war geblieben. So stieg sie wieder zum Vorplatz hinaus, entnahm ihrer Umhangtasche, die sie irgendwann angeheftet hatte, ihre Zunderbüchse, die sie irgendwo gestohlen hatte, sammelte dann trockenes Holz und zündete ein Feuerchen an, nahm sich ein lohendes Scheit als Fackel und trug in deren Licht das restliche Holz zur Halle. Damit machte sie in der Grube Feuer und nährte es gut mit Holz aus ihren Wintervorräten, und als es hell loderte, begab sie sich, mit einer riesigen Fackel in der Linken, auf die Suche nach besagter Felskammer.

Einige Jahreszeiten zuvor hatte die Drachin sie eines Tages zur Seite genommen, zu ihrem Schatz geführt und, in der bei ihnen üblichen Stummheit, gebeten, ihn zu vergraben. Und sie hatte ihn, über den ehrenvollen Charakter dieses Auftrags so gerührt wie über die Art dieses Schatzes, im Lehmboden ihrer Lieblingsbilderkammer vergraben.

Aber bei ihrem Eintreten fand sie den Boden zerwühlt und mit dünnen Splittern übersät. Und vom Schatz keine Spur! War sie zu spät gekommen? Als sie nun verzweifelt den Raum absuchte, entdeckte sie zwei Fährten, die in den Gang hinausführten … Sie folgte ihnen durch das Labyrinth der Tunnel und Kammern – bis zu einem Abfallhaufen in einem Felsspalt, in den sie immer die Reste der Wintervorräte geworfen hatte. Da kniete sie nieder und wühlte in diesem Berg scharfkantiger Knochen, bis sie fand, was sie gesucht hatte!

Die beiden Drachenjungen zischten und winselten, als sie so jäh aus ihrem behaglichen Versteck gezogen wurden. Bestimmt haben sie Hunger, aber rechte Brocken sind sie schon, dachte Elynne und trug sie in ihren Armen zur Halle und bettete sie neben das wärmende Feuer.

Es war eiskalt geworden draußen. Dennoch ging Elynne auf die Jagd, als die Nacht anbrach.

So wie die Drachin für sie gesorgt hatte, würde sie von nun an für ihre Jungen sorgen. Wer weiß ... wenn sie lange genug lebte, könnte sie ja vielleicht dann wieder durch die Lüfte reiten.

LISA DEASON

Lisa Deason hat mir ihren Erstling mit dem sozusagen idealen Begleitschreiben gesandt – ideal, weil es eigentlich nur aus dem einen Satz bestand: »... anbei meine Geschichte und ein frankierter Rückumschlag für den Fall, daß Sie für mein Werk keine Verwendung haben.«

Manche LektorInnen mögen vielleicht so geschwätzige Briefe, in denen ihnen die AutorInnen alles über sich und ihr Leben erzählen und selbst die Namen aller ihrer Kinder und Katzen aufzählen. Aber ich denke – und ich habe meine Storys ja aus einer Kleinstadt in Texas und ohne persönliche Kontakte bei Verlagen untergebracht –, daß Sie es mit Ihrem Begleitbrief in solchen Fällen wie mit einem Vorstellungsgespräch halten und Ihre Geschichte für sich selbst sprechen lassen sollten. Beim Vorstellungsgespräch würden Sie ja nicht – hoffe ich – beim Firmenchef hereinplatzen, sich bei ihm breitmachen und die Füße auf seinen Schreibtisch legen. Ich empfehle immer: Halten Sie Ihr Schreiben kurz und geschäftsmäßig ... Wenn ich Ihre Story annehme und Ihnen den Vertrag schicke, bitte ich Sie um Ihre Vita – und dann können Sie mir über Ihre Kinder und Katzen soviel erzählen, wie Sie wollen.

Lisa Deason ist achtzehn (was ich erfuhr, als ich sie danach fragte – weil ich ihre Story wollte und mich deshalb für ihr Alter interessierte) und plant eine Merchandising-Karriere. Hoffen wir, daß ihr dann noch Zeit zum Schreiben bleibt. Sie arbeite »wie wohl jedermann«, sagt sie, an einem Roman. Gut, dann wünsche ich mir, daß wir ihn bald zu lesen bekommen. – MZB

Seelenbefreierin

Er muß ja fast blind vor Kopfschmerz sein, dachte Illy, die ihren Gefährten noch nie so leidend gesehen hatte wie jetzt, da die Shalu'val-Jünger sie beide mit der Unbeirrbarkeit von Besessenen zum Innersten des Tempels brachten.

Diese Helena ..., giftete sie bei sich, hat immer geschworen, daß sie dereinst den Kristall beherrschen würde, und das scheint sie auch geschafft zu haben!

Als sie nun zu Kel hinüberblickte und sah, wie er sich mit der Hand durch sein schulterlanges blondes Haar fuhr, schob sie sich näher an ihn heran ... und die Wächter duldeten es (Teufel auch – die hatten ihr ja sogar ihr Schwert gelassen und waren wohl eher eine Eskorte als eine Bewachung).

»Wie hältst du es durch?« fragte sie leise.

Kel machte ein gequältes Gesicht. »Einfühlung ist jetzt nicht das Wahre. Die dort drin in Helenas Gewalt, wer sie auch seien, winden sich vor Qualen, allesamt! So viel an Massenhysterie habe ich seit dieser entsetzlichen Schlangenplage in Helder nicht mehr gefühlt ...«

»Kannst du mir sagen, was da vor sich geht?«

Der Zauberer schüttelte den Kopf. »Nein, ich empfange nur so Seufzer ... Ja, das trifft es genau ... wie die Klagen armer Seelen«, sagte er, hilflos mit den Achseln zuckend. »Tut mir leid, Kerana mia, besser kann ich es dir nicht beschreiben.«

Sie streichelte ihm mitfühlend den Arm, ließ sich dann einen Schritt zurückfallen, um nachzudenken. Sein Kopfschmerz war nicht Anlaß dieser Reise nach Greelin gewesen; er hatte aber bald größeres Gewicht bekommen als ihre schlimmen Alpträume.

Daß Dämonen sie im Traum quälten, hatte fünf Jahre zuvor bei ihrem Weggang von hier begonnen, jetzt aber so zugenommen ...

Und da ihre Alpträume auch Kel heimzusuchen anfingen – hatte sie gesagt: Genug ist genug! Und so waren sie, nach Abschluß aller Aufträge, nach Greelin aufgebrochen. Kaum einen halben Tag unterwegs, war Kel schon von schlimmen Gefühlen und bald auch von Kopfschmerz geplagt worden – um so stärker, je mehr sie sich Greelin genähert hatten. So hatte sie die für einen Tempeleinbruch nötige Zeit gegen die Stärke seiner Schmerzen abgewogen und es für die bessere – sowie schnellere – Lösung erachtet, sich von jenen besessenen Jüngern »gefangennehmen« und herbringen zu lassen.

Kels voller Bariton riß sie aus ihren Gedanken. »Ich spüre, daß die Prozession ins Wanken gerät.« In der Tat, die Jünger stolperten, blieben abrupt stehen, und ihre glühenden grünen Augen erloschen, nahmen jäh ein normales Aussehen an.

»Helenas Kraft muß gesunken sein«, seufzte Illy, erleichtert über ihre Vermutung. Denn solche Kraftschwankung bedeutete, daß Helena den Kristall, der Greelin über seinen natürlichen Magiekanal mit Rohmagie versorgte, nicht unbegrenzt anzapfen konnte. Gelänge es ihr aber, den Magiefluß zur Stadt in sich selbst umzuleiten, erränge sie damit grenzenlose Macht.

Und dann müßten wir alle sterben, schloß Illy bei sich.

Kel griff sich an die Stirn, und der Blick seiner sonst so durchdringenden Augen wurde unbestimmt. »Du hast recht. Ihre Kraft hat sehr abgenommen, aber ...«, er brach ab, und sein Atem wurde schwer. »Da ist etwas ... ein Sehnen, ein Suchen nach ...«

Es schmerzte Illy immer, ihren Gefährten in solchem Aufruhr und Leid zu sehen, aber sie hatte schon vor langem gelernt, die eigenen Ängste zum Schweigen zu bringen, damit sie nicht auch noch da hineinwuchsen. »Wonach?« fragte sie ruhig.

»Nach ...«, er straffte sich plötzlich. »O nein, das wirst du nicht! Magst du auch noch so viele andere Zauberer ... mich wirst du nicht aussaugen!«

Da kam wieder Leben in die Jünger, und sie stürzten sich auf Illy, die noch völlig gebannt Kel anstarrte. So überrumpelt, wurde sie von dem Haufen an die Wand gedrückt, ehe sie auch nur reagieren konnte.

Ein Gefühl von Gefahr überkam sie, und sie schrie Kel eine Warnung zu, riß ihn damit aus seiner Trance. Und er sah den schütteren Strahl grünen Lichts, der sich suchend durch den Flur herschlängelte, und hob die Hände zum Abwehrzauber ... und begriff zu spät, daß dies ein Fehler gewesen war ... Denn der von Magie wie Eisen vom Magneten angezogene Strahl schoß nun auf ihn zu, riß ihn einfach vom Boden und verschwand mit ihm wie ein Blitz.

Da ließen die Jünger die entsetzte Schwertkämpferin los und trieben sie zur Eile an.

»Verdammt!« murmelte Illy. »Diese Aussaugerin ist hinter der Magie her, die der Kristall abgegeben hat.«

»Liebe Ilhixthiara«, flüsterte jemand mit rauher Stimme in der stockdunklen Kristallkammer. »O ja, ich erinnere mich an dich ... wie könnte ich auch meine Kursgefährtin, diese größte Versagerin in der Geschichte Shalu'vals, vergessen?«

Der Wolf ändert wohl sein Haar, aber er bleibt, wer er war, dachte Illy und starrte ins Dunkel – war denn da keine Spur von ihrem Gefährten oder den armen Seelen, die ihm den Kopf zermartert hatten? Unglaublich, diese Helena ist kurz davor, sich zur Göttin zu erheben, und giftet noch immer, daß meine Magie einen Deut stärker war als ihre ... Wie schade, daß ich meine Zauberkraft nicht mehr habe!

»Hast du mir nichts zu sagen, meine Liebe? Gibst du deiner alten Freundin dann wenigstens einen Kuß zur Begrüßung?«

Plötzlich lohten Fackeln, und Illy sah, kaum zwanzig Schritt vor sich, Helena, die sich an ihrem Entsetzen weidete:

»Ah, du siehst, die Jahre haben mir gutgetan!«

Helena war, offen gesagt, ein lebender Leichnam. Der Schädel knochig, die Haut darüber fast zum Zerreißen gespannt und so gelb wie verrottendes Pergament und voll schwärender Wunden. Die fiebrigen Augen lagen tief in den Höhlen, und das dünne blonde Haar hing ihr in fettigen Strähnen herab. Irgendeine Krankheit schien sie von innen her zu verzehren. Sie war ein Bild des Verfalls und Todes ... Illy wich vor Grauen zurück. Da hob Helena die spindeldürren Arme und spottete:

»Magst du das Gesicht der Macht … das du nie haben wirst?« Sie kräuselte die runzligen Lippen zum Zerrbild freundlichen Lächelns. »Du möchtest sicher sehen, was aus deinem Zauberer geworden ist? Ich will ihn dir zurückgeben!« Nun klopfte sie mit ihrer Knochenhand an die mannshohe Kristallkammer … Es öffnete sich die Wand.

Haufenweise Mumien purzelten heraus – viele in der goldenen Robe des Großschwesternordens … Auf Helenas Wink brach aus jenem unförmigen Klumpen, der einst der vollkommene Kristall gewesen war, ein Lichtstrahl. Und da flog Illy eine Mumie in die Arme.

Sie taumelte und bettete das Bündel dann zu ihren Füßen … Ein einziger Blick bestätigte ihre Ahnung: Es war Kel! Ihr wurde schwarz vor Augen – als sie wieder klar sah, fand sie sich, das Schwert zum Schlag erhoben, aber von klarstem Eis gefangen wie eine Fliege im Bernstein, nur eine Haaresbreite von Helena entfernt.

»So erregt!« höhnte die Hexe. »Wenn ich gewußt hätte, daß dein Liebhaber solche Leidenschaft weckt, hätte ich ihn mir genommen! Warum machst du nicht von deiner Magie Gebrauch, um die Mumie zum Leben zu erwecken?«

Illy gelang es, ihr ins Gesicht zu spucken!

Da schrie die Hexe auf und wischte sich wie toll die Spucke ab. Der Kristall pulsierte ungleichmäßig, schoß einen Strahl aus, der einen Jünger erfaßte und ihn mit ausgebreiteten Armen zusammenbrechen ließ. Im nächsten Augenblick fiel wieder einer um und sank zu Boden … und der Kristall schwoll.

Illy, in höchster Verzweiflung, langte (wie? wie?) nach dem Zauberstrom, und dabei entdeckte sie Helenas Geheimnis …

Diese Hexe nährt sich aus sich selbst … von ihrer eigenen Lebenskraft … warum merkt sie das nicht?

Helena bog sich vor Qualen. Als sie sich wieder aufrichtete, glühten ihre seelenlosen Augen vor obskurer Energie. Und sie rief die Eingangsworte des Tilgungsbanns. Eiseskälte breitete sich aus.

»Sag mir deinen vollständigen Namen!« donnerte die Hexe und schoß einen Strahl ab, der Illy wie ein Peitschenhieb traf.

Die Schwertkämpferin spürte, wie die Energie sich durch ihre Adern fraß, und kämpfte verzweifelt dagegen an. O liebste Mutter, flehte sie stumm, so hilf mir! Aber einen Herzschlag später formte ihr Hirn schon ein ganz anderes Stoßgebet:

Hilf mir doch, Kel! Verdammt, wie kannst du mich so im Stich lassen?

Aber sie mußte ihr doch antworten: »Ilhixthiara DiCantahino el-Savven Meyr.«

»Stirb, Ilhixthiara ...« Die Hexe runzelte vor angestrengtem Nachdenken die häßliche Stirn. Dieser verdammte Name!

Sie darf diesen Fluch nicht vollenden, dachte Illy, er würde mich nicht nur töten ... sondern es meiner Seele verwehren, in eine andere Welt einzugehen. Und meine Seele hat Besseres verdient, mag sie auch noch so von Ketten beschwert sein.

Da versuchte sie mit aller Macht, den Eiskerker zu sprengen. Vielleicht war er ja brüchig geworden, da Helena ihre schon geringe Kraft vor allem auf den Tilgungsbann verwandte. Und wirklich – sie konnte einen Fuß bewegen ...

Ach, was kommt denn danach? DiSavventimo? grübelte Helena. Aber Illys Fußbewegung entging ihr nicht. »Wiederhole den Rest deines Namens!« befahl sie.

Der Eisbann begann zu brechen. Illy bekam die Arme frei. »Di-Cantahino el-Savven Meyr«, sagte sie trotzig.

»DiCantahino ...«

Illy schwang ihr Schwert.

»... el-Savven ...«

Das Eis zerbrach. Illys Klinge sauste nieder.

»... M ...«

Der scharfe Stahl trennte Helena den verwüsteten Kopf vom Rumpf, und das Namensende erstarb der Sterbenden auf den Lippen.

Illy senkte schwer atmend ihre Waffe, bückte sich dann ganz automatisch, wischte das blutige Schwert am Gewand der Toten ab und steckte es ein. Dann sah sie sich nach der Mumie um, die hinter ihr im Staub lag. Kel, ihr liebster Freund, der sie »Kerana mia« genannt und sie als Frau wie als Kriegerin geachtet hatte.

Kel, der nun tot war.

Besser für ihn vielleicht, dachte sie in ihrer Wirrnis, als wie ein Krüppel weiterzuleben, so wie ich, die Magierin ohne Magie.

Sie wandte sich zu dem Kristall. »Daran bist nur du schuld!« rief sie anklagend, taumelte wie betrunken zu dem unförmigen Ding und hieb mit bloßen Händen auf es ein.

Da ertönte in ihr ein Seufzerchor. Entsetzt fuhr sie zurück – die Klage erstarb. Das brachte sie zu sich! Sie überlegte kurz, berührte den Kristall erneut. Wieder erklang der Chor, aber da war auch ein fester Strahl, der es ihr nun unmöglich machte, wie zuvor die Hand zurückzuziehen.

Kerana mia ... Kerana mia, ich höre dich ...

»Keleric, bei der liebsten Mutter, bist du das?«

Ja, mit den anderen, die ich immer gehört hatte. Helena hat den Kristall zu etwas zwingen wollen, was er einfach nicht kann. Magie kann man nicht zurückholen, wenn sie schon mit einer Seele verbunden ist. Das ist auch bei dir so. Du hast deine Magie noch, ich fühle es, und der Kristall weiß es ... Du kannst uns befreien, noch ist es möglich.

Illy wollte widersprechen, schwieg aber. Sie wollte fliehen, blieb aber. »Ich werde es versuchen«, sagte sie schlicht.

Die Dämonen ihrer Alpträume traten ihr in den Weg und gaben ihr einen derben Stoß, daß sie nur so taumelte.

»Kinderspiel, glaubt sie!« höhnten die bösen Geister. »Sie nimmt sich das vor, und bumms! schon sind wir weg ... Nein, nein, Ilhixthiara, so leicht geht das nicht.«

»Ich werde mir meine Magie wiederholen«, versetzte sie so fest, wie sie konnte. »Ich brauche sie wieder.«

Da brüllten die Dämonen vor Lachen. »Du hast keine Magie, du Närrin. Bei deinem Abschlußexamen hast du sie zerstört ... und auch den Traum, Großschwester zu werden.«

»Ich habe nie Großschwester werden wollen. Ich wollte nur mein Talent meistern lernen, zur Vollendung bringen«, sagte Illy – dabei hatte sie sich doch auf keine Diskussion einlassen wollen!

»Ach, dein Talent«, meinten sie anzüglich, »dein wunderbares Talent, das alle Welt pries, bis du größenwahnsinnig wurdest und selber daran geglaubt hast ... Der Kristall hat dich aber eines Besseren belehrt, he? Er hat deine Magie ausgebrannt, sie war ja nicht halb so stark, wie du gedacht hattest.«

O liebste Mutter, sie sagen die Wahrheit! Die Großschwestern hatten sie beschworen, ihr Endexamen aufzuschieben, bis man sicher sein könne, daß ihr System die schreckliche Belastung aushalten könne – aber sie hatte ihren Kopf durchgesetzt ... Sie war ja auch so stark, nicht wahr? Wie stolz ihre Familie und wie neidisch ihre Klasse auf sie gewesen war, da sie die Ausbildung in der Hälfte der üblichen Zeit absolviert hatte. Ihr Können schien damals unbegrenzt, ihre Zukunft strahlend, glänzend ... aber dann hatte sie in einer Weise versagt, die ihr sogar die Chance eines zweiten Versuchs genommen hatte!

Die Dämonen umschlangen sie mit Ketten aus glühender Lava. »Deine Seele ist unser!« kicherten sie. »Nein, du hast keine Zukunft! Du bist eine gescheiterte Zauberin, wirst nie etwas Besseres sein!«

Inmitten des Sturms aus Scham und Schuldgefühl fand sie eine Insel der Ruhe ... die Erinnerung an ihr Söldnerinnenleben, ihre berauschende Freiheit, ihr Umherziehen, die unzähligen Abenteuer, die sie erlebt, überlebt hatte – all das richtete sie auf und ließ sie erkennen, daß diese Dämonen im Unrecht waren. »Ihr irrt euch! Ich bin eine freie Frau und Söldnerin und fand ein neues, besseres Leben mit meinem Gefährten, der meine Liebe und mein Vertrauen hat. Ich schuf euch, als ich glaubte, nun meine einzige Chance auf ein glückliches Leben vertan zu haben ... das war ein Irrtum. Und damit ist es nun vorbei. Für euch ist hier kein Platz mehr. Verschwindet!«

Die Dämonen kreischten und erbleichten dabei zusehends.

»Verschwindet«, wiederholte sie mit lauter Stimme. »Ich will meine Seele und meine Magie zurückhaben, und zwar gleich!«

Die Ketten verschwanden und gleich darauf auch die heulenden Dämonen, und Illy spürte, wie in ihr etwas zerrriß. Staunend fühlte sie Zauber durch sich strömen ... und sie lenkte ihn, den Kristall zu richten, damit der Strom weiterfließe. Dann war es ihr ein Kinderspiel, ihrem Kel und allen anderen Leib und Seele wieder zu vereinen.

Beim Erwachen sah Kel, wie sie, nur um sich zu vergewissern, daß sie es konnte, mit einem Zauberwispern ein Flämmchen auf ihrer Hand entzündete und es dann zufrieden grinsend wieder ausblies. Da lächelte er wissend.

Kein Dämon störte in dieser Nacht ihren Schlaf, und in ihrem Traum war sie eine Falkin, die unter dem weiten, unendlichen Himmel kreiste.

JESSIE D. EAKER

*Jessie Eaker hat zwar einen Frauennamen, ist aber ein Mann –
wir haben in den Bänden VI und VII der* Magischen Geschichten *schon Bekanntschaft mit ihm machen können. Seine neue
Story handelt, wie alle Männer-Texte in dieser Anthologie,
ebenso von Gefühlen wie von nüchterner Technik. Sie hat auch
eine »positive Botschaft«. Davor graust mir normalerweise,
denn »positive« Geschichten sind nur allzuoft seicht. Aber die
hier nicht.*
*Er und seine Frau Becki freuen sich derzeit auf Nachwuchs. Sie
haben schon einen Haufen Kinder, dazu Vögel und Hamster.
Die Kinder, sagt er, seien so wild, daß er bereits überlege, sie
statt ihrer Vögel und Hamster in Käfige zu stecken. Auch ich
habe in meiner Not manchmal gedacht, daß man Kinder, die
schon laufen können, im Käfig halten sollte; aber ich glaube
nicht, daß die Psychologen damit einverstanden wären.*
*Diese Geschichte widmet er seiner Mutter Geraldine, von der
er seine Liebe zu Fantasy und Science-fiction habe. Das ist eine
Gabe, die einem für immer bleibt. – MZB*

Messermeisterin

Ein Zweig knackte.

Amara war sofort wach, stellte sich jedoch, als ob sie selig weiterschliefe, zog im Schutz ihrer Decke eines ihrer Messer und horchte angestrengt, um den Eindringling zu orten.

Hinter mir, sagte sie sich schließlich, fast schon hier am Feuer ...

Schritte erklangen, und sie kamen näher.

Blitzschnell rollte sie sich aus der Decke und in die Hocke. Der Schmerzen in ihrer Seite nicht achtend, sprang sie dann auf zum tödlichen Wurf ...

... und starrte in das entsetzte Gesicht eines schmutzigen kleinen Mädchens!

Die Wurfhand konnte sie nicht mehr bremsen, nur noch auf ein anderes Ziel richten, und so flog das Messer der Kleinen um Haaresbreite an ihrem zarten Hals vorbei und bohrte sich in den Stamm einer knorrigen Eiche.

Das Mädchen riß die Augen weit auf vor Schreck, schlug die Hände über dem Mund zusammen und stand dann wie gelähmt da. Aber ihre Schultern zitterten wild.

Amara fluchte und hielt sich leicht die Seite. Einfach nicht zu glauben, daß sie ihre frische Wunde wegen eines dreckigen Görs wieder aufgerissen hatte! Sie musterte das Mädchen mit vernichtenden Blicken und suchte zugleich mit ihrem Übersinn die ganze Gegend ab. Da war offenbar niemand sonst ...

»Was wolltest du hier, Kind?!« fauchte sie dann. »Diebe kann ich gar nicht ausstehen ... besonders die nicht, die sich an mich heranschleichen, wenn ich schlafe!«

Aber das Mädchen sah sie nur stumm an.

Da ging Amara mit großen Schritten zu der alten Eiche und riß wütend ihr Messer aus dem Stamm. Schon fühlte sie, daß frisches Blut durch ihren Notverband sickerte. »Nun!« rief sie barsch.

»Ich wollte nicht stehlen!« erwiderte die Kleine leise.

»Weshalb schleichst du dich dann an? Ich sollte dir auf der Stelle den Hals durchschneiden!« knurrte Amara und fuhr sich mit der Hand vielsagend über die Kehle.

»Weil ich den Rauch deines Feuers gerochen habe«, sagte das Mädchen, schon ziemlich trotzig. »Ich habe den ganzen Tag nichts zu essen gehabt und wollte dir für ein Mahl meine Dienste anbieten.«

»Tut mir leid«, schnarrte Amara, »solche Dienste nehme ich nicht an, vor allem nicht von einem Kind!«

Das Mädchen sah sie verdutzt an, wurde bleich, dann schamrot und stammelte: »Aber ich wollte … dir ja nur bei allem zur Hand gehen …«

Amara seufzte. Die Kleine konnte nicht mehr als ein Dutzend Sommer alt sein. Und was, bei der Göttinmutter, tat sie dann mutterseelenallein im Wald? Das nächste Dorf war meilenweit entfernt. Nach ihrem zerlumpten Kleid und flickenbesetzten Umhang – der ja auch nur ein besserer Lumpen war – mußte sie aus einer bäuerlichen, ihrem Akzent nach aus einer vornehmen Familie stammen. Mit ein bißchen Wasser und Seife und einem hübschen Kleid könnte man eine Schönheit aus ihr machen! Ihr kastanienbraunes Haar war strähnig und verfilzt, und daß sie sich lange nicht mehr gewaschen hatte, war schon zu riechen. So, wie ihr das Kleid um den dünnen Leib schlotterte … bei der war das Essen sicher mehr als nur einen Tag ausgefallen. Sie war wohl schon fast eine Woche in diesem Wald.

Und sie roch nach Scherereien.

»Kind, ich brauche deine Hilfe nicht … Ich bin schon allein zurechtgekommen, lange ehe du zur Welt kamst. Und nun trolle dich, ehe ich dir wirklich die Kehle durchschneide«, knurrte Amara, holte wie zum Wurf aus – und hielt sich dann stöhnend die Seite.

Die Kleine kam besorgt näher. »Du bist ja verletzt! Laß mich mal sehen. Mein Vater hat mich in der Heilkunst schon etwas unterwiesen.«

Amara erwog ihr Angebot. Die Wunde lag sehr hoch, so daß sie selbst sie kaum erreichen, geschweige denn richtig reinigen und verbinden konnte, und war wirklich sehr schmerzhaft, und die Kleine könnte ihr ja wohl kaum gefährlich werden. Sie nickte langsam. »Gut dann. Ein Mahl und für diese Nacht einen Platz am Lagerfeuer gegen ein bißchen Pflege. Aber morgen trennen sich unsere Weg wieder. Einverstanden?«

Das Mädchen nickte heftig, machte sich daran, trockenes Holz für das niedergebrannte Lagerfeuer zu sammeln, und entfachte es im Nu wieder. Nun setzte Amara sich mit untergeschlagenen Beinen an das auflohende Feuer und versuchte, ihre Weste und Bluse auszuziehen, schaffte es aber nicht. Die Kleine sprang ihr bei und half ihr, sich den Oberkörper freizumachen, nahm den Notverband ab und untersuchte ihre Verletzung. Amara konnte ein Stöhnen nicht unterdrücken.

»Die Wunde ist tief und muß gesäubert werden«, murmelte das Mädchen. »Sie beginnt schon zu eitern.«

»In meinem Sack dort ist ein altes Hemd, das kannst du zum Verbinden nehmen. Und da sind auch zwei Schläuche, einer mit Wasser, einer mit Wein. Bringe alle beide: den Wein für mich und das Wasser für die Wunde.«

Die Kleine holte das Gewünschte, öffnete einen Schlauch und roch daran, gab ihr dann den anderen. Amara machte ihn auf, legte den Kopf zurück und tat einen kräftigen Zug – und spie alles wieder aus.

»Du Tölpel! Du hast mir ja das Wasser gegeben ... Au, auaa!« Amara heulte auf vor Schmerz. Die Wunde brannte nun so, daß ihr die Augen tränten, und sie fuhr hoch und stieß zwischen zusammengebissenen Zähnen hervor: »Was machst du? Brennst du sie etwa aus?«

Das Mädchen drückte ihr die Schultern sanft, aber bestimmt nieder. »Halt still! Ich nehme lieber den Wein, um den Eiter auszuwaschen. Ich hatte Angst, daß du mir nichts mehr davon übriglassen würdest.«

»Du unverschämtes Gör, du! Ich sollte dich in kleine Stücke schneiden ... Au, aua!«

»Wenn du genesen willst, laß mich meine Arbeit machen. Wenn nicht, gib mir mein Essen, und ich gehe meiner Wege.«

Amara knurrte, ertrug aber stumm den Rest ihrer Behandlung. Abgemacht ist abgemacht, dachte sie und malte sich dann aus, wie sie die Kleine hinterher in Stücke schneiden würde. Das würde ihr ein Vergnügen sein, dieses Gör war wirklich unverschämt ... aber es hatte Mut, war nicht wie manches Bauernmädchen, das sie gesehen hatte: so leblos, die Augen niedergeschlagen und in Angst vor dem eigenen Schatten. Nein, dieses Mädchen war schneidig. Ihr gefiel das. Sie war selbst so gewesen.

Als ihr Verband fertig war, gab sie dem Gör etwas Reisebrot und Dörrfleisch. Die Kleine machte sich heißhungrig darüber her, bremste sich aber schon beim dritten Bissen – knabberte nur noch und kaute bedächtig. Amara verbiß sich ein Lächeln. Das Mädchen hat wohl schon öfters gehungert und weiß, daß es seinem geschrumpften Magen nicht so schnell so viel zumuten kann, dachte sie und machte sich Vorwürfe, daß sie ihm nicht vorher zu essen gegeben hatte.

Schweigend wartete sie ab, bis es sein Mahl beendet hatte.

»Wie heißt du, Kind?« fragte sie darauf. »Und was führt dich in diese göttinverlassene Gegend?«

»Ich heiße Callise«, erwiderte die Kleine, »und bin auf der Suche nach meiner Mutter.«

Scherereien, immer noch mehr Scherereien, dachte Amara und schluckte, um nicht aufzustöhnen.

Da schlug Callise die Augen nieder und musterte bemüht ihre Hände, die an ihrem Kleid zupften. »Sie hat uns verlassen, um Gardistin zu werden, als ich noch in der Wiege lag. Mein Vater sagt, sie habe das Bauernleben einfach nicht ertragen. Sie hatte ihn nur geheiratet, weil er damals Fürst war. Aber dann kam ein Umsturz ... ihnen blieb bloß das nackte Leben, und auch das nur mit Glück«, erzählte sie und seufzte. »Ich lebte bei meinem Vater, bis zu seinem Tod vor einigen Tagen. Ein Fieber hat ihn hinweggerafft, ich blieb allein zurück ... Außer meiner Mutter habe ich nun keine Verwandten mehr. Mein Vater hat einmal gesagt, sie sei nach Sanesse gegangen.« Nun blickte sie auf und fragte hoffnungsvoll: »Hast du von einer großen Kriegerin namens Karasa gehört?«

Amara schüttelte den Kopf. »Leider nein, mein Kind. Ich bin zwar aus Sanesse, kenne aber keine Kriegerin dieses Namens.«

Das Mädchen ließ sich nicht entmutigen. »Es ist schon viele Sommer her, daß sie uns verließ ... Sie könnte in eine andere Stadt gegangen sein. Vielleicht ist jemandem in Sanesse zu Ohren gekommen, wohin.«

»Würdest du deine Mutter überhaupt erkennen, wenn du sie vor dir hättest?«

»O ja«, sagte Callise träumerisch. »Vater hat mir von ihr erzählt. Sie hat so braune Augen und Haare wie ich. Die sind aber sicher schon silbern meliert, wie deine ...« Nach einem verdutzten Blick auf Amara fuhr sie fort: »Und sie muß etwa dein Alter haben.«

Amara hatte dieser Blick gar nicht gefallen. »Hör, Mädchen, ich weiß, was du denkst. Aber ich bin nicht deine Mutter ... Nur im Märchen kommen lange verschollene Mütter oder Väter plötzlich so aus dem Wald gesprungen. Ich habe nie ein Kind gehabt.«

Da erlosch die Hoffnung in den Augen der Kleinen.

Amara sagte, als ob sie nichts bemerkt habe: »Ich muß morgen schon bei Tagesanbruch los. Du kannst beim Feuer schlafen.« Callise nickte schläfrig, gähnte, legte sich neben dem fast niedergebrannten Lagerfeuer auf die nackte Erde, rollte sich zusammen und schlang die Arme um die Brust.

Amara wickelte sich in ihre Decke und drehte ihr den Rücken zu. Aber sie fand noch keine Ruhe. Es wird kalt werden gegen Morgen, überlegte sie und sah sich rasch nach Callise um. Da lag sie, den Kopf in die Armbeuge gebettet ... Ach, die wird bestimmt gut schlafen, dachte die Messermeisterin, ich teile jedenfalls nicht meine Decke mit ihr, die Kleine stinkt und wird sich nur die ganze Nacht herumwälzen und mich wecken ... Sie legte sich hin, blickte sich aber bald wieder nach ihr um. Kommt nicht in Frage, daß ich meine Decke mit ihr teile! Damit schloß sie trotzig die Augen und begann Schäfchen zu zählen.

Im Frühlicht erwachte sie. Ihr erster Eindruck war, daß sie unter ihrer Decke nicht allein sei. Ein sanftes Schnarchen hinter ihrem Rücken bestätigte den Verdacht: Das Gör war zu ihr geschlüpft, hatte mit unter ihrer Decke geschlafen! Aber wenigstens so, daß sie nichts gemerkt hatte. Nun, es brächte auch nichts, sich jetzt darüber zu beschweren.

Sie erhob sich und machte sich reisefertig. Der linken Seite ging es besser, nur die Schmerzen und die Steifheit ... Alles in allem aber ein geringer Preis dafür, daß sie sich mit den Männern von König Larse angelegt hatte. Der Händler, dem sie für Gold seinen gestohlenen Edelstein hatte wiederbeschaffen sollen, hatte zu erwähnen vergessen, daß der Dieb eben auch des Königs Steuereintreiber war. Amara schüttelte den Kopf. Mit dem Batzen hätte sie sich in Sanesse einen schönen Laden kaufen können. Sie wurde allmählich zu alt fürs Kriegerleben – ihre Reflexe wurden langsamer, aber Schnelligkeit war, was einen in ihrem Beruf am Leben erhielt. Am besten, sie setzte sich in Bälde zur Ruhe; sie war nicht bereit, jetzt schon zu sterben.

Sie stupste die Schläferin mit dem Fuß. »Zeit aufzustehen, du Faulpelz. Ich muß meine Decke einpacken.«

Callise reckte und streckte sich und gähnte herzhaft, setzte sich langsam auf, rieb sich die Augen, reckte sich kurz noch einmal, sprang dann hoch, schüttelte ihre Decke aus, faltete sie sauber und gab sie ihr. Amara war beeindruckt.

»Hoffentlich habe ich dich vergangene Nacht nicht gestört«, sagte Callise. »Es wurde so kalt, und das Feuer wärmte nicht mehr genug. Da bin ich neben dich geschlüpft. Ich hoffe, daß es dir nicht allzuviel ausgemacht hat.«

Amara gab keine Antwort. Sie reichte dem Mädchen eine kleine Wegzehrung und schulterte ihren Reisesack. Die Wundschmerzen ließen sie zusammenzucken. Sie biß auf die Zähne, kehrte der Kleinen wortlos den Rücken und machte sich auf den Weg.

»Laß mich dich nach Sanesse begleiten, ja?« rief Calisse ihr hinterdrein. »Bitte! Ich könnte deinen Sack tragen und nach deiner Wunde sehen. Ich werde mich auch still verhalten und keinen Ärger machen.«

Amara marschierte weiter, verlangsamte aber ihren Schritt. Ihre Wunde pochte jetzt schon und würde ihr den ganzen Tag schwer zu schaffen machen … Eigentlich müßte sie ruhen und sich ausheilen, aber das wäre Wahnsinn, solange sie noch in König Larses Gebiet war. Sie blickte den Weg entlang, der da vor ihr lag. Dieses Mädchen brachte nur Scherereien!

Nun schob sie den Tragriemen von der Schulter, setzte ihren Sack ab, ließ ihn dann einfach stehen, ging weiter und rief, ohne sich nach Callise umzusehen: »Besser, du kommst mit. Es wäre mir nicht recht, wenn ein Bär deinetwegen Magengrimmen bekäme.«

Das Mädchen lief grinsend zu dem Sack und schulterte ihn.

Sie kamen gut voran an den beiden folgenden Tagen. Die Wunde begann, dank kundiger Pflege, sauber zu heilen, und tat kaum noch weh. Sicher, das Kind bremste sie, aber dafür wurde die Wunde bei ihrem gemächlicheren Schritt nicht so beansprucht. Insgesamt war sie mit dem Vorankommen zufrieden. Das Mädchen war kräftig, trug den Packen ohne Jammern und Klagen. Es war sogar halbwegs intelligent. So war Amara gar nicht über die Bitte überrascht, die es dann bald tat.

Sie saßen am abendlichen Lagerfeuer. Callise hatte die Reste ihres einfachen Mahl fortgeräumt und trockenes Laub für ihr gemeinsames Nachtlager zusammengerecht. Nun nutzte Amara die Zeit, um ihre Messer zu säubern, zu schleifen und einzuölen. Als sie einmal aufblickte, sah sie Callise vor sich knien.

»Amara, ich habe beobachtet, wie du mit dem Messer umgehst. Als ob es ein Teil von dir wäre … die Verlängerung deiner Hand. Und wenn du sie reinigst, behandelst du sie wie etwas Heiliges. Das würde nur eine Messermeisterin tun. Bloß eine Messermeisterin hat dieses Geschick.«

Amara zog es vor, nicht zu antworten, und machte sich wieder daran, ihre Klingen zu polieren.

Da holte Callise tief Luft und nahm all ihren Mut zusammen.

»Wäre es zuviel verlangt … ich meine, könntest du mich … bitte … das Messerwerfen lehren?«

Amara grunzte und sagte, ohne von ihrer Arbeit aufzublicken: »Hör, Kleine. Das Messerwerfen ist nicht leicht zu erlernen. Nur wenige haben das Zeug dazu, nämlich Geschick, Geduld und ausgeprägten Lernwillen.«

»Aber ich würde es schaffen«, antwortete das Mädchen. »Du wirst sehen, du wirst stolz auf mich sein.«

Amara ließ ihre Klinge ruhen und musterte die Kleine. »Und was bekomme ich dafür?«

Da blickte Callise enttäuscht zu Boden.

Amara runzelte die Stirn. Am besten, ich zeige ihr mal, wie aussichtslos es wäre, dachte sie und erhob sich geschmeidig. Das Mädchen sah sie erwartungsvoll an. Und sie las von dem nahen Pfad einen kleinen Stein auf und zeigte auf einen zehn Schritt entfernten Baum. »Siehst du den jungen Baum da, mit der Gabelung etwa in Brusthöhe?«

Callise nickte. Der Stamm war nur eine Spanne breit.

Nun holte Amara, wundvorsichtig, aus und warf den Stein. Und traf den Stamm genau in der Mitte und dicht unter der Gabel. »Wenn du das fünfmal hintereinander schaffst, lehre ich dich es.«

Sofort stellte Callise sich neben sie, hob einen Kiesel auf und warf ... viel zu weit nach rechts und viel zu kurz! Der nächste Wurf mißlang ebenfalls völlig.

»Siehst du, Mädchen«, sagte Amara grinsend, »das ist nicht leicht.«

Callise sah sie trotzig an und las den nächsten Stein auf. Diesmal traf sie immerhin den Baumfuß. Unverzagt machte sie weiter, legte sich ein Steinhäufchen an und übte, bis es so finster war, daß sie die Hand nicht mehr vor den Augen sah. Da mußte Amara ihr insgeheim zugeben, daß sie einen starken Willen besaß.

Tags darauf machten sie schon früh bei einem schmalen, aber tiefen Bach halt, um dort über Nacht zu bleiben. Amara hatte die ewige Trockenkost satt und wollte etwas Handfesteres zum Abendmahl. Sie ging allein auf die Jagd und ließ das Mädchen zurück, damit es derweil ihr Lager aufschlage und gründlich bade. Aber das Wild war in dieser Gegend so scheu, daß Amara trotz Einsatzes ihres Übersinns ihre Pirsch weiter ausdehnen mußte, als sie vorgehabt hatte ... Es war schon fast Abend geworden, als sie, nur mit einem kleinen Nager als Beute, zum Lager zurückkehrte.

Bald schon meldete ihr ihr Übersinn die Anwesenheit zweier Menschen, und zwar in unmittelbarer Nähe ihres Lagerplatzes. Da sputete sie sich, um ihre überlebensnotwendigen Vorräte vor Diebstahl zu schützen.

Als sie das Lager schon fast erreicht hatte, vernahm sie vom Bach her lautes Lachen – eindeutig Männerlachen. Da ließ sie ihre Jagdbeute fallen und pirschte zum Bachhang. Und als sie durchs Gebüsch spähte, sah sie am Ufer zwei Männer. Der eine hielt die bis zum Halse im Wasser stehende Callise mit Pfeil und Bogen in Schach, während der andere sie dazu zu bewegen versuchte, doch herauszusteigen.

»Komm, meine Kleine. Du mußt dir in dem kalten Wasser ja den Hintern abfrieren. Das kommt geradewegs vom Gletscher. Warum steigst du nicht heraus? Dann könnten wir zwei dich wärmen! Ich versprech dir, ich und mein Freund Lile hier, können das ganz prima, du wirst deinen Spaß daran haben«, schrie er und lachte, und sein Gefährte fiel dröhnend mit ein.

Dann drohte Lile, der mit Pfeil und Bogen: »Glaube ja nicht, du könntest davonlaufen. Ich bin ein guter Schütze und würde dich umlegen, mein Wort darauf ...« Zu seinem Kumpan gewandt, knurrte er: »Warum gehst du nicht einfach da rein und holst sie raus? Ich hab das Warten satt!«

»Was?! Und klitschnaß werden! Das ist nicht gut für dich ... Außerdem ist es mir egal, Kleine, was du vorhast«, versetzte er und hielt ihre Kleider hoch. »Wir müssen die nicht einmal ausziehen!« Wieder brüllten die beiden vor Lachen.

Amara fluchte leise. Das Mädchen brachte nur Scherereien ... sogar aus dem öden Wald zog es sie wie magisch an! Aber, der Göttin sei Dank: Die Kerle schienen den Reisesack noch nicht entdeckt zu haben; es würde ihr nicht schwerfallen, ihn zu holen und sich dann auf den Weg zu machen. Ihre Devise war: Vermeide einen Kampf, wenn du kannst. Das Mädchen würde sich eben selbst verteidigen müssen.

So schlich sie gebückt durchs Gebüsch, bis sie dicht bei dem Sack war, langte vorsichtig durchs Gezweig, bekam ihn jedoch nicht zu fassen. Also schob sie sich noch näher heran, griff wieder danach.

Unglücklicherweise blickte Lile in diesem Moment zufällig in ihre Richtung und erspähte sie. »Heho!« rief er. »Wir haben dort drüben eine Besucherin!« Und er schwang den Bogen herum und zielte auf sie.

Amara versuchte, sich ins Gebüsch zu verziehen, verlor dabei aber vollends das Gleichgewicht, glitt aus und fiel auf die Knie.

Der Kerl bleckte die faulen Zähne und grinste zu ihr herauf. »Das Glück ist heut wohl mit uns. Da haben wir auch noch die Mama gefangen!« grölte er hämisch und spannte den Bogen.

Aber gerade als er schoß, traf ihn ein gut gezielter Kiesel an der Schulter, so daß er jäh aufheulte und so verzog, daß der Pfeil irgendwohin ins Leere flog.

Amara nutzte ihre Chance und handelte. Sie rollte sich rasch zur Seite und zog und warf in ein und derselben Bewegung ein Messer. Der Kerl, dem nun plötzlich eine Klinge im Arm stak, ließ seinen Bogen fallen und brach in die Knie.

Bis Amara auf die Beine gerollt war, hatte schon das nächste Messer den Weg in ihre Hand gefunden. Den Blick fest auf den anderen Mann gerichtet, holte sie nun aus und rief: »Wenn du nicht durch ein Loch in der Brust atmen möchtest, ziehst du ihm das Messer heraus und legst es auf den Boden. Dann macht ihr euch so schnell aus dem Staub, als ob die Göttin selbst euch auf den Fersen wäre.«

Der eingeschüchterte Kerl gehorchte, half seinem Kumpan auf und trollte sich mit ihm, so schnell es ging. Amara blickte ihnen nach, bis sie außer Sichtweite kamen, und wandte sich dann dem immer noch bis zum Hals im Wasser stehenden Mädchen zu.

»Nun, wie lange willst du denn noch da drin bleiben? Los, raus mit dir und in die Kleider! Sonst wirst du mir am Ende noch krank«, brummte sie, und da stieg Callise langsam aus dem Bach.

»Danke, daß du mich gerettet hast«, sagte sie beim Anziehen. »Ich dachte schon, jetzt sei ich verloren. Das werde ich dir nie vergessen.«

Amara drehte sich rasch zur Seite und erwiderte kein Wort.

Schon früh am nächsten Morgen nahm die Kleine ihr Training ernsthaft wieder auf. Sie weckte Amara mit ihrem Lärm, übte unterwegs und bis in die Nacht. Sie vernachlässigte darüber aber keine ihrer Pflichten – schuftete und schleppte sogar eifriger als zuvor. Amara konnte nicht umhin, ihre Ausdauer und Beharrlichkeit zu bewundern.

Eines Abends, als sie, nur einen Tagesmarsch vor der Stadt, gesättigt und zufrieden am Lagerfeuer saßen, sagte Callise plötzlich: »Ich muß dir etwas zeigen«, hielt ihr fünf Steine hin und wies zum Rand der Lichtung. »Siehst du den Baum da?«

Als Amara sich umsah, gewahrte sie dort ein rankes Bäumchen, das eben mal eine Spanne breit war. Callise warf fünfmal und traf den Stamm jedesmal genau in die Mitte.

Die Kriegerin nickte, verbarg aber ihre Befriedigung, da sie dem Mädchen keine Hoffnungen machen wollte und konnte. Nein, sie hatte nicht vor, einen Lehrling zu nehmen. Und das Leben einer Kriegerin, insbesondere das einer Messermeisterin, war ja nicht leicht. Man machte sich viele Feinde und nur wenige Freunde. Und wenn einem dann der Arm langsamer wurde, wollte einen niemand mehr einstellen.

Aber das Kind hatte sich dieses Privileg verdient. Und sie wollte nicht wortbrüchig werden. »Du hast meine Bedingung erfüllt. Ich werde es dir beibringen.«

Sie lieh der Kleinen ein Messer, zeigte ihr, wie man solche Waffen pflegt, und führte ihr einen leicht zu lernenden Wurf vor. Das Mädchen war selig und übte ihn, bis es stockdunkel war und sie nichts mehr sah. Amara jedoch nahm sich vor, sich in der Stadt endgültig von der Kleinen zu trennen.

Amara blieb auch in den Mauern Sanesses auf der Hut. Sie kam sich schutzlos vor, weil ihr Übersinn in jeder Menschenmenge versagte.

Das Mädchen aber ging arglos neben ihr durch die Straßen und staunte über die lauthals ihre Waren ausrufenden Händler mit ihren kleinen Läden, über die prächtig gewandeten Leute und die Gerüche ihr unbekannter Gewürze.

Vor dem Hause der renommierten Heilerin Yhalla hielt Amara an. Yhalla hatte bei ihrem letzten Besuch geklagt, daß sie keinen guten Nachwuchs finde. So hatte sie nachts zuvor bei sich beschlossen, ihr Callise als Lehrling vorzuschlagen – der Kleinen aber noch keinen Ton gesagt, da sie einen Streit fürchtete.

Jetzt wandte sich die Messermeisterin zu ihr um. »Mädchen«, begann sie und suchte nach Worten, wobei ihr der strahlende, bewundernde Blick der Kleinen beileibe nicht half. »Im Leben eines jeden kommt einmal die Zeit zum Abschiednehmen ...« Das Mädchen nickte und blickte über ihre Schulter an ihr vorbei. Und keuchte auf.

Amara kannte diesen Blick.

Sie wirbelte jäh herum, zog dabei ein Messer aus dem Ärmel. Die Zeit kroch mit einemmal, schien gar stillzustehen. Ich bin zu langsam! Ich schaffe es nicht!

Dicht hinter ihr stand dieser Kerl vom Bach – der gute, alte Lile, mit aufgelegtem Pfeil, gespanntem Bogen ... und zielte auf sie. Die Leute stoben aus der Schußbahn. Amara sah, wie sich seine Armmuskeln strafften, wie sich Triumph in seinem Gesicht malte. Er könnte den Pfeil abschnellen, ehe sie ihr Messer zu werfen vermochte ... und das wußte er auch.

Spring beiseite! schrie ein Teil ihres Ichs. Aber dann würde Callise den Pfeil mitten in die Brust bekommen. Ja, eine von ihnen beiden würde sterben müssen.

Der Mann spannte die Muskeln vollends zum Schuß. Amara traf ihre Entscheidung.

Der Pfeil zischte aus der Kerbe und grub sich in ihre Brust. Schneidender Schmerz durchwogte sie, ließ sie zurücktaumeln. Sie umklammerte den Pfeilschaft und fühlte warmes, klebriges Blut darum strömen, stürzte rücklings. Aber Callise fing sie auf und ließ sie behutsam zu Boden gleiten.

Ihr Blick trübte sich ... wie im Traum sah sie den Mann vor Gelächter erbeben … und Callise, den Tod im Blick, langsam aufstehen, das Messer, das sie ihr geliehen hatte, aus ihrem Gürtel ziehen und so blitzschnell werfen, daß es erst wieder sichtbar wurde, als es dem Kerl schon in der Kehle stak.

Da schloß Amara die Augen – bereit zu sterben.

Als erstes nahm sie Geräusche wahr – Flüstern, Schlurfen und Topfgeklapper. Dann Gerüche, herbe Kräuterdüfte, den weichen Duft frischen Leinens. Als sie ihre Augen aufschlug, sah sie über sich Callises besorgtes Gesicht. Nun blickte Amara sich in dem fremden Zimmer um.

»Wir sind bei Yhalla. Sie ist fort, um noch mehr Kräuter zu holen«, sagte das Mädchen und blickte beiseite, um sich eine Träne abzuwischen. »Sie war nicht sicher, ob du durchkommen würdest.«

Amara konnte die knapp außerhalb ihres Sehfelds verharrende Bewußtlosigkeit fühlen. Sie leckte sich die trockenen Lippen und zwang sich zu sprechen. »Hast du …?«

Callise nickt grimmig. »Der wird uns nicht mehr belästigen!«

Da lächelte Amara schwach. »Ein guter Wurf!«

Callise schlug die Augen nieder. »Du hättest sicher beiseite springen können«, murmelte sie vorwurfsvoll, »ich weiß doch, wie schnell du bist. Aber du hast es nicht getan.«

»Zu alt«, flüsterte Amara, »zu langsam.«

»Du lügst«, schimpfte Callise und beugte sich so tief über die Kriegerin, daß ihr langes Haar ihre Wangen streifte. »Du hast diesen Pfeil ganz bewußt für mich abgefangen. Aber dieses Opfer habe ich nicht verdient.« Und Amara spürte, wie ihr eine heiße Zähre auf die Braue fiel.

Die Messermeisterin spürte zum erstenmal seit vielen Jahren ihre Augen feucht werden. »Höre, du bist ein ganz besonderes Mädchen. Verdient, meinst du … Oh, ich habe deine Zuneigung nicht verdient.«

Da richtete Callise sich auf und wischte sich die Tränen aus den Augen. »Ich brauche noch eine Lehrerin. Ich würde gern eine Messermeisterin wie du werden.«

»Und was ist mit deiner Mutter? Liegt dir nichts mehr daran, sie zu finden?«

Callise lächelte. »Vielleicht finde ich sie ja eines Tages, aber im Augenblick habe ich alles, was ich brauche.«

Nun erwiderte Amara grinsend: »Du machst einem aber auch nur Scherereien, Mädchen.«

PATRICIA DUFFY NOVAK

Frau Novak war in mehreren meiner Darkover-Anthologien und in Marion Zimmer Bradley's Fantasy Magazine vertreten, aber noch nie in dieser Reihe. Ihr Debüt hier beweist eindeutig, daß Frauen sehr wohl fähig sind, eine relativ unkomplizierte Abenteuergeschichte zu schreiben. Diese nun hat mich von der ersten Zeile an fasziniert; ich habe nie verstanden, weshalb es (bei Literaturkritikern) als nicht so koscher gilt, etwas aus reinem Spaß an der Handlung zu lesen.

Patricia Duffy Novak ist (außerordentliche) Professorin für Agrarwissenschaften – und studiert Englisch, nur um sich im Schreiben fortzubilden. Aber da sie an einer Universität mit landwirtschaftlicher Versuchsanstalt arbeitet, hat sie zwölf Monate im Jahr rund um die Uhr zu tun – also beileibe keine langen Semesterferien zum Schreiben. So lernt sie nachts und schreibt in den wenigen Stunden, in denen ihr Baby schläft, Kurzgeschichten wie diese. Ich habe ja immer gesagt: Niemand hat je Zeit zum Schreiben – man nimmt sie sich einfach.

Pat hat eine kleine Tochter, die, wie Ara in dieser Story, »von Kämmen und Hunden fasziniert« ist – und davon hat sie gleich drei. Hunde, meine ich. – MZB

Das Tor der Zauberer

Ara langte mit ihrem Patschhändchen über die Tischkante und packte, was sie erraten hatte. »Siehst?«

»Ja, mein Herzchen. Du hast den Kamm.«

»Kamm«, wiederholte die Kleine feierlich.

»Und nun gib ihn Tavia«, sagte Octavia und streckte die Hand aus. Da trippelte Ara auf ihren winzigen Füßen so hurtig zu ihr, daß der alte Holzboden ächzte.

Octavia nahm ihr lächelnd den schimmernden Silberkamm ab und begann, ihr die wirre weißblonde Mähne zu strählen. »Bist du aber schön«, lobte sie, als Ara sich ihr quengelnd entwinden wollte.

»Fertig!« verkündete das Kind, und Octavia lachte.

»Ja, gleich, aber dieses Gewirr schreit noch nach dem Kamm!« Aber als Octavia sich wandte, um Ara besser in den Griff zu bekommen, sah sie einen Schatten über den besonnten Fußboden huschen. Sie blickte zum Fenster hinaus und sah eine Frau in langer blauer Robe vorübergehen.

Ihr stockte das Herz. Mit dem Besuch einer Blauen Schwester hatte sie nicht gerechnet. Normalerweise kam ja allmonatlich eine der Ordensfrauen vorbei, wirklich ganz regelmäßig; aber die letzte Visite lag noch nicht einmal zwei Wochen zurück.

Da nahm sie Ara auf die Hüfte und ging öffnen. Die Schwester wartete auf dem gefegten Pfad vor der Tür. Ihr Gesicht glich einer Maske kalter Gleichgültigkeit, ihre saphirblauen Augen blickten steinern. Das offene, mondlichtfarbene Haar flutete ihr den Rükken hinab. Alle aus diesem Zauberinnengeschlecht waren weißblond; wie Ara auch. Die Haarfarbe wies diese Frau eindeutiger denn ihre Ordenstracht als eine Zauberin aus.

Nur wenige Fuß hinter der dunkelgewandeten Gestalt schlich

Sorrel, der herrenlose Hund, den Octavia aufgenommen hatte, winselnd hin und her. »Still, Sorrel«, flüsterte Octavia aus Angst, die Schwester könnte sich erzürnen und ihn mit einem Fluch hinwegfegen. Er verstummte und wich etwas zurück. Aber seine Nackenhaare blieben gesträubt.

»Kommt herein, Euer Ehren«, sagte Octavia und trat mit einer Verbeugung, die ihr mit Ara auf ihrer Hüfte schwerfiel, von der Tür zurück. Die Schwester nickte kurz, kam ins Haus und blickte sich, sichtlich angewidert, einen Moment um.

Octavia kannte die Frau nicht. Oh, sie hatte in den letzten achtzehn Monaten einige dieser Ordensschwestern zu Gesicht bekommen – aber die noch nie, da war sie sich sicher. »Meine armselige Hütte ist dieser Ehre nicht würdig«, murmelte sie, obschon sie sich eher geängstigt als geehrt fühlte; aber man mußte Blauen Schwestern ja mit gewissen Höflichkeitsfloskeln kommen, wenn einem sein Leben lieb war.

Die Besucherin richtete ihre unergründlichen Augen auf sie. »Ich bin gekommen, mir mein Kind anzusehen.«

Octavia schloß Ara instinktiv fest in ihre Arme. »Dein Kind? Ich dachte nicht ...« Da verstummte sie, ihrer Unbotmäßigkeit gewahr geworden, stand wie erstarrt und fühlte den glühenden Blick der Zauberin auf sich ruhen.

Die Schwester kräuselte ihre schmalen Lippen zu einem dünnen Lächeln. »Du dachtest, wir kennen unsere Kinder nicht? Aber natürlich kennen wir sie. Wie könnten wir sonst die Reinheit des Bluts, des Geschlechts sichern?« Das Lächeln erlosch und wurde durch eine strenge Befehlsmiene ersetzt. »Nun bring es mir.«

Octavia ging widerwillig auf sie zu. Da klammerte Ara sich, als ob sie die Angst ihrer Pflegemutter gespürt hätte, ganz krampfhaft an sie und begann zu weinen.

»Jetzt aber«, knurrte die Blaue Schwester, riß Octavia das Kind aus den Armen und musterte es stirnrunzelnd von allen Seiten, ohne sich um sein jämmerliches Geschrei zu scheren. »Sieht nicht gut aus. Oh, ich weiß es einfach nicht.« Damit reichte sie es ihr wieder, stemmte sodann die Hände auf die schmalen Hüften und betrachtete es mißmutig.

»Meint Ihr, mit dem Kind stimme etwas nicht?« fragte Octavia vorsichtig, nachdem sie Ara getröstet und beruhigt hatte.

Die Ordensschwester musterte sie mit ihren strahlend blauen Augen. »Es ist mein drittes. Die anderen hatten nicht genug Zauberkraft. Die hier hat ein Goldener Meister gezeugt. Ich dachte, man könnte bei ihr jetzt schon die Anzeichen sehen, aber ...« Sie verstummte und fügte dann achselzuckend hinzu: »Meine Kinder schlagen wohl alle aus der Art.«

Octavia fühlte eine kleine Hoffnung in sich aufkeimen. »Dann wird sie also nicht zur Zauberin ausgebildet? Nicht abgeholt werden?«

Da zog die Blaue Schwester eine ihrer so dünnen Brauen hoch. »Ob sie Zauberin wird oder nicht, werden wir ja sehen. Aber keine Angst, wir holen sie auf jeden Fall. Wir lassen unsere Mißgeburten doch nicht am Leben, sie könnten ja neue Zauber hervorbringen. Die Blutdämonen sind allzeit durstig.«

Octavia gefror das Blut in den Adern, und ihr Herz wurde zum Eisklumpen. Das durfte nicht wahr sein! Natürlich kannte sie die Gerüchte über die Verruchtheit der Blauen Schwestern und daß sie alljährlich jedes zweite ihrer Kinder diesen Dämonen opferten; sie hatte ihnen aber nie geglaubt. Vor allem auch, weil die Schwestern, die ihr Ara zur Pflege gebracht hatten, so freundlich gewesen waren.

Und sie mußte daran denken, wie sie das neugeborene Kind mit seinem runzligen, roten Gesicht zum erstenmal gesehen hatte. Nun war sie ihm anderthalb Jahre lang Mutter gewesen ... Aber das Verhalten seiner leiblichen Mutter hatte ihr schlagartig klargemacht, was dieses Pflegschaftssystem bezweckte – jede Katze hätte für ihre Jungen mehr gefühlt, als diese Zauberin für ihr Kind empfand. Wenn diese Blaue Schwester Ara selbst aufgezogen hätte, hätte ihr deren Los ganz bestimmt nicht so gleichgültig sein können. Nein, auch die hartherzigste Hexe auf dieser Insel wäre nicht zu einem solchen Opfer fähig.

Da kicherte die Blaue Schwester kurz und trocken. »Nun starr mich doch nicht so an! Jeder Bauer auf dieser Insel weiß um unsere Bräuche. Ich habe ja nur offen ausgesprochen, was man sich sonst hinter vorgehaltener Hand zuflüstert.« Nun raffte sie ihre Robe und wandte sich zum Gehen. »Hab ja gut auf sie acht, bis ich wiederkomme. Vielleicht hat sie ja doch diese Magie.« Damit glitt sie, schlank und steif in ihrer wehenden blauen Tracht, zur Tür hinaus. Und gleich darauf war Sorrels Winseln zu vernehmen.

Octavia preßte die Hand auf den Mund, erstickte den Schrei, der ihr aus der Kehle zu brechen drohte. Bei allem, was ihr heilig war, beim Namen Melyras, der Schutzgöttin der Kinder und Tiere, nein, sie durfte Ara nicht den Schwestern lassen. Sie hatte immer gewußt, daß der Abschied von ihr, demnächst bei ihrem zweitem Geburtstag, schwer, herzzerreißend würde, hatte sie das Kind doch so lieben gelernt, wie sie ihr eigen Fleisch und Blut geliebt hätte … Aber sie würde es niemals zulassen, daß die Schwestern ihr Blut vergössen, mochten sie noch so mächtig sein. Nein, einem Orden, der solche Frauen züchtet wie Aras leibliche Mutter, überlasse ich sie auch dann nicht, wenn sie Zaubertalent zeigt und so außer Lebensgefahr wäre, dachte Octavia schaudernd.

Aber was sollte sie tun? Ihre Stadt lag auf einer Insel, die von einem reißenden und mit keinem Boot zu meisternden Strom umgeben war. Die drei Brücken zum Festland wurden alle immer schwer bewacht. Sie konnte das Kind weder über diese Brücken schmuggeln noch in der Stadt verstecken. Selbst wenn sie Ara das Haar tönte, um das verräterische Weißblond zu verbergen, wäre sie in keinem Winkel der Insel vor den bösen Schwestern sicher. Ihr Blut selbst würde sie herrufen. Nein, sie müßten die Insel verlassen, da der Zauber der Schwestern nicht über fließendes Wasser hinwegreichte. Diese Insel zu verlassen war aber unmöglich.

Die Kehle schnürte sich ihr zu, und Tränen kamen ihr in die Augen, aber sie verbiß sich das Weinen. Sie durfte nicht der Verzweiflung nachgeben. Ihr blieben noch sechs Monate bis zu dem Tag, an dem die Schwestern kämen, Ara zu holen. Und sie mußte sich bis dahin eine Lösung ausdenken, durfte ihre Zeit nicht mit Wehklagen vergeuden.

Ein Kläffen und ein Kratzen an der Tür rissen sie aus ihren Gedanken. »Oh, hab ich dein Fressen vergessen, alter Junge?« fragte sie, setzte Ara ab, holte aus der Küche den Napf mit den Resten für

Sorrel, stellte ihn auf die Schwelle und sah ihm mit Ara beim Fressen zu. Die Kleine liebte den Hund und war immer ganz wild darauf, ihm bei allem zuzusehen, was er machte. Er hatte sie dafür zu seinem Schützling erkoren und hätte sein Leben für sie gegeben.

Octavia fuhr ihrem Hund durchs zottige Fell. »Du würdest sie retten, wenn du könntest, oder, Bursche?« Da sah er erst das Kind und danach sie an, lange, eindringlich. Octavia gab ein kurzes, nervöses Lachen von sich. »Ich fange ja schon an, zu phantasieren, zu glauben, du verstündest mich. Nun gut. Aber du bist trotzdem ein braver Hund.«

Seufzend hob sie den geflochtenen Einkaufskorb auf und hängte ihn sich über die Schulter. »Sollen wir zum Markt gehen, wir drei?« Was immer sie auch in Zukunft unternehmen müßte – nun mußte sie für ihre kleine Familie erst einmal etwas zu essen holen.

»Gehen«, wiederholte Ara und streckte die Händchen aus – was hieß, daß sie getragen werden wollte. Sorrel heftete sich an ihre Fersen.

»Eine milde Gabe, gute Frau, eine milde Gabe«, murmelte die blinde Bettlerin am Markteingang und hielt ihr ihren Becher hin. Octavia warf ihr, beinahe ohne nachzudenken, eine Münze hinein, wie immer, wenn sie etwas erübrigen konnte. Nun, das Pflegegeld von den Schwestern war nicht eben üppig, aber für ihre Bedürfnisse ausreichend.

»Die Göttin segne dich«, dankte die Bettlerin ihr noch, als sie schon halb auf dem Weg zu den Ständen war.

»Komm, Sorrel«, rief Octavia ihren Hund, der zurückgeblieben war und schwanzwedelnd die Blinde umkreiste. »Komm, Sorrel«, drängte sie. Aber er schien nicht gehorchen zu wollen, legte vielmehr der Bettlerin seine Schnauze in die Hand und jaulte leise.

»Entschuldige«, sagte Octavia und nahm Ara in die Armbeuge, damit sie Sorrel am Fell ziehen konnte. »Er belästigt sonst die Leute nicht.«

Da hob die Bettlerin den Kopf, und Octavia, die sie noch nie genauer angesehen und immer für eine Greisin gehalten hatte, sah nun erstaunt, daß ihr Gesicht unter dem Schmutz und Ruß, der es bedeckte, jung und schön war. Ihre leeren Augen waren nachtschwarz, aber mit silbernen Punkten durchsetzt, die wie Sterne funkelten. »Er belästigt mich ja nicht«, murmelte die Blinde. »Laß ihn bei mir, solange du einkaufst, ja? Ich mag Hunde.«

Octavia zögerte. Aber daß Sorrel sich zufrieden zu Füßen der Fremden zusammenrollte, entschied es für sie. »Stört er dich auch wirklich nicht?« fragte sie der Höflichkeit halber. Und als die Bettlerin sanft den Kopf schüttelte, rückte sie sich Ara zurecht und machte sich endgültig auf, ihre Besorgungen zu erledigen.

Als sie dann schwer beladen zurückkehrte, erhob sich Sorrel nur widerwillig von seinem Platz neben seiner neuen Freundin und tat einen tiefen Hundeseufzer. Sie setzte ihren mit Brot und Obst gefüllten Weidenkorb ab, nahm daraus eine reife Orange, kniete neben die Blinde und legte sie ihr in den zerlumpten Rockschoß: »Hier ... Und danke, daß du auf den Hund aufgepaßt hast.«

Die Bettlerin faßte und betastete die Frucht mit ihren langen, schmalen Fingern. »Ich danke dir dafür«, sagte sie lächelnd. »Warte ... ich werde dir ein Geheimnis anvertrauen.« Octavia wartete, aber da schüttelte die Blinde den Kopf. »Nein. Komm etwas näher. Was ich zu sagen habe, ist nur für deine Ohren bestimmt.«

Octavia gehorchte, kam sich dabei aber wie eine Närrin vor. Ara klammerte sich fest an sie und starrte die Bettlerin mit großen Augen an.

»Es gibt noch einen anderen Weg aus dieser Stadt«, flüsterte die Frau und brachte Octavia, da sie entsetzt aufschrie, mit einer raschen Geste zum Schweigen. »Du hast bestimmt vom Tor der Zauberer am Südende der Insel gehört. Es ist der Eingang eines Flußtunnels zum Festland, ins Königreich Alworyn. Dort wärt ihr in Sicherheit. Die Blauen Schwestern lassen das Tor nicht bewachen ... und können nicht über den Strom!«

Stumm vor Staunen, starrte Octavia die Blinde an. Wie hatte die ihren geheimsten Wunsch erraten? Und die bloße Erwähnung dieses Tores genügte ja, jedes vernünftige Wesen mit Furcht zu erfüllen. Die Schwestern bewachten es nur nicht, weil das überflüssig war. Denn es hatte seine eigenen Wächter, nicht einmal die

Schwestern konnten es passieren. Sie selbst hatte es noch nie gesehen, wußte jedoch, wie jede Seele auf dieser Insel, wo es sich befand, und hatte es immer vermieden, sich diesem Bauwerk der Vorzeit auf weniger als eine Viertelmeile zu nähern.

»Fürchte dich nicht. Vertraue dir selbst, dann kann es euch nichts anhaben«, sprach die Bettlerin und starrte sie wieder mit unergründlichen Augen an. Und die silbernen Punkte darin schienen zu wachsen, funkelten heller, immer heller, so daß Octavia es nicht mehr ertrug und den Blick abwandte. Staunen und Schrecken erfüllten ihr Herz. »O Melyra«, flüsterte sie. »Schutzgöttin, vergib mir, daß ich dich nicht erkannte.« Und sie bückte sich und küßte den Saum ihres Kleides. »Hilf uns, Große Eine! Ich bitte dich flehentlich.«

»Was? Wer ist hier?«

Da blickte Octavia in das runzlige Gesicht einer Greisin mit blinden, milchigen Augen. Welche Hilfe auch immer die Göttin ihr geben würde – gewährt hatte sie sie ihr schon.

Monate waren seither vergangen. Octavia hatte oft an den Rat der göttlichen Bettlerin gedacht, aber nicht den Mut und die Kraft gefunden, ihn zu befolgen. Sie hatte zeit ihres Lebens Gerüchte über das Tor der Zauberer gehört ... jenes Werk der Alten Magier, deren Magie hundertmal stärker gewesen war als die der Schwestern und Goldenen Meister. Alle, die versucht hatten, das Tor zu durchschreiten, waren schreiend, zitternd und weinend zurückgekehrt ... mit Augen bar aller Vernunft.

Und sie hatte einst einen Dieb gesehen, der durch das Tor zu fliehen versucht hatte und dann durch die Straßen zum Galgen geführt wurde. Brabbelnd und irre, unfähig zu begreifen, daß er für sein Verbrechen gehängt würde, war er dahergetorkelt. »Das Tor hat ihm die Seele geraubt«, hatte da eine alte Frau neben ihr geflüstert.

Octavia hatte Angst; aber mit jedem Tag, der verging, rückte Aras zweiter Geburtstag näher. Sie wollte das Kind nicht den Schwestern überlassen, aber konnte sie seinen und auch ihren Verstand riskieren?

Sie betete wieder und wieder zur Göttin, erhielt aber keine Antwort. Nur manchmal, wenn der Wind im Gezweig raunte, ein streunender Hund heulte, glaubte sie, aus all diesen wirren Geräuschen ihre Worte herauszuhören: »Vertraue dir selbst.« Aber die Angst blieb.

Schließlich wurde die Zeit knapp. Noch einige Tage, und dann würden die Schwestern kommen und Ara holen ... Sie mußte ihre Chance nutzen, die einzige und letzte ... lieber dem Irrsinn anheimfallen als Ara diesen Hexen überlassen! So packte sie, zuunterst in ihren Korb, etwas Kleidung für die Kleine sowie Wegzehrung. Mehr als dies wenige konnte sie nicht mitnehmen, sonst hätten die Spione der Blauen Schwestern ihre Absichten womöglich noch durchschaut. Aber sie steckte sich alles Geld ein, das sie in diesen letzten sechs Monaten gespart und für ihre Flucht gehortet hatte.

Dieses Mal müßte Ara aber selber laufen, so kurz ihre Beine auch noch waren. Die Insel war zwar nicht groß, aber das Tor lag ganz am anderen Ende, etliche Meilen von der Stadt, und es wäre schrecklich ermüdend, die Kleine den weiten Weg zu tragen.

Sorrel würde sie dalassen; es hatte keinen Sinn, auch sein Leben aufs Spiel zu setzen. Sie hatte so viel Futter für ihn bereitgelegt, wie sie hatte auftreiben können. Aber ihr Herz war schwer, als sie ihm sagte, daß er nicht mitkommen könne. Da legte er enttäuscht die Ohren an, ließ sich im Gras neben dem Weg nieder, preßte die zottige Schnauze auf seine Pfoten und knurrte und winselte kläglich. »Leb wohl, alter Freund«, flüsterte sie mit brüchiger Stimme. »Du mußt versuchen, eine neue Herrin zu finden, ich komme nicht wieder ...« Nun sprach sie noch ein stummes Gebet für ihn und empfahl ihn der Obhut der Göttin, nahm Ara bei ihrem Patschhändchen und stakte zum Gartentor hinaus, ohne sich noch einmal umzusehen.

Nach einer Stunde Wegs, wobei sie Ara doch manchmal getragen hatte, setzte Octavia sich mit ihr an das grasige Ufer eines Bächleins, um ein wenig zu rasten. Sie holte eine Orange aus ihrem Korb, schälte und zerlegte sie, gab Ara einen saftigen Schnitz und begann selbst zu essen. Als sie gedankenverloren zum Horizont starrte, an das Tor dachte und an den Dieb, dessen Hinrichtung sie erlebt hatte, wurde sie mit einemmal durch ein Rascheln im Gras aufgeschreckt.

Da sprang sie wie der Wind auf und riß Ara hoch, um sie gegen jedwede Kreatur, ob Mensch, ob Tier, zu verteidigen, die sie beide beschliche. Aber dann sah sie plötzlich das vertraute rotbraune Zottelfell, und da stieß sie einen Seufzer tiefer Erleichterung aus. »Ach, Sorrel, du solltest uns doch nicht folgen ... Was mach ich jetzt bloß mit dir?«

Der Hund rieb sich an ihrem Rock, beschnupperte ihre nackten Fußknöchel mit seiner kalten, feuchten Schnauze. Als Ara das sah, quietschte sie vor Vergnügen und Entzücken und war zum erstenmal seit Beginn ihrer Wanderung wirklich glücklich und zufrieden.

Da tätschelte Octavia ihm den massigen Kopf und sagte: »Dann mußt du wohl mit. Wir haben ja schon gut die Hälfte des Wegs hinter uns. Wenn ich dich jetzt zurückbrächte, fände ich nie mehr den Mut, wieder loszugehen.« Und sie machte sich wieder auf, mit Ara im Arm und dem riesigen, zottigen Tier an ihren Fersen.

Als Octavia dann bei dem Tor anlangte, wäre sie am liebsten wieder umgekehrt. Der steinerne Torbogen war ganz von Ranken überwuchert, und aus dem Düster dahinter wehte ihr ein Hauch von Tod und Verwesung entgegen ... Aber sie ging, Ara fest im Arm, bis auf einen Klafter heran und blickte in den tief in die Erde führenden Gang, den ein von den Wänden ausgehendes, weißlichgrünes Zauberlicht doch so gut erhellte, daß sie ihn in seiner ganzen Länge ergründen konnte. Im Boden waren da und dort Gruben angelegt worden, und von der Decke hingen spitze Stacheln. Diese Fallen schienen ihr jedoch ungefährlich, da ja jeder Sehende sie leicht umgehen konnte.

Aber als sie nun, Ara mit einer Hand an ihre Brust pressend, weiterzugehen begann, schlug Sorrel, noch ehe sie den Tunnel betreten konnte, die Zähne in ihren Rock, zerrte daran, bis sie stehenblieb, und verstellte ihr knurrend und zähnefletschend den Weg durchs Tor.

Da sank ihr der Mut noch mehr. Der Hund hatte offenbar, dank eines nur Tieren eigenen Instinkts oder Sinns, im Gang eine Gefahr gewittert. Sie schüttelte den Kopf. »Ich weiß, alter Freund, daß du mich beschützen willst ... Aber es gibt keinen anderen Weg. Wir können Ara nicht diesen Schwestern lassen.«

Sorrel bellte aufgeregt, machte kehrt und rannte in den Gang hinein. Sie lauschte dem Kratzen der Krallen auf dem uralten Stein, wollte ihm folgen, aber da kam er schon herausgehetzt und hätte sie dabei fast über den Haufen gerannt. Er leckte ihr nun winselnd die Hand und wedelte erwartungsvoll mit dem Schwanz.

Octavia musterte ihn. »Du bist noch heil, alter Freund? Was immer auch in dem Gang ist ... dir kann es nichts anhaben«, seufzte sie erleichtert und nahm Ara auf die andere Hüfte. »Es gibt also einen Weg hindurch, ja? Und du versuchst, mir davon zu berichten.«

Sie dachte an ihre Begegnung mit der Göttin Melyra und deren Rat: »Vertraue dir selbst.« Aber da war etwas, was sie nicht sehen konnte. Fast hätte sie laut aufgelacht: »nicht sehen«. Das war doch des Rätsels Lösung! Warum sonst hätte sich die Göttin ihr als Blinde gezeigt? Welcher Irrsinn auch da drin lauerte – er drang durch sehende Augen ein. Eine Blinde wäre dagegen gefeit, würde aber in die Fallen tappen. Aber Sorrel mit seinem anders gearteten Sehen würde sie, ohne Schaden zu nehmen, durch den Tunnel führen können. Und genau das wollte er ihr wohl begreiflich machen.

Octavia nahm kurz entschlossen zwei Kleidungsstücke Aras aus dem Korb und sagte zu dem Kind: »Liebling, wir spielen jetzt ein Spiel. Ich verbinde dir die Augen, damit du nichts mehr siehst. Du nimmst die Binde erst wieder ab, wenn ich es dir sage. Hast du verstanden? Das ist sehr wichtig für Tavia!«

Ara nickte ernst. »Binde. Spiel.« Da verband Octavia schnell ihr und sich die Augen.

»Halt dich jetzt an mir fest«, sagte sie zu der Kleinen und packte Sorrel an seinem warmen Zottelfell. Und er führte sie langsam und bedächtig voran, und da stieg ihr auch schon der Modergeruch des Tunnels in die Nase.

Diesen langen, schrecklichen Marsch unter dem Fluß würde sie nie vergessen, das war ihr bald gewiß. Sie betete die ganze Zeit laut vor sich hin, erflehte von ihrer Göttin Vergebung für ihr Zweifeln und Schutz vor den bösen Geistern, die sie ringsum zu spüren meinte. Aber als sie schon glaubte, diese Tortur nicht mehr ertragen zu können, fühlte sie plötzlich, daß der Gang anzusteigen begann. Endlich spürte sie wieder die wärmenden Strahlen der Sonne im Gesicht, fühlte sie den sanften Hauch eines Landwinds und hörte sie Sorrel freudig erregt bellen.

Da nahm sie sich und Ara mit zitternden Fingern die Binden von den Augen. Und als sie sich umblickte, sah sie ringsum die grünen Hügel von Alworyn, diesem Land ihrer Hoffnungen, das der Pesthauch der Blauen Schwestern nicht erreichte. Sie setzte die Kleine ins Gras und tanzte im Kreis um sie herum, lachte und klatschte in die Hände, als ob sie selbst wieder zum Kind geworden wäre.

Ara lachte zuerst mit, verstummte dann und starrte ihr über die Schulter. Sorrel jaulte auf und fegte an Octavia vorbei. Da erstarb ihre Freude, ihr wurde kalt ums Herz. Und als sie sich umdrehte, sah sie auf der nur zehn Fuß entfernten Kuppe eine Kriegerin hoch zu Roß. Sie war ganz in schwarzes Leder gekleidet, und ein Schwertgriff ragte ihr über die Schulter. Das Pferd scharrte unruhig mit dem Huf, aber seine Reiterin starrte ungerührt auf Ara und sie herunter.

Nichts davon hätte Octavia erschrecken können – sie hatte ja damit gerechnet, auf Grenzwächter zu stoßen –, aber daß das armlange, seidige Haar der Kriegerin weißblond schimmerte … Nur die Blauen Schwestern hatten diese Haarfarbe! Nein, man hatte sie getäuscht: Alworyn war kein freies Land.

Sie warf sich auf die Knie, schlang die Arme um Ara. »Fort!« schrie sie. »Du kriegst sie nicht. Da müßtest du mich schon töten.«

»Warte!« rief die Reiterin, sprang aus dem Sattel und ging mit erhobenen, leeren Händen auf sie zu. Sorrel tänzelte ihr neugierig hinterher und knurrte kein einziges Mal. »Glaubst du denn, außer dir sei noch keiner Frau die Flucht von der Insel gelungen?«

Und sie beugte sich zu Octavia und faßte sie sanft am Arm.

»Meine Pflegemutter hat mich durch dieses Tor hergebracht. Nun fühlte ich tief in meinem Herzen, daß jemand käme. Ich bin hier, um dir beizuspringen.«

Octavia ließ sich von ihr aufhelfen. Ara blinzelte erstaunt und lächelte die Fremde dann vorsichtig an. »Kommt«, sagte die Kriegerin und reichte den beiden die Hand. »Es ist Zeit, nach Hause zu gehen.«

ELISABETH WATERS

Eines der ältesten und bekanntesten Märchen erzählt von der Prinzessin, der bei jedem Wort, das sie sprach, Perlen und Rubine aus dem Mund fielen. Elisabeth Waters, meine Kusine und langjährige Hausgefährtin, hat etliche Kurzgeschichten geschrieben, die solche alten Motive in einem etwas anderen Licht darstellen. So hat sie dem Orpheus-Mythos eine Wendung gegeben, die ich wohl nicht so schnell vergessen werde (»Im Schattenreich«, Band VI). Und wie sie in jener Story zeigte, daß es nicht unbedingt wahrer Gattenliebe entspräche, seinen verstorbenen Mann aus Elysium zurückzuholen, zeigt sie jetzt in dieser, daß magische Talente nicht immer ein reiner Segen sind.

Ich gebe diese Reihe schon seit geraumer Zeit heraus; meine Kinder, die auf der Oberschule waren, als ich damit begann, sind nun Mitte Zwanzig, und Lisa, die um einiges jünger ist als ich, hat den dreißigsten Geburtstag nun auch schon weiter hinter sich als den vierzigsten vor sich. Wie ich wohl früher schon sagte: Die Zeit vergeht in der Tat.

Lisa bringt Ordnung ins Chaos meines Berkeley-Büros und hat für ihren ersten Roman (Changing Fate) den Andre Norton's Gryphon Award erhalten. Dieser Erstling wird bei Daw Books erscheinen – vorausgesetzt, mein Chaos läßt sich so klären, daß sie die Zeit findet, die Überarbeitung zu vollenden. – MZB

Das Geburtstagsgeschenk

»Oh, Tante Freitsweit, wie konntest du nur?!« schalt Prinzessin Rowena und starrte die klitzekleine Frau in der nachtblauen Zauberinnenrobe über all die Amethyste und Smaragde, Topase, Rubine und Gänseblümchen an, die ihr beim Sprechen aus dem Mund gefallen waren.

Freitsweit zuckte zusammen. O diese Stimme! Wie konnte ein kleines Mädchen nur so eine laute, schrille Stimme haben? »Rowena, Liebes, denk an deine Manieren. Willst du mir nicht einmal guten Morgen sagen? Und, bitte, mäßige deine Stimme!«

»Ich kann dir ja ›Morgen‹ sagen«, knurrte Rowena, »aber das erste Wörtchen streiche ich aus meinem Wortschatz. Da kommen mir gleich wieder Rosen über die Lippen, und du weißt ja nicht, wie Rosendornen stechen!« Nun war der Haufen von Edelsteinen und Blumen vor ihr auf dem Tisch schon wieder etwas gewachsen ...

»Warum hast du das getan?«

»Aber, liebes Kind, das war doch immer dein Lieblingsmärchen ... und da dachte ich, das sei das ideale Geschenk zu deinem vierzehnten Geburtstag ... außerdem verbessert es doch deine Mitgift, was ja nicht unwichtig ist, da du das Heiratsalter erreicht hast. Ich weiß, daß dein Vater sich deswegen schon Sorgen macht.« Wirklich, dachte Freitsweit bei sich, was ist nur mit der Kleinen los? Das ist eine so elegante Lösung all unserer Probleme – aber sie benimmt sich wie ein verzogenes, eingeschnapptes Gör.

»Schön!« fauchte Rowena, und ihre schwarzen Augen sprühten Feuer. »Du denkst, dann nähme ein Freier meine schreckliche Stimme in Kauf. Du willst mir einen Prinzen kaufen ... aber ich muß leiden, um ihn mir zu verdienen! Oh, ich will keinen Freier und keinen Mann, ich würde lieber ein Schweigegelübde ablegen,

als so herumzulaufen … Nimm diesen Zauber von mir! Sofort!!«
Ihre Stimme war bei dieser Rede fast zwei Oktaven über ihren üblichen, durchdringenden Diskant gestiegen – was Wunder, daß bei
dem letzten Wort auf dem obersten Regalbrett ein Glasbecher zer-
sprang …

»Aber, Rowena, Liebes«, rügte Freitsweit sie, hastete zu dem gewaltigen Kessel, der auf der anderen Tischseite stand, und rührte
nervös darin. »Das wird kaum möglich sein. Ich kenne den Gegenzauber nicht … ach, es war schon schwierig genug, diesen einen in
Erfahrung zu bringen!«

»O nein«, versetzte Rowena grimmig, »nicht schwierig genug. Ich
schließe mich jetzt in meinem Zimmer ein und komme erst wieder heraus, wenn du mich davon erlösen kannst!«

Da klopfte es leise an die Tür, und herein trat die Zofe mit einem
vollen Tablett – das Frühstück für Freitsweit. Und sie machte
einen tiefen Knicks, als sie Rowena erblickte. »Alles Gute zum Geburtstag, Königliche Hoheit!«

Rowena rauschte ohne ein Wort des Dankes an ihr vorüber und
zur Tür hinaus. Das Mädchen blickte ihr verdutzt nach, denn die
Prinzessin war sonst einer der freundlichsten Menschen im ganzen Schloß.

»Sie ist übermüdet«, sagte Freitsweit hastig. Was für eine lahme
Ausrede, dachte sie, es ist ja erst Frühstückszeit … »All die Auf-
regung wegen ihres Geburtstags.«

»Hoffentlich hat sie sich bis zu ihrem Fest heute nachmittag wieder erholt«, seufzte die Zofe. »Ich habe gehört, daß alle Prinzen
der Fünf Königreiche erscheinen werden.«

»Das hoffe ich auch«, sagte Freitsweit heftig und trat rasch vor
den Edelsteinhaufen auf ihrem Tisch. »Stell das Tablett bitte da
ans Ende der Werkbank, dann brauche ich dich nicht mehr.«

Als die Zofe gegangen war, setzte die Zauberin sich vor ihr Früh-
stückstablett und nahm das Tuch ab, das es bedeckte. Da raschelte
es in dem Wirrwar von Pergamenten und Instrumenten auf ihrem
Arbeitstisch … und heraus kroch ein dunkelgrüner Wassermolch,
um sich seinen Anteil von ihrem Mahl zu nehmen. Der Molch
hatte nur noch ein Auge – das andere hatte er vor einigen Monden

für einen Zauber hergeben müssen. Freitsweit hatte auch noch einen Hausfrosch, dem eine Zehe fehlte. Aber die anderen würde er wohl behalten, denn der Zauber war ihr damals so wenig geglückt, daß sie nicht an eine Wiederholung dachte.

»Nun, was meinst du dazu?« fragte sie angelegentlich.

Der grüne Molch kaute noch ein paarmal und schluckte, ehe er antwortete. »Also für mich ist sie ein undankbares Gör. Wenn ich daran denke, was ich mich bemüht habe, diesen Zauber zu ermitteln, der Besuch bei der alten Drachin, die Verhandlung mit ihr, ich hätte flambiert werden können ... aber die sagt dann nur: ›Nimm den Zauber von mir!‹ Es ist ein wunderbarer Zauber, einer der besten in deiner langjährigen Praxis, und er wird sie reich machen, ihr einen guten Mann sichern, aber sie zetert und klagt bloß!« Er brach ab, um sich noch einen Mundvoll zu genehmigen. »Ja, bei dem Zauber wird ihr Mann es sogar erdulden, wenn sie Tag und Nacht an ihm herumnörgelt.«

Freitsweit beschlichen jetzt doch Zweifel. »Vielleicht hätte ich es nicht tun sollen. Es ist ja ein wunderschönes Märchen ... aber ich habe nie an die praktischen Dinge gedacht, etwa daß Rosen Dornen haben und wo genau sie ihr hervorkämen. Und was, wenn sie im Schlaf spricht und dann an einem Rubin oder dergleichen erstickt?«

Der Wassermolch zuckte kühl die Achseln. »Dann würde sie uns wenigstens nicht mehr den Nerv töten. Ihre Sprechstimme ist ja fürchterlich genug ... aber warum, im Namen aller Götter und Göttinen, hat sie denn auch noch ihr Herz für den Gesang entdekken müssen?«

»Sei nicht ungerecht, sie geht zum Singen immer tief in den Wald!«

»Eben darum will König Mark sie wohl verheiraten ... hat sie ihm damit doch schon seit zehn Jahren das Wild vergrämt.« Er nahm sich noch eine Portion, kaute und schluckte genüßlich. »Zum Teil ist daran aber auch die Große Drachin schuld ...«

»Da du gerade von der Drachin sprichst ...«, warf Freitsweit hoffnungsvoll ein.

»Auf gar keinen Fall!« fuhr er auf. »Ich bin beim letztenmal hin.

Wenn du wirklich Rowena davon befreien willst, mußt du selbst zur Drachin und sie um den Gegenzauber bitten.« Damit huschte er die Werkbank entlang und glitt durch einen Riß in der Wand auf das Fenstersims hinaus – seinen Lieblingsplatz, wo er sich den Rest des Morgens in der Sonne aalen und gegen jede Bitte von ihr taub stellen würde.

Freitsweit las seufzend die Edelsteine vom Tisch, barg sie in ihrem Gürtelbeutel, hüllte sich dann in ihren Umhang und machte sich auf den Weg zur Höhle.

Die Drachin beäugte merklich beeindruckt die Edelsteine, die nun vor ihr aufgehäuft lagen. »Der Zauber ist dir gelungen«, sagte sie und warf Freitsweit einen anerkennenden Blick zu. »Aber dabei muß etwas schiefgelaufen sein, sonst wärest du ja wohl nicht hier. Also, worum geht es?«

»Nun, Rowena scheint nicht recht glücklich darüber zu sein. Sie hat mir eine schreckliche Szene gemacht und gesagt, wir hätten das bloß getan, um ihr einen Mann zu kaufen, und daß sie überhaupt keinen Mann wolle und . . .«

Die Drachin kicherte. »Den Rest kann ich mir denken. So war meine Tochter auch eine ganze Zeit . . . Keine Sorge, das gibt sich im Lauf von ein paar Jahrhunderten.«

»Die Zeit haben wir nicht!« widersprach Freitsweit. »Sie hat sich eingeschlossen und sagt, sie komme erst wieder heraus, wenn ich den Zauber aufheben könne . . . was ihr Vater anstellen wird, wenn sie nun heute nachmittag nicht zu ihrem Fest erscheint, will ich mir nicht mal vorstellen!« Als sie schwieg, um Atem zu holen, schüttelte die Drachin belustigt den Kopf.

»O ihr Sterblichen! Immer in Hektik, immer müßt ihr alles sofort erledigt haben. Wann werdet ihr endlich lernen, euch zu entspannen, langfristig zu denken und zu handeln?«

»Sobald wir so langlebig werden wie du, o Drachin«, giftete Freitsweit. »Aber noch verrinnt unsere Zeit ja schneller als deine. Hast du auch einen brauchbaren Vorschlag parat?«

Die Drachin lehnte sich zurück und sandte zwei Feuerstößchen zur Höhlendecke. »Ich werde darüber nachdenken. Aber derweil gehst du nach Hause und versuchst, dieses eigensinnige Kind zur Vernunft zu bringen. Gibt es niemanden, auf den sie hört ... eine Spielkameradin, einen Herzallerliebsten? Denk doch mal darüber nach.«

Freitsweit stand auf und griff nach dem Häufchen Edelsteine. Aber ein dünner Feuerstrahl, der ihre Hand nur um eine halbe Spanne verfehlte, ließ sie zurückzucken.

»Die kannst du dalassen!«

Diese verdammte Drachin, wie amüsiert sie das gesagt hatte. Freitsweit kochte vor Wut. Und kochte noch, als sie wieder zu Hause war.

Am Abend war sie schon drauf und dran zu explodieren – König Mark auch. Er hatte in gewohnter Grobheit befohlen, Rowenas Tür einzuschlagen, die Kleine gewaltsam herauszuholen. Aber die war auf den Balkon entwischt und von dort durch die aus heiterem Himmel herabstoßende Drachin entführt worden ... Von Rowena war nur die Perle zurückgeblieben, die ihr bei ihrem letzten Schrei aus dem Mund gefallen war. Und die hatte sich Freitsweit eingesteckt – damit nicht noch jemand anderes sie sähe.

Bei einem Schloß voll Prinzen (fünf aus den Nachbarreichen – sie waren trotz Streichung des Fests geblieben – sowie König Marks Sohn Eric) lag natürlich der Vorschlag nahe, daß einer der sechs auszöge, diese Drachin zu töten und die Prinzessin zu befreien. Das gehört sich ja unter Prinzen ... Aber nicht, dachte Freitsweit, darüber nun bei Tisch zu reden, und vor allem nicht, daß Prinz Eric detailliert schildert, wie die Leichen der von der Drachin letzthin getöteten Ritter aussahen. (Die Drachin, die ihre Privatsphäre eifersüchtig hütete, hatte ja die Gewohnheit, die Leichen der zu Aufdringlichen mitten auf dem Markplatz auszulegen – was wohl viele davon abschreckte, auch einen Anschlag auf ihr Leben zu wagen. Eric, zumindest, hatte offenbar nichts dergleichen im Sinn.)

»Aber gebietet es dir nicht deine Ehre, deine Schwester zu retten?« fragte einer der anderen Prinzen.

»Damit ich den Thronfolger verliere und mein Reich einmal in

Krieg oder Bürgerkrieg versinkt?« fragte König Mark beißend. »Ist es das, was du willst? Wir können nicht einmal klären, ob das Mädchen überhaupt noch am Leben ist, und ich verbiete meinem Sohn, sich auf ein so gefährliches und auch sinnloses Abenteuer einzulassen. Und«, fügte er mit einem Blick in die Runde hinzu, »ich verbiete es jedem anderen, die Drachin zu stören ... für den Fall, daß einer von euch sich überflüssig und todessüchtig genug fühlen sollte, um das zu versuchen ... Die Drachin kann sehr ärgerlich werden, wenn irgendein Idiot ihr ans Leder geht, und tobt ihren Zorn dann an meinem Land und meinem Volk aus ... und deshalb lasse ich das nicht zu!« Er starrte jeden in der Runde drohend an. »Ist das jetzt ein für allemal klar, meine Herren?!« Die Prinzen nickten einer nach dem anderen, und sichtlich erleichtert. Sie alle hatten Rowena gesehen – und reden gehört – und waren froh, daß dies klare Verbot des Königs sie der ritterlichen und prinzlichen Pflicht enthob, dieses Gör zu retten!

Nun floß der Wein aber bald in Strömen, und die Unterhaltung wandte sich anderen Themen zu, der Falknerei und natürlich den Turnieren.

»Aber ich frage mich doch, warum diese Drachin meine Tochter entführt hat!« sagte König Mark zu Freitsweit, als man sich von der Tafel erhob.

Die alte Magierin erstarrte. Hatte ihm jemand von dem Zauber erzählt? Wenn ihn irgend etwas bewegen könnte, seine Tochter zurückzuholen ...

Aber er wußte wohl nichts darüber, fuhr er doch ruhig fort: »Freitsweit, du bist die Zauberin in der Familie. Also finde heraus, was mit meiner Tochter geschehen ist ... und warum.« Schon im Weggehen, drehte er sich noch einmal zu ihr um und raunzte: »Aber bring mir dabei die Drachin nicht in Rage!«

Verlangt ja nicht viel, mein König, oder? dachte Freitsweit, wenigstens verlangt er nicht, daß ich ihm Rowena nun auf der Stelle und heil und unversehrt herschaffe ... aber ich will ja selbst zu gern wissen, was die Drachin so mit ihr gemacht hat ... Sie holte sich ihren Umhang, warf schnell einen Blick zum Himmel – Vollmond, wolkenlos, genügend Licht – und trat zum zweitenmal an diesem Tag den Weg zur Höhle der Drachin an.

Beim Näherkommen vernahm sie die erbärmlichste Katzenmusik, die man sich denken kann: teils Gerumpel, teils Geschrei und teils Geklimper – als ob jemand eben auf gut Glück eine sehr schlecht gestimmte Harfe zupfe. Da schlich sie sich geduckt zum Höhleneingang und spähte ins Innere …

Und sah eine merkwürdige Szene: Die Drachin räkelte sich an dem riesigen Feuer, das inmitten der Höhle lohte, und Rowena schlug, an ihre weiche Flanke gelehnt, eine zierliche Harfe, die sie ganz locker zwischen den Knien hielt. Und die beiden begleiteten den Lärm des unschuldigen Instruments mit etwas, was sie wohl für Gesang hielten – Freitsweit mit ihrem Gehör aber nicht.

Die Drachin bemerkte sie als erste. »Komm doch herein, meine Liebe«, rief sie, wieder eine Spur belustigt. »Bist du hier, dich nach Rowenas Ergehen zu erkundigen … oder, um sie nun heimzuholen?«

Rowena sprang auf, daß die Harfe mit einem für Freitsweit so peinsamen Geschepper hinschlug, versteckte sich flugs hinter der Drachin und rief ihrer Tante über die Drachinnenschulter wie außer sich zu: »Ich gehe aber nicht zurück! Mir gefällt es hier, und ich will hierbleiben!« Dabei purzelten ihr die Edelsteine nur so aus dem Mund und hüpften und sprangen der Drachin über Schultern und Schuppenkleid und fielen dann in den Staub.

»Aber Rowena«, hob Freitsweit beschwörend an.

»Ich mag nicht wieder nach Hause! Keiner mag mich da, keiner hört mir da zu … die Drachin hier, die schätzt wenigstens meinen Gesang.«

»Und was soll ich dann deinem Vater sagen?«

»Sag ihm, ich sei tot«, schlug Rowena vor. »Ich gehe nie zu ihm zurück. Niemals.«

»Weißt du das bestimmt?«

Rowena nickte.

»Und was, wenn du es dir später anders überlegst?«

Da mischte sich die Drachin in trägem Ton ein: »Rowena kann tun und lassen, was sie möchte, und keiner darf sie von hier wegbringen, solange sie hierbleiben will. Hast du damit ein Problem, Freitsweit?«

»Nicht im geringsten, liebe Drachin«, erwiderte die Zauberin ruhig. »Aber wenn sie das wirklich möchte, erzählen wir wohl am besten, sie sei tot.«

»Genau«, stimmte die ihr zu. »Sonst könnten mir diese Ritter mit ihrer Sucht, ›gefangene Prinzessinnen zu befreien‹, mal wieder das Leben schwermachen.«

»König Mark hat der ganzen Schar, die sich derzeit im Schloß aufhält, schon untersagt, dich zu belästigen.«

»Das kann ich mir lebhaft vorstellen«, grinste die Drachin und bleckte reihenweise armlange, scharfe Zähne.

»Er hieß mich aber klären, was aus seiner Tochter geworden sei.«

»Das weiß er nicht?« fragte die Drachin erstaunt und blickte Rowena über die Schulter an. »Höre, Kind, deine Tante hat ja wohl nicht vor, dich mit Gewalt heimzuholen. Setze dich also wieder hin und mach es dir bequem!« Da kam Rowena wieder hinter ihr vor und ans Feuer und lehnte sich an ihre weiche Flanke. Und Freitsweit rückte sich, auf ein Nicken der Drachin hin, einen Stuhl ans Feuer, nahm Platz und legte ihren Umhang ab. Wie warm es doch hier war – viel wohliger als im Schloß, wo nicht einmal die Stofftapeten an den dicken Steinmauern die Kälte abhielten … Rowena wäre vielleicht glücklicher hier. Die arme Kleine hatte recht mit ihrer Klage, ihrem Vater und ihrem Bruder liege nicht viel an ihr. Und da sie ja beileibe keine Schönheit war und dazu noch diese Stimme hatte, bekäme sie wohl auch nur einen Mann, wenn ihr Vater ihr eine üppige Mitgift gäbe, wozu er aber nicht bereit war … Da komme ich, ihre alte Tante, und mache sie, zwar in der besten Absicht, vollends zur Außenseiterin! Es war eine ernüchternde Bilanz für Freitsweit.

»Willst du damit sagen«, fragte die Drachin, »daß König Mark nichts von dem Geburtstagsgeschenk weiß, das du ihr gemacht hast?«

»Nein, eigentlich nicht«, erwiderte die Zauberin.

»Niemand weiß davon«, frohlockte Rowena. »Niemand außer uns dreien.«

»Bist du da ganz sicher?« fragten Freitsweit und die Drachin wie im Chor.

»Ganz und gar.«

»Nun, das enthebt uns der Notwendigkeit, uns an die Wahrheit zu halten«, sagte Freitsweit und wandte sich an die Drachin. »Also, Beste, warum hast du die Tochter des Königs entführt und gefressen?«

Die Drachin dachte kurz nach und sprach dann: »Du sagst ihm, ich hätte schrecklichen Heißhunger auf eine Jungfrau gehabt. Wir müssen ja alle paar Jahrhunderte eine verspeisen ... Und sag ihm, ich hätte ihn eigentlich warnen wollen, um ihm Zeit für eine Opferlotterie und all diesen Unsinn zu geben, aber besagtes Bedürfnis sei zu jäh über mich gekommen. Versichere ihn meines Mitgefühls und«, damit griff sie mit ihrem langen Schwanz einen protzigen, edelsteinverzierten Goldbecher und warf ihn Freitsweit in den Schoß, »gib ihm den als Blutgeld für seine Tochter. Könnte ihn das zufriedenstellen?« fragte sie und blickte Freitsweit an. Aber Rowena kam der mit ihrer Antwort zuvor.

»Ganz sicher«, warf sie ein. »Dieser Becher da ist mehr nach seinem Geschmack, als ich es bin.«

Freitsweit nickte. »Mark fürchtet deine Wut«, erwiderte sie der Drachin, »und wird deshalb jede nur halbwegs plausible Geschichte schlucken, und deine ist ja sehr plausibel.« Sie erhob sich zum Gehen – aber da fiel ihr eine Bemerkung ein, die Rowena morgens getan hatte. »Kleine, weiß auch bestimmt niemand sonst davon? Du hast doch zu jemandem ›Guten Morgen‹ gesagt ... wer war das?«

Rowena sah sie verdutzt an. »Ich habe den ganzen Morgen mit niemandem außer dir gesprochen, Tante Freitsweit.«

»Aber du hast mir gesagt, das Wörtchen ›gut‹ sei aus deinem Vokabular getilgt, da dir sonst wieder Rosen über die Lippen kämen und dich mit ihren Dornen stächen!«

»Ach so«, kicherte Rowena. »Ich hatte da vor dem Spiegel mit mir selbst gesprochen. Du weißt doch: Mir hört im Schloß nie einer zu.« Sie lachte, und die Edelsteine prasselten ihr nur so aus dem Mund und häuften sich in ihrem Schoß.

LAURA J. UNDERWOOD

*Wenn ich den AutorInnen den Vertrag für ihre Story schicke,
bitte ich sie um eine (aktualisierte) Vita – und weise sie darauf
hin, daß ich mir gegebenenfalls selbst eine ausdenken würde,
die wohl nicht nach ihrem Geschmack ausfiele. Da Frau Underwood meinem Wunsch leider nicht nachkam, stelle ich es Ihnen
nun frei, sich vorzustellen, daß sie mit sieben Katzen und vierzehn Krähen irgendwo in Afghanistan lebe oder, wie einst Har-
riet Beecher-Stove, zehn Kinder großziehe ...*
*Aber ich kann mit Sicherheit sagen, daß sie eine wunderbare
Erzählung geschrieben hat, die so kunstvoll gewoben ist, wie
ihr Titel es ahnen läßt. – MZB*

LAURA J. UNDERWOOD

Spinnwebgeflecht

Terra sah, wie die helle Seidenrobe der Spinnendame die Flut erd-
brauner oder aschgrauer Bauernkittel teilte, die über den Markt
wogte. Diese große, schlanke und anmutige Dame mit dem so
schmalen, fahlen Antlitz war eine ätherische Erscheinung inmitten
der stämmigen, rotgesichtigen Dörfler, die auch an Terras Markt-
stand vorbeidrängten. Sie hatte natürlich einen richtigen Namen:
Lady Lyndora von St. Creed. Aber für Terra war diese alterslos wir-
kende Frau nur die Spinnendame – seit sie als Kind zum erstenmal
den Anhänger an ihrer Halskette, eine goldene Spinne auf winzi-
gem Netz, gesehen hatte. Da war ihre Mutter die Weberin hier gewesen ... aber Terra hatte in den sechzehn Jahren, die seitdem vergangen waren, diese Dame noch keinen Deut altern gesehen.
Da wandte sie sich seufzend ihrem Webstuhl zu und runzelte die
Stirn. Wo Aaron bloß blieb? Es würde bald dunkel werden. »Ich
gehe nur auf ein paar Lieder in die Schwarze Krähe, bin zur Däm-
merung zurück«, hatte er bei seinem Aufbruch zu einem Botengang für Gordon, ihren Vater, versichert, ihr dann noch die Wange
geküßt und sich fortgemacht ... und die Saiten der Laute auf seinem Rücken und sein schulterlanges blondes Haar hatten im
Schein der Nachmittagssonne gefunkelt. Er war zwar ein Jahr älter als sie – aber etwas einfach und kindlich und handwerklich so
unbedarft, daß Vater ihn in seiner Sattlerei nicht gebrauchen
konnte, ihn nur die zu reparierenden Stücke abholen und die fertigen Sachen ausliefern ließ. Aaron hatte andere Gaben, verstand
er es doch, mit seinen zarten Fingern einer Laute die schönsten
Weisen zu entlocken und wundervoll dazu zu singen. Derlei Bar-
dentalent war bei einem von seinem Stand selten. Vater schien
sich nicht daran zu stören, sagte aber häufig, eine gute Stimme
bringe einem in St. Creed kein Essen auf den Tisch.

Sie mußte bei dem Gedanken an ihren hübschen Bruder lächeln. Er würde eines Tages eine Frau finden und wegziehen, um eine eigene Familie zu gründen … falls er mit beiden Beinen auf der Erde bliebe. Vater schlug ja oft die Hände über dem Kopf zusammen und fragte, welche Götter ihn mit so einem Dummkopf von Sohn geschlagen hätten – aber das tat er nie so wirklich ärgerlich. Böse Worte fand er für Aaron nur, wenn der wieder bis spät in der Nacht ausblieb. Es waren letzthin schon zwei Jungs aus dem Dorf verschwunden, beide in Aarons Alter. Der Sohn des Hufschmieds Will war vergangenes Frühjahr ohne ein Wort des Abschieds und ohne eine Spur verschwunden, nachdem zuvor ja schon, kurz vor dem Herbstfest, der Junge der Witwe Savin auf Nimmerwiedersehen entschwunden war.

»Ich kann sie nicht tadeln«, pflegte Vater zu sagen. »Wenig Aussichten in der Gegend, wenig, was einen jungen Burschen halten könnte.« Aber sie wußte, daß er insgeheim fürchtete, auch Aaron könnte eines Tages so empfinden und sich auf und davon machen. Sicher, das Leben würde weitergehen; aber ihr Vater war ein Krüppel, konnte die Auslieferung nicht selbst übernehmen, und sie hatte ja ihr eigenes vielversprechendes Gewerbe, hatte sie doch nach dem allzu frühen Tod der Mutter deren Webstuhl übernommen.

»Wie hübsch«, krächzte da jemand und riß sie damit aus ihren Gedanken. Und als sie aufblickte, sah sie die Spinnendame an ihrem Stand stehen und an der Ecke eines ihrer handgewebten Teppiche herumzupfen. »Deine Arbeit ist gut, so gut wie die deiner Mutter, Kind«, lobte die Dame und ließ ihre schwarzen Augen prüfend auf ihr ruhen.

An mir ist nicht viel zu sehen, dachte die kleine Weberin, mein Gesicht ist ja niedlich, aber nichts Besonderes … Die Spinnenfrau war schön – das Gesicht faltenlos, kein einziges graues Haar in den zurückgekämmten, von einem silbernen Netz gefaßten schwarzen Locken.

»Danke, hohe Frau«, versetzte Terra. »Kanntest du denn meine Mutter gut?«

Lady Lyndora setzte ein Lächeln auf, das einem dünnen, roten

Messerschnitt mit leicht hochgezogenen Enden glich. »Ja, ich kannte die Weberin ...« Ihre schwarzen Augen glühten dabei so wild, daß Terra vor Angst fast in den Boden versunken wäre. »Ihr ... Talent war mir wohlbekannt. Einige ihrer Teppiche hängen in meinem Schloß. Sehr zarte Gewebe sind das. Man muß nur am richtigen Faden ziehen ...« Jetzt zerrte sie mit ihren schlanken, weißen Fingern an ihrem Teppich, und Terra sah zu ihrem Entsetzen, wie sich alle Fäden mit einem Schlag lösten und verknäulten. »Und schon fällt das Ganze auseinander!«

Die Spinnenfrau erhob sich zu ihrer ganzen Größe. »Aber ich habe ja nun deine schöne Arbeit ruiniert, Kind, bitte vergib mir.« Damit holte sie eine Silbermünze aus den Falten ihres Gewandes, warf sie auf den Stapel Webarbeiten und entfernte sich.

Was für eine Unverschämtheit! dachte Terra noch, als sie der schlanken Gestalt nachblickte, die wie ein Gespinst in einem leichten Wind die Marktstraße dahinglitt. Ringsum schlossen bereits einige Händler. Die Bäckerwitwe Savin, die den Stand ihr gegenüber hatte, sah der Spinnendame kopfschüttelnd nach und schlug ein Zeichen gegen den bösen Blick, bevor sie sich daranmachte, die unverkauften Laibe einzupacken. Auch Terra räumte ihren Stand ab; und da sah sie die silberne Münze im schwindenden Sonnenlicht blitzen. Sie las sie auf, ließ sie aber mit einem Schrei wieder fallen ... unter dem Silberling huschte eine schwarze Spinne hervor und verschwand in einem Spalt ihres Ladentischs. Terra schlug das Herz bis zum Hals. Sie hätte schwören können, daß die Spinne einen roten Fleck am Bauch gehabt hatte – ein blutrotes Zeichen in Form eines Stundenglases. Zitternd las sie die Teppiche zusammen, wobei sie jeden einzeln sorgfältig ausschüttelte, ehe sie ihn sich über den Arm warf, und flüchtete dann in ihren dunklen Laden hinter ihrem Stand.

Scharfer Geruch nach Öl und Leder empfing sie. Sie legte ihr Bündel neben ihrem Arbeitsplatz ab, den Vater einst für ihre Mutter freigemacht hatte, und wollte nun in die kleine Küche hinter ihrer Werkstatt, um das Abendessen zuzubereiten. Aber der Anblick ihres tief über seine Werkbank gebeugten Vaters, der da behutsam einen Lederstreifen für das Kopfstück eines Pferdegeschirrs zu-rechtschnitt, ließ sie innehalten.

»Vater, du wirst dir noch deine Augen verderben!« schalt sie und küßte ihn auf seine graustopplige Wange. Dann machte sie ein Talglicht für ihn an und zündete damit auch die Öllampen an. Und als deren warmer Schein die Werkstatt erfüllte, war sie's zufrie-den und begab sich in die Küche.

»Ist Aaron schon zurück?« rief er ihr hinterher.

»Nein, Vater«, erwiderte sie und strich sich die kupferroten Lok-ken aus den Augen.

Sie hörte ihn noch weiterreden, verstand aber kein Wort von dem, was er sagte – aber das war sicher auch nicht für sie bestimmt. Sie eilte geschäftig hin und her, zündete im Herd ein Feuer an, stellte eine Kasserolle mit Wasser darauf, warf etwas Trockenfleisch und Gemüse für einen Eintopf hinein und schnitt von dem Brot, das sie am Morgen bei der Witwe Savin geholt hatte, ein paar Schei-ben ab. Als ihr Vater an seinen Krücken dann in die Küche gehum-pelt kam, hatte sie den Tisch schon gedeckt. Sie half ihm, Platz zu nehmen, blickte dabei aber unruhig zur Ladentür. Noch immer keine Spur von Aaron!

»Dein Bruder ist ja noch nicht zurück«, brummelte ihr Vater kopf-schüttelnd, als sie ihm den Teller füllte. »Ein Dummkopf ist er. Hockt wohl wieder in der Schwarzen Krähe und säuselt diesen Frauenzimmern etwas vor.«

»Wenn er sich damit ein paar Groschen verdient, Vater ...«

»In unserer Kneipe ist kaum ein Groschen zu verdienen, Kind. Wird sich wohl eher ein Bier verdienen. Wie war dein Tag?«

»Ich habe der Frau des Metzgers zwei Decken verkauft«, sagte Terra lächelnd. »Sie wird bald ihr Kind bekommen.«

»Ich dachte, ich hätte dich auch mit jemand anderem sprechen ge-hört!«

Terra nickte. O ja, sie vergaß oft, daß er durch die offene Ladentür mitbekam, was auf der Straße geredet wurde und so vor sich ging – daß ihm seine Beine nicht mehr gehorchten, hieß nicht, daß er auch taub geworden sei.

»Die Spinnend ... Lady Lyndora, meine ich, kam an den Stand«, erwiderte sie und fühlte, wie sie errötete, und sah, daß ihr Vater nervös blinzelte.

»Hat sie etwas gekauft?« fragte er.

»Nein, Vater, aber sie hat für den Teppich bezahlt, den sie mir aufzog.«

»Aufzog?« Er lief vor Zorn dunkelrot an. »Warum macht sie so etwas?«

»Wenn einem das Dorf gehört, meint man wohl, man könne tun und lassen, was man will«, versetzte Terra achselzuckend.

Ihr Vater schüttelte den Kopf. »Wir hatten nur böse Zeiten seit ihrer Heirat mit unserem Herrn, Gott hab ihn selig … Schlimm, wie er zu sterben, so ein junger, gesunder Mann und welkt dahin wie ein Blatt bei Frost. Und es ging alles ja so rasch. Sicher, es war lange vor …« Er verstummte, aber sie wußte, was ihm durch den Kopf ging. Lange vor diesem Unfall, bei dem Mutter starb und du zum Krüppel wurdest, dachte sie. Zehn Jahre war sie alt gewesen, als ihre Stute gescheut und den Karren umgeworfen hatte … und Mutter sich den Hals und Vater sich das rechte Bein gebrochen hatte. Der kleine Wagen war ein Trümmerhaufen gewesen und das Pferd so verletzt, daß man es hatte einschläfern müssen … Das arme Tier hatte sich vor einer Spinne erschreckt, einem fetten Biest, das ihm ins Ohr gekrochen war. Vater hatte nach besten Kräften für Aaron und sie gesorgt, als der Knochen wieder, wenn auch krumm und schief, zusammengewachsen war. Der Dorfheiler sagte oft, es sei ein Wunder, daß er das Bein behielt. Aber lahm ist lahm. Da er für seine Arbeit nur zwei geübte Hände brauchte, hatte er sein Gewerbe fortgeführt, aber ohne Pferd und Wagen – und ohne Mutter, die beim Weben ihrer so berühmten komplizierten Muster immer mit sanfter Stimme gesungen hatte. Aaron hatte von ihr singen und sie von ihr weben gelernt.

»Vater, hat Mutter Lady Lyndora denn gut gekannt?« fragte Terra.

»Allerdings«, erwiderte er, und die Trauer in seinen Augen wich der Bitterkeit. »Sie kamen fast zur gleichen Zeit nach St. Creed. Die eine hat den Grundherrn hier geheiratet, die andere ihr Herz einem armen Sattler geschenkt«, sagte er mit dem Anflug eines

Lächelns. Terra konnte sich noch gut an die Mutter erinnern – sie war so groß und ätherisch wie die Lady gewesen und hätte, wenn sie nicht so flammendrotes Haar und wassergrüne Augen gehabt hätte, deren Schwester gewesen sein können. O Gott behüte! dachte Terra. Ihre Mutter hatte eine mystische Fähigkeit besessen, etwas Hellseherisches, das sie selbst auch manchmal bei sich feststellte. Mutter hatte wohl Dinge gewußt … und tun können. Das war ihr damals überaus seltsam vorgekommen. Und noch heute fragte sie sich, ob das, woran sie sich erinnerte, nicht Ausgeburten ihrer kindlichen Phantasie waren. So erinnerte sie sich, daß sie einmal, als sie in einer Vollmondnacht, von sanftem Singsang aufgeweckt, in ihre Werkstatt gehuscht war, ihre Mutter mit gespreizten Händen vor dem Webstuhl erblickt und zu sehen gemeint hatte, wie sich die Fäden selbst zu einem wunderbaren, im Mondlicht schimmernden Tuch woben. Aber Mutter hatte sie, als sie sie entdeckte, nicht ausgescholten, sondern nur wieder auf ihren Strohsack gebettet, ihr gute Nacht gewünscht und gesagt, das habe sie alles nur geträumt. War dies wirklich nur ein Traum gewesen?

»Vater«, fragte Terra, »woher stammte Mutter eigentlich?«
Ihre Frage schien ihm sehr unbehaglich. Er vermied es, ihren Blick zu erwidern. »Von jenseits der Berge, aber das ist ja unwichtig. Iß vollends auf und schau dann nach Aaron. Höchst wahrscheinlich versucht er wieder, eine der Kellnerinnen mit seinen Liedern zu betören.«

»Vater!«
Aber er überhörte ihre Rüge, beugte sich über seinen Teller und widmete sich seinem Eintopf, als ob er die Fragerei über hätte. Terra war gleichzeitig mit ihm fertig und räumte das Geschirr weg, derweil er in die Werkstatt zurückhumpelte, um letzte Hand an dieses Kummet zu legen. Dann holte sie einen Schal, den ihre Mutter noch gewebt hatte, ein schönes, altes Stück mit einem Motiv, das sie an eine über Wälder und Täler fliegende Taube erinnerte … und sie legte ihn sich um die Schultern und trat auf die nächtliche Straße hinaus.

Aaron ging oft in die Schwarze Krähe, um die Zecher dort zu

unterhalten, und hatte schon allein mit seinem Gesang genug verdient, um diese alte Laute erstehen zu können. Sie hatte ihm mit dem, was ihre Webwaren so abwarfen, die Saiten dazu gekauft. Und er verdiente sich – auch wenn Vater das nicht glaubte – mit seinen Weisen wirklich den einen oder anderen Groschen.

Aus der Schwarzen Krähe schlug Terra Lärm entgegen. Als sie durch die offene Tür spähte, sah sie im bernsteingelben und goldenen Schein des Kaminfeuers und der Fackeln zwei Dutzend Männer an den Tischen sitzen und lachen oder sich ruhig über die Tagesereignisse unterhalten … Alles Bauern, Händler und Handwerker. Keine große Versammlung, St. Creed war auch kein großes Dorf. Eine Kellnerin nur zwängte sich mit Tellern und Humpen durchs Gedränge. Terra seufzte. Nirgendwo in dem Lärm war Aarons goldene Stimme zu vernehmen, und er war nirgendwo zu sehen.

»Terra?« rief da Will, der Hufschmied, von einem Tisch bei der Tür, und er erhob sich lächelnd und kam zu ihr geschlendert. »Soso, der alte Gordon läßt nun auch noch seine Tochter die Kneipe unsicher machen.«

Terra schüttelte den Kopf und sah zu Will hoch, der wie ein riesiger Bär vor ihr aufragte und nach Schweiß und Schwefel stank.

»Hast du Aaron gesehen?«

»Ihn gesehen? Nun, vor einer kleinen Weile mußte ich ihn erst mal durch die Tür lassen, um überhaupt reinzukommen. Er trug ja den Sattel von dem alten Tinker unter dem einen und seine Laute unter dem anderen Arm und brauchte die ganze Breite, um rauszukommen.«

»Hast du gesehen, wohin er dann ging?«

Will zuckte die Achseln. »Tut mir leid. Er wirkte jedenfalls ziemlich aufgekratzt und schien es eilig zu haben. Warte mal einen Moment.« Er drehte sich um und rief in den Raum: »He, Brandon! Du bist doch nach mir gekommen … Ist dir unterwegs dem Gordon sein Junge begegnet?«

»Aber sicher«, schrie einer aus der Gästeschar. »Er hat mich ja fast über den Haufen gerannt. Schien es schrecklich eilig zu haben, die Dame einzuholen.«

»Die Dame?« Terra spürte, wie ihr ein Schauer über die Arme lief. »Welche Dame?«

»Nun, die Herrin von und zu St. Creed«, lachte Brandon. »Die wartete doch am Ende der Straße auf ihn.«

Terra glaubte, das Blut würde ihr gefrieren, und erschauerte – woher kam diese Angst? »Hat er irgend etwas gesagt?«

»Nicht viel. Wie gesagt, er war sehr in Eile. Die Dame hatte ihm scheint's einen schönen Batzen versprochen dafür, daß sie beim Nachtmahl mit seiner Laute unterhalte.«

»Nicht eben eine Dame, die ich gern unterhielte«, sagte Will und starrte in sein Glas. »Ich hab mal gehört, sie wäre eine Zauberin.«

»Eine Zauberin?« höhnte Brandon.

»Allerdings. Keiner weiß, woher sie kam. Aber wenn ihr mich fragt: von jenseits der Berge«, sagte der Schmied und schlug über seinem Herzen ein Zeichen gegen die Schwarze Magie.

»Und was wäre da schlecht daran?« fragte Terra voll Furcht. Meine Mutter kam auch von jenseits des Gebirges!

»Ein Gerücht, das ich als junger Kerl hörte«, knurrte Will. »Ich wollte schon immer dahin, um Erz zu schürfen, aber mein Vater, der auch Schmied war, hat es mir verboten. Sagte, daß die Leute auf der anderen Seite anders seien als wir … mit seltsamen Kreaturen zusammenlebten und Magie betrieben. Manche sagten, das wären keine Menschen. Ich habe über seine Ängste gelacht, bis ich einmal doch dorthin bin und sah, was ich besser nicht gesehen hätte … wie da eine Frau lieblich eine Blüte besang, die darauf zur Frucht wurde, die die Frau dann aß.«

»Klingt mir nach einem Traum«, sagte Brandon und grinste.

Will schüttelte den Kopf. »Ich kenne keinen, der aus dem Tal jenseits der Berge heil zurückgekommen wäre. Ich habe Glück gehabt.«

Einige der Männer, die in der Nähe der Tür saßen, murmelten zustimmend. Terra zitterte jetzt am ganzen Leib. Aaron hatte die Dame in ihr Schloß begleitet. Warum? Wozu? Meine Mutter kam von jenseits des Gebirges! Aber auch Lady Lyndora – die Spinnendame! Unter der Münze war eine Spinne gewesen … das Pferd scheute, weil ihm die Spinne ins Ohr kroch! Eine Frau, die eine Blüte besingt – ihre Mutter hatte im Mondschein den Webstuhl besungen ...

Terra trat vor die Tür, sie brauchte jetzt frische Luft, um wieder einen klaren Kopf zu bekommen. Und sie lehnte sich an die Mauer, ließ sich von der frischen Brise das erhitzte und verschwitzte Gesicht kühlen. Aaron, du bist ein Narr! dachte sie.

Die Dame hatte ihm den schönen Batzen dafür versprochen, daß er ihr heute zum Nachtmahl aufspielte!

Na und? Aber jedesmal, wenn sie sich einreden wollte, daß da nichts zu befürchten sei, fühlte sie, wie die Sorge, ihrem Bruder könne etwas Schreckliches zustoßen, ihr Herz erfaßte. Wills Sohn im letzten Frühjahr, im Herbst davor Witwe Savins Junge ... Waren sie mit Geschichten über das Fabelland hinter den Bergen gelockt worden? Tausend Ängste und Fragen quälten Terra, und sie schlang Mutters Schal fester um sich, so als ob der weiche Wollstoff ihr hätte Trost spenden und Antwort geben können auf die nagenden Fragen. Nun löste sie sich von der Mauer und machte sich auf zu der Landstraße und dem Weg, der zum Gut St. Creed führte. Sie mußte sich doch vergewissern, daß ihr Bruder wohlauf sei. Oh, sie würde vorgeben, sich die Teppiche ansehen zu wollen, die ihre Mutter für Lady Lyndora gewebt hatte.

Lieber sich lächerlich machen, aber Gewißheit erlangen, als abwarten und hoffen – und niemals etwas erfahren.

Wie eine Närrin stünde sie da, wenn er mit einem Beutel voll Silber heimkehrte. Aber die nagende Angst blieb, die Furcht, er würde nie mehr zurückkommen, wenn sie jetzt nicht dorthin ginge, um sich zu überzeugen, daß ihm keine Gefahr drohe.

Sie straffte die Schultern und schlug den Schloßpfad ein. Es war schon recht finster. Die Sonne war ja längst hinter den Westbergen versunken. Den Bergen, über die meine Mutter kam! Düstere Wälder zogen sich zum Schloß hoch, und auf faulenden Stümpfen und modernden Stämmen glommen hier und da grünliche Irrlichter. Da zog sie ihren Schal fester und versuchte, den Gedanken an die Gefahren zu bannen, die in einem nächtlichen Forst lauern konnten. Ihr warmes Wolltuch schien ihr wie ein Schutz gegen diese Bedrohungen. Als sie es nun musterte, sah sie erstaunt, daß von ihm ein schwacher Schein ausging – wie Mondlicht. Sie studierte die komplizierte Webart des weichen Stoffs und dachte an die handwerklichen Lehren ihrer Mutter. »Du hast ein gutes Auge«, hatte sie einmal gesagt. »Das ist wichtig für eine Weberin, denn sie muß die Fäden vom Anfang bis zum Ende verfolgen können, um die Schwächen und Stärken eines Stücks zu erkennen. Das Stoffweben ist wie das Weben von Zaubern. Man muß eine Bindung auflösen können, wenn man wissen will, wie sie beschaffen ist.«

Wie das Weben von Zaubern! Das waren die Worte der Frau, die den Webstuhl so besungen hatte, daß er das Tuch im Mondlicht von allein gewebt hatte. Zauberkundige Leute wohnen jenseits der Berge ... Terra schob diese Gedanken beiseite.

Noch ehe sie sich's versah, stand sie schon vor dem Schloß. Das unheimliche Gemäuer überragte den Pfad wie ein riesiger Wächter. Ringsum hatten sich einst fette, grüne Weiden und prächtige Kornfelder gedehnt. Aber die Spinnendame ließ das Land seit dem Tod ihres Gemahl brachliegen, und so hatte der Wald es zurückerobert. Aber seltsam – bis ein Wald so dicht und düster wurde, brauchte es doch mehr als die paar Jahre, die seit ihrer Geburt vergangen waren ... Dieser Wald wirkte überhaupt merkwürdig, und als sie um sich spähte, erkannte sie, daß die Bäume wie in einem Webmuster geordnet wuchsen. Das Tor zum Hof war weit offen. Als Terra unter den Steinbogen trat, fühlte sie sich von vielen Augen beobachtet ... Weder Wächter oder Diener noch Pferde oder Kühe oder Hunde waren zu sehen – nur große Spinnen, die in ihren überall hängenden, im Wind tanzenden Netzen hockten oder umherkrochen. Ihr Anblick ließ Terra erschauern, erinnerte er sie doch sehr an jenes Biest, das unter der Münze hervorgekrochen war. Sie machte, daß sie weiterkam.

Zum Glück war der Weg zum Schloßportal frei von Spinnweben. Terra stieg die vor Alter brüchige Freitreppe hinauf, trat dabei einige Steinbrocken los. Selbst die Wände des Gebäudes wirkten bröckelig – nur das dichte Netz aus Spinnweben, das sie umgab, schien sie zusammenzuhalten. Terra schüttelte vor Staunen den Kopf und blieb vor dem Portal stehen.

Was nun? Es gehörte sich wohl zu klopfen. Sie hob die Faust, aber ein Klang wie ferner Gesang ließ sie erstarren. Aaron? Ihr Herz schlug schneller. Aber sie zwang sich zur Ruhe und drückte die Klinke. Da schwang die Tür auf und gab den Blick frei in einen von Fackeln erhellten, aber mit Teppichen und Schleiern aus Spinnweb vollgehängten Flur. Wie treffend doch mein Spitzname für diese Dame ist! dachte Terra und schlich zwischen den Gespinsten hindurch den düsteren Gang entlang, immer auf den Gesang zu.

Eine Tür versperrte ihr den Weg. Aber aus dem Raum dahinter schien der Gesang zu kommen. Sie prüfte behutsam den Riegel. Die Tür war nicht verschlossen ... Sie stieß sie langsam auf. Mit tauben Fingern.

Vor ihr lag eine weite Halle mit spinnwebdrapierten Wänden. Mitten auf dem Boden hockte Aaron mit gekreuzten Beinen, und auf einem Podium ihm gegenüber saß die Herrin von St. Creed. Wie eine Königin beim Nachtmahl saß sie da – aber vor einer leeren Tafel. Sie starrte mit ihren schwarzen Augen hungrig auf den jungen Burschen, der zu ihren Füßen eine süße Weise sang und dazu die Laute schlug.

Da beendete Aaron sein Ständchen, sprang auf und verbeugte sich vor ihr. »Nun muß ich aber wirklich gehen, hohe Frau«, sprach er. »Es ist spät geworden, und Vater und Terra machen sich gewiß schon Sorgen!«

»Unsinn«, sagte Lady Lyndora. »Ich habe ja mit ihm geredet. Er war erfreut zu hören, daß du mir für einen guten Batzen vor meinem Nachtmahl aufspielen würdest.«

Lügnerin! hätte Terra fast geschrien. Die Spinnendame hatte sich erhoben, kam um ihren Tisch und stieg vom Podium herab. Wie ein Raubtier starrte sie auf den um einen Kopf kleineren Aaron herab, und ihre schwarzen Augen verengten sich.

»Jetzt, mein Hübscher, da ich deinen Liedern gelauscht habe, gedenke ich zu speisen.«

Schon bannte sie ihn mit flammendem Blick an Ort und Stelle, packte ihn am Hals und grub ihm die spinnendünnen Finger ins Fleisch. Er schrie auf, hob die Hand, um sie zurückzustoßen. Da entglitt ihm seine Laute und zerbrach auf den Fliesen mit Donnerknall. Aaron kam nicht mehr dazu, sich zu wehren, denn die Lady fesselte ihm jäh mit aus den Fingern abgesonderten Seidenfäden die Arme an den Leib, so daß er keine Hand mehr rühren konnte. Jetzt öffnete sie den Mund und bleckte spitze Fangzähne.

»Nein!« schrie Terra und stürmte in die Halle.

Die Spinnenfrau drehte sich, wütend über solche Störung beim Mahle, fauchend zu ihr um. Aaron stürzte zu Boden, versuchte jedoch mit all seiner Kraft, das Netz zu zerreißen. Die Lady starrte Terra an und rief: »Du wagst es, ungebeten bei mir einzutreten?!«

Terra rannte weiter auf sie zu, da sie nicht so recht wußte, was sie sonst hätte tun können. Da hob die Spinnenfrau eine Hand und schoß einen Faden auf sie ab, der wie eine Schlange auf sie zuschnellte und ihren Schal erwischte. Terra sprang beiseite, warf, ehe das Gespinst auch sie fassen konnte, ihr Tuch weit von sich und lief, fest entschlossen, ihren Bruder zu erreichen, immer weiter.

Wieder flogen ihr seidene Fäden entgegen. Diesmal konnte sie ihnen nicht ausweichen. Nein, sie schlangen sich um sie wie Efeuranken und spotteten ihren Versuchen, sie zu zerreißen. Stränge wie Stahlseile preßten ihr die Arme an die Brust und fesselten ihr die Fußknöchel aneinander, so daß sie zu Boden fiel und sich nun wie eine Seidenraupe im Kokon wand.

»Du bist bestimmt Averas Tochter«, fauchte die Spinnendame. »Lästiges Kind! Ich wette, du wirst bis zuletzt kämpfen.«

»Warum tust du das?« schrie Terra. »Was bist du?«

»Das ›Was‹ ist unwichtig, kleine Weberin. Deine Mutter wußte es allerdings! Sie ist mir in dieses Land gefolgt, um mich zu vernichten … aber am Ende habe ich sie vernichtet.«

»Warum?«

»Weißt du nicht, was deine Mutter war, Kind? Ja ist es denn möglich, daß sie ihren Kindern nie gesagt hat, daß sie eine Zauberin sei? Avera war eine Webermagierin. Sie konnte jedes Gewebe nach Belieben auflösen … sogar meine Gespinste! Ich kam hierher, von meinem Hunger getrieben, mußte ja einen Ort finden, wo ich mich von schwachen Kreaturen wie dir ernähren könne, und deine Mutter ist mir gefolgt, um mich genau daran zu hindern. Aber ohne die Lebenssäfte junger Menschen altere ich, welke ich dahin. Nun will ich deinen Bruder aussaugen, kleine Weberin, und zum Nachtisch dich. Ihr, die ihr Fleisch vom Fleisch einer Zauberin seid, habt doch weit süßeres Blut als normale Sterbliche!«

Noch im Sprechen, kniete die Spinnenfrau neben Aaron nieder. Da spannte Terra die Muskeln an, um ihre seidenen Fesseln zu sprengen – aber vergebens. Die Stränge gaben nicht nach. Sie hörte Aaron wimmern und kämpfen, und sie wandte sich ab, um das nicht mit ansehen zu müssen, und konzentrierte sich ganz auf das Gespinst, das sie umhüllte.

Sie erkannte ein Muster, folgte den Fäden bis zum Anschlag. Die Weberin braucht ein gutes Auge! Wenn sie nur genau genug hinsähe, könnte sie die einzelnen Fäden, längs und quer, und die Enden ausmachen … Der Grundfaden lag so dicht bei ihren Fingern. Sie krümmte die Hand, schob sie durch die seidenen Maschen, bis sie das Fadenende umfaßte, schloß nun die Augen … und zog ruckartig daran.

Das Gespinst löste sich so jäh wie ihr Teppich auf und fiel von ihr ab. Sie war frei! Da sprang sie hoch, packte einige der gelösten Fäden, stürzte sich auf die nichtsahnende, über ihr Opfer gebeugte Spinnenfrau, warf ihr die Spinnenseide um den Hals und zog die Schlinge zu. Lady Lyndora japste, griff sich an die Kehle, versuchte die Fäden zu zerreißen, tastete nach der Weberin und zerkratzte ihr mit ihren krallenartigen Nägeln Arme und Hände. Diese Wunden brannten wie Feuer, aber Terra ließ die Schlinge nicht fahren, hielt sie eisern fest, sah zu, wie die Herrin von und zu St. Creed blau im Gesicht wurde und erschlaffte, und ließ sie nun zu Boden fallen. Als die Lady so auf den Rücken rollte, begann die goldene Spinne auf dem goldenen Netz an ihrem Hals zu glühen und zum Leben zu erwachen, und sprang vor Terras Augen herab und flüchtete sich zum nächsten Spinnennetz.

Terra kniete sich rasch neben ihren Bruder, suchte und fand den Grundfaden des seidenen Gespinsts, das ihn fesselte, und zog es mit einem kräftigen Ruck auf. Seine Atmung war flach. Da gab sie ihm einen Klaps auf die Wange, um ihn zu sich zu bringen. Er öffnete zögernd die Lider, starrte sie entsetzt an. Aber mit einemmal glomm Erleichterung in seinen Augen auf. Du einfältiger Dummkopf, dachte sie, als ihr nun die Wangen feucht wurden, und sie half ihm vorsichtig auf. Aber als er seine heillos zerbrochene Laute erblickte, wurde sein Blick wieder finster.

»Wir gehen jetzt besser«, sagte Terra.

Er nickte und folgte ihr mit hängenden Schultern. Als Terra nun nach dem Türknopf faßte, fiel aus einem Spinnennetz über der Türe ein goldenes Etwas mit wuselnden Beinen und ... ihr genau auf die Hand. Sie schrie gellend, und nun huschte die goldene Spinne ihr schon den Arm hinauf, zu ihrer Kehle hin. Die Angst lähmte ihr die Glieder. Erst Aarons Schrei riß sie aus ihrer Erstarrung. Sie schlug das Biest mit der Hand weg. Es fiel zu Boden, sprang zweimal hoch und blieb dann auf dem Rücken liegen. Und Aaron zertrat es mit dem Absatz, damit es nicht wieder entkäme. Da ließ der Todesschrei einer Frau die Luft erzittern. Terra hielt sich vor Grauen beide Ohren zu. Als sie Aaron anblickte, sah sie, daß er totenbleich war.

»Komm«, sagte sie, nahm ihn bei der Hand und zog ihn hinter sich her zur Tür hinaus.

In der Nachtkühle draußen fror sie, so ohne den Schal ihrer Mutter. Aber es würde zu lange dauern, bis sie ihn unter den Spinnweben fände, und sie wollte schnell fort von hier. Sie nahm sich aber die Zeit, das Gespinst, das diese bröckelnden Mauern wohl nur mühsam zusammenhielt, zu studieren, und fuhr mit ihren Fingern über das seidene Gewebe, bis sie den Faden fand, den sie gesucht hatte. Sind ja gar nicht stabil, diese Spinnweben! Man muß nur an dem richtigen Faden ziehen ...

Das Netz fiel ihr zerrissen und verknäult vor die Füße. Ein Knirschen von Steinen und Balken erfüllte nun die Nacht. Da packte Aaron sie am Arm und zog sie zum Tor hinaus. Und das Schloß von St. Creed, der Spinnwebhülle beraubt, die es wohl allzu viele Jahre noch zusammengehalten hatte, stürzte jetzt mit schrecklichem Getöse und Gepolter ein.

STEPHANIE D. SHAVER

So jung Stephanie ist (sie ist fünfzehn) – in unserer Reihe ist sie keine Unbekannte mehr; sie hat drei Titel publiziert und so die Bedingung für eine Aktive Mitgliedgliedschaft im SFWA (Science Fiction Writers of America) erfüllt, womit sie das jüngste Vollmitglied dieses Autorenverbands sein dürfte.

Sie sagt, sie habe drei Katzen (weil die Jungen ihrer »Mama Hitler« am Leben blieben), sei aber leider nicht alt genug, um ein Auto zu fahren. Sie wohnt in San Clemente, hat drei Geschwister und hofft, dieses Jahr an ihrem ersten Science-fiction-Kongreß teilnehmen zu können. (Was gäbe ich dafür, wieder zu meinem ersten gehen zu können – damals waren sie noch so klein, daß alle einander kannten oder kennenlernen konnten.)

Sie habe mich nicht mit weiteren Texten zugedeckt, weil ihr Großvater, der ihre Arbeit sehr geprägt habe, in diesem Jahr verstorben sei. Diese Story widme sie »Carl Jones, Großpapa und Autor unvergeßlicher Geschichten«.

Dann schreibt sie, daß sie weder verheiratet noch schwanger sei (hoffentlich – das zweite setzt normalerweise das erste voraus oder sollte es zumindest) und »gute Filk-Musik liebe« (über Geschmack, vor allem den junger Mädchen, läßt sich ja bekanntlich nicht streiten), und schließt mit der Bemerkung, nun sei es genug, und ich solle mich den anderen Biographien widmen. – MZB

Winterwald

»Halt!«

Hauptmann Medici gab seinem riesigen Grauschimmel die Sporen und preschte erzürnt zur Spitze seiner Legion, die plötzlich mitten im Winterwald haltgemacht hatte.

»Was zum Teufel geht hier vor, Aritric?«

Der Leutnant erschrak, als er zu seinem Kommandeur aufsah – denn dem war selbst durch den paßgenauen Diamantstahlpanzer, der seinen kraftvollen Körper umschloß, noch anzusehen, wie angespannt er war ...

»Melde gehorsamst, etwas versperrt uns den Weg.«

Medici musterte die verlegen dreinblickenden Legionäre und herrschte dann den Leutnant an: »Räum es doch weg!«

»Aber sie weigert sich.«

»Sie? Willst du mir erzählen, daß eine Frau die Rote Legion aufhalten kann?« schäumte der Hauptmann.

»Das ist eigentlich keine Frau«, warf jemand hinter ihm ein. »Eher die Hüterin des Waldes.«

Als er peitschenhiebschnell herumfuhr, sah er am Weg eine zarte und bleiche, braun und grün gekleidete Gestalt stehen, die ihn unter ihrer Kapuze hervor mit grünen Augen maß.

»Ich bitte ganz höflich«, sagte sie mit schlichter, klarer Stimme. »Verlaßt diesen Wald und kehrt auf die Landstraße zurück ... oder ihr werdet alle sterben.«

»Wer bist du denn, daß du ...?«

»Das ist ohne Belang. Aber wenn ihr nicht umkehrt, sondern weiter meine Pflanzen zertrampelt, meine Tiere verscheucht, muß ich euch töten.«

»Du uns töten?« lachte er die mädchenhafte Erscheinung aus.

»Die Rote Legion gehorcht nur Seiner Majestät, ihrem Herrn,

und wenn wir ihn nur auf direktem Wege durch den Winterwald erreichen können, nehmen wir diesen Weg.«

Die Legionäre schrien Hurra. »Gut ... ich habe euch gewarnt, aber ihr seid unbelehrbar«, seufzte die Kindfrau und blickte kopfschüttelnd in die Runde. »Eine gute Nacht, meine Herren. Es wird eure letzte sein, denkt daran.«

Und damit verschwand sie, einfach so, ohne Rauch, Blitz oder Donner.

Aber die Stille, die sie zurückließ – kein Vogelgesang, kein Waldesrauschen war mehr zu hören –, glich dies Manko völlig aus und war von entsprechend verheerender Wirkung.

Ganz bedrückt marschierte die Legion weiter.

Und der so mutige und stolze Medici ließ Doppelwachen gehen, als sie in dieser Nacht im Winterwald kampierten.

Als er in seinem Zelt saß und seine Pfeife rauchte, hörte er von draußen ein leises: »Herr Hauptmann?«

»Komm herein!«

Da trat Leutnant Aritric ein, schlug die scheuen Bauernaugen nieder und legte ihm einen Sack vor die Füße. Als Medici den dann erstaunt öffnete, fand er darin zwanzig Vier-Schwerter-Spangen – Abzeichen der Soldaten Seiner Majestät.

»Ich ... wir quittieren hiermit den Dienst, Herr Hauptmann.«

»Was? Warum?«

Aritric sah sich verlegen um. »Es ist wegen ihr. Ihr wißt ja nicht, mit wem Ihr zu tun habt! Ihr seid aus der Stadt ... Es gibt da Geschichten ... Geschichten, die wir Winterwaldbauern kennen. Da sollen schon ganze Armeen ... nicht bloß Legionen ... hier spurlos verschwunden sein ... so als ob dieser Wald sie mit Haut und Haar verschlungen hätte ...«

Hauptmann Medici zog ein finsteres Gesicht, kaute wütend an seinem Schnurrbart und ließ dann seinem Zorn freien Lauf:

»Du Hurensohn, Sautreiber! Du dreckfressender Bauernlümmel! Diese Kindermächen haben dir Eier und Hirn verrotten lassen! Bäume können dich nicht töten, du blöder Ochse ... Meinst du nicht, du Strohkopf, daß irgend jemand hätte sehen müssen, wie diese Bäume Menschen fraßen? Hinaus! Hinaus mit dir, du Märchentante! Dich und diese anderen Muttersöhnchen, die von der Fahne gehen wollen, bringe ich vors Kriegsgericht, wenn wir erst aus diesem Wald da sind! Geh doch wieder auf deinen Hof, zieh dir deine Weiberröcke an und setz dir deine Schlafmütze auf, du kleine ...«

Da machten der Leutnant und die übrigen neunzehn Männer sich auf den Weg, ohne sich noch ein einziges Mal umzusehen.

Der Hauptmann lehnte sich zurück, als er wieder allein war, und zog so heftig an seiner Pfeife, daß ihm der Rauch nicht mehr nur aus Nase und Mund, sondern auch aus den Augen und Ohren herauskam. Nach einer Weile fielen ihm die Lider zu – aber ehe er einschlief, murmelte er noch etwas von weibischen Hurensöhnen, die sich durch Taschenspielertricks einer dahergelaufenen Einsiedlerin und Druidin ins Bockshorn jagen ließen ...

Irgendwann in jener Nacht erbebte der Baum, an dem das Zelt gesichert war, und umschlang den Schläfer sacht, sehr sacht mit seinen mächtigen Wurzeln.

Um die Wächter draußen aber rankten sich Waldreben und Efeu, und Moos und Laub verstopfte ihnen Mund und Ohren ...

So erstickten, bis auf jene zwanzig, die Männer und Offiziere der Roten Legion, bevor sie auch nur ein Messer oder Schwert ziehen oder Pfeil und Bogen ergreifen konnten, jämmerlich in den starken grünen Armen des Waldes ...

Und wurden bald darauf in die Erde hineingezogen.

Nun übertönte eine sanfte Stimme das triumphale Rauschen der Bäume. Sie reichte so weit, daß die zwanzig Soldaten auf der Landstraße sie noch hörten ... (Erstaunlich deshalb, daß die sich dann später weder an die Worte der Druidin noch an sie erinnerten!) Die Worte erreichten aber auch Medici und seine Leute, bei ihren letzten Zügen. Und sie vergingen mit ihnen.

»O doch, Medici, Bäume können töten«, sprach die Waldfrau. »Aber sie tun es nicht für große Herren, nicht aus Landgier, sondern nur, um zu überleben ... Sie machen keine Gefangenen und töten, im Gegensatz zu den Menschen, nur wenn sie sicher sind, daß ihnen niemand zusieht ...«

JOSEPHA SHERMAN

Josepha Sherman sagt, sie gehöre zu den relativ seltenen New Yorkern, die wirklich in New York geboren sind. Sie hat mir eine beeindruckende Biographie geschickt: Zwei Fantasy-Romane hat sie geschrieben (für einen davon erhielt sie den Compton Crook Award), dazu über fünfzig Kurzgeschichten (siehe auch Magische Geschichten IV, V, VII*), zwei Sachbücher und einige Kinderbücher. Ich habe sie in einem jener Bände leichtfertig als Amateurin bezeichnet, und das wurmt sie wohl immer noch – trotz meiner Entschuldigung, daß ich damals, eben aus dem Krankenhaus entlassen, ja kaum meinen eigenen Namen richtig aussprechen, geschweige denn sie richtig vorstellen konnte.*

Außerdem: »Amateur« ist doch jemand, der etwas aus Liebe zur Sache tut. In diesem Sinne bin auch ich (mit meinen ungefähr fünfzig – zum Teil sehr »ungefähren« – Büchern) noch Amateurin: Denn ich bin bis heute eben aus Liebe zur Sache Autorin und Herausgeberin. – MZB

Rote Schwingen

Oheee! Wie herrlich, aufzufliegen, zu kreisen, mit mächtigen Schwingen die Winde zu reiten! Zu fliegen!

Sie lachte. Sie, die sich je nach Lust und Laune »Riss« oder »Sha'arh« nannte, lachte ein wildes, schrilles, falkenrauhes Lachen. Und wenn Menschen sie so sähen, wenn etwa einfältige Bauern, die ihre Silhouette am Himmel erblickten, vor Furcht ein Zeichen gegen das Böse schlügen? Ach, dann laß sie doch, die Narren, laß sie doch!

Sha'arh war nicht von Menschenart. Sicher, ihre Mutter, das arme, fahle, schwache Wesen, das bei ihrer Geburt starb, war Mensch gewesen. Aber ihr Vater? Wer sich ihre breiten, roten Schwingen ansah, die so stark wie Leder und glatt wie Seide waren, und ihr feuerrotes, steif nach hinten stehendes Haar, ihren ranken, biegsamen Körper und ihr kühnes, falkenstolzes Gesicht, der wußte gleich, daß er zu jenen gehört hatte, die die Menschen mit ihrem armen Wortschatz »Dämonen der Oberen Sphären« nannten.

Da lachte Sha'arh von neuem, schlug wild mit den Flügeln und stieg, bis sie einen starken Aufwind fand, und ließ sich von ihm so durch den sonnenhellen Himmel tragen. Das Feuer ihrer Augen wurde zu verhaltener Glut, und sie bleckte die weißen, scharfen Zähne, schimmernde Raubtierzähne, in einem wohligen Lächeln, als sie sich nun den weichen Winden hingab und der warmen Nachmittagssonne, die ihre Schwingen koste. Sie hätte fast so schlafen können: von den Winden gewiegt, zu Hause in diesem, ihrem Element.

Aber nun riß ein leiser Hunger sie aus ihrem Behagen. So ein geflügeltes Wesen braucht häufig neue Energie … Sie seufzte und spähte auf der Suche nach jagdbarem Wild zur Erde hinab, machte bald ein kleines Reh aus, das auf einer Lichtung ganz allein äste. Und wo war der Rest des Rudels? War es verletzt oder altersschwach? Was immer – es war eine leichte Beute ... Sha'arh zog hoch, flog eine Kurve und schoß in enger Spirale hinunter, bis sie in Angriffsweite war, stieß dann mit fest angelegten Schwingen hinab und brach dem Reh das Genick, so daß es auf der Stelle tot war.

Als sie sich gesättigt hatte, neue Kraft durch ihre Glieder strömen fühlte, erhob sie sich rasch und folgte dem Geräusch fließenden Wassers, das sie vernahm, bis sie zu einem munter plätschernden Bach kam. Mochte der Wald ringsum finster sein – sie hatte von ihrem Vater auch die Nachtaugen seiner Rasse geerbt und fand sich daher hier gut zurecht. Sie suchte eine seichte Stelle, wo kein auf Luftwesen neidischer Wassergeist sie ertränken könnte, planschte da fröhlich, stieg dann ans Ufer und schüttelte sich das Wasser aus dem Gefieder, legte sich zum Trocknen auf einen sonnigen Fleck – und schlief in der wohligen Wärme im Handumdrehen ein.

Plötzlich fuhr sie aus ihrem Schlummer auf. Oh ... Menschen? Jäger?

Aber ja! Jäger überall. Und die hatten es auf sie abgesehen!

Ich Närrin, wie konnte ich auch hier schlafen!

Sha'arh breitete halb die Schwingen – aber an Auffliegen war bei diesen verdammten Bäumen nicht zu denken! Sie hatte auch keine Zeit zu klären, was diese Männer von ihr wollten. Aber nicht auffliegen zu können, hieß nicht, wehrlos zu sein! Sie sprang, mit gebleckten Zähnen, den ihr am nächsten Stehenden an, und er wich erschrocken zurück, öffnete damit den Kreis, den sie so eng um sie geschlossen hatten! Sha'arh wollte die Chance nutzen ...

Aber die Jäger hatten ein Netz und warfen es schon über sie, als sie noch zum Sprung ansetzte. Es war mit einem Draht von Silber verstärkt, jenem Metall, das sie so wenig vertrug wie ihr Vater und seinesgleichen. Es brannte wie Feuer, nahm ihr alle Kraft, bis sie endlich zusammenbrach und die Männer ringsum sie zu Boden warfen. Sha'arh starrte keuchend zu dem auf, der wohl ihr Anführer war: Es war ein, selbst für einen Menschen, häßlicher Kerl, schrecklich mager, aber sehr groß und von eisig stolzer Haltung. Und er hatte die toten Augen derer, die schon zu lange mit den Dunklen Wesen Umgang gehabt haben.

Aber Sha'arh kochte so, daß es ihr gleich gewesen wäre, wenn er selbst zu denen gehört hätte ... »Warum?« fauchte sie.

»Ich brauche dich«, erwiderte er frostig. »Für meinen Herrn. Danke, daß du mir die Jagd so einfach gemacht hast.«

»Ich werde noch dein Blut trinken!« knurrte Sha'arh.

»Das glaube ich nicht. Bringt sie her!«

Vom Silber der Wahrnehmung beraubt, wußte sie nicht, wie ihr nun geschah. Erst im Dunkel einer Höhle kam sie wieder recht zu sich. Die Männer hatten ihr das Netz abgenommen – hielten sie, das Leichtgewicht, jedoch mit eisernen Händen fest. Das Netz hatten sie bestimmt nur entfernt, weil der Patron ihres Anführers Silber noch weniger vertrug als sie selbst ...

Jäh schleifte man sie weiter. Sie wehrte sich, blickte wild um sich, warf den Kopf in den Nacken und sah nun durch einen Spalt in der Höhlendecke die Abendsterne funkeln. Da stöhnte sie sehnsüchtig und trat heftiger um sich. Aber schon legte ihr einer, der kühner oder brutaler war als die übrigen, den Arm um den Hals und würgte sie so, daß sie ihren Widerstand aufgab.

Doch was machte denn dieser verfluchte Anführer? Er ritzte mit einem Dolch, einem Dolch mit schwarzem Griff, Runen in den Höhlenboden. Oje, diese Zeichen kannte Sha'arh! Angst beschlich sie.

Aber auch die Männer. Sie flüsterten miteinander, versuchten sich einzureden, daß all das Gold, das man ihnen zahlte, das Risiko wert sei und der magische Kreis sie ja vor der Gefahr behüte, und sie murmelten: »Wir werfen doch bloß einen Dämon dem anderen vor.«

Was? Neue Panik überkam Sha'arh, als sie ihren Anführer eine Beschwörung anstimmen hörte. Sie versuchte, sich loszureißen, wurde aber wieder so gewürgt, daß ihr die Lungen schmerzten. Als sie erneut Luft holen konnte, spürte sie, daß jetzt noch etwas bei ihnen war. Sie hob jäh den Kopf und maß wütend den im magischen Kreis wirbelnden Anderen – den Erddämon aus der tiefen, sterilen Finsternis, die ja die erbittertste Feindin der Luft ist. Aus diesem dunklen Wirbel ertönte eine eisige, unmenschliche Stimme:

»Nun, was soll denn diese kleine Wildkatze da?«

Da erschauerte sogar der kalt dreinblickende Zauberer. »Das ist mein Opfer, Herr. Eine aus dem Luftvolk.«

Sha'arh fühlte, wie Jener Andere sie verächtlich musterte. »Nur zur Hälfte«, murmelte er. »Irgendein halbmenschliches Zwitterwesen.«

»Ist sie ... nicht genehm, Herr?« fragte der Zauberer, nun schon beklommen.

Aber Der Andere musterte Sha'arh stumm und sagte dann in der lautlosen Sprache, in der Luft und Erde und Feuer und Wasser miteinander reden: »Er hat nichts verstanden, meine Kleine. Er weiß nichts von dem Haß zwischen den Vier Sippen. Aber du weißt darum.«

»Ja, verflucht seist du!«

»Oho! Die Kleine hat jedenfalls den Geist des Luftvolks! Und was soll ich mit dir anfangen ... Deine Lebensessenz trinken? Dich wie ein Vögelchen in den Käfig stecken, zusehen, wie du flatterst wie eine Motte gegen die Lampe? Ja, Gefangenschaft fürchtet ihr Luftwesen doch am meisten, habe ich recht?!«

»Wir fürchten nichts und niemanden!«

»Kühne Worte, fürwahr! Aber du zitterst ja, Kind«, höhnte er und fuhr in seinem kalten, unmenschlichen Ton fort: »Ja, sie ist genehm. Bringt sie her.«

Schon faßten die Menschenwesen Sha'arh fester. Da begriff sie entsetzt, daß sie sie in den Kreis werfen wollten ... Oh, als Sterbliche hatte sie ja hin und wieder an ihren Tod gedacht, sich ihn aber als jähes Ende bei einem Sturz aus großer Höhe vorgestellt – nicht auf diese Art! Sie rissen sie vom Boden hoch ... Nein!

So für einen Moment frei, warf Sha'arh sich hoch, schlug mit den Flügeln wild auf die Männer ein und flatterte empor. Für derlei war sie nicht gebaut, aber der nackte Überlebenswille gab ihr die Kraft, höher und höher zu steigen – hinan zu dem Spalt in der

Decke. Unter sich sah sie die Männer toben. Da kam sie böse Lust an, hinabzustoßen wie die Falkin unter die Tauben und dem Anführer ihre Zähne in die Kehle zu schlagen. Aber da unten war ja auch Der Andere mit seinem Zorn, und so verbiß sie es sich und kämpfte sich durch die Spalte und ins Freie, in die Nacht hinaus.

Aber woher kam die neue Kühle? Als Sha'arh über einen Flügel zurückblickte, schrie sie auf vor Angst, sah sie doch hinter sich Den Anderen, den der Zauberer wohl untertänigst aus dem Kreis befreit hatte. Und der Dämon flog, obschon in der Luft so wenig zu Hause wie sie im Wasser, weit schneller als sie, die ja Menschenblut in den Adern hatte! Er kam immer näher – eine Finsternis und eine Kälte, die ihr aus ihren ermüdenden Schwingen alle Kraft sog. Da ließ sie ihren Stolz fahren und rief mit einem verzweifelten Schrei ihr Stiefvolk, die Sippe ihres Vaters, zu Hilfe. Würden die sie hören, nein, erhören? Würden die zulassen, daß sie, die nur halb blutsverwandt mit ihnen war, solch ein Ende fände?

Und plötzlich hörte, ja, fühlte Sha'arh sie ringsum, und ein wilder Sturm erhob sich, packte Den Anderen und riß ihn fort wie ein welkes Blatt.

Aber als er schon aus ihrer Welt hinausfiel, streifte er mit seiner dunklen Aura noch eine ihrer roten Schwingen. Sha'arh schrie auf, da der Flügel sofort erlahmte. Als der Wind sich gelegt hatte und ihre Verwandten gänzlich ungerührt mit ihm entflogen waren, taumelte sie der unter ihr kreisenden Erde entgegen. Sie versuchte, auch die schwächste Luftströmung zu nutzen, um ihren Sturz abzubremsen, drehte und fing sich und wurde doch immer wieder durch den lahmen Flügel hart aus der Balance gerissen. Aber die Bäume kamen rasend schnell näher und wurden zu Riesen, die sie mit spitzen Ästen aufzuspießen drohten ...

O nein, zuerst kam etwas Unsichtbares, die magische Barriere irgendeines Wesens, etwas so weich und schwer wie die Masse, die die Menschen Klebstoff nennen, und es bremste den Sturz ... bremste ...

Aber plötzlich, ohne Vorwarnung, endete der Schirm, und nun

stürzte sie im freien Fall, dem blanken Boden entgegen. Dann ein jäher Schmerz, und Nacht umfing sie.

Ihr tat alles so weh, von Kopf bis Zeh. Sie wagte nicht, die Augen zu öffnen – fürchtete, daß sie zerschmettert, todgeweiht, auf dem Waldboden liege.

Aber ... das fühlte sich ja nicht nach Waldboden an!

Sha'arh schlug nun verstört die Augen auf und versuchte, sich aufzurichten. Aber das hätte sie besser gelassen! Als sie da aufstöhnend zurücksank, hörte sie jemanden, zu spät, rufen:

»Nicht bewegen!«

Sie drehte den Kopf abrupt zu jener Stimme hin. Aber das war auch ein Fehler – denn jetzt wurde ihr schwindlig, speiübel.

»Ganz ruhig«, murmelte dieser Jemand. »Ich tue dir ja nichts Böses.«

Ihr blieb keine andere Wahl ... Sie wartete mit geschlossenen Augen und raubtierhafter Geduld, bis ihr Kopf ganz klar war, und spürte dann, daß sie, mit dem Gesicht nach unten und von ihren Flügeln bedeckt und gewärmt, auf einigen Lagen weicher Decken ruhte.

Meine Schwingen? Sha'arh erschrak – ihr gelähmter Flügel war verbunden! Sie versuchte instinktiv, ihn zu bewegen. Es ging nicht. Da stützte sie sich in ihrer Angst erneut auf.

»Nicht doch, schön liegenbleiben, sonst tust du dir weh!«

Sanfte Hände drückten sie nieder und hielten sie fest. Aber Sha'arh wehrte sich und biß jäh um sich. Ihre scharfen Zähne verfehlten den braunen Ärmel über ihrem Gesicht auch nur um Haaresbreite. Aber dann erlahmten ihre Kräfte, und sie sank keuchend zurück. Als nun der sanfte Druck der fremden Hände schwand, drehte sie, neugierig, mißtrauisch, wieder den Kopf zur Seite.

Da sah sie eine Frau in der schlichten braunen Tunika einer Priesterin an ihrem Bett knien. Sha'arh starrte sie erstaunt an – wie schön ihr klares Gesicht war und ihr im Sonnenlicht golden flutendes Haar! Noch so benommen, faßte sie nach dem Glanz. Und diese Fremde zuckte nicht zurück, als Sha'arh mit ihren scharfen Krallen ihr Gesicht berührte.

»Zufrieden nun?« fragte die Frau mit belustigtem Unterton. »Ich bin ein Mensch, ganz und gar.«

Sha'arh zog abrupt ihre Klaue zurück und musterte die Fremde mit neu erwachtem Argwohn. »Wer bist du?« Die Kehle brannte ihr noch vom Würgegriff des Jägers. Dennoch fuhr sie fort: »Wo sind wir? In einem Garten?«

»Ja. Und das hier ist mein Häuschen. Ich konnte dich leider nicht da drin hinlegen. Da ist kein Platz für deine Flügel.«

Da witterte Sha'arh getrocknete Kräuter. »Bist du eine weise Frau? Eine Priesterin?«

»Priesterin unserer Herrin, ja, und auch Heilerin. Ich heiße Amalia.«

»Eine Priesterin, und doch hast du mir geholfen?«

»Du hattest Hilfe bitter nötig.«

»Hast du keine Angst vor mir? Andere Menschen fürchten mich. Oder hassen mich.«

»Ich sah dich vom Himmel fallen. Du hast meinen Schutzschirm durchbrochen, und das schafft kein böses Wesen. Aber du hast jetzt genug geredet, bei deiner wunden Kehle ... Sage mir nur noch eins: Hast du schlimme Schmerzen?«

Sha'arh wollte sich nicht schwach zeigen. »Es geht so.« Aber die nackte Angst war ihr doch anzuhören, als sie dann fragte: »Mein Flügel ...?«

»Wird heilen!« versicherte die Priesterin und runzelte etwas die Stirn. »Aber er sah böse aus ... der Knochen ausgerenkt, schwere Prellungen, Blutungen ... wie von einer Riesenfaust zerquetscht«, sagte sie und legte die Stirn in tiefe Falten. »Das hast du dir aber nicht bei deinem Sturz geholt und auch die Würgemale am Hals nicht.«

»Nein«, sagte Sha'arh. Sie war viel zu müde, um Erklärungen abzugeben, und ließ sich auf ihr Deckenlager zurücksinken.

Da strich die Priesterin ihr sacht über ihr glattes Haar und sprach: »Schlafe jetzt, und sei unbesorgt! Mein kleines Land ist gut behütet. Was immer auch dich verfolgt, hier bist du sicher.«

Sonnenlicht im Gesicht weckte sie. Es war früher Morgen, die Vögel lärmten. Sha'arh streckte sich vorsichtig, setzte sich behutsam und zuckte doch vor Schmerzen zusammen. Die Seite, auf die sie gefallen war, war schwarz vor Blutergüssen, aber nicht ernstlich verletzt; nur in dem lahmen Flügel pochte es dumpf. So rappelte sie sich hoch und ging zum Teich, um sich in dessen Spiegel anzusehen.

Sie fand dort Amalia beim Sammeln von Wasserpflanzen und sah ihr eine Weile zu, erfreute sich dieser Anmut, ehe sie sich bemerkbar machte.

»Priesterin!«

Da keuchte Amalia erschrocken auf und fuhr herum – aus ihren Fingerspitzen loderte magisches Feuer. Sha'arh wich erstaunt zurück, breitete halb schon den heilen Flügel.

Das Feuer erlosch, und die Priesterin lachte etwas verlegen. »Ich hatte dich nicht kommen gehört.«

»Bist du eine Zauberin?«

»Nein!« Aber der Blick ihrer blauen Augen war unsicher. Sie sah auf ihre Hände hinunter und dann wieder zu Sha'arh hin. »Ich ... kann Illusionen erzeugen, allerdings nur schwache. Und magische Barrieren errichten, wie du weißt. Wie fühlst du dich jetzt?«

»Schon recht gut«, erwiderte Sha'arh achselzuckend.

»Gut genug, um mir eine Frage zu beantworten? Wer hat dich eigentlich angegriffen?«

»Ein Anderer«, sagte Sha'arh. »Ein Erdgeist. Mein Feind, da ich zum Luftvolk gehöre. Er dachte wohl, er hätte mich. Aber ich bin ihm entkommen.« Sie trat unbehaglich auf der Stelle, so zu Fuß war ihr nicht wohl. »Ich würde gern sehen, wie gut mein Flügel schon verheilt ist.«

»Natürlich. Aber ... könnte dieser Andere hier auftauchen?«

»Nein. Die Sippe meines Vaters hat ihn vertrieben.«

»Deines ... O warte, laß mich dir helfen. Du kommst nicht an den Verband.«

Amalia spürte, wie Sha'arh ihre Muskeln spannte, als sie ihr die Binde löste. Sie fuhr zurück, den Blick argwöhnisch auf ihre scharfen Krallen gerichtet. »Habe ich dir weh getan?«

»Nein«, erwiderte Sha'arh ruhig. Aber ihre Augen funkelten nervös und wild.

Die Priesterin seufzte. »Ich hatte einmal einen Adler hier«, murmelte sie. »Er hatte sich einen Flügel gebrochen. Ja, ich pflege auch Tiere, nicht nur Menschen. Dieser wilde, schöne Vogel kannte mich so gut. Trotzdem drohte er mir immer, wenn ich ihn anfassen wollte ... Für seine Instinkte war wohl die Berührung durch Menschen eine Gefahr für seine Freiheit.«

Sha'arh drehte sich jäh zu ihr um. Aber sie fuhr sanft fort: »Als sein Flügel geheilt war, ließ ich ihn wieder frei, denn die Herrin hat ihn ja für ein Leben in Freiheit geschaffen.« Sie hob die Braue. »War das klar genug?«

»Durchaus«, sagte Sha'arh und lachte heiser.

»Riss?« fragte die Menschenfrau. Ja, vor dem Windhauchwort »Sha'arh« hatte sie längst kapituliert.

»Was ist?«

»Ich dachte, dir gehe es nicht gut ... Du warst so still. Tut dir dein Flügel noch weh?«

Allerdings, dachte Sha'arh, sagte aber: »Es geht schon.« Sie kauerte mißmutig auf einem Felsen, würdigte die unüberhörbar seufzende Priesterin keines Blicks.

»Du mußt ja glauben, er würde nie mehr heilen.«

Da sah Sha'arh ärgerlich auf. »Ich brauche kein Mitleid.«

»Ich bemitleide dich ja nicht, ich mache mir nur Sorgen.«

»Laß es.«

»Was? Wo du mürrisch und gereizt bist wie mein Adler!«

»Ich werde dir bestimmt nichts zuleide tun.«

»Ich habe auch nicht um mich Angst! Riss, du bist nun schon ... ja, zwei Wochen hier, und du ißt immer bloß soviel, daß du nicht verhungerst.«

Sha'arh wippte nervös hin und her und breitete und faltete ein ums andere Mal ihre heile Schwinge. »Wenn ich keinen Hunger habe, esse ich auch nicht«, sagte sie und sah, fest entschlossen, das Thema zu wechseln, zu der Priesterin hoch. »Du bist schön, nach menschlichen Maßstäben. Und doch hast du keinen Mann.«

»Na und?«

»Soweit ich weiß, sind die meisten Frauen bei euch entweder verheiratet oder Dienstmädchen.«

»Ich bin im Dienst der Herrin«, begann Amalai. Aber Sha'arhs fester, neugieriger Blick ließ sie innehalten. »Schau«, fuhr sie nun fort. »Falsche Bescheidenheit ist mir fern. Ich weiß sehr gut, wie ich aussehe ... Aber ich wollte nicht heiraten. Laß es dabei bewenden.«

Sha'arh akzeptierte das achselzuckend – Nichtmenschen fragen einander ja kaum aus. Aber Amalia, das Menschenkind, deutete ihre Geste falsch. »Ich komme«, fuhr sie zögernd fort, »aus einer ... ja, verarmten Adelsfamilie, die mir keine Mitgift geben konnte. Aber ohne Mitgift keine standesgemäße Heirat! Und, bei meiner Herrin, mein Vater war nicht gewillt, seine Tochter an einen Mann von geringerem Stand zu verschleudern! Mir war das recht. Ich hatte mich nie mit der gängigen Idee anfreunden können, Frauen seien Besitzstücke, die man kaufen und verkaufen könne.«

»Wie kann ein vernunftbegabtes Wesen jemandes Besitz sein?«

»Eben. Aber ... meine Eltern starben. Da stand ich nun: ohne Mann und rechtlos, nach dem Gesetz. Die Krone zog das kleine Vermögen meines Vaters ein, zur Begleichung seiner Schulden, und mir blieb rein gar nichts. Außer dem Handikap ... meiner Schönheit.«

Sha'arh sah sie verdutzt, stirnrunzelnd an. »Handikap?«

»O Riss, wer würde mich denn einstellen? Welche Ehefrau will ein Dienstmädchen mit einem hübschen Gesicht?« fragte Amalia mit erinnerungsdunklem Blick. »Natürlich erhielt ich andere ... Angebote ... von Bordellen und dergleichen. Aber ... das konnte ich einfach nicht. Ich bot meine magische Kunst feil. Aber es gibt da ein Gesetz gegen Zauberei in diesen Landen«, sagte sie und lächelte flüchtig. »Am Ende tat ich, wozu mein Herz mir jahrelang geraten hatte. Ich weihte mich der Herrin und lernte die Kunst, zu heilen und mit mir allein glücklich zu sein. Aber all das«, schloß sie, »muß dir doch sehr, sehr fremd sein.«

»Nein doch! Du brauchst die Freiheit. Und ich brauche sie.«

»Hm«, brummte Amalia, und der Schalk blitzte ihr aus den blauen Augen. »Willst du damit sagen, wir beide seien ja gar nicht so verschieden?« forschte sie und seufzte, da Sha'arh, von der Frage unangenehm berührt, verstört blinzelte. »Aber du hast ja ganz geschickt von dir abgelenkt. Riss, was fehlt dir?«

Sha'arh blickte zur Seite. »Versuche nicht, mich mit sanften Worten einzuwickeln.«

»Und warum fürchtest du dich so sehr vor der Sanftheit?«

Da sprang Sha'arh flammenden Blicks von ihrem Fels. »Ich bin kein Schwächling.«

Amalia ließ sich davon nicht beeindrucken. »Schlage nicht so mit den Flügeln nach mir. Ich habe genug Wildtiere gepflegt, um zu wissen, wie sehr sie die Hilflosigkeit fürchten. Aber, bei meiner gnädigen Herrin, du bist doch kein dummer Adler!«

»Keine Predigten, bitte!«

»Verdammt, ich versuche doch nur, dich am Leben zu erhalten! Schau, du hast mich und ... meine sanften Worte satt, willst deine Freiheit wieder ... Dann vergeude deine Zeit auch nicht mit Selbstmitleid! Sieh da!« rief die Priesterin und wies zu einem Falken empor, der hoch über ihren Köpfen und hoch über den Wipfeln so jäh seine Kreise zog, daß seine Flügel golden im Sonnenlicht blitzten. Da stöhnte Sha'arh sehnsüchtig auf, vergaß ihre Verwundung, ihre schrecklichen Erdentage, rannte los, schwang sich stürmisch in die Lüfte ... stieg für einen berauschenden, wunderbaren Moment steil empor ...

Aber dann ließ ihr verwundeter Flügel sie im Stich, und sie stürzte auf die Erde zurück. Benommen, zutiefst erschrocken, lag sie der Länge lang da und grub die langen Krallen in den Boden.

»Riss! O liebe Herrin, hast du dich verletzt?« schrie Amalia und kam herbeigestürzt.

Wenn sie mich jetzt anfaßt, dachte Sha'arh, breche ich ihr das Genick!

Die Priesterin schien die Gefahr zu ahnen und verlangsamte ihren Schritt. Da sah Sha'arh mit verzweifeltem Blick zu ihr auf.

»Warum? Warum machst du mir falsche Hoffnungen?«

»Ich wollte doch nicht ...«

Sha'arh wandte sich fauchend ab, schlug ihre Krallen erneut ins Erdreich. Stille, eine lange Stille. Dann fragte Amalia ruhig: »Kannst du, wirst du mir nun zuhören? Oh, hätte ich dir übelgewollt, hätte ich dich liegenlassen, wo ich dich fand, und du wärst vor Kälte gestorben oder müßtest als Krüppel weiterleben.«

Sha'arh seufzte tief und schwer. »Ich ... weiß ja, daß du es gut mit mir meinst. Aber warum mir eine Freiheit zeigen, die ich nicht erreichen konnte?«

»Um dich aufzurütteln! Weil ich schon fürchtete, daß du den Überlebenswillen verlierst. Das habe ich bei Vögeln gesehen, die ich pflegte.«

»Ich bin kein Vogel. Und ich sterbe nicht so schnell«, sagte Sha'arh und setzte sich dabei hart auf und hüllte sich in ihren heilen Flügel. »Aber es war richtig, mich aufzurütteln.« Sie musterte ihre Krallenhände und rührte sie nachdenklich. »Ich kann die Menschenkost nicht ausstehen. Aber ich kann ja noch jagen, notfalls auch zu Fuß. Es sollte doch genug Niederwild geben ... autsch, was machst du denn?«

»Ich will mich ja nur vergewissern, daß du dir deinen Flügel nicht wieder ramponiert hast. Ich muß dich wohl nicht daran erinnern, daß eine Jägerin viel Geduld braucht?«

»Er wird heilen?«

»Er wird heilen.«

Geduld! Die hat gut reden, dachte Sha'arh oft – und lauschte doch stundenlang Amalias lieben Geschichtchen über ihr Leben und die Menschen, die sie geheilt hatte (Schwachen helfen zu wollen, wie seltsam!) ... und wurde auch nicht müde, ihr den Reiz ihres Lebens zu rühmen: allein und einzig in ihrer Art zu sein, aber nie einsam ... Wo wäre Raum für Einsamkeit, da doch der wilde Wind und die Freiheit ihr Dasein ausfüllten?

Ach, Geduld! An diesem Tage hatte ihre Unruhe sie bis an den Rand des geschützten Landes, ja, bis über Amalias unsichtbare Barriere hinausgetrieben. Es war ein langer Marsch gewesen, für ein Luftwesen wie sie, und so war sie froh, sich endlich setzen und ausruhen zu können.

Amalia hält meinen Flügel für geheilt und tragfähig … aber ich weiß nicht recht … Was, wenn ich wieder so fürchterlich abstürze? grübelte sie und fauchte. Warum kümmert sich diese Frau denn so um mich, warum? Ist es die Fürsorglichkeit, was einen Menschen ausmacht?

Es war seltsam schön, mit ihr zu reden, zu lachen, einfach zwei Frauen beieinander, im Einklang trotz Verschiedenheit. Menschenfrauen …

»Ich bin kein Mensch!« rief sie aus. »Und werde nie einer sein!«

Aber sie war froh, daß es Menschen wie Amalia gab, die …

Doch nun sprang Sha'arh hoch und spitzte die Ohren, knurrte dann, sehr leise, aber keineswegs nach Menschenart. Was sie jetzt fühlte, war eindeutig die kalte, tote Aura Des Anderen und seiner zwölf Gefolgsleute. Rot vor Haß funkelten da ihre Augen, und sie breitete ihre Schwingen wie zum Sturzflug und tödlichen Niederschlag.

Aber nun faltete sie, mit schmerzlichem Bedauern, die Flügel wieder … Was wollte der Zauberer hier, nach so langer Zeit? War er immer noch hinter ihr her? Derlei Hartnäckigkeit war ganz übermenschlich! Oder hatte er es auf Amalia abgesehen? Dieser Hexer würde wohl zu gern die Priesterin jener Göttin töten, die das Leben selbst war! Würde ihr Schutzwall echtem Zauber widerstehen? Panik überkam Sha'arh – sie mußte Amalia warnen, und so sprang sie auf, mit gebreiteten Schwingen …

Und der verletzte Flügel trug, und sie schwang sich jubelnd in die Lüfte auf. Oh, sie konnte wieder fliegen, fliegen!

In ihrem Freudentaumel ruderte sie wild, stieg in enger Spirale hinauf zu den Spielgefilden der Winde und suchte die starken Luftströmungen, ließ sich von ihnen tragen, kreiste, übte Gleitflug, Sturzflug, unbeholfen erst und graziös dann, und die roten Schwingen blitzten im Sonnenlicht, als sie mit den Winden tanzte, in falkenwildem Rausch lachte. Sie vergaß den Hexer und seine Schar, vergaß sogar Amalia – so trunken war sie von der schieren Lust zu fliegen, und sie flog, flog und flog …

Wie weit sie an diesem Tag flog, maß sie nicht. Als dann der Hunger kam, schlug sie ein junges Reh und machte sich daraus ein

Festmahl, ihr erstes seit Äonen, wie ihr schien, und ihr Herz war voll stolzer Freude über den schönen Niederschlag.

Es war schon stockdunkel, als sie ihr Mahl beendete. Sie war hundemüde, und jeder Muskel tat ihr weh. Aber in ihre Flügel gehüllt, schlief sie süß in jener Nacht, und sie träumte vom Fliegen.

Doch der Morgen brachte die Erinnerung an Amalia, ein vages, ungewohntes Schuldgefühl auch, weil sie die Priesterin nicht gewarnt hatte. Da erhob sie sich wieder in die Lüfte, nutzte diesmal all ihre Kraft und Kunst und die günstigsten Winde und versuchte sich einzureden, während sie da so dahinraste, daß Amalia doch bestimmt vor der Gefahr geflohen sei, in dem Dorf unweit ihrer Hütte Schutz gesucht habe ...

Aber wenn sie um die Gefahr nicht gewußt hatte?

O Gott, Amalias Schutzschirm ist ja verschwunden! schrie sie erstaunt, entsetzt, legte jäh die Schwingen an und schraubte sich hinab, schoß tollkühn durchs Gezweig und fing sich erst dicht über dem Boden ab, starrte dann völlig fassungslos auf die verkohlte Ruine von Amalias Heim ...

Nichts und niemand hatte Amalia gewarnt, ihr ein Entkommen ermöglicht. Der Zauberer hatte ihren Schirm durchbrochen und sie in ihrem Haus überrascht.

Und sie getötet.

Sha'arh warf den Kopf zurück und stieß einen langen Schrei der Wut und Pein aus, einen fürchterlichen, unmenschlichen Schrei. Und sie hob die Hände zum Himmel und rief ihn wild und wütend an, ohne auch nur einen Moment zu fürchten, daß sie als Mischling nicht erhört würde. Sie flehte nicht, nein ... sie forderte mit der ganzen Kraft ihrer Vatersippe.

Wie sie rief und rief, erhoben sich Winde und trieben große, schwarze Wolken vor sich her, bauten sich in der lastenden Luft enorme Spannungen auf, bis dann der Sturm losbrach und feurige Blitze zuckten. Sha'arh ließ ein wildes, schrilles, böses Lachen hören und schwang sich ins Sturmgebraus hoch. Die Blitze verschonten sie, und die Winde trugen sie, und sie wußte, daß der Sturm ihr zu Gebote stand. Lachend flog sie auf Rache aus.

Aber die Menschlein waren noch nicht weit gekommen. Da waren sie, Amalias Mörder: Sie ritten einen Saumpfad am Rand eines Abgrunds dahin!

»Jetzt bekommt ihr eure gerechte Strafe!«

Wild fuhr der Sturm auf die Menschen hinab und wild auch die dämonenäugige Sha'arh. Da wieherten die Pferde entsetzt und warfen ihre Reiter ab. Aber Sha'arh kümmerte sich nicht um die verängstigten Tiere. Sie kreiste mit gebreiteten Flügeln über den Menschen und schrie mit Eisesstimme, die das Heulen des Windes mühelos übertönte:

»Warum? Warum habt ihr sie ermordet?«

Sha'arh sah die Augen der Männer glitzern, und was sie darin las, ließ sie schaudern ... sie waren immer herzlos gewesen, Söldner, für ein paar Silberlinge zu jeder Schandtat bereit, aber sie hatten noch einen Rest Menschlichkeit gehabt. Jetzt jedoch ...

»Sie war schwach«, antwortete da einer, mit lebloser Stimme, »taugte nur als Opfer ...« Sha'arh vermeinte, Den Anderen aus ihm sprechen zu hören.

Ein zweiter flüsterte ebenso hohl: »Mit mehr Zeit hätten wir viel Spaß mit ihr haben können. Wir und der Meister.«

Diese Leere nahm Sha'arh etwas von ihrer Sturmwildheit.

»Habt ihr nicht gesehen, wie schön sie war, gespürt, wie gut sie war?« Sie musterte einen nach dem anderen mit flammendem Blick und erkannte, daß die Kerle, aus Dummheit oder simpler Goldgier, ihr Herz und Hirn diesem Anderen zur Beute gegeben hatten. »Ihr seid keine Männer, sondern Sklaven!« schrie sie angewidert. »Doch, Sklaven seid ihr, und ihr gehört zu eurem fiesen Herrn ... also, fort mit euch, geht zu ihm!«

Nun wies sie mit beiden Händen wild in den Abgrund, und die Winde gehorchten ihr. Als sie sich verzogen hatten, war der Saumpfad leergefegt.

»Meine Rache für dich, Amalia! Ein Aufräumen für dich!«

Aber das waren nur die Gehilfen gewesen. Wo war ihr Herr und Meister, der Hexer? Ihre Antwort bekam sie, als sie nun, da der Sturm sich legte und der Himmel endlich seine Schleusen öffnete, am Felsrand landete – und sich dem Zauberer gegenübersah.

Stumm starrten sie einander an. Der Regen fiel, und die Zeit verrann. Dann fauchte Sha'arh. »Sie sind tot, deine zwölf.«

Das schmale Gesicht des Hexers blieb unbewegt. »Und? Du hast selbst gesehen, daß die Macht sie ausgezehrt hatte ... Narren wie diese finde ich doch leicht wieder.«

»Dazu wirst du keine Gelegenheit mehr haben!«

Aber der Magier hob die Hand und hielt Sha'arh mit der Kraft seines Willens in Bann. »Nein, Kreatur«, tönte er und fuhr, erstmals mit einem Anflug von Gefühl, leise fort: »Oh, komm, glaubst du wirklich, ich hätte mir all die Mühe gemacht, um von der Hand eines Bastards, eines kleinen Zwitters wie dir, zu sterben?«

Sie musterte ihn erstaunt und sah ihn nun mit anderen Augen – sah in ihm mit unmenschlicher Klarheit den Jungen, der er einst wohl gewesen war: ein armer und von jedem verachteter Junge, der nach Rache hungerte und nach allem griff, was ihm die Macht dazu gäbe ... »Oh, du hast dein Herz der Finsternis verkauft«, dachte sie laut und zuckte dann die Achseln. »Und was willst du von mir?«

»Dein Leben. Meine Macht hat mir mein Patron verliehen. Und er will dich.«

Da knurrte Sha'arh, fletschte die Zähne und breitete drohend ihre tropfenglitzernden Flügel. »Warum hast du sie getötet?«

»Getötet ... ach, diese Priesterin«, erwiderte er mit dünnem Lächeln. »Sie hat dich behütet, das erlaubt mein Patron eben nicht. Und hat der albernen Herrin gedient, das erlaubt mein Patron auch nicht. Sie hat so jämmerlich geschrien ...«

Da riß Sha'arh vollends die Geduld, heißer Zorn überwältigte sie. Sie stürzte sich mit gespreizten Klauen auf ihn – aber eben das hatte er gewollt, wie ihr, zu spät, aufging ... Denn jetzt fegte er sie mit einem Stoß seines Willens zur Seite, daß ihr Hören und Sehen verging.

»Genug, Bastard«, murmelte er, »mein Patron erwartet dich.«

Sein Patron ... Sha'arh schüttelte sich, um wieder zu sich zu kommen. Oh, sie kannte diese unmenschliche Sippe – das Leben des Hexers war für Den Anderen ein Medium, Schlüssel und Tor zu dieser Welt. Noch ein Grund, ihn zu töten!

Raubtierhaft lauernd, zitternd vor Anspannung, und doch wie betäubt, Benommenheit vortäuschend, erwartete sie ihn. Und sie hörte ihn kommen, vorsichtig, zum Hieb bereit … noch einen Schritt näher …

Und sie sprang fauchend auf, schlug ihm die scharfen Zähne tief in den Arm. Ein rauher Schrei, und er riß sich los und schleuderte sie von sich, jäh über die Kliffkante. Aber sie breitete die roten Schwingen, fing sich, drehte sich zu ihm um … ihre Augen flammten, und ihr Mund war scharlachrot.

»Ich habe dein Blut getrunken, Menschlein, bin also gefeit. Nun kann dein Zauber mir nichts mehr anhaben.«

Damit warf sie sich auf ihn, riß ihn mit ins Leere. Aber er schaffte es noch im Sturz, die hinderliche Robe abzustreifen und sich zu verwandeln, und er schwang sich, das Gesicht vom Schmerz der Verwandlung verzerrt und von den Hüften abwärts noch immer ein Mensch und in Menschenkleidung, auf riesigen, ledernen Schwingen empor.

Sha'arh lachte hell auf – Wie dumm, in meinem Element gegen mich anzugehen! – und stieß auf ihn herab. Der Hexer tauchte weg, unbeholfen noch und mit seiner neuen Gestalt noch nicht vertraut. Er erwischte Sha'arh noch am Arm, aber der war so regennaß und glitschig, daß er ihm wieder entglitt. Sha'arh schoß an ihm vorbei in die Tiefe, schwenkte dann, fing sich und schraubte sich höher und höher. Der Regen peitschte ihr ins aufwärts gewandte Gesicht, aber die Nickhäute auf ihren Augen gaben ihr klare Sicht.

Zum Glück, denn nun stieß der Hexer, den Dolch in der Faust, auf sie herab! Sha'arh lachte erneut, leise, belustigt, und wich ihm mit einem einzigen Flügelschlag aus. Da wendete der Magier aber so hart, daß er abschmierte und mit schlagenden Schwingen Sha'arh rammte und sie beide darauf hilflos in die Tiefe taumelten.

Aber Sha'arh, als Kind des Himmels, fing sich und schraubte sich wieder hoch und höher, und als sie hinunterblickte, sah sie, wie der Zauberer, nun weit unter ihr, eben die Balance wiedergewann. Da lächelte sie kalt, und ihre spitzen Zähne funkelten.

»Amalia, nun räche ich dich!«

Sie legte die Schwingen an und stieß hinab wie ein Falke auf die Beute. Der Hexer sah die Gefahr kommen, zu spät …

Schon schlug sie ihn und brach ihm die Knochen im Leib, zog dann scharf hoch und beobachtete seinen Sturz.

»O ja, falle du nur! Falle und fühle das Entsetzen, das ich gespürt!«

Er schlug auf der Erde auf, lag mit zerschmettern Gliedern – und nahm langsam wieder Menschengestalt an. Sha'arh landete neben ihm und musterte ihn arwöhnisch: Er atmete noch. Aber wie lange könnte er bei so schweren Verletzungen noch leben? Und welche Qualen litte er, wenn er wieder zu sich käme?

Nun focht sie einen langen, schrecklichen Moment gegen etwas ihr gänzlich Fremdes an … Was, wenn sie ihn für Amalias Tod leiden ließe? Was, wenn sie ihn in seiner Hilflosigkeit alle Qualen eines langsamen Todes spüren ließe?

Aber dann spie sie angeekelt aus. Nein, Amalia hätte derlei nicht geduldet. Und sie selbst … oh, sie tötete zwar, aber sie folterte nicht!

Der Zauberer war wieder bei Bewußtsein, und in seinem Blick stand Grauen und der erste Schmerz. Da beugte Sha'arh sich über ihn und sagte fast freundlich: »Um Amalias willen, die Priesterin der Göttin war, werde ich dir einen schnellen Tod gewähren.«

Scharf war ihr Raubtiergebiß und ungeschützt seine Kehle …

Als es getan war, erhob sie sich langsam und am ganzen Leibe zitternd. Es hatte endlich aufgehört zu regnen, ein frischer Wind blies. Sie ging mit großer Mühe einige Schritte, erhob sich dann in wildem Elan in die Lüfte und flog wieder zurück zum Saumpfad am Steilhang.

Aber da, zu ihrem größten Erstaunen, brach sie zusammen und schluchzte so unbeholfen und rauh wie eine, der Tränen nicht vertraut sind. Bald faßte sie sich aber und holte Atem, zog die Flügel fest um sich und kauerte sich, um nachzudenken.

»Riss?«

Sie hob abrupt den Kopf, sprang auf und wich mit gebreiteten Flügeln zurück, schrie in schierem Entsetzen: »Amalia!«

»Aber Riss, ich bin kein Dämon. Ich bin es, und ich lebe!«

»Aber ... ich sah dein Haus in Schutt und Asche ... Der Hexer hörte deine Schreie!«

»Liebe, ich wußte, daß dein Flügel verheilt war. Also dachte ich, als du gestern nicht heimkamst, du seist auf und davon, weggeflogen. Ich hätte nie geglaubt, daß du zurückkehren ... und um mich trauern würdest.«

»Aber wie konntest du entkommen?«

»Ich spürte, daß meine Barriere fiel. Ich bin keine mächtige Zauberin, das weißt du. Aber die Menschen sind immer bereit zu glauben, was sie glauben möchten. Vor allem, wenn man mit einer kleinen Illusion nachhilft.«

»Ah! Du hast den Hexer hinters Licht geführt!«

»Genau. Als er mein Haus niederbrannte, hockte ich in meinem sicheren Wurzelkeller. Und als er und seine Leute abgezogen waren, rannte ich zum Dorf und ... Aber was ist aus seinen Männern geworden? Sie sind tot, nicht wahr?«

»Der Wind hat sie in den Abgrund gefegt. Auf meinen Befehl«, erwiderte Sha'arh, ohne mit der Wimper zu zucken. »In ihrem Inneren waren sie längst gestorben, lange bevor der Wind sie tötete.«

»Herrin, ja«, murmelte Amalia und schlug ein Segenszeichen. »Mögen ihre Seelen geläutert werden.«

Sha'arh zuckte unwirsch die Achseln. »Der Zauberer ist auch tot.«

»Ja ... Ich weiß. Ich habe sein Ende mit angesehen ... Er hatte dir Schlimmeres als den Tod zugedacht, aber du hast ihm eine Gnade erwiesen. Warum?«

»Ich weiß es nicht«, sagte Sha'arh erschauernd. »Ich tat das für dich. Für ihn. Für ... für mich ... O laß das! Verstricke mich nicht in menschliche Gedanken! Laß mir meine Freiheit!«

»Ist es so schrecklich, menschlich zu sein?«

»Ja! Nein ... Ach, Amalia ...«

Die Priesterin seufzte. »In dir ist wirklich mehr vom Himmel als vom Menschen, ja? Du solltest doch aus dem Zusammenleben mit mir wissen, daß Menschlichkeit nicht Kette und Gefängnis bedeutet.«

»Ja«, sagte Sha'arh und erschauerte wieder. »Und was ist mit dir?«

»Ist es das, was dich quält? Du sorgst dich um mich? Mir ist kein Leid geschehen, nichts Ernstes. Ich bin unversehrt, und meine Freunde aus dem Dorf werden mir beim Wiederaufbau des Hauses helfen«, antwortete Amalia. Sie musterte Sha'arh kurz und fuhr dann lächelnd fort: »Nein. Das ist nicht nur Sorge. Riss, was dich bewegt, das sind ›freundschaftliche Gefühle‹, wie wir sagen.«

»Verwirrende Gefühle ...«

»Manchmal.«

»Amalia, ich ...«

Aber die Priesterin wich zurück, um zwischen sich und Sha'arh offenen, neutralen Raum zu schaffen. Sha'arh erstarrte, war plötzlich angespannt vor Erregung.

»Ich halte dich nicht zurück, das wäre wider deine Natur«, sprach die Priesterin sanft. »Denke an den Adler, Riss. Ich gebe dir deine Freiheit, meine wilde, junge Adlerfreundin. Du bist jetzt frei!«

Sha'arh lachte in jähem, unbändigem Glücksgefühl. »Ohe, ja! Ich werde dich nie vergessen, Amalia, aber ich ... Ja!!«

Sprachlos jetzt, lief sie an, sprang in den Wind, schoß wild in den weiten Himmel und ließ den gellenden Ruf der Freiheit ertönen. Und ihre roten Schwingen waren wie Freudenfeuer.

ERIC HAINES

Das sei die dritte Story, die er an Verlage geschickt habe,
schrieb Eric Haines, und er habe auch viele Scherze à la »Beim
dritten Anlauf gelingt's!« über sich ergehen lassen müssen. Ich
muß schon sagen, ich bewundere seine Standhaftigkeit und
Ausdauer!

Er habe sie geschrieben, erklärte er, damit ich einmal etwas anderes zu Gesicht bekäme als diese humorlosen, um nicht zu sagen: grimmigen, Geschichten von Schwert und Zauberei, über
die ich mich immer beklagte. Recht hat er! Denn dieses Genre
ist, wie seine Story zeigt, ein ausgezeichnetes Vehikel für Humor. Der gängige Vorwurf gegen diese Geschichten lautet ja eh,
ihre Helden stünden nicht mit beiden Füßen auf der Erde!

Eric ist einundzwanzig und hat weder Katzen noch Hunde,
noch Haustiere anderer Art. Außer dieser Erzählung hat er
bisher nur ein paar Computer-Artikel veröffentlicht – Sach-
literatur also. Natürlich sind Computer selbst Fantasy; oder
zumindest Science-fiction.

Was noch? Eric wohnt in Winthop, Maine. – MZB

ERIC HAINES

Keinen Fuß auf der Erde

Jenda Highwood war ein Sproß des Geschlechts der Highwoods, einer uralten Familie von, fast, untadeligem Ruf. Sie selbst galt als, ja, etwas zu eigensinnig für ihren Rang, aber doch als vernünftig. Daher war es ganz unpassend für sie, daß sie jetzt wie ein Stallbursche am Tor lehnte und keuchte, als ob sie eben einen hohen Berg erklommen hätte.

Das besagte Tor war verwittert und etwas nach innen gewölbt, die Granitmauer darum ganz verblaßt und die Burg, zu der die Mauer gehörte, entschieden schief. Gut, diese Burg stand auf einem großen Hügel, aber der Hügel war doch nicht besonders steil, und Jenda hielt sich für recht gut in Form … Aber sie keuchte, und als sie auf ihre Lederstiefel hinabblickte, sah sie, daß die, leider, noch immer nicht die Erde berührten.

Wenn man den Boden nicht berührte, war es recht schwer, auch nur kleinste Hügel zu besteigen. Schon, weil man keinen Halt fand. Ihre Stiefelsohlen schwebten ja immer mindestens zwei, drei Zentimeter über der Erde und folgten dabei der Form der Felsen und Kiesel, ohne sie je zu berühren. Da wäre es doch leichter, eine Eiswand zu erklimmen; fast jedenfalls.

Während sie noch keuchend da lehnte, ging das Tor auf – als sie sich wieder gefangen hatte, starrte sie in zwei traurige rehbraune Augen, die ganz und gar nicht zu dem alten Gesicht paßten, zu dem sie gehörten.

»Wer bist du?« fragte Yil, der einzige Burgbewohner und der Zauberer, den sie um Hilfe angehen wollte.

»Highwood«, sagte sie, etwas atemlos, und wartete. Ihr Name beeindruckte viele Leute; zu denen schien Yil aber nicht zu gehören.

»Jenda Highwood«, verbesserte sie sich.

Der Alte musterte sie kurz. Sie wußte genau, was er da sah: eine recht junge Frau mit braunem Haar, in einem Gewand, das für eine ihres Standes vielleicht etwas zu schlicht war, und mit einer kurzen silbernen Klinge (die sie zu führen wußte). »Jenda Highwood ... Ja, gut dann, tritt ein«, murmelte er und kehrte ihr den Rücken und ging ihr voran.

Er brachte sie in einen riesigen Raum, der genauso verkommen war, wie sie ihn sich vorgestellt hatte, ja, schlimmer: die Regale und Tische umgestürzt, der Boden mit leeren Flaschen und Glaskolben übersät – zudem die Regale und Tische halb morsch, die Flaschen und Glaskolben zumeist zerbrochen. Yil stieg einfach über all das hinweg, zertrat noch ein paar Phiolen und stieß ein, zwei Tische beiseite, die ihm im Weg lagen. Sie zuckte die Achseln und folgte ihm – ihre Stiefel berührten natürlich nichts von all dem.

In der Mitte des Raumes blieb Yil abrupt stehen, bückte sich und zog eine glänzende Silberkugel, die an einer verrosteten Halskette baumelte, aus all dem Schutt und hing sie sich um. »Also«, brummte er und hüstelte und befühlte seine Kugel mit Stolz. »Was liegt vor? Ein Zauber? Fluch? Beides oder keines von beiden?«

»Nun, ich weiß nicht recht«, erwiderte Jenda. Und sie fragte sich, warum denn keiner der früheren Besucher Yils etwas von dem Chaos in seiner Burg erzählt habe, hielt es aber für das Beste, kein Wort darüber zu verlieren. Sie wies statt dessen auf ihre Stiefel: »Aber könntest du nicht da etwas machen?«

Yil folgte ihrem Fingerzeig und blinzelte mehrmals erstaunt. »Wegen ... deinen Stiefeln?«

»Meinen Füßen. Du siehst doch, daß sie den Boden nicht mehr berühren. Ich meine, unter all dem Chaos ist doch ein Boden, oder?«

Der Alte strahlte. »Du schwebst in der Luft ... aber das ist ja wunderbar! Hast du schon einmal versucht, übers Wasser zu wandeln? Eine sehr nützliche Gabe, denke ich ...«

»Nein, ich habe nicht versucht, über Wasser zu wandeln, und, ganz ehrlich, ich möchte lieber wieder mit beiden Beinen auf festem Grund stehen und gehen statt auf Luft. Wenn das nicht zuviel verlangt ist! Sagen wir, fünfzig in Silber?«

Nun seufzte Yil und setzte sich auf etwas, das wie eine Bank aussah. »Fünfzig in Silber.«

»Sobald du mich davon befreit hast … was immer es sei.«

»Sobald ich dich davon befreit … aber, wer hat das getan? Und warum? Das ist schon ein beeindruckender Zauber, muß ich zugeben«, murmelte er.

Jenda war jetzt froh, daß sie eine geduldige Natur war. »Ich habe keine Ahnung, wer das getan hat, und wenn ich es wüßte, würde ich es dir nicht sagen, weil dich das nichts angeht … Ich weiß bloß, daß ich seit heute morgen, seit ich auf bin, zwei oder drei Zentimeter über dem Boden schwebe. Wie wär's, wenn du mir helfen würdest?«

Yil seufzte erneut. »Das ist gleich erledigt«, versprach er, schloß die Augen und beugte sich nun über seine Silberkugel. Jenda sah ihm gespannt zu. Als aber auch Minuten später noch nichts geschehen war, die Kugel nicht einmal zu leuchten oder zu scheinen begonnen hatte, wurde sie etwas ungeduldig und wäre liebend gern von einem Fuß auf den anderen gewechselt, wenn sie nicht befürchtet hätte, auszurutschen und hinzufallen … Endlich schlug Yil die Augen wieder auf und sprach: »Das ist kein Zauber. Vielleicht ein Fluch oder eine Verwünschung?«

»Wo ist da der Unterschied?«

Da murmelte Yil etwas ihr Unverständliches über intermentale Einflüsse im Äther und beugte sich wieder über seine Kugel. »Das ist weder ein Fluch noch eine Verwünschung«, verkündete er schließlich und blickte etwas ratlos drein.

»Und?

»Ja, und … Also, es könnte eine Inkantation sein.«

»So?«

»Nun … leider gibt es das nicht. Inkantation, das ist bloß ein Mythos, eine Legende, ein Märchen.«

Nun war sie doch mit ihrer Geduld am Ende – früher, als sie gedacht hatte – und fuhr Yil ärgerlich an.

»Aber, aber …«, versuchte er, sie zu beruhigen. »Könnte es nicht an deinen Stiefeln liegen?«

»Nein«, versetzte Jenda, nachdem sie einmal tief Luft geholt hatte.

»Sicher nicht. Ich habe ja versucht, barfuß zu gehen, aber da war es fast noch schlimmer. Ich bekam keinen Fuß auf die Erde und rutschte alle zwei Schritt aus.«

»Ein Problem«, brummte er.

»Genau«, pflichtete sie ihm bei. »Und jetzt?«

Der alte Mann spielte wieder mit seiner Silberkugel, blickte zu Boden und sagte dann, wiederstrebend: »Wir könnten Harren fragen.«

Jenda starrte ihn ganz bestürzt an. »Harren? Die Priesterin? Harren? Harren, sagst du?«

»Schon gut!« schrie Yil rauh und schlug dann, beschämt über seinen Ausbruch, die Augen nieder. »Aber was sonst könnten wir tun?«

So machten sie sich auf nach Hillspring, dem Dörfchen am Fuß des Hügels. Tief unten zur Linken sahen sie den See liegen, der in der Mittagssonne golden blitzte, und in der Ferne den hohen, dunkelgrünen Kiefernforst. Der Hügel selbst war kahl, nur hier und da mit Gras und Unkraut bewachsen.

Sie waren nicht mal halb drunten, als Jenda ausrutschte – so als ob sie nur auf Luft, wenn auch auf einer sehr festen und überraschend glitschigen Luftschicht, hügelab gestiegen sei. Sie schlug hart auf und hatte Yil, bevor sie einen Gedanken fassen konnte, bereits weit hinter sich gelassen und sauste nun in toller Fahrt über Felsen und Kiesel, Gras und Unkraut immer weiter bergab.

Als sie auf einer Wiese am Fuß des Hügels dann zum Halten kam, war sie vom Fahrtwind durchgefroren und völlig zerzaust und von all den Stößen ganz benommen. Die Steine und anderen Hindernisse in ihrem Weg hatten ihre Rutschpartie zwar nicht gebremst – sich aber, wenn auch indirekt, fühlbar gemacht ... Bestimmt wäre sie sehr wütend, wenn nicht fuchsteufelswild oder auch beides, gewesen, wenn sie ihren so heillos wirren Kopf klar bekommen hätte. Aber so blieb sie einfach auf dem Rücken liegen und sah zu, wie der frische Wind die am Himmel dahinziehenden Wolken zerpflückte. Ja, sie rührte sich nicht einmal, als sie bemerkte, daß ihr bei dem Rutsch ihr Schwert abhanden gekommen war.

Nun hörte sie Schritte hinter sich im Gras. Yil! Und als sie den Kopf wandte und aufblickte, sah sie, daß er ihr mit sehr spitzen Fingern ihr Schwert hinhielt. Dabei zog er ein recht merkwürdiges Gesicht: Sie hätte schwören können, daß er sich das Lachen verbiß, sich aber zugleich wieder aufs Lachen zu besinnen versuche.

Stöhnend streckte sie die Rechte aus und nahm ihre Klinge an sich.

»Bist du verletzt?« fragte der Zauberer, verdeckte sich dann aber mit beiden Händen den Mund und hustete. Zumindest klang es ihr wie ein Husten.

Da erhob Jenda sich, langsam, behutsam und so würdevoll wie nur möglich, und rutschte dabei doch etwas aus. »Nein, aber ich fühle mich wie gerädert ... Und ich ersteige keinen Hügel mehr, ehe ... das nicht behoben ist«, schimpfte sie und wies unsicher auf den Boden oder genauer gesagt: auf den Abstand zwischen ihren Stiefelsohlen und dem Erdboden.

»Ehe das nicht von jemandem behoben ist, ja, hm. Also, nach Hillspring geht es da lang«, murmelte er, wie um sich selbst zu beruhigen, und stapfte in Richtung See los.

Das Dörfchen lag still in der Nachmittagssonne. Ja, es war stiller als sonst: die Gassen und Straßen fast menschenleer und die Fenster der gekalkten Hütten fast alle geschlossen. Den Grund dafür hatte Jenda schnell ausgemacht: Die Dörfler waren beinahe vollzählig auf dem Gemeindeplatz versammelt.

Mitten auf dem Platz stand ein großer Granitquader, aus dem zwei gekreuzte Stäbe aufragten – golden der eine und silbern der andere. Vor diesem Sinnbild der Widerstreitenden Götter stand natürlich Harren. Sie sah um Jahre jünger aus, als sie war, trug eine zweifarbige Robe, halb safrangelb, halb weiß, und hielt, natürlich, eine Ansprache.

»Ritueller Unsinn wie üblich ...«, murmelte Yil. Jenda nickte zustimmend, dachte aber: Wer im Glashaus sitzt, sollte nicht mit Steinen werfen!

Mit halbem Ohr warteten sie das Ende ihrer Rede ab. Nach ein paar Minuten war es soweit – hatte Harren sich diesmal etwas kürzer gefaßt, oder waren sie nur sehr spät dazugekommen? Wie auch immer, nun brachen einige auf, um wieder an ihre Arbeit zu gehen, aber viele blieben noch auf einen kleinen Schwatz. Jenda drängte sich zwischen einigen Grüppchen bis zu Harren durch, die sich vor dem Quader mit einer ihrer Schülerinnen besprach.

»Meinen Gruß«, sagte Jenda im allerhöflichsten Tone, der ihr zu Gebote stand. »Könntest du mir bei einem kleinen Problem behilflich sein?«

Die Priesterin hieß die Schülerin mit einem »Moment!« warten und starrte kalt auf Jenda herab. »Nur die Widerstreitenden Götter können dir helfen.«

»Dann könntest du womöglich einen von ihnen dazu überreden«, erwiderte Jenda und löste den silberklirrenden Beutel vom Gürtel und wog in ihrer Hand. »Damit.«

Harren starrte Jenda eine Zeit unverwandt an, aber die hielt ihrem Blick sanft lächelnd und eisern schweigend stand. »Wir werden sehen«, sagte die Priesterin schließlich – und schien jetzt erst den alten Zauberer zu bemerken. »Yil«, grüßte sie kurz und ignorierte ihn dann. Und er blickte beredt woanders hin.

»Du siehst, meine Füße berühren den Boden nicht mehr«, sagte Jenda so lieb, als ob alles in bester Ordnung wäre. »Und das ist mein Problem.«

Nun, die Priesterin verschwendete wenigstens keine Zeit: Sie blickte zwar etwas mißtrauisch drein, neigte aber gleich den Kopf und ließ sich vor den gekreuzten Stäben langsam auf die Knie. Sie machte auch nicht auf Beschwörung – jedenfalls war nichts dergleichen zu hören. Worüber Jenda recht erleichtert war.

Nicht lange, da hob sie den Kopf und spähte angestrengt über den Platz. Yil folgte für einen Moment ihrem Blick, murmelte dann vor sich hin und scharrte mit den Schuhen im Staub. »Da ist etwas«, verkündete die Priesterin der Widerstreitenden Götter. »Etwas. Eine Störung, eine Hemmung des Lebensstroms. Ich weiß es aber nicht genau.« Weil ihre Stimme immer lauter wurde, blickte Jenda sich etwas verlegen um, und da sah sie, daß schon einige Dörfler sie alle drei anstarrten.

»Wenn du es nicht genau weißt, kannst du mir wohl auch nicht helfen«, sagte Jenda ruhig und nachdrücklich.

Aber Harren beachtete den zarten Hinweis nicht und rief: »Es könnten Dämonen sein.« Dann richtete sie ihren Blick jäh auf Jenda. »Ja, das könnte das Werk dieser Höllenbrut sein!«

»Dämonen?« fragte einer aus der plötzlich verstummten Menge.

»Ein Dämon!« rief ein Kind am Platzrand fröhlich, worauf ihm die Mutter lauthals den Mund verbot.

Aber jetzt hob ein allgemeines Gemurmel an, und man musterte Jenda verstohlen oder ganz offen, jedenfalls argwöhnisch. Da legte sie die Hand auf den Schwertgriff, wußte sie doch gut, wozu eine wütende Menge fähig war ... Aber vielleicht, dachte sie, reizt die das ja noch mehr! Das Murmeln klang nun schon bedrohlich (oder ängstlich?), und das Wort »Dämon« war immer klarer und häufiger herauszuhören, so daß Jenda sich fragte, was Harren den Leuten an diesem Nachmittag erzählt habe. Sie zog ihr silbernes Schwert und schrie: »Zurück! Ihr habt euch verhört ... ich bin kein Dämon!«

Aber es half nichts, daß sie die Klinge gekonnt kreisen ließ – die Leute kamen näher, wohl von denen hinten gedrängt, die sich die Sensation nicht entgehen lassen wollten. So steckte sie, um keinen zu verwunden, ihr Schwert ein, stieß sich mit der Kraft der Verzweiflung von dem Quader ab und brach, ohne sich noch um Yil zu scheren – halb rennend, halb schlitternd und immer wieder Leute beiseite stoßend – durch die Menge.

Zum nahen See fiel das Gelände leicht ab, und so mußte Jenda sich bald ganz darauf konzentrieren, ihre Balance zu halten. Sie hörte noch Geschrei hinter sich, aber das kam zum Glück nicht näher – und sie hätte sich ohnehin nicht darum kümmern können. Sie starrte nur mit weit aufgerissenen Augen auf den blitzschnell näher kommenden, blau und golden leuchtenden See und wußte, daß sie ihren Lauf nicht mehr bremsen könnte.

Schon fuhr sie über den glatten Wasserspiegel. Und sie hörte hinter sich das Geheul der enttäuschten Menge und das laute Platschen einiger Dörfler (Kinder wohl), die ihr schwimmend nachzusetzen versuchten. In einiger Entfernung vom Ufer kam sie endlich zum Halten. Und schlug der Länge lang hin.

Eine absolut unerträgliche Situation, sagte sie sich. Einige Zentimeter über dem Boden zu schweben war ja schlimm genug, viel schlimmer aber, über Wasser zu gehen. Über festem Boden konnte sie sich nun so einigermaßen fortbewegen. Über Wasser aber ... dann lieber spiegelglattes, höllisch rutschiges Eis überqueren!

Jenda versuchte aufzustehen, fiel aber gleich wieder um. Sie versuchte, auf Händen und Knien zu kriechen, rutschte jedoch so elend aus, daß sie keine Spanne vorankam. Nun zog sie ihr Schwert und schlug damit wie wild aufs Wasser ein, konnte es aber nur leicht aufkratzen und kräuseln. Sie versuchte, sich ihren Zorn über diese ganze Ungerechtigkeit von der Seele zu schreien, brachte aber keinen Laut hervor.

Als sie keuchend aufblickte, sah sie die Dörfler. Sie waren immer noch am Seeufer aufgereiht, saßen nun aber im Gras und schrien nicht mehr »Dämon!«, sondern hielten sich die Seiten vor Lachen.

Jenda errötete und zog ein finsteres Gesicht, schimpfte dann aber nur: »Zur Hölle damit, oh, verdammt, verdammt, verdammt noch mal!« Was natürlich weithin zu hören war und die Leute am Ufer noch stürmischer lachen ließ.

Die Dörfler amüsierten sich wohl köstlich: Sie saßen da und sahen fröhlich zu, wie sie sich aus ihrer mißlichen Lage zu befreien versuchte (einige verzehrten dabei ihr Vesperbrot, das sie sich derweil geholt hatten) ... Jenda gab sich alle Mühe, sie nicht zu beachten, und zappelte und krabbelte, kämpfte und rutschte – aber all ihre Anstrengungen brachten sie dem Ufer keine Handbreit näher. So gab sie es endlich auf, legte sich wieder auf den Rücken, starrte in den langsam verblassenden Himmel und versuchte, an rein gar nichts zu denken.

Ein Plätschern in Ufernähe ließ Jenda aufblicken. Da sah sie dort etwas schwimmen: einen dicken Ast an einem starken Tau. Ein Mädchen band das lose Ende eben an eine nahe Kiefer, und als es fertig war, winkte es Jenda und setzte sich wieder zu seiner Familie. Es dauerte recht lange, bis der Ast in ihre Reichweite getrieben war und sie ihn – überaus erleichtert – fassen konnte.

Da brachen all die Dörfler, die ausgeharrt hatten, in Jubel aus. Einige Männer begannen, das Seil einzuholen, und Jenda glitt, nun von der untergehenden Sonne in bernsteinfarbenes Licht getaucht, wie der Wind übers Wasser zum Ufer zurück.

Und dann zog sie sich an Grasbüscheln hoch, und die Männer grinsten sie fröhlich an. »In die Schenke!« rief einer. »Und dort erzählst du uns deine Geschichte!« Und als sie sich mit Mühe aufgerichtet hatte, führte die Schar sie im Triumphzug in die dörfliche Trinkstube.

Es war eine ziemlich kleine, düstere Kneipe mit nur wenigen Fenstern, und jetzt drängten sich dort natürlich mehr Gäste als sonst. Sie lärmten und prahlten (einige hatten offenbar schon länger dort gesessen) und hatten völlig vergessen, daß sie Jenda gerade noch »Dämon« geschimpft hatten – aber nicht vergessen, daß sie einen Beutel Silber bei sich trug, und so drängten sie, daß sie alle freihalte … Jenda willigte ein – für ihr Silber fände sie heute wohl keine rechte Verwendung mehr. Und sie trank, wider besseres Wissen, selbst ein oder drei Humpen wäßrigen Weins und gab auch ihre Geschichte zum besten – daß sie, ohne ersichtlichen Grund, ihre Füße nicht mehr auf die Erde bekommen habe und Yil und Harren rein gar nichts für sie getan hätten. Aber als sie von ihrer Flucht übers Wasser erzählte, lachten und schrien die Dörfler vor Vergnügen, und erst recht, als sie ihre kläglichen Versuche, sich aus ihrer mißlichen Lage zu retten, beschrieb.

Ihr Geld ging mit dem Tag zur Neige … Als Jenda nun endlich wieder Augen für ihre Umgebung hatte, kam ihr die Kneipe wie eine schlecht beleuchtete Höhle vor. Sie sagte den Dörflern Lebewohl – aber die schienen das kaum zu bemerken, waren sie doch längst in ihre eigenen Geschichten vertieft – und trat, recht erleichtert, in den klaren Abend hinaus. Doch erst als sie über den schattigen Dorfplatz ging, sich etwas torkelnd dem großen, weißen Granitblock näherte – erst da fiel es ihr auf.

Sie sah Yil und Harren auf dem Quader sitzen – dicht vor den gekreuzten Stäben, die, silbern der eine, golden der andere, in den letzten Strahlen der Abendsonne gleißten – und sich in fast gesitteter Art über etwas streiten. Aber nicht das ließ sie innehalten. Ihre Füße ...

»Sie berühren wieder den Boden«, murmelte sie erstaunt. »Ja, wirklich ...«

»Wirklich?« fragte Yil, sah irritiert von seinem Stein herab und grinste sodann grotesk, als er sie erkannte. »Wirklich! Natürlich, du siehst ... ich habe es ja gewußt! Meine Zauber brauchten nur eine Zeit, um zu wirken, das ist alles. Jetzt kannst du mich bezahlen ...«

»Aber nein«, fiel Harren, nun auf den Beinen, ihm ins Wort. »Das waren meine Gebete und der Wille der Widerstreitenden Götter! Ich nehme deine Gabe nun gerne entgegen, wenn du so freundlich sein willst.«

»Ich denke, das war mein Werk«, murmelte Yil.

»Sicher nicht, Zauberer. Deine Zauber gelingen nie. Nur die Widerstreitenden Götter ...«

»Es war aber mein Werk ...«

Jenda starrte zu den beiden hoch – und lachte plötzlich, zum erstenmal an diesem Tag. Ihr Lachen erfüllte den abendlichen Platz, aber die zwei, der Hexer und die Priesterin, schienen es nicht zu hören. »Nur die Götter!« rief Harren, worauf Yil antwortete: »Mein Werk!« Und das wieder und wieder.

Da lachte Jenda bloß, ließ sie stehen und sich streiten und machte sich auf den Weg über den Hügel zu ihrer Heimatstadt. Und dieses Mal ging sie mit beiden Füßen fest auf der Erde.

Ein Gutes hatte der Vorfall für Jenda: daß sie von da an in der Kneipe von Hillspring ihren Wein nur selten noch selbst bezahlen mußte ... Denn die Dörfler ließen sich von ihr ihre Geschichte immer wieder gern erzählen, vor allem das letzte Stück, wie sie sagten, und waren so lieb, sich für die Runden zu revanchieren, die sie damals spendiert hatte. Was da eigentlich geschehen war und warum, das konnte Jenda nie klären, aber es erschien ihr auch bald recht unwichtig. Das letzte, was sie hörte, war, daß Yil und Harren sich noch immer darüber stritten.

MARK TOMPKINS

Mark Tompkins ist zwanzig Jahre alt, aber doch kein blutiger Anfänger mehr – er schreibt, seit er »einen Bleistift halten kann«; sein Stiefvater Joe Schaumburger ist ein alter Freund von Daw Books. Da Mark zu häufig in den Horror-Bereich gerät und ich der Überzeugung bin, daß Horror und Fantasy einander nicht in diesem Maß überschneiden, kamen für mich noch nicht so viele seiner Geschichten in Betracht. Aber hier ist eine über Gestaltwandler, in der er die Genres sehr geschickt und pfiffig vermischt und all die alten Klischees zu »Werwesen« vermeidet.

Das erinnert mich an die klassische Story von Tony Boucher – dem (allzu früh) verstorbenen Herausgeber des Magazine of Fantasy and Science Fiction. *Tony (mit bürgerlichem Namen: William Anthony White) hatte eine Schwäche für Geschichten, die bloß ein Vorwand für ein Witzchen waren. Besagte Story handelte von einem äußerst seltsamen Mann im Mondlicht und schloß nach einer Revue der uralten Gestaltwandlerklischees: »Der Fremde erbebte und verwandelte sich in eine Wermaus.« Stöhn! Solch eine Antigeschichte ist Marks Story jedenfalls nicht.*

Mark ist Student am Manhattanville College in Purchase, New York. – MZB

In einer Nacht wie jeder anderen

»Ganz allein?«

Da schwenkte Varoola ihren Barhocker, um festzustellen, wer dieser Galan sei, und sah nun neben sich einen großen, recht hübschen jungen Mann sitzen, der in ein buntes Wams gewandet war und ein mächtiges Schwert an der Hüfte trug.

»Ja«, sagte sie, ohne ihr Desinteresse auch nur im mindesten zu verheimlichen. Sie war eine sehr schöne junge Frau, wurde daher ständig von lüsternen Kerlen angemacht – die sie stets abblitzen ließ – und hatte die dummen Avancen einfach satt.

Da reichte der Mann ihr ein hohes Glas mit einem hellgelben Getränk.

»Für dich«, sagte er.

Damit, dachte Varoola, entfällt wenigstens diese »Darf-ich-dir-einen-ausgeben«-Nummer.

»Danke«, erwiderte sie nachdenklich und nahm einige Schlucke von dem süßen Zeug.

»Ich heiße Roderius«, stellte er sich nun vor, »und du ...?«

»Varoola«, sagte sie und seufzte unüberhörbar.

»Keine Sorge«, fuhr er fort, »ich bin nicht auf Abschleppen aus oder dergleichen ...«

Varoola lächelte dünn. »Wirklich ein guter Witz.«

»Oh, im Ernst. Ich mache mir Sorgen um dich, das ist alles. Du hast doch von dieser Bestie gehört?«

»Nein. Eine Bestie?«

»Ein Ungeheuer, das seit einiger Zeit in Cheethra wütet und wohl aus dem Dschungel der Grünen Berge kam. Es hat hier in der Gegend schon elf Menschen getötet und gefressen.«

»Was ist das für ein Biest?

»Das weiß niemand genau. Die, die es gesehen haben wollen, sind sich nicht einig. Es ist von einer Pantherin mit zwei Köpfen die Rede, von einem Gorilla mit goldenem Fell, auch von einer riesigen Spinne, einem Schlangenmonster auf vier Beinen ... die Leute geben die irrwitzigsten Schilderungen zum besten. Die gängigsten Annahmen sind: eine Pantherin mit zwei Köpfen oder ein Gorilla mit goldgelbem Fell ... Aber wie auch immer, du bist besser nicht allein da draußen. Gehst du von hier dann nach Hause?«

»Schon möglich.«

»Dann erlaube mir bitte, dich heimzubegleiten. Das wäre viel sicherer für dich.«

»Danke, ich kann mich selbst verteidigen.«

»Wirklich? Gegen ein reißendes Tier, das schon elf Menschen getötet und gefressen hat? Bist du bewaffnet?«

»Nein«, mußte sie zugeben.

»Ich aber«, versetzte er und wies auf das Schwert an seiner Seite. »Laß mich dich begleiten. Allein zu gehen wäre doch wahnwitzig. Solange diese Kreatur noch frei herumläuft, ist einer allein dort draußen seines Lebens nicht mehr sicher.«

Varoola überlegte. Der Mann schien es ehrlich zu meinen, sie nur begleiten zu wollen, damit ihr nichts zustoße. Nun, das konnte ja nichts schaden. Außerdem wirkte er auch nett.

»Gut also«, versetzte sie. »Du kannst mich dann nach Hause bringen.«

Nun saßen sie noch eine Weile so beisammen und tranken und plauderten. Als sie ihre Gläser geleert hatten, brachen sie auf und traten in die warme Nacht hinaus.

»Hier lang«, sagte Varoola, und die zwei schritten die alte Dorfstraße hinab.

Es war sehr spät geworden, und im Dorf schlief schon alles. Varoola musterte ihren Begleiter verstohlen, während sie so im Gespräch neben ihm einherschlenderte.

Roderius war ein stattlicher Mann, mit viel Fleisch auf den Knochen. Er sah so schmackhaft aus, daß ihr beim Gedanken an das Festmahl, das er wäre, das Wasser im Munde zusammenlief. Sie blickte verstohlen die Dorfstraße hinab und hinauf, sah keinen Menschen weit und breit – der richtige Moment also!

Und sie langte jäh zu Roderius hinüber, riß ihm das Schwert aus der Scheide und schleuderte es, so weit sie konnte, die Straße hinab.

»He, was ...?« hob Roderius an, verstummte aber, als sie sich zu verwandeln begann.

Sie brauchte dazu wie üblich nur Sekunden, und schon stand da statt dieser schönen jungen Frau eine fauchende Pantherin mit zwei Köpfen und Fangzähnen wie Elfenbeindolchen, die vom Geifer schimmerten ... Und sie spannte ihre Muskeln, straffte sich zum todbringenden Sprung.

Aber wo soeben noch ein entsetzter Jüngling gestanden hatte, reckte sich jetzt ein goldfelliger Gorilla, der fürchterlich brüllte, Zähne schrecklich wie die der Pantherin bleckte und sich mit seinen gewaltigen Fäusten auf die Brust trommelte. Da erstarrte die Pantherin und sah ihn verdutzt und verängstigt an.

So maßen diese beiden Bestien einander eine lange Weile. Sie verständigten sich mit ihren Augen – grün die der Pantherin, gelb die des Affen –, tauschten Signale aus, die bloß Tiere verstehen. Als sie endlich ein Übereinkommen erzielt hatten, entspannten sie sich – und hätten wohl auch gelächelt, wenn sie menschliche Gesichter gehabt hätten.

Und als sich eine dunkle Wolke vor einen der zwei Vollmonde schob, brachen die Pantherin und der Menschenaffe, Seite an Seite, zur Jagd auf.

MERCEDES LACKEY

Mercedes Lackey und ihre Heldinnen Tarma und Kethry sind den LeserInnen dieser Anthologien keine Fremden mehr; sie haben inzwischen sogar ihre Fan-Gemeinde – ein zweifelhafter Segen (wie ich aus meiner Erfahrung als eine der ersten Autorinnen mit spezieller Fan-Gemeinde weiß).

»Misty« ist auch »Filk«-Fans bekannt; so schrieb mir jemand, er habe da ein Filk-Lied (wie ich dieses Zeug nenne) über einen von Tarmas Geistführern gehört – was mir wohl ebenso wünschenswert erscheint wie die seelenvolle Frage meiner verrückten »FreundInnen«: »Wieviel von deinem Werk ist gechannelt?« Ich werde zu solchen Leuten im Nu unfreundlich; aber vielleicht ist Misty toleranter als ich.

Sie hat bereits eine ganze Reihe von Geschichten und mehrere Romane geschrieben – wie doch die Zeit vergeht! Wer so viel veröffentlicht hat, ist wohl nicht mehr als »junge Autorin« zu bezeichnen. Mercedes hat kürzlich geheiratet und ist eine Tierfreundin: Sie hat eine Turmfalkin, die sich einen Flügel gebrochen hatte, gesundgepflegt und inzwischen wieder in die Freiheit entlassen. Vor kurzem hat sie auch einen Roman über Kethrys Enkeltochter fertiggestellt. (Leider kann ich nichts dazu sagen, da ich ihn noch nicht gelesen habe.)

Sie hat es jedenfalls weit gebracht seit der »Filk«-Singerei in ihren Jugendtagen. – MZB

Eine weibliche Waffe

Für eine freischaffende Söldnerin auf Reisen war das Wetter meist eher ein Graus denn eine Freude; aber heute war es die reinste Gottesgabe gewesen – ein strahlender Herbsttag, warm und sonnig, eigentlich ein vollkommener Genuß. Als Tarma und ihre Partnerin jetzt gegen Abend hügelauf, hügelab durch die hellgoldene Savanne ritten, waren selbst ihre Schlachtrösser noch ausgelassen und tänzelten so einher, daß sie mit jedem Hufschlag Staubwölkchen von der Landstraße aufwirbelten. Nun rümpfte Tarma shena Tale'sedrin jedoch mit einemmal ihre Nase, trug ihr doch die leichte Brise einen Gestank so scharf und schneidend wie ein Schwert zu.

»Pfui!« schrie sie und warf den Kopf so heftig zurück, daß ihr einer ihrer schweren Zöpfe über die Schultern fiel. »Was zur Hölle ist ...?«

Die Antwort darauf fand sich, als sie und ihre Partner, die Zauberin Kethry und der Kyree Warrl, vom nächsten Hügelkamm in einem Wiesengrund ein scheußliches Werk von Menschenhand erblickten: eine Ansammlung von großen offenen Bottichen und Stapeln von rohen Häuten, die wohl die Quelle jenes widerlichen Chemiegestanks waren.

Die Zauberin fuhr sich durchs bernsteinfarbene Haar und zog die Lippe hoch – ob nur aus Ekel vor der Gerberei oder auch aus Abscheu vor den darum gescharten Bruchbuden, blieb dabei ungewiß.

»Das ist der ›Fortschritt‹«, knurrte sie. »Würde der Eigner jedenfalls sagen. Justin hat mich schon darauf vorbereitet.«

Tarma kniff die Augen zu, da ihr wieder eine tränentreibende Wolke ins Gesicht fuhr. »Fortschritt?« fragte sie ungläubig, und die beiden Schecken schnaubten empört, weil sie so dicht vor dem Pestloch verharren mußten. »Was ist fortschrittlich daran? Eine Gerberei muß doch nicht so stinken. Und dann das Dorf da...«

»Ich weiß nicht viel darüber«, sagte Kethry ihrer Partnerin. »Nur, daß der Besitzer dieses Betriebs irgendein ganz neues Gerbverfahren eingeführt hat. Es geht angeblich schneller.«

»Mit bestimmt fünfmal soviel Gestank«, knurrte Tarma und zog dabei nur deshalb die Lippe nicht kraus, weil sie ihren Mund nicht weiter als nötig öffnen wollte.

Und fünfmal soviel Dreck, ergänzte Warrl stumm, aber bissig, das ganze Tal ist doch schon krank davon, der Boden völlig vergiftet.

Nun, dachte Tarma, das erklärt ja, warum mir dieser Ort solches Unbehagen schafft ... Alle Shin'a'in hatten ein gerüttelt Maß an Erdsinn, der ihnen half, die wenigen in den Großen Ebenen verbliebenen gefährlichen Orte zu meiden, an denen Magisches begraben lag, das man besser ungestört ließ.

»Wenn das Wandel ist, Fortschritt, ist er nicht nach meinem Geschmack«, fuhr sie nun laut fort. »Ich weiß, du hältst uns Shin'a'in manchmal für etwas hinterwäldlerisch, weil wir den Wandel nicht schätzen ... aber hier hast du einen der Gründe dafür, daß wir lieber beim alten bleiben.«

Die Zauberin setzte sich im Sattel zurecht und erwiderte ihr achselzuckend: »Nun, das ist nicht die einzige Neuerung, die dieser Mann eingeführt hat ... Bis eben wußte ich auch nicht, ob das eine gute oder schlechte Veränderung ist.«

Tarma musterte sie scharf ob ihres sorgenvollen Tons. »Was hat es damit auf sich?«

»Außer dem Besitzer gehört dort keiner der Gerberzunft an«, erwiderte Kethry. »Als ich das hörte, dachte ich zuerst, das sei auch besser so. Ich denke manchmal, daß die Zünfte allzu mächtig geworden sind. Du kannst ja keine Lehre machen, wenn du nicht das Geld hast, um dich in die Zunft einzukaufen ... oder einen Meister findest, der dir das Lehrgeld erläßt. Ich dachte, derlei würde das Handwerk öffnen und allen Menschen, die verzweifelt irgendeine Arbeit suchen, eine Chance geben. Aber dies da...«, und nun wies sie auf die schäbigen Hütten, die sich um die Gerberei drängten, »dieses elende Dorf ...«

»Sieht ja nicht so aus, als ob der viel für die Armen täte«, schloß Tarma an ihrer Statt. »Aber daran könnten wir nicht viel ändern. Wir sind bloß zwei freischaffende Söldnerinnen auf dem Weg zu einer Truppe, der wir unsere Dienste anbieten wollen«, sagte sie und fügte, da Kethry beharrlich schwieg, in scharfem Ton hinzu: »Das stimmt doch noch, ja?«

Kethry lächelte sie durch eine Strähne ihres windzerzausten bernsteinbraunen Haars an. »Gram hat sich nicht gemeldet ... wenn du das meinst. Woraus ich schließe, daß Meister Karden nicht vorhat, uns Frauen Arbeit zu verschaffen.«

»Vielleicht ...«, versetzte Tarma und zuckte die Achseln, daß sich ihr mächtiges Lederwams spannte. »Warum auch immer, so müssen wir wenigstens nicht gegen dein Weissschwert und seine Sucht ankämpfen, Frauen zu retten, ob die das verdienen oder nicht ... oder überhaupt wollen.« Kethry würdigte Tarma keiner Antwort, stieß bloß ihrer Stute Höllenfluch die Hacken in die Flanken und ließ ihr die Zügel schießen. Und das edle Schlachtroß, die Schwester von Tarmas Eisenherz, warf den Kopf hoch und galoppierte los, froh, den scheußlichen Ort zu verlassen. Und Eisenherz folgte ihm kaum einen Herzschlag später.

Der Gestank war offenbar auf das Tal begrenzt – schon hinter dem nächsten Hügel atmeten sie frische, klare Luft. Wie kann einer es nur in diesem stinkigen, kleinen Flecken aushalten? dachte Tarma, während sie so dahinritten.

Vielleicht mit verstopfter Nase, sekundierte Warrl, der, den Wolfsschädel auf der Höhe ihrer Wade, leichtfüßig neben ihr über die Landstraße jagte. Ein Wolf? Er hatte, abgesehen von seinem Kopf und seinem zottigen Fell, so wenig Wölfisches an sich, daß Tarma, wenn sie die Augen zukniff, hätte schwören können, eine riesige Steppenkatze, und nicht etwa ein Wolf, trotte neben ihrem Steigbügel daher. Aber er war in Wahrheit keines von beiden – sondern war ein Kyree, ein Geschöpf der Pelagiriberge und mit Tarma so untrennbar verbunden wie das Weissschwert Gram mit der Zauberin Kethry, ihrer Freundin und Gefährtin.

Die Pferde verlangsamten ganz von selbst den Schritt, da sie dem Gestank entkommen waren. Warrl schien die gemächlichere Gangart zu gefallen. Aber er wirkte noch froher, als sie von der nächsten Höhe die aus dem gelblichen Stein dieser Gegend erbauten Häuser des kleinen Dorfes erblickten.

Das würde ihr letzter Halt sein vor Falkennest, der Burg der Söldnertruppe »Ydras Sonnenfalken«. Für Tarma stand es fest, daß Ydra sie beide, dank der Empfehlungsschreiben zweier Ex-Gardisten und aufgrund ihres Könnens, einstellen würde, auch wenn sie noch nicht im Verband gedient hatten ... Ein Duo aus einer Shin'a'in-Schwertgeschworenen und einer Zaubergesellin der Weißen Winde konnte ein Hauptmann ja nicht alle Tage für seine Truppe einkaufen – und weil er bei diesem Handel ihren großartigen Warrl noch obendrein bekäme, müßte er schon ein Narr sein, um sie abzuweisen.

Und ... es hatte noch nie jemand Hauptmann Ydra einen Narren geheißen.

Aber all das stand nicht an. Heute abend gäbe es erst einmal ein gutes Mahl und heute nacht ein Lager ... Kein Bett; dafür hatte die einstöckige Landschenke da unten keinen Raum. Aber wenn die letzten Stammgäste gegangen wären, gäbe es genügend Platz auf dem Boden, und das würde ihnen dreien reichen. Das wäre doch mehr, als sie in vielen vergangenen Nächten gehabt hatten.

Es war aber ein merkwürdiger Ort für ein Dorf, so mitten im Nirgendwo ... mit nichts als grasbestandenen Hügeln ringsum. »Sag, hat Justin dir eigentlich erzählt, wie dieses Dorf hier entstanden ist, so fern von allem?« fragte Tarma irritiert.

»Aus dem gleichen Grund wie dieser Slum«, erwiderte Kethry. »Viehzucht. Das hier ist Weideland ... Es gibt sogar eine richtige Gerberzunft hier, die seit Generationen Leder herstellt und ein Gildehaus hat. Und die Dörfler fertigen Kämpferrationen aus geräuchertem und getrocknetem Fleisch.«

»Die oft zum Verwechseln ähnlich schmecken«, kicherte Tarma.

Da lachte Kethry so laut, daß sich auf dem Dorfplatz, in den sie nun einritten, die Leute nach ihnen umdrehten und ihnen, offenbar an den Anblick durchreisender Söldnerinnen gewöhnt, freundlich zulächelten.

Selbst Warrl löste keine große Angst aus. Aber viel Neugier. Das Dutzend Dörfler auf dem Platze schien überzeugt, daß die zwei Frauen ihn im Griff hätten. Welch angenehme Abwechslung nach all den Orten, wo man nicht nur auf sein, sondern auch auf ihr Äußeres und Auftreten mißtrauisch reagiert hatte!

Ja, sie hatten kaum die Pferde gezügelt, als schon einer der Männer herzutrat – mit der Vorsicht, die kampferprobte Tiere wie die Stuten oder Warrl erforderten, aber ohne Zeichen von Angst.

»Die Schenke ist geschlossen, meine Damen«, sagte der junge Mann schüchtern, nahm dabei den weichen Filzhut ab und hielt ihn sich vor die Brust. »Bitte um Verzeihung, der alte Murfee ist so vor zwei Wochen gestorben, und nun warten wir darauf, daß der Richter klärt, ob der Laden an den Sohn oder die Kellnerin geht«, erzählte er und grinste nun über Tarmas Miene. »Tut mir leid, gnädige Frau, aber seit dem Tod des Alten zanken und keifen die zwei. Da es noch nicht Saison ist, war es für uns leichter, auf unser Bier zu verzichten und dafür unsere Ohren zu schonen.«

»Leichter für euch, das mag sein«, murmelte Tarma. »Nun, da müssen wir wohl weiterziehen ...«

»Oh, das wollte ich ja noch sagen«, fuhr er fort. »Wenn ihr der Söldnerzunft angehört, steht euch das Gerberhaus offen. Für Mitglieder jeglicher Zunft, wirklich. Der Meister hat es so angeordnet. Zunft um Zunft, sagt Meister Lenne.«

Das hob Tarmas Stimmung sehr. »Du bist wohl Gerberlehrling?« fragte sie munter und schwang sich vom Pferd, daß ihr Sattel quietschte und das Zaumzeug klirrte.

»Jawohl«, erwiderte er und zog den Kopf ein. »Ihr müßt euch selbst um eure Pferde kümmern. Wir Gerber haben ja kaum mit lebendigen zu tun. Ihr könnt sie zu dem Esel in den Schuppen stellen.«

Als der junge Mann sich umdrehte, um sie über den staubigen, sonnigen Platz zu führen, warf Tarma ihrer Partnerin einen Blick zu. »Gut angelegt, diese Zunftbeiträge, oder? Bist du jetzt nicht auch froh, daß ich darauf bestand beizutreten?«

Kethry nickte bedächtig. »So sollte es laufen«, sagte sie. »Zusammenarbeit aller Zünfte, der Häuser jeder Zunft. Keine Handelskriege, kein Ausschluß der einfachen Leute von Handel und Gewerbe.«

»Hm«, meinte Tarma und sagte keinen Ton mehr, während sie ihre Pferde zu dem friedlichen Grautier in den offenen Stall und ihr Gepäck ins Zunfthaus brachten. Und das war, wie die übrigen Häuser des Dorfes, eher schlicht. Es war einstöckig, bestand aus der großen Halle mit einer Küche dahinter sowie zwei Flügeln mit Wohnstuben, machte aber, weil es, wie alle Gebäude hier, aus dem gelblichen Stein dieser Gegend erbaut war, einen freundlichen und einladenden Eindruck.

»Ihr könnt hier in der Halle am Kamin schlafen«, meinte der junge Mann. »Und vorher mit den Lehrlingen und Gesellen zu Abend essen, wenn euch das recht ist.«

»Schön«, erwiderte Kethry unbestimmt, abwesenden Blicks, und kniff die Brauen zusammen, als ob sie Kopfschmerzen bekäme.

»Wo ist die Gerberei?« erkundigte sich Tarma neugierig. »Ich habe keinerlei Geruch wahrgenommen ...«

»Das wirst du auch nicht, Kriegerin«, ließ sich eine matte, aber angenehme Stimme aus dem dunklen Flur vernehmen. Schon trat ein großer, fast kahlköpfiger Mann ein, dem man trotz seiner weiten, roten Wollrobe seine Gewichtsprobleme nur zu deutlich ansah.

Der Mann ist krank, dachte Tarma sogleich. Sein vorsichtiger Gang, seine Gedrücktheit und Verstörtheit machten sie ebenso beklommen wie der Gestank und Zustand der miesen Gerberei.

Ganz recht, erwiderte Warrl zu ihrem Erstaunen, er ist schon seit einiger Zeit krank, würde ich meinen.

»Nein, von unserer Gerberei werdet ihr nichts riechen, werte Damen«, bekräftigte der Mann – der Meister Lenne sein mußte. »Wir achten darauf, daß die Schuppen immer gut gelüftet und die Bottiche verschlossen sind und die Abfälle und Abwässer entsorgt werden. Ich lasse es nicht zu, daß mein Gewerbe das Land vergiftet. Ich schätze mich glücklich, sagen zu können, daß rings um unsere Werkstätten Immerblau blüht ... und wenn es welkt oder eingeht, suchen wir die Ursache dafür.«

Seine Heftigkeit entlockte Tarma ein leises Lächeln. Meister Lenne bemerkte es und deutete es auch richtig.

»Du meinst, ich übertreibe?« fragte er.

»Ich denke ... daß du dich sehr engagierst«, erwiderte Tarma diplomatisch.

Da hob er beschwörend die Hände und rief: »Seit der Ankunft dieses Narren Karden, dieses sogenannten Meisters mit seinem Pestloch, ist es wohl erst recht wichtig, ein gutes Beispiel zu geben!« Dann barg er die Hände in den Ärmeln seiner Robe, als ob er fröre – aber Tarma, die eine sorgsam unterdrückte Wut aus seiner Stimme herausgehört hatte, fragte sich, ob er nicht ein genau von dieser Wut herrührendes Zittern verbergen wollte. »Ich bin nicht immer Gerber gewesen, ihr Frauen, ja, ich war früher einmal Hirte. Ich liebe dieses Land und will es nicht vergiften, so wenig wie das Wasser in seinen Tiefen oder die Luft über seinen Hügeln und Tälern ... Das ist ja schon genug gemacht worden«, sagte er und blickte sie mit seinen braunen Augen scharf an. »Nicht wahr, Kriegerin Tarma? Du heißt doch so, oder? Und das hier ist Kethry und das der brave Warrl?«

Warrl nickte huldvoll und wedelte vor Freude, erkannt worden zu sein, ganz heftig mit dem Schwanz. Tarma bedachte ihn mit einem amüsierten Blick, Meister Lenne jedoch mit den Worten: »Vollkommen richtig. Aber sag, wie hast du uns erkannt?«

»Euer Ruhm eilt euch ja voraus. Die Lieder und Legenden über euch kennt man selbst hier. Und ich wüßte von keinem anderen Duo aus Shin'a'in und Zauberin«, sagte er und kicherte, weil sie ihr Erschrecken zu verbergen suchte. »Keine Furcht, hier gibt es weder Frauen in Not noch Monsterplagen ... Aber dafür ein Mahl am gemütlichen Herd und ein Bett für die Nacht. Mir wäre es jedoch recht, wenn wir uns setzen würden, ich fühle mich leider nicht so gut.«

So nahmen sie alle vier am Kamin Platz. Tarma war ganz damit beschäftigt, sich auf des Meisters »Krankheit« einen Reim zu machen: das (spärliche) Haar war zwar gesund und glänzend, aber der

Atem kurz, die Haut fahl und fettig, und ein Übergewicht, das er sich seit seiner Erkrankung zugelegt haben mußte ... Alles verdammt vertraute Symptome – doch wovon?

Aber sie kam nicht darauf, und so lauschte sie eben Meister Lenne und Kethry, die jetzt über den Machtkampf zwischen der Zunft und jenem Störenfried draußen vor dem Dorf sprachen.

»Oh, die Dörfler wollten nicht bei ihm arbeiten«, sagte er als Antwort auf eine Frage Kethrys, »also, zumindest nicht mehr nach den ersten Wochen. Sein Verfahren schadet der Gesundheit der Arbeiter und vergiftet die Gegend. Er macht nichts wirklich Neues, sondern verkürzt nur den Gerbvorgang. Darunter leiden aber Sicherheit und Qualität. Doch was soll's für einen, der nicht mehr will als viel Leder für wenig Geld und sich einen Teufel darum schert, ob sein Leder Fehler hat und schon nach ein paar Monaten reißt ... und ob seine Leute bei der Arbeit krank werden und vor die Hunde gehen.«

»Er macht sicher gute Geschäfte«, sagte Kethry vorsichtig.

Der Meister versank in seinem Sessel. »Aber ja«, seufzte er. »Es gibt auf dieser Welt doch mehr als genug Leute, die eben billigere Waren wollen und sich nicht darum scheren, wie und mit welchen verdeckten Kosten sie gefertigt wurden. Und, so ungern ich das zugebe, auch in der Zunft gibt es welche, die seine Einstellung, seine Methoden gutheißen. Einige meinten, er sollte das ganze Gewerbe hier übernehmen. Ich kann dieses Haus nur halten, weil ich schon so lange hier bin und mir ja keiner zu nahe treten will.« Nun lächelte er matt. »Ich weiß zuviel, seht ihr, ihre schmutzigen Geheimnisse ... Aber wenn ich weg wäre, nun, der nächste Meister würde genau der Mann, der da draußen jenes Unheil anrichtet, und dann bekämen auch besagte andere ihren Willen.«

»Wer arbeitet denn dann überhaupt bei ihm?« bohrte Kethry jetzt nach.

»Ich glaube ... Städter«, sagte Meister Lenne, und das hörte sich bei ihm wie ein Schimpfwort an. »Nur Männer, junge und alte, wie's gerade kommt, und er läßt sie, von den jüngsten bis zu den ältesten, hart schuften. Und sie tun wohl nichts anderes als arbeiten. Sie stecken nie die Nase ins Dorf, und meine Leute weist man am Tor ab … daher kann ich euch auch nicht mehr darüber sagen.«

In diesem Moment steckte der junge Mann, der sie hergebracht hatte, den Kopf zur Tür herein und fragte:»Meister, können wir so zwanzig Pferdehäute einplanen?«

»Was, jetzt?« rief Meister Lenne ungläubig. »So kurz vor der Schlachtsaison? Von wem kommen die?«

Der Lehrling duckte sich, so als ob ihm etwas peinlich sei. »Nun … von meinem Vater. Weißt du, all die schönen jungen Pferde, die er kaufte, ohne ihnen vorher gründlich ins Maul zu schauen? Tja, wie du gesagt hast … binnen einer Woche ging's mit ihnen bergab, von fett und glänzend zu dürr und matt. Eine Woche später waren sie alle tot.«

»Ich habe ihn so vor diesem Roßtäuscher gewarnt! Der Schuft hat deinem Vater wohl lauter kranke Mähren angedreht«, sagte der Meister kopfschüttelnd und erhob sich schwerfällig. »Am besten, ich gehe selbst in die Gerberei und schaue, was wir da machen können, damit er nicht das ganze schöne Geld dabei verliert. Mit eurer Erlaubnis, werte Frauen.«

Glänzend und fett … glänzend und fett, überlegte Tarma und nickte dem schnaufend hinauseilenden Meister abwesend nach, das bedeutet doch etwas …

Nun hatte sie des Rätsels Lösung: ein alter Roßtäuschertrick – nur diesmal mit womöglich verheerender Wirkung. Denn hier starben ja nicht nur Pferde!

»Keth«, flüsterte Tarma und vergewisserte sich mit schnellem Blick, daß sie keine unerwünschten Zuhörer habe, »ich glaube, Meister Lenne leidet an einer Vergiftung.«

Vergiftung? Warrl spitzte die Ohren. Das würde seinen Geruch erklären … übel, aber nicht nach Krankheit.

Aber Kethry blickte, sehr zu Tarmas Überraschung, skeptisch drein. »Er sieht wahrlich nicht gut aus, aber was läßt dich an eine Vergiftung denken?«

»Die Geschichte mit den Pferden … Ein beliebter Trick, alte Mähren wieder schön jung aussehen zu lassen, täuschend echt, wenn man ihnen nicht genau ins Maul schaut. Du verabreichst ihnen

Arsen ... nicht so viel, daß es sie umbringt, nur ein klein wenig, aber von Mal zu Mal etwas mehr. Dann werden sie ruhig und fressen wie närrisch, kriegen ein glattes Fell und legen Gewicht zu, werden richtig fett und glänzen wie Äpfel. Wenn du bei der Dosis von einer Messerklinge angelangt bist, verkaufst du sie. Ohne ihre Giftration verlieren sie schnell den Appetit, dann auch Gewicht, und gehen ein, sobald das im Körperfett gespeicherte Arsen wieder in ihren Blutkreislauf kommt. Wenn du das nicht weißt, denkst du, sie hätten sich irgendeine Krankheit eingefangen und seien daran gestorben.«

Kethry zuckte die Achseln. »Das erklärt das Schicksal dieser Pferde, aber was hat das mit ...«

»Siehst du das denn nicht?« rief Tarma aus. »Der Meister hat genau dieselben Symptome! Er ist dick geworden ... Ich wette, er ist ständig hungrig. Er fühlt sich offenbar kraftlos und irgendwie unwohl, kränklich, seine Haut und sein Haar sind fettig ...«

Kethry sah sie stumm an. »Was sollen wir nach deiner Ansicht tun?« fragte sie dann langsam. »Das ist nicht unsere Zunft. Das ist nicht unser Kampf.«

Verkehrte Welt! Diesmal mußte Tarma die Sache eines Fremden zu der ihrigen machen ... wie sonst Kethry auf den Ruf ihres Weissschwertes hin. »Wie kannst du sagen, das sei nicht unser Kampf!« fragte sie da, mühsam beherrscht, von der Heftigkeit ihrer Gefühle selbst überrascht. »Das ist unsere Welt, oder? Wünschst du dir mehr Leute wie Lenne an der Macht? Oder mehr Leute vom Schlage dieses Karden da draußen, der sich Meister nennt?«

Daß er das Land vergiftete, gab für sie den Ausschlag; keine Shin'a'in konnte da gleichgültig bleiben. Wenn Meister Lenne erst tot wäre – er würde wohl noch in diesem Jahr sterben –, bekäme dieser Schuft von Karden freie Hand, die ganze Gegend zu ruinieren.

Und wenn er der Zunft satte Gewinne bescherte, würden seine Methoden weithin Schule machen.

O nein, das würde nicht geschehen; nicht, wenn es nach ihr ginge!

Weil Kethry offenbar zu schwanken begann, fuhr sie fort: »Du weißt doch auch, wer hinter all dem stecken muß! Wir müssen nur noch herausfinden, wie Lenne vergiftet wird … und den Beweis für Kardens Schuld erbringen.«

»Nur?« fragte Kethry spöttisch lachend. »Du scheinst ja eine hohe Meinung von deinen Fähigkeiten zu haben.«

»Ja«, erwiderte Tarma bestimmt. »Die habe ich. Du bist also dabei?«

Kethry überlegte kurz, seufzte nun und sagte kopfschüttelnd: »Die Götter mögen mir helfen, ja … Ja doch.« Lächelnd fügte sie hinzu: »Du hast mir schließlich oft genug beigestanden.«

Tarma erwiderte ihr Lächeln. »Danke, She'enedra. Du wirst ja sehen, die Sache ist es wert.«

Aber nach dem Abendessen war es mit Tarmas Selbstsicherheit vorbei. Diese Aufgabe war doch schwieriger, als sie gedacht hatte. Denn sie hatten weder durch Fragen noch durch genaue Beobachtung herausfinden können, wie das Gift Meister Lenne beigebracht wurde, ohne daß auch die übrigen Zunftmitglieder etwas abbekamen. Sie nahmen ja die Mahlzeiten gemeinsam ein, benutzten das Geschirr und Besteck der Zunft, bedienten sich aus denselben Schüsseln – wie in einer großen Familie. Tarma und Kethry hatten von ihrem Platz an der langen Tafel in der Mitte der Halle gesehen, daß Meister Lenne genau dasselbe aß wie alle anderen und den roten Landwein aus denselben Krügen wie die übrigen eingeschenkt bekam.

Und weil alle Lehrlinge und Gesellen abwechselnd das Kochen übernahmen, schied auch die Möglichkeit der Giftmischerei in der Küche aus. Es sei denn, daß sie alle den Meister haßten – und danach sah es nicht aus.

Es könnte natürlich auch Schwarze Magie im Spiel sein, hatte Tarma gemeint. Aber Kethry bestritt das rundweg … sie sehe kein Anzeichen irgendeines bösen Bannes im Zunfthaus oder in seinem Umkreis.

»Ja«, flüsterte sie, als sich die Zünftler mit ihren Gläsern und dem restlichen Wein zu einem Plausch vorm Zubettgehen am Kamin versammelten, »auf dem Haus liegt auch ein Zauber, der Schwarze Magie abwehrt, leichtgradige zumindest.« Ihre Worte wurden zum Glück vom Prasseln des Feuers und dem allgemeinen Gelächter über irgendeinen Witz übertönt. »Das kenne ich von anderen Zunfthäusern. Man will so verhindern, daß jemand mit Magie Zunftgeheimnisse ausspioniert, eine Art Grundschutz ... Ich könnte ihn aufheben, aber das würde dem Magier, mit dem wir es wohl zu tun haben, nicht entgehen. Von diesem Zauber habe ich die Kopfschmerzen, seit ich in diesem Haus bin!«

Aber da konnte Tarma durchaus mitreden, sie hatte ja in all den Jahren einiges von Kethry gelernt. »Vielleicht wehrt er echte Schwarze Magie ab, aber wie steht's mit Geistmagie? Gibt es nicht eine Geistmagie, mit der sich Dinge bewegen lassen?«

Aber ja, meine Geistesverwandte, kam Warrl der Antwort der Zauberin zuvor und wedelte so heftig mit dem Schwanz, daß er die Fliesen fegte. Kethry bekräftigte seine Worte mit einem Kopfnicken.

»Meine Damen und meine Herren«, bat Meister Lenne in diesem Moment um ihrer aller Aufmerksamkeit, und er erhob sich und hob grüßend sein Weinhorn, ein schönes Silbergefäß, aus dem er den ganzen Abend getrunken hatte. Der Feuerschein verlieh ihm eine trügerische Röte ... einen Anschein von Gesundheit, der durch sein warmes Lächeln noch verstärkt wurde. »Ich bin ein alter Mann und kann daher nicht mehr so lange aufbleiben wie einst. Es ist Zeit für mich, gute Nacht zu sagen ... und meinen üblichen Schlaftrunk zu nehmen.«

Als ihm ein Geselle aus einem der Krüge eingeschenkt hatte, dankte er und verschwand im Dunkel abseits des Kaminfeuers.

»Los, rede mit ihnen, sieh zu, daß keiner meine Abwesenheit bemerkt. Ich will sehen, ob sich in seiner Stube etwas tut«, zischte Tarma der Freundin zu und wies Warrl an dazubleiben.

Und glitt, ohne eine Antwort abzuwarten, ins Dunkel, derweil Warrl nun ihren Platz neben Kethry einnahm. Obwohl der große Raum durch das Kaminfeuer nur spärlich erhellt wurde und der Meister eigentlich nur Augen für den Weg hatte, machte Tarma sich so unsichtbar, wie nur eine Shin'a'in das kann, als sie ihm nun zu seinen Wohnräumen folgte. Wüßtest du davon, wenn jemand hier Geistmagie einsetzte? fragte sie stumm bei Warrl an, während sie auf Lennes Fersen in den Flur huschte.

Vielleicht, antwortete er, vielleicht auch nicht. Du bist da wohl auf deine eigene Beobachtungsgabe angewiesen.

Tarma wartete im Dunkeln, in sicherer Entfernung am Ende des Gangs, bis er die Tür, die offenbar zu seinen Räumen Zutritt gab, wieder hinter sich zugeschlagen hatte, ließ noch einige Sekunden verstreichen, schlich sodann lautlos den gefliesten Flur entlang, atmete vor seiner Tür tief durch, öffnete sie, und schlüpfte hinein … Sie hatte vorgehabt, bei ihm mit dem Vorwand zu klopfen, sie wolle ihr Gespräch fortsetzen, diese Idee aber verworfen. Denn wenn dieser Giftmischer das Arsen mittels Geistmagie verabreichte, könnte er damit sicher auch prüfen, ob der Meister allein sei oder nicht.

Kethry wußte mehr über Geistmagie als sie. Aber dafür hatte sie eine gute Beobachtungsgabe. Die Sache mit dem »üblichen Schlaftrunk« … Wenn der Schuft diese Gewohnheit kannte, gab ihm das eine hervorragende Gelegenheit, Meister Lenne seine tägliche Dosis Arsen beizubringen.

Sobald er ihn auf einem bestimmten Niveau hat, grübelte sie, hört er damit auf. Lenne verliert dann, wie die Pferde, den Appetit, ißt nichts mehr und baut im Nu ab … Das in seinem Körperfett angesammelte Gift gelangt rasch in sein Blut. Er stirbt, aber ohne jedes äußere Anzeichen einer Vergiftung.

Und weil natürlich alle von seinem langen Unwohlsein wußten, würden diese schwere »Krankheit« und sein jäher Tod ja auch niemanden überraschen.

Der Raum, in dem sie sich befand, war so dunkel, daß sie nur die Umrisse einiger Möbel sah, die sich gegen das schwache, durch die gegenüberliegende Tür fallende Licht abzeichneten. Rasch glitt sie hinüber und beobachtete, wenn auch von sich beschämt, den Meister, der da aufräumte, den Schlafrock aus dem Schrank nahm und sich für die Nacht fertigmachte. Sein Weinhorn, das zusammen mit der einzigen Kerze im Zimmer auf einem Tischchen in der Nähe der Tür stand, war unberührt und nicht behütet.

Nun verschwand der Meister nach nebenan und schloß sich ein. Aber ein Wassergeplätschere verriet ihr die Funktion dieses Nebenraums.

Tarma starrte unverwandt auf das Trinkgefäß. Und ihre Geduld wurde bald belohnt.

Der Wein erzitterte jäh, als ob da soeben etwas Unsichtbares hineingefallen wäre. Gleich darauf schien ein Geisterfinger ihn umzurühren.

Als Meister Lenne ins Schlafzimmer zurückkam, verschwand der unsichtbare Finger, und dem Wein war von all dem nichts mehr anzusehen. Nun hatte auch der Meister sein Weinhorn ins Auge gefaßt – aber noch ehe er die fünf, sechs Schritte zum Tisch tun konnte, sprang Tarma vor und nahm seinen Becher an sich.

Er taumelte zurück, starrte sie mit weit aufgerissenen Augen wie eine Geistererscheinung an. Aber bevor er etwas stammeln konnte, lächelte sie, ganz menschlich.

»Verzeihung, Meister«, sagte Tarma ruhig. »Aber wir sollten wohl miteinander reden.«

Das Arsen war nicht völlig im Wein gelöst; auf dem Grund des Horns fand sich noch ein körniger Satz, und der machte einer gefangenen Maus so jäh den Garaus, daß des Meisters Zweifel damit ausgeräumt waren.

Nun saßen sie zu dritt in seinem Salon, um Rat zu halten. In Robe und Abendrock wirkte der Meister erstaunlich verwundbar für einen Mann seiner Statur, und der Schein des Kaminfeuers und der Kerzen zeigte überdeutlich die Schatten unter seinen Augen.

»Aber wer könnte so etwas tun?« fragte er und blickte von Tarma zu Kethry und von Kethry zu Tarma. »Und warum? Man sagt, Gift sei eine weibliche Waffe. Aber ich habe mir keine Frau zur Feindin gemacht, nicht, daß ich wüßte ...«

»Gift ist nicht die Waffe der Frau«, sagte Kethry und pochte sich nachdenklich mit dem Finger auf die Lippe, »sondern die der Feiglinge. Ja, die bevorzugte Waffe derer, die zu feige sind, um offen gegen einen Feind anzutreten, zu feige sogar, um sich in dessen Reichweite zu wagen. Die Idealwaffe derer, die selbst kein Risiko eingehen möchten, aber keine Skrupel haben, andere in Gefahr zu bringen.«

Als Tarma sah, wie Meister Lenne die Augen aufriß und dann zusammenkniff, wußte sie, daß er zum selben Schluß wie sie beide gekommen war.

»Karden«, sagte er nur.

Da nickte sie, und ihr Mund wurde schmal und hart.

Kethry seufzte und breitete die Hände. »Dafür spricht alles. Auch die Schwierigkeit, es ihm nachzuweisen. Es ist ja schon schwer, Mordanschläge mit Schwarzer Magie nachzuweisen, aber es hat wohl niemand im ganzen Königreich genug Erfahrung mit Geistmagie, um beweisen zu können, daß Karden dich auf eben diesem Weg zu vergiften sucht ... Wo hast du übrigens dieses Trinkhorn her?«

»Jeder Meister hat so eines«, sagte Meister Lenne, von ihrem Themawechsel wohl verwirrt. »Man bekommt es bei Bestehen der Meisterprüfung.«

Kethry nickte, hochzufrieden, wie Tarma ihrer Miene entnahm. »Damit ist wenigstens klar, warum der Kerl weiß, wo das Gift hingeht. Wenn er ein Gegenstück dazu besitzt, hat er ja auch ein mit deinem Becher identisches ›Ziel‹.«

»Aber das macht den Nachweis wieder schwieriger, Grünauge«, merkte Tarma an. »Wenn jeder Meister solch ein Horn besitzt, ist jeder von ihnen dieser Tat verdächtig. Nein, wir werden Karden wohl kaum auf dem konventionellen Rechtsweg beikommen können!«

Aber Lenne war trotz seiner Schwäche wacher, als sie gedacht hatte. »Kaum auf dem konventionellen Rechtsweg?« forschte er scharf. »Du hast offenbar etwas anderes im Sinn?«

Tarma nahm das nun leere Trinkhorn, drehte und wendete es in ihren Händen und verfolgte lächelnd das Spiel des Lichts auf dessen glatten Rundungen. »Leihe mir das doch mal für einen Tag oder so aus«, erwiderte sie unverbindlich. »Dann werden wir sehen, ob wir die Götter ... oder sonst etwas ... nicht bewegen können, Vergeltung zu üben.«

Da zog Kethry erstaunt eine Braue hoch.

»Das könnte schiefgehen«, warnte Kethry, nun zum hundertsten Mal.

»Dein Zauber könnte mißglücken. Oder glücken, der Schuft ihn aber bemerken. Oder nicht bemerken, den Wein im eigenen Horn aber unberührt lassen, wenn er das Spiel damit beendet hat«, versetzte Tarma achselzuckend. »Oder ihn doch austrinken. Du versicherst mir, Geistmagie sei schwere Arbeit, und ich gehe jede Wette darauf ein, daß so ein schlauer Schuft wie Karden es genießt, jeden Abend nach getanem Werk auf den Tod seines Feindes zu trinken und sich dabei auch zu erfrischen … Wenn es fehlschlägt, versuche ich etwas anderes, direkteres. Aber wenn es glückt, erledigt sich unser Problem von selbst.«

Sie waren außerhalb des Rings, der das Zunfthaus schützte, hockten in der Stube der geschlossenen Schenke. Nur sie und Kethry; Lenne ließ sich in der Halle eben seinen Schlaftrunk einschenken, aber diesmal nicht in seinen Meisterbecher. Der stand, mit Wein gefüllt, auf dem Tisch inmitten ihrer Stube. Und auf dem Wein lag ein Zauber …

Nicht aber auf dem Trinkhorn. Ja, Kethry hatte nicht riskieren wollen, es für Kardens Geistmagie mit einem Zauber gar noch unkenntlich zu machen. Die zwei saßen am Ende der Stube, in weitem Abstand von dem Horn — weit genug, hoffte Kethry, daß Karden es für unbewacht und außer Sichtweite jedweder Person halte; und die Gaststube war zum Glück um einiges größer als Lennes Schlafkammer.

Was unterstellte, er könnte herausfinden, ob sich jemand in der Nähe des Horns befand. Dieses Wissen könnte er von einer einzigen Quelle im Zunfthaus beziehen. Aber Kethry hielt das für ausgeschlossen und nahm an, er warte, bis er in dem Horn Wein, aber im näheren Umkreis darum keine geistige Aktivität ausmachen könne. Dies, dachte Kethry, wäre für Karden ja die einfachste Methode zur Lösung dieses Problems.

Aber das war natürlich alles nur Raten und Hoffen …

Kethry hauchte nun Tarma eine Warnung zu. Irgend etwas ließ den Wein im Trinkhorn erzittern.

Etwas versuchte, den Weinspiegel zu durchbrechen. Versuchte.

Aber der Wein wies es ab, bildete darunter eine Haut, so daß diese weiße, körnige Substanz in so einer Art Vertiefung darauf schwamm.

»Ka'chen!« sagte Trama befriedigt. »Jetzt haben wir dich, du Bastard!«

Der Geistfinger rührte im Wein, das weiße Pulver im Grübchen kreiste. Da hob Kethry die Hände und gestikulierte, halblaut Worte murmelnd, in so raschem und kompliziertem Ablauf, daß ihr Schweißtropfen auf die Stirn traten. Tarma verhielt sich mucksmäuschenstill, um sie bei dem schwierigen Werk nicht zu stören. Denn Kethry versuchte nicht nur, genau das Gegenteil von dem zu tun, was Karden machte ... sondern auch, das Gift nun in seinen eigenen Wein zu zaubern, und zwar Körnchen für Körnchen, damit er es nicht bemerke.

Bis es, hoffentlich, zu spät dafür wäre.

Und das kreisende weiße Häufchen schmolz vor ihren Augen wie Schnee unter der Märzsonne. Nun war auch das letzte Körnchen verschwunden und der Weinspiegel wieder makellos rot.

Tarma faßte vorsichtig nach dem Trinkhorn. Da verschwand der Geistfinger schlagartig. Sie nahm es in beide Hände. »Nun?« fragte sie. »Könnte ich das ohne Gefahr trinken?«

Die Zauberin nickte müde; ihr schönes, ovales Gesicht wirkte verspannt. »Der Wein ist noch so rein wie beim Einschenken«, sprach sie und strich sich eine Strähne aus den Augen. »Ich kann dir garantieren, daß das Pulver geradewegs in sein Horn ging. Aber was geschah dann?« Sie zuckte beredt die Achseln. »Das werden wir ja morgen früh sehen!«

Tarma hob das Horn zu einem ironischen Prosit. »Na dann ... auf morgen früh!«

»Beherzige meinen Rat«, mahnte Kethry den Meister von ihrem Höllenfluch herab. »Du bist immer noch krank, auch wenn dir mein Zauber den Großteil des Gifts aus dem Leib gesogen hat. All die Schäden, die es angerichtet hat, wirst du nicht über Nacht los.«

Meister Lenne schirmte sich die Augen gegen die Morgensonne

ab, nickte ernst und reichte ihr eine Sattelrolle aus feinstem, butterweichem Leder. Ein Leder wie dieses, Kalbshaut, so zart gegerbt, daß es die Weichheit und Textur von Samt besaß, war ein kleines Vermögen wert. Am Hinterpausch von Tarmas Sattel prangte noch so eine Rolle.

»Ich werde mich schonen, nur das Nötigste tun …«, versprach Lenne folgsam wie ein Kind. »Um dir die Wahrheit zu sagen … Nun, da ich Karden nicht mehr fürchten muß, Karden und seine Bestrebungen, meine Gerberei an sich zu reißen und die ganze Zunft unter seinen Einfluß zu bringen …«

»Wie tragisch, sich mit den eigenen Methoden zu vergiften«, meinte Tarma trocken. »Das dürfte der Zunft beweisen, daß die sicheren alten Verfahren doch die besten sind.«

Meister Lenne errötete, blickte kurz zu Boden. Als er wieder aufsah, wirkten seine Augen verstört. »Es bringt wohl nichts Gutes, die Wahrheit offenzulegen, oder?«

»Nichts Gutes, aber viel Unheil«, erwiderte Kethry bestimmt. »Wenn du unbedingt mußt, sage es denen, denen du vertraust. Aber niemand anderem.« Sie blickte in die Ferne. »Ich nehme nicht gern das Recht selbst in die Hand …«

»Versagt das Recht, müssen Menschen mit Gewissen eingreifen, Grünauge«, stellte Tarma fest. »Entweder du stehst auf, oder du legst dich hin und läßt auf dir herumtrampeln. Shin'a'in weben Fußabtreter, sie sind aber keine.«

»Mir behagt das auch nicht, ihr Frauen«, sagte Meister Lenne ruhig. »Obwohl ich ja sehr gut weiß, daß mein Leben davon abhing. Aber …«

» … es gibt keine einfachen Antworten, Meister«, fiel Tarma ihm ins Wort. »Es gibt Feiglinge und Mutige. Unehrliche und Ehrliche. Ich ziehe es vor, letztere zu fördern, erstere ins Jenseits zu befördern … Shin'a'in sind sehr fürs Nützliche, das kann dir meine Gefährtin bestätigen.« Dann warf sie Kethry einen eindringlichen Blick zu. »Und wenn wir Falkennest noch vor Sonnenuntergang erreichen wollen, müssen wir uns nun auf den Weg machen.«

Meister Lenne verstand die Andeutung und trat einige Schritt zurück. »Shin'a'in …«, rief er noch schnell, als Tarma ihr Pferd wandte. »Ich hatte ja gemeint, Gift sei eine weibliche Waffe. Du hast mich eines Besseren belehrt. Die Waffe einer Frau ist ... daß sie denkt und dann ohne Zögern handelt.«

Normalerweise denkt sie, meinte Warrl trocken, wenn ich sie daran erinnere.

Keine dummen Witze, Zottel, rügte Tarma, grüßte den Meister ernst und ließ ihr braves Schlachtroß das letzte Stück Wegs nach Falkennest angehen ... Und Kethry und Warrl hielten gut Schritt mit ihr.

Über diese Story gibt es nicht viel zu sagen – nur, daß sie mir so sehr gefiel, daß ich sie in einem Zug durchlas. Mary unterrichtet an einer Oberschule im ländlichen Pennsylvania Französisch und sagt, ihre Schüler läsen meine Vorspänne zu ihren Erzählungen (in zwei Bänden der Magischen Geschichten *und in zwei* Darkover-*Anthologien bislang), um Neues über sie zu erfahren ... In meiner Kindheit war das anders, da hätte eine Lehrerin durch solche Beiträge in Science-fiction- oder Fantasy-Taschenbüchern ihre Stelle riskiert. Heute gibt man den Kleinen Science-fiction zu lesen – aber wohl nicht, wie ich argwöhne, weil die Schulen vom literarischen Wert dieses Genres überzeugt sind, sondern weil es zu den wenigen zählt, die sie den Schülern noch nahebringen können. (Als jemand, die an drei verschiedenen Colleges dreimal die Lehrerausbildung abgebrochen hat, habe ich keinerlei Illusionen über die Schulpädagogik!) – MZB*

Hinter dem Wasserfall

Ich komme wegen des Kindes ...
Mikel juckte es zwischen den Schulterblättern, und ihm rann ein
Schweißtropfen das Rückgrat hinunter: Die Nachmittagssonne
brannte auch hier am Fuß der Berge noch heißer als erwartet. Er
setzte sich im Sattel zurecht und blies sich eine Strähne seines
schon ergrauenden Haares aus der feuchten Stirn. Daß eine Baga-
telle wie die Suche nach einer Hexe so zeitraubend sein könnte!
Solch hohen Besuch hatte dieser Weiler Waterfall, obwohl am
Haupthandelsweg zum Land der Ungläubigen gelegen, nun schon
lange nicht mehr gesehen – der Lordkanzler des Großfürsten, mit
einer Schwadron Schwertkämpfer aus der Garnison ... Der
Hauptmann befragte, nach Mikels Instruktion, nun jeden Mann
des Dorfes, vom Schankwirt bis zum schwachsinnigen Gehilfen
des Schmieds. Seine Leute, die in ihren fahlen Uniformblusen bestimmt genauso schwitzten wie Mikel unter seinem weinroten
Kanzlerumhang, sahen zutiefst gelangweilt zu und ließen ihre
Blicke immer öfter zur Tür der einzigen Schenke dieses Kaffs
schweifen.
Einigen von ihnen schien nicht bewußt, welch großes Ereignis be-
vorstand – daß er, der Lordkanzler Mikel, eine seit ihrem zweiten
Lebenstag vermißte Prinzessin auffände. Er würde mit seiner
Truppe zu der Zauberin reiten, sobald die Dörfler den Weg dorthin
erklärt hätten, und die Alte aus ihrer Behausung holen lassen ...
und dann seinen Part spielen und sagen:
Ich komme wegen des Kindes.
So hatten er und die Hexe das abgesprochen.

Das war in einem anderen Dorfgasthaus gewesen, das sich aber
von dem nur insofern unterschied, als es am anderen Ende des

Reichs lag. Ja, und er und sie hatten zu dem knappen Dutzend Reisender gehört, die ein für die Jahreszeit ungewöhnlicher Sturm dorthin verschlagen hatte. Die Gespräche waren, weil diese Schenke über einen gut sortierten Weinkeller gebot, im Laufe des Abends recht offen und locker geworden.

Mag sein, daß der Karawanenführer es als erster angesprochen hatte, als da die Rede auf die Gefahr eines Thronfolgekampfs zwischen Großfürst Donalts Neffen gekommen war. Aber er, der damals inkognito reiste, da er nicht in offiziellen, sondern in rein familiären Dingen unterwegs war, hatte sich wohlweislich darauf beschränkt, den anderen zuzuhören. Und jetzt war ihm wieder alles gegenwärtig:

»Über Prinz Morvan, Carinthias Sohn, habe ich nichts Gutes gehört«, brummte der Karawanenmeister kopfschüttelnd. »Aber dieser junge Prinz Roderic ... hätte der eine Schwester, die ihm den Erben gebären könnte, stünde er bestens da.«

»Er hat aber eine Kusine«, wandte ein anderer ein. »Das gab es doch schon öfter, daß sich ein Prinz, dem zur Wahrung der Tradition die Schwester fehlte, seine Kusine zur Frau nahm.«

»Kehlia ist Morvans Schwester«, gab einer zu bedenken. »Wenn sie einen Erben gebiert, dann sicher eher, um seinen Anspruch zu stützen und nicht den Roderics ... Sie ist schließlich mit Morvan zusammen groß geworden.«

Mikel sprach dem Wein nur behutsam zu, um seine Zunge weiter im Zaum halten zu können.

»Nach Roderics Geburt machte ein Gerücht die Runde«, mischte sich eine alte Frau vom Tischende ein. »Es hieß, Großfürstin Falada habe zwei Kinder zur Welt gebracht ... den Jungen und ein Mädchen. Und das habe man, aus den alten abergläubischen Ängsten vor Zwillingen, des Nachts heimlich weggeschafft und bei den Dienerinnen der Göttin in Pflege gegeben.«

Nun begann ein hitziger Streit über das Für und Wider dieser Geschichte. Mikel hörte sich das eine Weile an, stellte dann seinen Weinbecher hin und erhob sich, um der Sache ein Ende zu machen.

»Alles Unsinn«, erklärte er mit scharfem Blick auf die Alte. Sie

trug die typischen Amulette der Hexen im Haar ... solche Frauen, das wußte er, galten mancherorts als Dienerinnen der Göttin.
»Wenn Falada eine Tochter geboren hätte, ob Zwilling oder nicht, hätte ja wohl irgend jemand im Palast schon einmal offen davon gesprochen, glaubt ihr nicht?! Das ist doch nur ein Gerücht, von jemandem in die Welt gesetzt, der glaubt, damit Roderics Thronanspruch zu stützen.«
Ich als Führer der Faladinpartei müßte davon wissen, dachte er bei sich. Aber als er dann unter seinem weichen, auf des Wirts Geheiß durch ein üppiges Weib gewärmten Federbett lag, ließ ihn der Gedanke an dieses Mädchen, an diese angebliche Zwillingsschwester Roderics, keine Ruhe finden.
Nachdem er sich schon die halbe Nacht schlaflos hin und her gewälzt hatte, beschloß er, die alte Hexe aufzusuchen, um zu hören, was sie wirklich wußte ... Er setzte sich auf, zündete eine Kerze an – und entdeckte, daß sie ihm in gewisser Weise zuvorgekommen war: Denn die Frau in seinem Bett war beileibe nicht die dralle, rothaarige Kellnerin, deren Reize er da im Dunkeln zu genießen gemeint hatte!
Und beim Morgengrauen stand ihrer beider Plan.

Der Lordkanzler und seine Truppe folgten dem von den Krämern des Dorfs beschriebenen Weg am nahen See entlang. Die Hütte der Hexe, hatten sie gesagt, fänden sie am Fuß der Felswand, ganz dicht bei einem Wasserfall, dem ihr Weiler seinen Namen verdankte.
Mikel ließ die Erklärung des Hauptmanns, eine Stätte so nahe an frei fallendem Wasser sei der allernatürlichste Platz für jede im Namen der Göttin hexende Magierin, mit ernster Miene über sich ergehen und registrierte erstaunt, aber stumm, wie niedrig doch der Wasserspiegel des Sees war und wie dünn das Rinnsal, das vom Rand der Felswand vor ihnen zu Tal stürzte. Vielleicht war seine Partnerin bei dieser Aktion doch nicht die mächtige Hexe, als die sie sich noch wenige Wochen zuvor ausgegeben hatte.
Er hatte sie gebeten, ein Mädchen in Roderics Alter und mit einem dem seinen vergleichbaren Teint und Gesicht zu finden. Und

wichtig sei, hatte er immer wieder gesagt, daß es keine Verwandten mehr hätte, die ihre Angaben über seine Herkunft und Identität widerlegen könnten. Die Hexe hatte ihn mit dem Hinweis beruhigt, daß die Straßen und Dörfer längs der alten Handelsstraße aufgrund der Mordzüge der Ungläubigen ja voll von Waisenkindern seien. Sie hatte sofort begriffen, daß der Lordkanzler eine junge Frau suchte, die schlau genug sei, um die ihr zugedachte Rolle zu spielen, aber nicht helle genug, um selbständig zu denken.

Der Anblick ihrer roh gezimmerten Hütte am Fuß der Felswand berührte ihn sehr unangenehm. Da drin würde ich nicht einmal einen Esel unterstellen, dachte er bei sich. Er wollte zwar ein formbares »Kind«, aber doch keins, dem man auch noch die elementarsten Formen zivilisierten Lebens beibringen mußte!

Natürlich könnte er, wenn dieses für seine Zwecke ungeeignet wäre, allerorten ausstreuen, die von ihm und dieser Garnison verfolgte Spur habe sich als falsch erwiesen ... und einfach eine neue »vermißte Prinzessin« ausgraben. Aber dafür bliebe ihm nicht viel Zeit, da Großfürst Donalt dem Tod ja schon so nah war und Carinthia lauthals forderte, ihren Sohn und ihre Tochter zu seinen Erben zu ernennen. Daher mußte er Roderics Position, und damit die eigene, bald absichern – um nicht am Ende so einen ekligen Bürgerkrieg anzetteln zu müssen.

Der Hauptmann stieg ab und ging zur Hütte. Er zögerte aber, an die Tür zu pochen, denn die sah aus, als ob sie das nicht aushielte. Ehe er sich's versah, stand jedoch eine bucklige, in einen Schal gehüllte Alte vor der Tür, und er mußte erst einmal Luft holen, bevor er sein Begehr vorbringen konnte.

»Schätzchen, du bist doch nicht der, der mich sucht, oder?!« krächzte sie und ließ ihre Äuglein über die in einem groben Halbkreis gescharten Reiter wandern. »Das müßte einer sein, der einem Thron recht nahe steht, ein dunkelhaariger Mann, der eine schwere goldene Halskette trägt und einen braunen Wallach mit weißer Fessel reitet ...« Den Hauptmann und seine Leute beeindruckte ihr Auftritt sichtlich.

Mikel fluchte halblaut: Diese Alte trug für seinen Geschmack allzu dick auf. Aber er sagte kein Wort, als sie zu ihm trat und ihn absteigen hieß, und ließ sie weiterbrabbeln, wie es sich für die alte Vettel, die sie spielte, wohl gehörte. Und er folgte ihr zu ihrer Hütte.

Die schäbige Tür stand nun, wie von Geisterhand aufgestoßen, sperrangelweit offen ... In der Bruchbude war es stockdunkel. Dennoch trat er, als sie ihn mit einem Stoß am Ellbogen vorwärts drängte: »Hier geht es durch, hoher Herr«, ohne Zögern ein.

Da fiel die Tür hinter ihm zu, mit einem dumpfen Schlag, der so gar nicht zu diesem elenden Ding paßte. Von draußen hörte er das Quietschen rostiger Angeln und das unmißverständliche Krachen eines schweren Riegels. Die Luft in der Hütte war so feucht wie sein Atem, so daß er sich fragte, ob er in einer Höhle sei. Und es war so finster, daß er nicht die Hand vor den Augen sah.

Da schalt sich der Lordkanzler einen Narren, weil er seinen Feinden in die Falle getappt war; er verbiß sich aber jeden Hilferuf, um ihnen nicht noch diese Genugtuung zu geben.

Aber nun wich dieses Dunkel, wenn auch so mählich, daß er an seinen Augen zweifelte, einem kalten Licht, das wuchs und wuchs. Und bald konnte er das eine oder andere erkennen: den bloßen Fels, auf dem er stand, und eine moosbedeckte Wand zu seiner Rechten, den dunklen Rand eines Wassers so zwei, drei Schritt vor ihm und zu seiner Linken eine roh in den Fels gehauene Treppe, die in die Finsternis hinaufführte. Als es noch heller geworden war, sah Mikel ein Dutzend Stufen über sich eine verschleierte Frau stehen, die mit ausgestreckten Händen einen Spazierstock waagerecht über ihn hielt, dessen eines Ende dieses grausilberne Licht zu verströmen schien.

»Wer bist du? Wo bin ich hier? Und was willst du von mir?« fragte er.

»Du mußt lernen, dich in Geduld zu üben, Mann!« Das letzte Wort klang aus ihrem Munde wie »Narr«.

»Ich komme wegen des Kindes!« erwiderte er so forsch wie nur möglich.

»Das ist ein langer Aufstieg«, sagte die Frau und schwenkte den

Stock, so daß er die Treppe weiter hinauf erhellte. »Du wirst dabei Geduld lernen, Mann.«

»Wer bist du? Wo führt diese Treppe hin? Soll ich dich Hexe oder Priesterin nennen?«

Aber sie gab ihm keine Antwort auf seine Fragen, sagte nur: »Komm!«, drehte sich um und begann dann, langsam treppauf zu steigen.

Da blieb Mikel keine andere Wahl, als ihr zu folgen. Und er merkte bald, wie recht sie gehabt hatte: Es wurde ein langer Aufstieg.

Mochte er auch gut in Form sein für einen Mann, der auf die Vierzig zuging – nach einer Weile hatte er doch das Gefühl, daß seine Beine nicht mehr weiterwollten ... Ein zuerst kaum vernehmliches Rauschen war inzwischen zu einem lauten Tosen geworden, das längst das rhythmische Geräusch ihrer Schritte übertönte. »Was ist das?« schrie er ihr zu. »Du bist hinter dem Wasserfall ...«, erwiderte sie. Mikel erwog die möglichen Bedeutungen ihrer Antwort: Der Wasserfall, den er da gesehen hatte, war ein Rinnsal gewesen, konnte also nicht für dieses wilde Tosen verantwortlich sein. »Du« hatte sie gesagt, als ob nur er und nicht auch sie hinter dem Wasserfall sei, und dabei stiegen sie doch dieselbe Treppe hinauf!

Mikel fiel eine Begebenheit aus seiner Kindheit in der Wüste ein. Da hatte seine Großmutter ihm und seinen Kameraden auf ihr Gejammer hin, daß sie mit dem Wasser so sparsam umgehen müßten, von einer Göttin und ihren Mägden auf der Hochebene erzählt, die vom Rand des heiligen Lands ihr lebenspendendes Naß in die Gefilde der Sterblichen hinabschickten ... diese Wasserfälle aber, sobald die Göttin mit dem Tun der Menschen unzufrieden sei, versiegen ließen, so daß alle Lebewesen auf Erden verdursten müßten.

Und sie hatte von einer dicht beim Kopf jenes Wasserfalls in einem See erbauten großen Stadt erzählt, von der aus man die weite Welt überblicken könne. Einer Stadt mit Kanälen statt Straßen, so daß man dort nur schwimmend oder mit Flößen oder Gondeln von Haus zu Haus gelangen könne. Einer Stadt, deren Mauern mit immergrünen Reben bewachsen seien, die das ganze Jahr über in Blüte stünden und Früchte trügen. Einer Stadt, in der, und das sei das seltsamste daran, nur Frauen lebten, alle Dienerinnen der Göttin, die manchmal unter ihnen wohne. Und sie tränken lieber Wein als Wasser, so seine Großmutter, weil letzteres so leicht, ersteres so schwer zu haben sei.

Ein Kindermärchen, tröstete Mikel sich über die Schwäche und das Zittern seiner Beinmuskeln hinweg, so eine Stadt kann es nicht geben! Nein, wenn er und die verhüllte Gestalt vor ihm wieder ins Freie kämen, dann an einem jener bewaldeten Hänge hoch über dem Wasserfall.

Dann erblickte er die Stadt.

Wenn ich das den Barden berichte, dachte er entzückt, welch fabelhafter Stoff für ihre Lieder ... Nichts von alledem darf ich vergessen: die prachtvollen Wasserstraßen und die Häuser aus rotgolden glühendem Marmor, den Duft der blühenden Reben und das liebliche Plätschern der Brunnen, den Blick über die Wüste, ein Blick so weit wie von Himmelshöhen, und die süßen Gerüche der Blüten, die man hier Speisen nennt und einem zum Essen serviert.

Und er war der erste Mann, der das erblickte. Das sagte ihm diese Hexe, um ihn zu betören – so wie sie ihn zu verwirren suchte, indem sie ihn durch ein Gewirr von Kanälen und Höfen in üppigem Grün führte, ehe sie ihn in das elegant möblierte Haus bat, das sie ihr Heim nannte ... Mikel verstand das gut. Er hätte als ihr Führer auch solche Vorkehrungen getroffen.

Vorläufig bequemte sich der Lordkanzler, die Hexe ihr Spiel eben spielen zu lassen ... Er schickte sich in die Rolle des Ehrengasts, ließ sich von ihren Dienerinnen baden und frisch einkleiden, ließ sich den Garten zeigen, mit edlem Wein und erlesenen Speisen verwöhnen, ließ sich von ihr ihren wahren Namen sagen, der gar nicht dem ähnelte, den sie ihm einst in der Schenke genannt hatte. Charmant zu sein konnte ja nichts schaden. Schließlich war er der einzige Mann in der Stadt.

Sobald sie wieder beim Wasserfall und dann in der Hauptstadt wären, würde Solange schon merken, daß er bei diesem Manöver das Sagen hatte. Der junge Roderic wußte nur wenig davon; er würde aber eine fremde Frau, so ein Mädchen, das er noch nie gesehen hatte, nur akzeptieren, wenn er ihm sagte, was er zu tun habe. Faladas Sohn war erst siebzehn ... Er würde, selbst wenn sein Onkel Donalt von einem Tag auf den anderen stürbe, ja noch viele, viele Jahre der Formung brauchen, bis er die Regierungsgeschäfte übernehmen könnte – und daß der Junge in allen Dingen auf seinen, des Lordkanzlers, Rat bauen würde, dafür hatte er schon gesorgt!

Nach dem Abendessen setzten sie sich mit einem Glas Wein auf die Terrasse und genossen den glutroten Sonnenuntergang über der Wüste. Er hätte sie gern über das Kind befragt, das sie da für die Rolle der wiedergefundenen Prinzessin ausersehen hatte, verbiß es sich dann aber, eingedenk ihrer Mahnung zur Geduld.

»Komm«, sagte Solange schließlich und erhob sich anmutig aus ihrem Sessel. »Es ist Zeit für dich, deine Wahl zu treffen.« Und da er wohl verdutzt schien, fügte sie hinzu: »Ich konnte drei junge Frauen ausfindig machen, die deinen Anforderungen mehr oder minder entsprechen. Da leider keine von ihnen alle erfüllt, überlasse ich es dir, die herauszusuchen, die, nach deiner Ansicht, deine Feinde am besten täuschen könnte.«

Als sie schloß, schien noch eine unausgesprochene Begründung in der Luft zu liegen: Und wenn du dich dabei irrst, kannst du keinem anderen die Schuld dafür geben! Mikel setzte sein Glas ab und folgte der Hexe. Dabei führte er sich vor Augen, daß er nicht zu seiner jetzigen Stellung aufgestiegen wäre, wenn er sich durch Angst vor Fehlschlägen vom Handeln hätte abhalten lassen.

Sie führte ihn einen Gang entlang auf eine Arkade, die einen Blick in eine Art Garten gewährte; als er aufblickte, sah er über dem ihren noch drei hohe Bogengänge. Solange legte eine Hand auf die Brüstung und wies mit der anderen in die Tiefe.

Einen versiegten Springbrunnen sah er da – seltsam in dieser Stadt, in der sonst aus jedem Brunnen eine Fontäne aufstieg. Von üppigem Grün war er umgeben, einem Rasen voll Blumen und Farnwedeln, und beleuchtet durch Girlanden von Laternen, die den im Palast benutzten Lampions glichen und dieser Szenerie einen Hauch von Normalität verliehen, den er doch merkwürdig beruhigend fand.

Auf dem Brunnenrand saßen zwei junge Frauen, Seite an Seite, und im Gras, ganz in ihrer Nähe, kniete eine dritte ... Mikel konnte von so hoch droben nur erkennen, daß sie, wie Solange beim Abendessen, weiche, üppige Roben trugen und blondes bis hellbraunes Haar hatten.

»Was denkst du?« fragte die Zauberin ruhig. »Nach dem ersten Eindruck, welche könnte es sein?«

»Was meinst du damit?«

»Ich dachte nur«, antwortete sie achselzuckend. »Vielleicht ist das nur ein Gerücht, aber ich habe sagen gehört, daß die Großfürstin einst deine Geliebte gewesen sei und daß auch du wohl der Vater von ...«

»Ich habe mich nicht im Bett zum Lordkanzler emporgedient!« fauchte er.

»Ich behaupte ja nicht, daß das zuträfe. Nur, daß es möglich wäre ...«, erwiderte sie lächelnd. »Also, man kann den Leuten derlei Spekulationen nicht verübeln, wurde dir doch Roderics Erziehung anvertraut. Stimmt es ... daß Falada zu ihrer Zeit die schönste Frau in der Hauptstadt war?«

»Das würde ich nicht bestreiten. Aber zur fraglichen Zeit war ich, wie ich leider zugeben muß, nur einer jener vielen sehr jungen, sehr naiven Neulinge am Hof. Zudem, selbst wenn ich Roderics Vater sein könnte, was hätte das mit denen dort zu tun?« fragte er und drehte sich brüsk zu ihr um. »Es sei denn, du glaubst, eine von ihnen sei wirklich ...«

»Wer könnte ausschließen, daß eine von ihnen Faladas Tochter ist? Du bist doch kein Narr, Lordkanzler ... Wenn du beweisen könntest, dir sicher wärst, daß sie bloß diesen Sohn geboren habe, hättest du dieses Unternehmen nie begonnen. Du hättest dir nicht diesen weiten Weg gemacht, wenn du nicht hofftest, hier nun die Waffe zu finden, mit der du Carinthia und ihre Kinder aus dem Feld schlagen kannst!«

»Korrekt«, sagte er und nickte.

Nun trat Solange von der Brüstung zurück und begleitete ihn eine Treppe hinab, die wohl in den Garten führte.

»Und ist«, fragte sie noch, »die Vermutung auch korrekt, daß dein Einsatz für Roderics Sache mehr mit deinem persönlichen Ehrgeiz als mit den Mängeln von Carinthias Sohn zu tun hat?«

»Ehrgeiz hin oder her, Morvan hat eben seine Fehler«, fuhr er auf. »Ich bin nun schon lange genug Lordkanzler, um die Vorzüge und auch die Nachteile ...«

»Dir fiele es sehr schwer, die Zügel der Macht aus der Hand zu geben?«

Darauf gab Mikel keine Antwort. Denn sie hatte seinen wunden Punkt getroffen.

Diese Hexe erwartete offenbar, daß er jede der drei auf ihre Eignung als Roderics Schwester prüfe. Sie bat ihn, in einer Ecke des Gärtchens Platz zu nehmen, und schickte sie einzeln vor, daß er sie in Augenschein nehme und befrage. Leider war nun keine der ersten zwei Kandidatinnen das, was Solange die Waffe zum Sieg über die Morvanpartei nannte.

Keine der beiden schien für die Rolle der Zwillingsschwester ganz ungeeignet, keine aber auch wirklich die Richtige. Die erste schien ihm nicht das passende Gesicht dafür zu haben. Sie ähnelte keinem von all denen, die er je bei Hof gesehen hatte, geschweige denn denen, als deren Verwandte man sie ja ausgeben würde. Besser, sagte Mikel sich, als er ihr höflich einen guten Abend wünschte, wäre eine mit einem Gesicht, das die Leute von selbst zu den gewünschten Schlüssen führt. Und er beglückwünschte sich zu seiner Geduld, als nun die zweite Kandidatin neben ihm auf der Holzbank Platz nahm – hatte sie doch ein Profil ganz wie Falada. Aber als sie dann den Mund auftat ... Nein, dieser Berglerakzent und diese Art, wie mit einem Mund voll Hafergrütze zu sprechen! Sicher, das könnte man ihr abgewöhnen, aber in so kurzer Zeit?

Er mußte eine Weile auf das Erscheinen der dritten warten – was wäre, wenn die sich für die Aufgabe nicht besser eignete als ihre Vorgängerinnen? Aber es widerstrebte ihm, seinen Plan gänzlich

aufzugeben, solange einigermaßen Aussicht auf Erfolg bestand ...
Die Hexe hatte natürlich recht gehabt mit der Vermutung, er
hätte die Sache nie so weit verfolgt, wenn irgend jemand am Hof
das Gerücht um eine Zwillingsschwester widerlegen könnte.
Hätte, um ein Beispiel zu nehmen, Falada noch gelebt, hätte er es
nie gewagt, derlei ohne ihr Plazet zu inszenieren!
Der Schimmer eines Kleids, aus dem Augenwinkel wahrgenommen, riß ihn aus seinen Gedanken. Aber als er aufblickte, verzog
er gleich das Gesicht, denn die dritte Kandidatin kam etwas hum-
pelnd, an einem Stock, daher. Hatte Solange den Verstand verloren? Dachte sie, ein Krüppel könnte Roderics Schwester spielen?
Aber als die junge Frau ins Licht der Lampions trat, setzte ihm das
Herz aus, um dann nur noch stürmischer zu schlagen: Ihre Ähn-
lichkeit mit Roderic war schon bemerkenswert ... Er mußte an das
Porträt denken, das ein Maler drei Jahre zuvor von dem Prinzen
angefertigt, aber nie offiziell präsentiert hatte, weil der in den wenigen Wochen von der ersten Skizze bis zum Firnissen um so vie-
les erwachsener geworden war. Ja, und ihn hatte es sehr belustigt,
daß Roderic darauf eher wie eine junge Frau denn wie ein junger
Mann ausgesehen hatte ... Und da stand eine junge Frau vor ihm,
die für dieses Porträt hätte posiert haben können!
»Darf ich behilflich sein?« sagte er jetzt zu seiner eigenen Überraschung, als er aufstand und ihr die Hand hinstreckte.
»Ich brauche deine Hilfe nicht«, erwiderte sie abwehrend.
»Hast du, äh, dich am Bein verletzt?« Mikel schämte sich mit
einemmal seiner Frage. Aber wieso? Es war ja sein gutes Recht, so
zu fragen, vor allem, da sie nach ihrem sonstigen Äußeren die
ideale Wahl schien.
»Bei einem Reitunfall, vor ein paar Jahren.«
»Tut es noch sehr weh?« fragte Mikel. Er mußte daran denken,
daß auch Roderic, beim Sturz von einem Rapphengst an seinem
zwölften Geburtstag, zum Krüppel hätte werden können ... Aber
der hatte sich zum Glück nichts gebrochen, war bloß derb im
Dreck gelandet!
»Nein«, erwiderte sie. Aber er wußte, daß sie log. Stolz und stör-

risch wie Roderic, dachte er bei sich. Nur seltsam, daß er bei ihr diesen Zug bewunderte – ihn aber bei dem Jungen, den er aufgezogen hatte, als Trotz gerügt und den Trotz zu tilgen versucht hatte.

Ihm fiel auf, daß sie die rechte Schulter etwas höher hielt, wie aufgrund einer schlecht verheilten Verletzung. »Hast du dir dabei auch die Schulter gebrochen?«

Sie schüttelte den Kopf. »Das Dach war steil und regennaß. Ich war erst sechs, als das passierte.«

»Kinder haben anscheinend einen Hang zum Abenteuer!« Mikel mußte daran denken, daß Roderic einmal versucht hatte, das Dach des Palastes zu überqueren. War er da sechs Jahre alt gewesen oder sieben? Dieses Detail war ihm entfallen.

»Vor allem, wenn sie glauben, daß man sie zu Unrecht in ihr Zimmer eingeschlossen habe«, pflichtete sie ihm bei.

Mikel hielt den Atem an. Ihn überfiel die Erinnerung daran, wie er Roderic in den ersten Monaten, die der in seinem Haus verbrachte, Disziplin hatte beibringen müssen – ganz als ob Falada, bei aller Liebe, die Erziehung ihres Sohns schleifen gelassen hätte. So hatte er den verzogenen, bockigen kleinen Kerl mehr als einmal in seinem Zimmer einschließen müssen – auszubrechen versucht hatte er aber nur einmal. Wie würde es heute um das Reich stehen, wenn sich Faladas Sohn dabei, bei seinem Sturz vom regennassen Schloßdach, den Hals gebrochen hätte?

»Erinnerst du dich ein klein wenig an deine Eltern?« fragte er sie, so wie ihre beiden Vorgängerinnen. Es war tröstlich, den Beweis dafür vor Augen zu haben, daß außer Roderic auch andere solche typischen Kindheitsunfälle gehabt hatten. Ein Glück, daß der besser davongekommen war als sie, denn einen Krüppel als Großfürst hätte er nicht ertragen.

Wieder schüttelte sie den Kopf. Dabei sah er die dünne weiße Linie, die vom linken Ohr bis zum Hals ging. Eine Narbe? Was im Namen aller Heiligen konnte ein … Mädchen anstellen, um so hart gezüchtigt zu werden, daß man die Spuren noch Jahre danach sah? Eine Kampfnarbe konnte es ja nicht sein. Sie war schließlich kein Prinz, der das Fechten erlernen mußte, auch wenn er nicht

222

die Neigung dafür mitbrachte oder, trotz aller Bemühungen der besten Lehrer, die ein Lordkanzler auftreiben konnte, dafür zu unbeholfen war und blieb.

»Und wie bist du hier behandelt worden?« unterbrach er ihre Erinnerungen an ihre Kindheit und Erziehung als Waise. »O heiliger Strohsack, ich habe dich ja noch nicht nach deinem Namen gefragt!«

»Jemma, Herr. Ich heiße Jemma. Man behandelt mich hier gut. Ich habe nicht zu klagen.«

»Verdammt, Mädchen, das ist gelogen!« rief er zornentbrannt. »Sieh mich an, und sage mir die Wahrheit!« Mikel packte ihre Hand. Da erfühlte er eine runde Narbe ... Woher derlei Narben rührten, wußte er gut, hatte er doch selbst einige, da seine Großmutter, damit er irgendeinen Dummenjungenstreich zugäbe, seine Hand über eine brennende Kerze zu halten pflegte. Das war ein wirksames Erziehungsmittel für einen bockigen Jungen – bei ihm selbst hatte es jedenfalls angeschlagen ... Roderic war mit körperlichen Strafen nicht beizukommen gewesen, und daher hatte er sich andere, raffiniertere Methoden einfallen lassen müssen, ihn zu zähmen, ihm seine jugendliche Wildheit auszutreiben.

Nun versuchte Jemma, ihm ihre Hand zu entziehen.

»Ich werde dir nicht weh tun«, versicherte er. »Glaube mir, ich will dir helfen. Deine Narben und Behinderungen, willst du mir weismachen, die kämen alle von Unfällen, an einem Ort wie diesem?« Er wies mit der freien Hand in die Runde. »Wie konnte jemand es wagen, in dieser der Göttin geweihten Stadt einem kleinen ... Mädchen etwas zuleide zu tun?«

»Laß sie los, Lordkanzler«, mischte sich Solange in ruhigem Ton ein. Und als Mikel über die Schulter zurückblickte, sah er, daß sie wieder den Stock in den Händen hielt, der ihnen auf der Treppe hinter dem Wasserfall geleuchtet hatte. »Laß sie los, wenn sie heil bleiben soll.«

»Ich tue ihr doch nichts«, protestierte er. »Sag ihr, Jemma, daß ich nur wissen wollte, woher diese Narben und das Hinken rühren. Solltest du, Hexe, für das verantwortlich sein, was man ihr angetan hat?«

»Dich, Kanzler, sollten ihre Narben und schlecht verheilten Verletzungen bekümmern?« fragte Solange und kam näher. Und etwas in ihrem Gesicht sagte ihm, daß er Jemmas Hand besser losließe. »Wie merkwürdig!«

Mikel sprang auf und trat der Hexe entgegen. »Und was genau meinst du damit? Ich bin nicht nur bekümmert, nein, ich bin außer mir! Das ist die Stadt der Göttin, und doch mißhandelt ihr Kinder, die nach ihrem Bilde geschaffen sind ... Sie kann euch nicht solche Scherereien gemacht haben, daß ihr sie so hart hättet strafen dürfen!« Eines wußte er nun – was immer auch aus seinem Plan würde, dieses Mädchen würde er mit sich nehmen, wenn er die Stadt verließe.

»Kinder verunglücken eben manchmal«, erwiderte sie. »Hast du das nicht auch Roderics Mutter gesagt, als sie damals Fragen zu stellen begann?«

»Er wurde mir anvertraut, damit ich ihn erziehe und ausbilde und so befähige, einmal seinen Platz, den Großfürstenthron, einzunehmen. Ja, Kinder verunglücken manchmal. Er machte da keine Ausnahme. Er war so ein Kind.«

»Und was war sie für eins? Eines von jenen, denen man den Eigensinn, wie du es nanntest, mit der Reitpeitsche austreiben muß?«

»Das ist eine absurde ...«, eiferte er sich. »Wer hat dir denn erzählt, ich hätte Roderic ausgepeitscht? Der oder die soll mir das doch einmal ins Gesicht sagen!«

Solange winkte der jungen Frau, neben sie zu treten. »Wenn du so darauf beharrst, Lordkanzler, werde ich Jemma bitten, ihren Rükken freizumachen, damit wir alle die Narben jener Auspeitschungen sehen können, die es angeblich nie gab.«

»... ihren Rücken freimachen?« keuchte er. »Was hat das, was ihr Hexen, Priesterinnen oder was auch immer ... ihr angetan habt, denn mit meinen Erziehungsmaßnahmen zu tun? Was meine Feinde an Gerüchten darüber verbreiten ...«

Solange seufzte und schüttelte den Kopf. »Du begreifst wohl immer noch nicht, Lordkanzler!« Ihm war bewußt, daß er jetzt verwirrt dreinsah. »Sie ist die Zwillingsschwester Roderics. Dieses Gerücht sagt die Wahrheit.«

»Dann muß ich sie erst recht von hier fortbringen, damit ihr ihr nicht noch mehr antut!« rief er und wollte sie wieder an der Hand nehmen, aber sie wich vor ihm zurück wie vor Feuer. »Jemma, du kannst doch nicht bei dieser Frau bleiben wollen, die dir das angetan hat. Ich verspreche dir, bei mir tut dir niemand mehr etwas zuleide!«

»Mir hat hier keiner etwas getan, hoher Herr«, erwiderte die junge Frau. »Das ist alles dein Werk!«

»Unsinn! Ich sehe dich heute abend zum erstenmal.«

»Ich sagte dir doch, Jemma und Roderic sind Zwillinge«, warf Solange ein. »Denke an den alten Aberglauben, jenen, der die bei Faladas Entbindung Anwesenden dazu bewegt hat, ihr einen Zwilling wegzunehmen und ihr sodann einzureden, sie habe nur ein Kind geboren. Sagen die alten Geschichten nicht, daß der eine Zwilling es am eigenen Leib fühle, wenn dem anderen weh getan werde ... daß der eine blute, wenn der andere verletzt werde? Zeige es ihm, Kind.«

»Das ist das barbarischste ...« Der Lordkanzler brach mitten im Satz ab, als er die sich kreuzenden Narben auf dem Rücken der jungen Frau erblickte. »Wahnsinn ist das! Nein, das wird dir keiner glauben!«

Ihm war, als ob sich in seinem Magen ein weiter, bodenloser Schlund auftue und trotz seiner Abwehr beginne, seinen Mut und seine Denkfähigkeit zu verschlingen.

»Hier, meine Liebe«, rief Solange und warf Jemma einen ihrer Schals hin, damit sie sich bedecke. »Sie werden mir glauben, wenn wir erst in der Hauptstadt sind. Wir müssen ihr nur ein klein wenig in den Finger stechen und sehen, ob Roderic dann aus dem Finger blutet.«

»Sie werden sagen, das sei ein Hexentrick«, warnte er. Wie ungerecht, ihn der Kindsmißhandlungen zu beschuldigen – nach allem, was er zur Bewahrung des Reichs getan, während dieser Schwächling von Donalt sich mit zügellosen Freunden bei Wein und Spiel vergnügt hatte!

»Und wenn mein Bruder deine Vergehen bezeugt?« fauchte Jemma ihn an, als sie sich in den geliehenen Schal hüllte.

»Aber das wird er nicht!« erklärte Mikel. »Wollte er mich der Mißhandlung bezichtigen, hätte er das ja schon längst getan. Und wer würde ihm auch glauben, hat er sich doch die ganzen zehn Jahre nicht über meine Erziehungsmethoden beklagt!«

»Mein Bruder ist nicht mehr das verängstigte Kind, das er in deiner Obhut anfangs war. Wenn Solange und ich bei ihm ...«

Er ertrug ihren anklagenden Blick nicht mehr, und so drehte er sich zu der Zauberin um. »Wenn ich nicht dabei sein kann, um deine abenteuerliche Behauptung zu überprüfen, kommst du nicht näher als zwanzig Schritt an ihn heran! Das kannst du mir glauben, Frau, ich lasse das nicht zu!«

»Nein«, nickte sie. »Natürlich nicht.«

»Ich brauche euch nicht. Ja, ich werde eine andere ausfindig machen, die Roderics Schwester mimen kann«, rief er nun, jäh entschlossen. »Und ich gehe jetzt, ich will mir diese üblen Verleumdungen nicht länger anhören!«

Damit eilte er durch die nächstbeste Tür zum Garten hinaus.

»Und wie willst du diese Stadt verlassen?« rief Solange ihm spöttisch nach.

Aber er würdigte sie keiner Antwort. Er würde den Hauptplatz und die reichgeschnitzte Tür, die von der Treppe hinter den Wasserfall führte, schon finden. Eine Laterne? Er mußte sich eben die Treppe hinuntertasten. Und der Hauptmann wartete ja mit seinen Männern vor der Hüttentür, um ihm auf sein Rufen hin zu öffnen ...

Niemand hatte dem Lordkanzler gesagt, daß es zwar nur einen Zugang zu der Stadt der Göttin am Kopf des Wasserfalls gab, aber Hunderttausende von Wasserfällen auf der ganzen Welt.

Bis heute, sagen die Wüstenbewohner, könne man zu Beginn der Regenzeit aus jedem Wasserfall einen Bösewicht flehen hören, ihn herauszulassen ... Ob das stimmt? Ich weiß es nicht. Ich weiß, daß sie sich Faladin nennen, da ihr Königshaus Faladas Tochter zur Stammmutter habe.

Ein Kriterium der Endauswahl für diese Reihe (ich bekomme Jahr um Jahr übergenug Storys und kann den »Überhang« nicht in mein doch andersartiges Fantasy Magazine *nehmen) ist mein »Faktor Spontanerinnerung«. Zu dieser fiel mir bei der Enddurchsicht gleich wieder ein, daß sie eine der zwei Drachengeschichten (aus einem Dutzend!) gewesen war, die meinen Vorbehalt gegen derlei Storys (von denen ich viel zu viele erhalte, viel zu wenige annehmen kann) dank ihrer Andersartigkeit ausgeräumt hatte.*

Steven sagt, er sei Ersatzlehrer – und der Drache in seiner Geschichte basiere auf der Persona, die er gegenüber seinen Schülern annehme. (Ich habe unter anderem deswegen nicht an staatlichen Schulen unterrichtet, weil ich weder das Talent noch die Neigung habe, die Polizistin zu spielen ...) Steven hat – mit vierzehn! – Sachartikel für die Mother Earth News *verfaßt und ist daher, zur Freude seiner Schüler, im* Readers Guide To Periodical Literature *genannt. Ich weiß aber nicht, wie sie auf seine Story reagieren werden (diese Jugendlichen von heute sind ja nicht leicht zu beeindrucken – ob sie eine Vorstellung davon haben, wie schwer es ein Belletristikautor heutzutage hat?).*

Steven bat mich, seiner Geschichte die Widmung »Nach einer Idee von Laurel Schippers« voranzustellen. Ideen allein reichen aber nicht; man kann sie ja nicht einmal urheberrechtlich schützen – was wirklich zählt, ist das Schreiben selbst. – MZB

Der Hort

»Entschuldigung«, ließ sich eine weibliche Stimme vernehmen, »wo finden wir denn die Literatur zur Ortsgeschichte?«

»Nordwand, drittes Regal, zweites Bord von oben«, erwiderte die Bibliothekarin automatisch, ohne von ihrer Schriftrolle aufzublicken.

»Danke.«

Die Bibliothekarin lauschte noch auf die sich entfernenden Schritte der beiden und fuhr dann mit der Entzifferung des in einer längst vergessenen Sprache verfaßten Vertrags fort, den sie kürzlich erstanden hatte.

Sie freute sich über diese Erwerbung. Es war ein einmaliges Stück und hatte einen Platz in ihrer Bibliothek verdient. In deren festen Mauern wäre es für alle Ewigkeit gut und sicher aufgehoben.

Das Gebäude hatte nur eine große Tür im Erdgeschoß und glich noch sehr der kleinen Burg, die es einmal gewesen war. Küche und Haupthalle waren jetzt Lesesäle, die Wohnräume im ersten Stock Abschreibstuben sowie Tresorräume für die wertvolleren Schriften.

Letztere hatten die Bibliothek berühmt gemacht. Gelehrte aus aller Welt kamen zum Studium ihrer bedeutenden und nirgendwo sonst verfügbaren Werke, und ganz in der Nähe war deshalb sogar eine kleine Universität entstanden. Daß die Bibliothek an solch abgeschiedenem Ort lag, schien ihre Anziehungskraft nicht zu beeinträchtigen ... Auch nicht, daß sie keinen Namen besaß. Sie brauchte keinen. In der gelehrten Gemeinde nannte man sie einfach »die Bibliothek«; da wußte jeder, welche gemeint war.

Nun sah die Bibliothekarin auf und gewahrte zu ihrem Ärger, daß die zwei das Regalbrett fast völlig geplündert und sich all die wertvollen Bücher unbekümmert auf die Arme gestapelt hatten. Da ballte sie so wütend die Hände, daß sich ihr die langen Fingernägel ins Fleisch gruben, sprang von ihrem Pult auf und eilte auf die zwei Banausen zu, daß ihre Absätze nur so über den Steinboden klapperten.

Die beiden, ein junger Mann und eine junge Frau, räumten das Brett eben noch ab und machten sich daran, ihre schwankenden Bücherstapel zu einem nahen Tisch zu schleppen. Da holte die Bibliothekarin tief Luft und beschleunigte ihren Schritt.

Die werden noch eins fallen lassen, dachte sie wütend, schon fast im Laufschritt. Die werden mir die Bücher beschädigen!

»Woraus sind die eigentlich gemacht?« stöhnte der junge Mann hinter seinem Stapel hervor, der beinahe so groß war wie er. »Aus Kupferplatten?«

Seine Gefährtin verzog vor Anstrengung die Stirn und stellte ihre Last unbeholfen auf den Tisch. Ihr Bücherturm wankte so bedrohlich, daß die Bibliothekarin schon den Mund auftat, um sie zu warnen, aber da langte die danach und rückte ihn ganz lässig gerade. Die Bibliothekarin schloß ihren Mund wieder, verlangsamte ihren Schritt aber um keinen Deut.

»Würde mich nicht überraschen«, seufzte die junge Frau. Sie hatte unscheinbare Gesichtszüge, braunes Haar, braune Augen und den Teint der Sonnenanbeterin, war etwa durchschnittlich groß, bewegte sich mit phlegmatischer Anmut und trug bequeme Kleidung, die ihr viel Bewegungsfreiheit gab.

Ihr Begleiter hatte braune Augen und Haare wie sie, war aber nicht ganz so gebräunt. Er trug ebenfalls bequeme Kleidung, bewegte sich aber vorsichtiger, so als ob er das erst wieder lernen müßte. Er geht auch mit den Büchern vorsichtiger um, dachte die Bibliothekarin bei sich. Sein Stapel war, obwohl sehr hoch, gerade und gut ausbalanciert – und er behandelte jedes einzelne Buch wie eine Kostbarkeit. Die junge Frau ist wohl Kriegerin, schloß die Bibliothekarin, und er Gelehrter, vielleicht gar Magier.

»Schön behutsam, Kira«, warnte der junge Mann, als er seinen Turm vorsichtig absetzte. Er nahm sich das zuoberst liegende Werk, setzte sich und schlug jetzt behutsam die Titelei auf. »Bücher sind empfindlicher, als sie aussehen.«

Die Bibliothekarin nickte flüchtig, als sie das vernahm, und ging diese letzten Meter mit Riesenschritten an. Bücher sind wertvoller als Gold, empfindlicher als Perlen ... und dieser Mann wußte das wohl. Das machte ihn ihr sympathisch. Oh, ein wenig.

»Sucht ihr etwas Bestimmtes?« fragte sie barsch, als sie den Tisch erreichte. »Vielleicht kann ich euch helfen.«

Ihnen zu helfen wäre vielleicht eine Last; aber sie wäre in ihrer Nähe und könnte dafür sorgen, daß ihren Büchern nichts geschähe.

Kira sah von dem Wälzer auf, den sie sich vorgenommen hatte. »Wir möchten uns über Drachen kundig machen«, erwiderte sie und stützte sich mit dem Ellenbogen auf ihren Stapel. »Über eine ganz bestimmte Drachin jedenfalls.«

»Bitte, lehne dich nicht so auf diese Bücher«, versetzte die Bibliothekarin scharf, mit zornbebenden Nasenflügeln. »Sonst drückst du mit dem Ellbogen noch eine Beule in den Einband.«

Kira richtete sich verblüfft auf. Ihr Begleiter blickte von seinem Buch hoch und grinste. »Habe ich dir's nicht gesagt?«

»Oh, tut mir leid«, entschuldigte sich die junge Frau etwas lahm.

Die Bibliothekarin nickte. »Um welche Drachin geht es denn?« fragte sie, obwohl das für sie klar auf der Hand lag.

»Um die, die einst in dieser Burg hauste«, erwiderte Kira.

Da setzte die Bibliothekarin ein dünnes, hartes Lächeln auf – ich habe also recht gehabt! – und knirschte wütend mit den Zähnen.

»Oh«, sagte sie, »diese Drachin.«

»Ach übrigens, ich heiße Kenyon«, sagte der Mann, ohne sich aber zu erheben, und wies dann freundlich lächelnd auf seine Begleiterin. »Und das ist meine Schwester Kira.«

»Wir suchen den Hort jener Drachin«, erklärte Kira sachlich. »Kannst du uns denn dazu etwas sagen? Hier gibt es ja sicher haufenweise Berichte darüber.«

»Das stimmt«, erwiderte die Bibliothekarin kurz angebunden.

»Nach unseren Informationen muß in dieser Bibliothek einiges dazu zu finden sein«, fiel der junge Mann ein. »Deshalb sind wir hier.«

»Was kannst du uns darüber sagen? Über die Drachin und ihren Hort, meine ich«, fragte Kira, die sich wohl nicht so leicht entmutigen ließ.

Die Bibliothekarin kochte vor Wut und einer Handvoll anderer finsterer Emotionen, unterdrückte aber zähneknirschend ihren Gefühlssturm. Denn sie brauchte nun einen klaren Kopf ... Und sie hatte den beiden ja ihre Hilfe angeboten.

An die Schatzsucher hätte sie sich doch inzwischen gewöhnen müssen – von denen kam ja alljährlich mindestens ein halbes Dutzend bei ihr hereingeschneit. Aber sie spürte eine heiße Wut hinter ihren Augen, die ständig wuchs.

»Da gibt es nicht viel zu sagen«, erwiderte sie und bemühte sich, ruhig zu atmen. Sie mußte ihre Fragen beantworten, und ließe sie sich Widerwillen oder Zorn anmerken, würde das die beiden nur mißtrauisch machen. »Diese Burg hat vor etwa zweihundert Jahren ein Mann namens Innis Gorath gebaut. Bauen lassen, um genauer zu sein«, verbesserte sie sich und überließ sich dem Rhythmus der Geschichte. »Gorath galt als ein Faulpelz. Und er war ein Verbrecher. Der König hat ihn und seine Männer in diese Gegend verbannt. Den Akten nach hätte er hingerichtet werden sollen, aber der König hat ihn begnadigt.«

»Das ist uns bekannt«, warf Kenyon ein. »Wir haben die Akten des königlichen Gerichts in der Hauptstadt einsehen können.«

»Als seine Burg fertig war«, fuhr sie unbeirrt fort, »begann er, seine Macht zu festigen und auszubauen ... Er plante eine Rebellion gegen den König. Damals erschien diese Drachin und nahm, so die Legende, seine Burg im Handstreich. Die meisten von Goraths Leuten entkamen, er aber nicht. Die Drachin ließ sich hier nieder und hat beinahe zweihundert Jahre lang hier gehaust.«

Die vertraute Geschichte hatte ihren Zorn etwas gedämpft; er schwelte aber gefährlich weiter.

»Gibt es hier in der Bibliothek Bücher über Drachen?« fragte Kenyon, der früheren Warnung seiner Schwester zum Trotz.

Eine offenbar unvermeidliche Frage – aber die Bibliothekarin hatte gehofft, dieses Mal von ihr verschont zu bleiben. Nun würde alles nur noch schwieriger. Ihr Zorn lohte wieder hell auf.

»Ja«, erwiderte sie in einem Ton, der fast ein Fauchen war.

»Können wir sie sehen?« fragte er, davon anscheinend völlig unbeeindruckt. »Die könnten uns sehr helfen, denke ich.«

Sie hätte ihm fast eine Abfuhr erteilt, verbiß sie sich aber … die wäre auch verdächtig. Sicher nicht so sehr wie zwei Leichen, aber doch verdächtig.

»Natürlich«, erwiderte sie eisig. »Sie sind im ersten Stock. Ich führe euch hinauf.«

»Entschuldigung«, sagte da einer hinter ihr. Sie drehte sich abrupt um. Der Neuankömmling war ein kleiner, beleibter Mann im braunen Talar der Universitätsprofessoren und ihr bekannt als regelmäßiger Bibliotheksbenutzer. Ein Mann, der Respekt verdiente. Einer, der etwas von Büchern verstand und wußte, wie man mit Büchern umzugehen hatte.

»Ja?« fragte sie höflich. »Womit kann ich dienen?«

»Oh, ich suche Tregard Heathertons Abhandlung zum Erfolg der Volksmedizin bei Lungenerkrankungen bei Pferden«, leierte er und fuhr sich mit pummeliger Hand über den fast kahlen Kopf. »Könntest du mir sagen, wo ich die finde?«

»Ostwand, erstes Regal, zweites Bord, dort das fünfte Buch von rechts«, entgegnete sie, ohne überlegen zu müssen.

»Danke!« Der Mann verbeugte sich kurz und trippelte davon.

Die Bibliothekarin wandte sich wieder den beiden zu. Und die starrten sie mit unverhohlener Bewunderung an.

»Erstaunlich«, sagte Kenyon ehrfürchtig. »Du weißt so etwas auswendig?«

»Ich bin mit meinen Beständen sehr vertraut«, versetzte sie, schalt sich aber dabei für diese prompte Auskunft. Sie hätte so tun müssen, als ob sie nachzudenken habe …

Die Blicke, die Bruder und Schwester da tauschten, vermochte sie so leicht zu deuten wie die Schriftzeichen ihrer uralten Pergamente – für eine, die uns ihre Hilfe anbot, sagten die, ist sie aber schrecklich unhöflich!

»Du wolltest uns doch diese Bücher über Drachen zeigen, ja?« drängte Kira schließlich.

»Folgt mir«, sagte die Bibliothekarin, machte auf dem einen Absatz kehrt und stöckelte in Richtung Treppe … Sie spürte, daß die beiden hinter ihrem Rücken Blicke wechselten, hatte aber keine Kraft, darüber nachzudenken. Ihr Zorn war wieder aufgeloht und wuchs mit jedem Schritt, der sie den Büchern näher brachte, so daß sie vor Anstrengung, ihn zu bändigen, fast zitterte, als sie den Fuß der Treppe erreichten.

Droben angelangt, führte sie sie einen Gang entlang, von dem einige Türen abgingen, die aber alle verschlossen waren. Sie drehte sich dabei kein einziges Mal nach Kenyon und Kira um. Selbstbeherrschung, mahnte sie sich, Selbstbeherrschung, und lenkte ihre ganze Wut in ihre Hacken, die denn auch fast die Fliesen zerschmetterten mit ihrer Wucht.

Am Ende des Gangs blieb sie stehen, zog einen Schlüsselbund hervor, wählte blindlings einen Schlüssel, steckte ihn in das verrostete Schloß der schmalen Tür und drehte ihn wütend um. Metall knirschte, Holz ächzte – aber schließlich schwang die Tür auf.

Der Raum war klein und finster. Die Bibliothekarin wirbelte bei ihrem Eintreten soviel Staub auf, daß Kira ein heftiger Niesreiz befiel. Was jene mit einem schadenfrohen Lächeln quittierte, ehe sie sich beflissen umdrehte.

»Es kommt selten jemand hierher, um diese Bücher zu lesen«, sagte sie wie entschuldigend. »Deshalb der viele Staub.« Sie langte sich aus dem Dunkel eine Metallaterne und zündete sie behutsam an einer der Kerzen an, die den Gang erhellten. Für die Flure waren die Kerzen ideal, für das Studium der Bücher aber, wegen der Wachstropferei und Feuersgefahr, verpönt.

Der enge, stickige Raum war mit einem Tisch und einem Stuhl ausgestattet, die, so klein sie auch waren, eine ganze Ecke in Anspruch nahmen, und im übrigen mit Regalen vollgestellt, aus denen uralte Wälzer diese Störenfriede düster anzustarren schienen.

Kira und Kenyon traten beklommen ein.

»Die Bücher, die ihr sucht, stehen auf dem Bord dort«, sagte die Bibliothekarin, schwenkte ihre Laterne dahin und stellte sie dann behutsam auf dem Tischchen ab. »Das sind so seltene Werke, daß ihr sie leider nur unter meiner Aufsicht einsehen könnt.«

»Ich verstehe«, erwiderte Kenyon und musterte die angegebene Buchreihe. »Und welches ...«

Da fuhr ihr ein schneidender Schmerz durch den aufgewühlten Magen, und ihr wurde rot und flau vor Augen. »Entschuldigt mich«, stieß sie hervor, »ich bin sogleich wieder zurück.« Und sie machte kehrt, zwängte sich an der überraschten Kira vorbei und hastete mit hämmernden Absätzen den Gang zurück.

Vom Treppenabsatz sah sie, wie ein Junge im Studententalar mit einem Buch in der Hand das Gebäude verlassen wollte. Da stürmte sie die Stufen hinunter, packte ihn so derb, daß sie ihm die Fingernägel in die Schulter grub, und riß ihn so roh von der halboffenen Tür zurück, daß er vor Überraschung und wohl auch vor Schmerz aufschrie.

»Tut mir leid, junger Mann«, fuhr sie ihn an. »Es ist nicht erlaubt, Bücher mit nach Hause zu nehmen.«

Damit entriß sie ihm das Werk, schob ihn recht unsanft zum Haus hinaus und schlug die Tür hinter ihm zu, daß es nur so krachte. Zufrieden seufzend ordnete sie ihr Gewand, klemmte sich das gerettete Büchlein unter den Arm und stürmte wieder hinauf.

Als sie das Kämmerchen fast erreicht hatte, vernahm sie die Stimmen der beiden. Da schlich sie auf leisen Sohlen näher, um sie zu belauschen, und drückte dabei das kleine Buch wie ein Baby an ihre Brust.

»›Drachen können unsere Sprachen sprechen, aber nicht lügen, es sei denn durch Auslassung‹«, hörte sie Kenyon sagen, wohl ablesend. »›Beim Gespräch mit einem Drachen muß man ihm genau zuhören.‹ Wer will schon mit Drachen reden? Deren Devise ist doch: Erst auffressen und dann fragen!«

Das Berthwin-Traktat, dachte die Bibliothekarin verdrossen, auf das sind sie natürlich zuerst gestoßen ... Sie konnte sie sich vorstellen, wie sie da in der kleinen Kammer saßen, mit ihren fettigen, schmutzigen Händen die Bücher begrabschten – und sie biß sich auf die Zunge, um nicht laut zu fluchen.

»So höre dir mal das hier an«, fuhr der junge Mann nun fort. »›Ein Drache kennt jedes Stück seines Horts und weiß sofort, wenn eines von seinem Platz genommen oder gestohlen wird.‹«

»Die schwierigste Aufgabe dürfte es sein, hier Dichtung und Wahrheit zu unterscheiden«, schnaubte Kira.

»Wahrscheinlich«, pflichtete Kenyon ihr bei. »Aber das haben wir ja letzthin ausgiebig geübt.«

Nun hörte die Bibliothekarin einen dumpfen Schlag – er hatte wohl sein Buch zugeklappt; dann war es still. Sie knirschte vor Zorn mit den Zähnen und spitzte die Ohren, um vielleicht doch noch irgend etwas zu erhaschen, das ihr Aufschluß gäbe. Nichts, es blieb alles ruhig.

Aber als sie sich anschickte, in die Kammer zurückzukehren, ließ sich mit einemmal Kenyon wieder vernehmen.

»Kira«, sagte er nun. »Warum gehen wir nicht nach Hause und vergessen das Ganze?«

»Was?« staunte Kira.

Die Bibliothekarin erstarrte und horchte so angestrengt, daß sie das Knistern der Laterne in dem Kämmerchen hören konnte.

»Ich habe das Umherreisen satt. Die Jagd nach Hinweisen. Die ganze Sucherei, Kira«, erklärte er. »Warum kehren wir nicht einfach nach Middestown zurück und lassen die Geschichte auf sich beruhen?«

»Ach ... Einfach so?« erwiderte Kira bissig und schnalzte mit den Fingern. »Und auch einfach so unseren Familienbesitz in den Händen dieser Fremden lassen?«

Kenyon blieb stumm.

»Ich will diesen Hort, kleiner Bruder«, versetzte Kira in einem Ton, bei dem sich der Bibliothekarin alle Nackenhaare sträubten. »Ich will unsere Ländereien wiederhaben, und mit diesem Schatz kann ich sie zurückkaufen!«

»Und wozu denn das?« hielt er sanft dagegen. »Mutter hat sie verkauft, da sie sie nicht recht bewirtschaften konnte. Und sie war froh, sie in den Händen einer Familie zu wissen, die das Wissen und Können und die Mittel dazu besitzt.«

»Und nun ist sie auf einem öffentlichen Friedhof beerdigt«, fauchte Kira. »Und nicht auf unserem Grund und Boden!«

»Davor hatte sie keine Angst. Hat sie mir selbst gesagt.«

»Aber ich könnte diese Güter jetzt führen.«

»Wirklich?« knurrte Kenyon. »Du hast in deiner Söldnergilde vielleicht gelernt, eine Burg zu führen ...« Aber nach einem kurzen, verlegenen Schweigen fügte er hinzu: »Tut mir leid, Kira. Ich weiß, daß dir das viel bedeutet. Ich bin einfach müde, das ist alles.«

Da hörte die Bibliothekarin Stoffrascheln und schloß daraus, daß Kenyon den Kopf auf die Hände gelegt habe. Wieder lange Stille. Aber sie wartete geduldig in ihrem Flur, da sie das Gefühl hatte, daß bald etwas Wichtiges geschehen würde.

»Weißt du was, kleiner Bruder?« sagte Kira nach einer Weile mit sanfter Stimme. »Wie wär's, einen Monat weiterzusuchen? Wenn wir dann diesen Schatz nicht gefunden haben, kehren wir nach Middestown zurück. Porino bekniet mich schon lange, die Rekrutenausbildung zu übernehmen. Ich glaube, das würde mir gar nicht so schlecht gefallen.«

»Abgemacht!« rief Kenyon. »Noch einen Monat, um den Hort zu suchen!«

Da sah die Bibliothekarin zu dem unsichtbaren Himmel auf und sprach rasch ein Dankgebet. Nun so ein Stups in die richtige Richtung ... und ich muß keinem ihr plötzliches Verschwinden erklären! Noch über ihren Einfall lächelnd, trat sie langsam in die Kammer. Und Kenyon und Kira, die zwischen Stapeln von Büchern auf dem Tisch hockten, blickten überrascht auf.

»Entschuldigt diese Unterbrechung«, sagte die Bibliothekarin und legte das Büchlein, das sie eben gerettet hatte, auf den Tisch ... und irgendwie nahm es sich neben all den Folianten sogar bedeutend aus. »Es gibt immer wieder Leute, die so mit ein oder zwei Büchern davonspazieren. Bei manchen ist es ja wohl eher ein Versehen.«

»Und sind dir schon welche abhanden gekommen?« fragte Kenyon neugierig.

»Nicht, daß ich wüßte«, erwiderte sie grimmig. »Wir führen hier sehr genau Buch!«

Kenyon nickte und schlug den Band von Berthwin wieder auf.

»Und was geschah, als die Drachin diese Burg besetzt hatte?« nahm Kira den Faden erneut auf.

»Oh«, sagte die Bibliothekarin und lehnte sich an den Tisch, besann sich aber eines Besseren, da er so bedrohlich wankte. »Darüber geben die Geschichten kaum Auskunft«, fuhr sie fort und dachte bei sich: Je nachdem, mit wem man spricht. »Aber wie gesagt, die Drachin hat so an die zweihundert Jahre hier gehaust und soll nun in all der Zeit unglaubliche Reichtümer gehortet haben. Aber woraus dieser Schatz bestand, wußte und weiß niemand genau. Die Legenden sind sich bloß darin einig, daß das weder Gold noch Silber oder Magie gewesen sei.«

»Und wo stammte das alles her?«

Sie zuckte in schön gespielter Gleichgültigkeit die Achseln. »Darüber sagen die Geschichten nichts. Das tun sie natürlich nie. Die Gerüchte über ihren Schatz lockten im Lauf der Zeit goldhungrige Krieger und Kriegerinnen aus aller Welt an. Und einige hätten die Drachin auch fast besiegt, aber keiner hat es geschafft.«

»Warum ist sie dann nicht mehr hier?« fragte Kira, die schon ganz ungeduldig auf ihrem Stuhl hin und her rutschte.

»Dazu wollte ich nun kommen. Der Legende zufolge ritt eines Tages eine Kriegerin namens Lilire in diese Burg ein ... als dreizehnter Herausforderer der Drachin in jenem Sommer. Nach einer knappen Stunde sei sie wieder vor der Feste erschienen und habe berichtet, die Burg sei leer, weder von der Drachin noch von ihrem Hort sei irgendeine Spur zu finden.«

Da starrte Kira die Bibliothekarin ungläubig an. »Du meinst, sie hätte einfach ihre Sachen gepackt und das Weite gesucht? Aber warum?«

»Nun«, warf Kenyon ein, »den Drachen sind, laut meinem Buch, Störungen lästig ... wenn auch manche auf Gespräche stehen.« Und er blickte auf und sah die Bibliothekarin forschend an. »Vielleicht hatte sie es satt, sich immer wieder mit diesen Herausforderern herumzuschlagen. Vielleicht wollte sie ganz einfach ihre Ruhe haben.«

Nun warf die Bibliothekarin ihm einen durchdringenden Blick zu. Er erwiderte ihn kurz und schlug dann die Augen nieder. Kira tat den Mund auf, um noch etwas zu sagen – aber da kam ihr die Bibliothekarin schon zuvor.

»Jedenfalls«, fuhr sie fort, »hat Lilire die Burg übernommen und irgendwann die Bibliothek gegründet. Die stammt also aus ihrer Zeit.« Als sie nun Kenyon erneut ansah, wich der ihrem Blick aus.

»Aber wo ist der Hort?« bohrte Kira weiter, die ihre eigene Bemerkung wohl bereits wieder vergessen hatte. »Der muß doch irgendwo geblieben sein. Die Drachin konnte ihn ja nicht so einfach fortschaffen, oder?«

»Wer weiß?« sagte Kenyon, ohne die Augen von seinem Buch zu nehmen, und schlug behutsam ein Blatt um. »Drachen sollen ja sehr stark sein. Und sehr schlau.« Er vermied es immer noch, die Bibliothekarin anzusehen, obwohl die sich alle Mühe gab, ihn dazu zu bringen.

»Kannst du uns sagen, wo die Drachin diesen Schatz versteckt haben könnte?« drängte Kira, der jener stumme Zweikampf wohl entgangen war. »Das ist sehr wichtig für uns.«

Die Bibliothekarin blickte wieder Kenyon an, versuchte, ihm ins Gesicht zu sehen ... Aber er starrte unverwandt auf sein Buch.

Er weiß mehr, als er herausläßt, dachte sie gewitzt, aber er scheint nicht bereit, es seiner Schwester weiterzusagen. Und da fiel ihre Anspannung vollends von ihr ab.

»Also«, brach sie das Schweigen und zog geschickt einen Band aus einem dieser Stapel, »hier bei Leland findet ihr einige Theorien, und Kythnar«, damit nahm sie noch ein Buch heraus, »hat etliche Ideen, die euch interessieren könnten. Wenn ihr die Zeit habt, könntet ihr ja auch noch Arkinia Marthesgrave fragen. Sie lehrt an der hiesigen Universität und weiß eine Menge über die örtlichen Legenden.«

»Verdammt«, murmelte Kenyon plötzlich, tastete seine Robe ab und drehte sich um, suchte den Boden hinter seinem Stuhl ab. »Ich muß meinen Federkasten unten liegenlassen haben, und ich wollte doch diese Passagen abschreiben!«

»Wie intelligent«, seufzte Kira. »Nun soll ich ihn dir holen?«

Da grinste er so breit, daß die Bibliothekarin sich an einen jungen Hund erinnert fühlte – und sie schluckte hart, weil ihr prompt einfiel, daß sie noch nicht zu Mittag gegessen hatte.

»Du bist doch eine liebe Schwester«, sagte Kenyon mit großen Unschuldsaugen.

Kira grunzte, erhob sich aber sofort und machte sich auf den Weg. Kenyon sah ihr nach, bis sie seinen Blicken entschwand, und drehte sich dann zu der Bibliothekarin um.

»Ich weiß, wo der Schatz ist«, sagte er verschmitzt.

»Aber du wirst es keinem weitererzählen«, erwiderte sie kühl und machte es sich auf Kiras Stuhl bequem.

»Was hätte ich davon? Den kann man nicht gerade forttragen. Außerdem, ich will ihn ja nicht. Kira will ihn haben.«

Die Bibliothekarin nickte. »Wie bist du darauf gekommen?«

»Durch diese Stelle«, sagte er, suchte mit dem Finger eine Zeile der aufgeschlagenen Seite und las laut vor: »›Drachen nehmen manchmal Menschengestalt an‹ ...«

» ... ›vor allem aber jene, die nichts gegen ein Gespräch mit Menschen haben‹«, schloß sie gelassen an seiner Statt.

Kenyon klappte das Buch zu. »Ja«, murmelte er sinnend. »Von dir könnte ich eine Menge lernen. Eine ganze Menge.«

»Ich bin Bibliothekarin«, erwiderte sie und sah ihm fest in die Augen, »und nicht etwa Lehrerin.«

»Da hast du wohl recht ...«, seufzte er und blickte beiseite. Nun saßen sie stumm da. Er hätte dieses Schweigen offenbar gern gebrochen, hatte aber genauso offenbar nicht die Kraft dazu.

»Ich konnte deinen Federkasten nicht finden«, rief Kira, als sie einige Zeit später zurückkehrte. »Bist du sicher, daß du ihn drunten gelassen hast?«

»Entschuldige«, erwiderte Kenyon ganz zerknirscht und langte unter seinen Stuhl. »Er ist doch hier!«

Kira verdrehte die Augen. »Und du giltst als Zauberer!«

Er lächelte flüchtig und warf dann der Bibliothekarin einen flehenden Blick zu. Aber die schüttelte leicht den Kopf, und um ihren Mund spielte wieder dieses dünne Lächeln.

»Ich denke, wir sollten jetzt zur Universität gehen und mit der Professorin sprechen«, sagte er. »Hier habe ich wohl alles erfahren, was es zu erfahren gab.«

»Wolltest du nicht diese Buchstellen kopieren?« wandte Kira ein.

»Ich glaube nicht, daß ich die brauche«, meinte er und erhob sich und reckte sich und nickte der Bibliothekarin zu. »Und Dank für deine Hilfe!«

»Keine Ursache«, erwiderte die mit nun breitem Lächeln und zutiefst erleichtert. »Ja, und euch alles Gute!«

»Dir auch …«, murmelte Kira mechanisch, schon halb im Gang. Und ihr Bruder folgte ihr, warf aber der Bibliothekarin im Hinausgehen noch einmal einen bedauernden Blick zu.

Und die Bibliothekarin sah ihnen nachdenklich hinterher und stellte dann die Bücher, die sie herausgenommen hatten, mit geübter Hand wieder an ihren Platz. Zu guter Letzt nahm sie das kleine Bändchen, das nicht in die Kammer gehörte, schloß nun sorgfältig die Tür hinter sich ab, stieg mit klappernden Absätzen in den Lesesaal hinunter und stellte es so behutsam wie einen Schatz – und ein Schatz war es auch – in das Regal zurück, in dem es all die Zeit gestanden hatte.

DOROTHY J. HEYDT

Hier ist wieder eine Heldin, die wir aus vielen der vorigen Bände kennen – Dorothys »Cynthia« im antiken Milieu. Ich mag Historienstoffe, muß man doch, weil die Geschichtsschreibung bis kürzlich eher Inspiration als Information bot, schon bei der Rückversetzung um ein paar Jahrhunderte alles irgendwie erfinden, also reine Fantasy schreiben. Daher gehören meine großen historischen Romane, ebenso wie die von Diana Paxson und Mary Renault, zur Fantasy – mögen sie noch so sehr durch Recherchen fundiert sein.

Dorothy Heydt war schon häufig in dieser Reihe vertreten und hat viel zum Bereich Star Trek *geschrieben (ich glaube aber, daß ihre Arbeit für das Gros der kommerziellen Märkte zu gut und subtil ist). Sie wohnt in Berkeley, hat zwei erstaunlich guterzogene Kinder und ein Haus voller Lebensnotwendigkeiten wie Katzen und Computer. Ihr Mann, Hal Heydt, ist ebenfalls Computer-Experte. Wie praktisch! – MZB*

Die Totenkönigin

Sie waren bereits einige Zeit auf dem Meer, das Geschrei der Möwen im Kleinen Hafen war nicht mehr zu hören – als Cynthia spürte, wie das Seil um ihre Hüfte gelöst wurde. Sie kämpfte sich aus dem staubigen, schweißgetränkten Umhang, in den der Mann sie eingepackt hatte, blinzelte ins grelle Sonnenlicht und rang nach Luft.

Der Kerl kauerte stumm und reglos ihr gegenüber: ein kleiner Mann von vielleicht zwanzig Jahren in einer groben, braunen Tunika: kurzgeschnittenes schwarzes Haar, ein ovales Gesicht mit einer breiten Stirn über haselnußbraunen Augen, dazu ein schmales Kinn, an dem sich der sonst kurze schwarze Bart wie das Schwanzgefieder des Erpels lockte. Er kauerte, mit etwas vorgebeugtem Oberkörper und um die Knie geklammerten Händen, in fast ehrerbietiger Haltung vor ihr – und sein blitzender Bronzeohrring verriet ihr, daß er ein Sklave war. Aber seine abwartende Haltung hatte nichts von der Unterwürfigkeit des Sklaven, dessen Leben von der Laune anderer abhängt, der die Krumen vom Tisch des Herrn erhascht. Er betrachtete sie, wie ein Mann ein Pferd betrachtet, das er zureiten will, wie ein Liebhaber die Geliebte oder ein Seemann den Morgenhimmel.

Noch eine Stunde bis Mittag ... Der Himmel leuchtete golden, aber über dem Meer war es diesig. Die See wurde kabbelig und weißfleckig vor Schaum. Aber das Boot, das vor einem starken Südwind lief, teilte die Wellen wie ein Messer. Cynthia warf einen Blick achteraus. Der Südhimmel war messinggelb und mit Staubwolken bedeckt – da blies ein Schirokko aus den Wüsten Afrikas herauf. Dieser heiße Wind könnte Tage anhalten! Der Narr von einem Sklaven täte besser daran, in einem Hafen, in welchem auch immer, Schutz zu suchen, solange dazu noch Zeit bliebe ...

Das Boot war prächtig anzusehen – leuchtendhell lackiert und mit schönem Schnitzwerk an Reling und Steuerruder. Längs der Backbordseite lag ein aufgerollter Teppich, dessen Kanten in Purpur und Safran schimmerten. Und daß im Bauch des Schiffes weitere Reichtümer lagerten, ließ die kleine Deckfalltür mit dem auffälligen Bronzering erahnen. Dieser kleine Dieb hatte fürwahr einen fürstlichen Geschmack.

Nun drehte sie sich zu ihm um. Aber als sie ihn noch genauso stumm und abwartend kauern sah, riß ihr die Geduld. »Schön!« rief sie. »Du kannst entweder bis Einbruch der Nacht wie ein kleiner Sphinx da hockenbleiben oder aber mir sagen, was das alles soll!«

»Ich brauche deine Hilfe«, erwiderte er.

»Da hast du ja eine feine Art gewählt, mich zu bitten.« Er hatte sie in einem kleinen Gäßchen, der Abkürzung zwischen dem Fisch- und dem Kräutermarkt, von hinten überfallen und sie samt ihren Packen, ehe sie sich nach ihm hatte umdrehen können, in dem verdammten Umhang verschnürt und dann sofort auf dieses Boot geschleppt.

»Vergib mir, Frau«, murmelte er. »Ich hatte kaum eine andere Wahl. Ich kam erst heute morgen in Syrakus an und konnte ja nicht lange bleiben. Jedenfalls nicht lange genug, um dir so zufällig auf dem Markt zu begegnen und um ganz langsam dein Vertrauen zu gewinnen, mit dir über dies und jenes zu reden … und das alles vor den Augen und Ohren anderer Leute …«

»Halt«, gebot sie und spähte nach Westen. Sizilien lag schon weitgehend unter dem Horizont, aber nicht der bleiche Gipfel des Ätna. Nach dem könnte sie navigieren und dann vielleicht Catania erreichen. Denn nach Syrakus kämen sie nicht zurück, nicht bei dem Wind. »Sage mir in einem Satz, worum es geht«, fuhr sie fort, »sonst werfe ich dich über Bord …« (Wenn sie das schaffte. Sie war so groß wie er, sogar schwerer – aber die Arme, die ihr den Umhang über den Kopf gestülpt hatten, waren ihr als unangenehm stark in Erinnerung geblieben.)

»Du sollst das Kind retten, das meine Schwester erwartet.«

»Was?« rief sie und blinzelte. »Du brauchst eine Hebamme?«

»Die vielleicht auch Hexe ist«, sagte er. »Meine Schwester ist vom Sohn meines Herrn in Panormos schwanger. Mein Herr ist ein frommer Mann und fürchtet die Götter. Du weißt, was die Karthager mit erstgeborenen Kindern tun?«

Cynthia stockte der Atem. »Und da hast du an mich gedacht«, keuchte sie dann. »Ach, du Hurensohn, du kennst wohl meine Achillesferse, ja? Wo hast du von mir gehört?«

»Das spricht sich herum«, versetzte der Mann achselzuckend. »Und jetzt, Frau? Ich kann dich nun zu nichts mehr zwingen. Wirst du mit mir kommen, oder soll ich Catania anlaufen und dich dort absetzen?«

»Oh, keine Angst, ich bin dabei. Wann dürfte deine Schwester denn niederkommen?«

»So beim nächsten Vollmond.«

»Und wir haben jetzt abnehmenden Mond. Also, reff aus, Mann ... wie heißt du übrigens? Uns bleibt nicht viel Zeit. Die erste Regel einer Hebamme lautet: ›Vertraue nie darauf, daß das zweite Kind zum angesetzten Zeitpunkt kommt ...‹«

»Ich heiße Komi«, erwiderte er und schüttete, wie verlangt, die Reffs aus dem Segel. »Aber das ist ihr erstes Kind.«

»... und die zweite Regel einer Hebamme lautet: ›Vertraue auch nie darauf, daß das erste Kind ...‹ Ich übernehme das Ruder.«

So vor dem Sturm laufend, fuhren sie schon zu Mittnachmittag in die Straße von Messina ein. Zu zweit dieses Boot segelnd, das für eine fünf- oder gar sechsköpfige Besatzung ausgelegt war, hatten sie wenig Zeit zum Reden gefunden ... Komi hatte für seine Einhandtour von Karthago nach Syrakus ja all sein Können aufbieten müssen.

Nun aber, im Windschatten der Steilufer dieser Meeresstraße, konnten sie wenigstens ihr eigenes Wort wieder verstehen und sich etwas unterhalten, auch wenn Komi dabei auf seinen Kurs achten mußte.

»Mein Herr ist Hanno der Kaufmann, er verschifft Öl und Wein von Tyros nach Karthago, von Karthago nach Tyros. In letzter Zeit gingen seine Geschäfte nicht gut. So raunt er etwas von Ungnade der Götter«, sagte er und gab etwas Tuch. »Du weißt, wie diese punischen Götter sind: gleich gekränkt und selten zufrieden. Hanno hätte ihnen ... und dies sind seine, nicht meine Worte ... seinen Erstgeborenen, Myrcan, als Brandopfer darbringen müssen, er hat ihn aber versteckt ... Seither lebt er in Angst und kann sich der Erfolge, die er ja auch gehabt hat, kein bißchen erfreuen ... Nun hat Myrcan meine Schwester Enzaro geschwängert, und da wittert Hanno die Chance, seinen Fehler wieder gutzumachen. Myrcans Erstgeborenen den Flammen zu übergeben ... das könnte ja wettmachen, daß er den seinen nicht geopfert hat. Dabei ist er aber keineswegs sicher, daß die Götter die verspätete Gabe annehmen werden. Aber er ist fest entschlossen, den Versuch zu wagen.«

»Von uns Hellenen haben die Götter aber nie Kinder als Opfer verlangt«, sagte Cynthia. »Jedenfalls nur ganz selten.« Und sie schilderte ihm, wie Artemis einst Iphigenie, die Tochter Agamemnons, als Preis für günstige Winde zur Fahrt gen Troja gefordert hatte. »Aber wenn du so willst, der Göttin Fortuna opfern wir ja all diese Kinder, die wir aussetzen ... in der Hoffnung, daß einer sich ihrer annehme. In Alexandria werden sie natürlich von den Agenten der Ptolemäer eingesammelt und in die Sklaverei verkauft. Vielleicht sollten die sie lieber sterben lassen.«

»Nein, keinesfalls«, erwiderte er so brüsk, daß sie erstaunt aufblickte ... Er lehnte, die Pinne in der Armbeuge, mit dem Rücken am Dollbord. »Mit deiner Erlaubnis, werte Frau, sage ich, als jemand, der es weiß: Lieber lebendig und ein armer Sklave als tot und eine Mumie in Seide und Gold. Du sprachst von Fortuna, nun, ihr Rad dreht sich immerdar.« Er gab etwas Ruder, und da drehte das Boot langsam von der schon etwas zu nahen Festlandsküste ab. »Solange wir am Leben sind, können wir noch auf bessere Zeiten hoffen. Aber die Toten sind alle gleichermaßen tot.«

»Lieber der Tagelöhner des armen Häuslers sein als der König aller Toten.«

»Wer hat das gesagt?«

»Achilles.«

»Er hatte recht«, sagte Komi lächelnd und legte noch Ruder. Seine gebräunte Haut war im Licht der verhangenen Sonne wie mattiertes Gold, und sein kurzes Haar steilte unter dem Wind wie die See. »Hier mußten die Seeleute einst zwischen Skylla und Charybdis passieren. Siehst du die Felsnadeln? Auf denen lauerten sie. Aber sie sind verschwunden, nun müssen wir nur noch die Römer auf dieser und die Mamertiner auf jener Seite fürchten.« Damit wies er auf die Landspitze zu ihrer Linken, auf der, wie eine Steinkröte, die Burg von Messene lag. »Die kampanischen Söldner, die sich ›Marssöhne‹ nennen, haben im Frühjahr die Stadt erobert, ihre Einwohner hingeschlachtet.«

»Ja, man spricht von nichts anderem mehr in Syrakus«, sagte Cynthia. »General Hieron brennt schon darauf, sie mit Feuer und Schwert zu vernichten, und der Rat dürfte ihm freie Hand geben. Ob die Jagd auf uns machen werden?« Ihr Boot war zwar winzig, aber prachtvoll ausgerüstet. Es war ja das Spielzeug eines Fürsten gewesen.

»Nicht, wenn Fortuna uns treu bleibt. Piraten sind praktisch denkende Leute. Wer würde bei so einem Starkwind auslaufen? Da hätten sie nichts zu erhoffen!«

Eine staubbeladene Böe fuhr ins Segel, und ihr Schiff schoß durch die Wogen, vorbei am Kap Mamertine – und ins Sichtfeld eines großen Kriegsschiffes, das da im Windschatten lauerte. Es hatte seine beste Zeit wohl schon hinter sich, sah aber jetzt, in seinem reiferen Alter, immer noch zum Fürchten aus. »Das Glück hat uns verlassen«, knurrte Komi. »Übernimm du bitte das Ruder und überlaß mir das Segel.«

Zuerst glaubte Cynthia noch, die Mamertiner hätten sie nicht gesichtet oder verschmähten es, solch kleines Wild zu jagen. Dann sah sie, daß sich ihr rostrotes Segel löste, blähte ... und der Kaperer Fahrt aufnahm. Er führte viel mehr Tuch als ihr Boot, war ihm deshalb an Schnelligkeit überlegen. »Hart Steuerbord!« rief Komi, der breitbeinig dastand und mit den um seine Unterarme geschlungenen Schoten das Segel anholte. Cynthia legte Ruder. Da scherte ihr kleines Boot aus, nahm Nordostkurs mit raumachterlichem Wind. Ihr Verfolger tat es ihnen gleich, fiel aber bald zurück, da seine Segelkraft nun schwand und sein Gewichtshandicap durchschlug.

»Wie lange können wir so weitersegeln?« keuchte Cynthia und stemmte ihre Unterarme gegen die Pinne.

»Solange unsere Kräfte reichen.«

»Nein, ich ... wir wollen ja nicht aufs Festland auflaufen.«

»Ach nein, so weit segeln wir nicht auf diesem Kurs. Ja ...«, er sah sich rasch nach den Mamertinern um, »doch, wir werden nun gleich die andere Richtung nehmen. Wenn ich ›drei‹ sage, dann, Frau, bitte hart Backbord.« Damit holte er die Schoten wieder dicht. »Eins, zwei ... und drei!« Das Segel schlug so wild, daß es ihn fast vom Deck hochhob, und blähte sich dann wieder. Die Wogen klatschten gegen den Bug, eine Gischtfahne stieg auf, wurde vom Wind verweht, und da jagte das Boot auf Nordwestkurs dahin. Der Kaperer hinter ihnen krängte schwer, als er auf den anderen Bug ging, um ihnen nachzusetzen. Komi lachte spöttisch. Daß er den Mamertinern keine Nase drehte, lag nur daran, daß er keine Hand mehr frei hatte.

»Verdammt, gibt der nie auf?« murrte er, eine Stunde später. Da ihr Verfolger fast ganz hinter dem Horizont verschwunden war, ließen sie sich nun Zeit, damit die schmerzenden Arme und Schultern sich erholten. Aber dieser Piraten waren so viele, daß die sich an Pinne und Schoten ablösen könnten ... und sie schlossen offenbar auch schon wieder auf.

»Die glauben wohl, wir hätten einen vornehmen Passagier an Bord, für den sie Lösegeld erpressen könnten«, spekulierte Cynthia. »Oder einen Schatz.«

»Vielleicht haben sie recht«, erwiderte er. »Es ist Wasser und Proviant da, das habe ich überprüft, bevor ich das Boot stahl. Für eine gründlichere Inspektion war keine Zeit. Wenn wir den Bastard los sind, gehen wir runter und sehen nach ... Frau, wir hören in den punischen Landen zweierlei über dich. Nach der einen Kunde bist du eine mächtige Zauberin und hast einen punischen Hexer, der Syrakus die Pest bringen sollte, getötet und die Revolte der Sikeler niedergeschlagen, indem du den Mond vom Himmel holtest, und durch Schlafzauber einen Mordanschlag auf General Hieron vereitelt. Nach der anderen bist du nichts dergleichen, sondern bloß eine schlagfertige, weise Frau, und der Rest ist Dichterlüge.«

»Das meiste davon ist Dichterlüge«, sagte Cynthia. »Ich habe von einer Freundin einige Tricks gelernt, aber die lebt nicht mehr. Ich habe jenen Hexer mit einem Zauber bekämpft. Leider geht der hier nun nicht.« (Mich in Skylla verwandeln, um die Mamertiner in die Tiefe zu ziehen? Nicht, wenn es nicht sein muß. Meine letzte Verwandlung war ja kaum mehr rückgängig zu machen!) »Ich kenne einen Bann, der Kleines riesig aussehen läßt. Wenn ich einen Seetangteppich mit stachligen Fischchen fände, könnte ich den wie ein Seeungeheuer erscheinen lassen und diese Kerle damit verjagen. Aber da ist nichts weit und breit!« Sie ließ ihre Pinne fahren und spähte in die diesige Ferne. »Land voraus?«

»Ich glaube ja«, murmelte Komi. »Eine der Äolischen Inseln, wahrscheinlich Phaneraia. Du kannst im Westen den Rauch des Hephaistos sehen, aber wir sind schon an ihm vorbei. Siehst du diese Rauchfahne darüber? Der Hauch der Unterwelt quillt nur so aus den Stränden, aber auch den Küstengewässern von Phaneraia.«

»Bis wie weit hinaus?« rief sie und, ehe er das beantworten konnte: »Los, schnell zur Insel!«

Da brachte Komi das Schiff vor den Wüstenwind, daß es gleich wie ein Pfeil dahinflog. Cynthia schlüpfte unter den Schoten hindurch, kauerte sich an die Bugreling und starrte auf das Wasser vor ihr. Und der Kaperer holte weiter auf.

»Willst du ihn dort auflaufen lassen?« fragte Komi bald. »Es wäre möglich, unser Boot hat viel weniger Tiefgang ... Ob sie darauf reinfallen?«

Sie lächelte und begann, als sie Rauchblasen aus dem Wasser aufsteigen sah, oder zu sehen meinte ... einen Zauber ihrer Freundin Xanthe zu murmeln und kroch sodann unter ständigem Murmeln und Fingerabzählen (die Art von Zauber war das eben) rückwärts zum Heck.

Da stiegen aus ihrem Kielwasser Blasen so groß wie Melonen, so groß wie Ochsen auf, und sie zerplatzten, setzten dichte Rauchwolken frei, die im Nu einen dunklen Vorhang bildeten, der sie den Blicken der Mamertiner entzog.

Komi belegte die Schoten und kam nach achtern. »Gut gemacht, Frau«, sagte er. »Also, wenn die vernünftig sind, drehen sie ab und lassen es gut sein. Aber wenn sie blöde sind, folgen sie uns und laufen auf Grund. Wie hast du das gemacht, wenn ich fragen darf? Mit ...«

Cynthia öffnete ihre linke Hand und wies ihm den Ring darin. »Oh, im Gegenteil! Den gab mir die Nymphe Arethusa, ehe sie verstummte. Er feit mich gegen jeden Zauber, macht aber auch meinen wirkungslos. Deshalb mußte ich ihn abnehmen. Wie weit ist es noch ...« Da kam das Boot mit einem Knirschen wie von Mühlsteinen zum Stehen und rührte sich nicht mehr.

»Gar nicht so weit«, sagte Komi verlegen lächelnd. »Wo sind meine Sandalen? Ach, da.« Er zog sie an und sprang über die Reling ins seichte Wasser. »Höre, du kannst da nicht barfuß durchwaten. Der heiße Dampf verbrüht einem die Fußsohlen. O ja, der Rumpf ist noch heil ... Hervorragend! Die Stadt liegt doch auf der anderen Seite, und es wäre kein Spaß, die Insel zu Fuß zu durchqueren. Dieser Strand ist eine uralte heilige Stätte, nur unter Gefahr zu betreten ... Und schlecht für die Füße. Hier opferten sie einst den Göttern der Unterwelt. Wie die Leute hießen, weiß keiner mehr. Ihre Nachfahren sind die Sikeler, die heute in der Stadt leben.«

»Sozusagen deine Verwandten?«

»Aber nein«, rief er, kletterte wieder an Bord und zog seine Sandalen aus, um sie an der Sonne zu trocknen. »Entschuldige ... werte Frau, aber ich bin ein Sikan. Das ist ein kleiner, aber bedeutsamer Unterschied. Die Sikeler kamen erst später vom Festland. Wir waren die Ureinwohner der Insel. Sind aus deren Felsen entsprungen, wie die Legende sagt.«

Da erklang aus dem Rauch achteraus ein Schrei und darauf ein Knirschen, Krachen, als ob nun die ganze Mühle einstürzte ... Die beiden horchten atemlos. Ja, der Mamertiner war offenbar auf Grund gelaufen. Nur einen Bogenschuß hinter ihnen!

Nun ein Platscher, Stille ... und dann ein Schmerzensschrei, ein

Fluch in recht schlechtem Latein. Einer der Piraten war wohl barfuß ins Wasser gesprungen und hatte auf der Stelle erfahren müssen, daß das nicht ratsam war.

Weitere Platscher – und jetzt Befehle, in einem Kauderwelsch aus erbärmlichem Latein und hundsmiserablem Griechisch: Der Kapitän teilte seine Leute in Gruppen ein und sandte sie zur Erkundung des Strandabschnitts aus. »Nur hundert Schritt und dann zurück, in euren eigenen Fußstapfen, wenn nötig. Gaius, rühre die Trommel, damit sie zurückfinden.«

Und schon erklang ein langsamer Trommelwirbel, wie von einem Bestattungsboot. Cynthia nutzte den Lärm, um zu wispern: »Ob wir wohl loskämen?«

Komi stand achselzuckend auf, holte von Backbord den langen Bootshaken, bohrte ihn vom Bug aus in den Grund und stemmte sich breitbeinig dagegen. Aber das Boot bewegte sich nicht. »Vielleicht, wenn ich ins Wasser steige, mich mit dem Rücken dagegenstemme«, murmelte er.

»Nein, wir beide ...«, begann sie, verstummte aber angesichts seiner warnend erhobenen Hand.

»Rhodios!« rief da einer. »He, Rhodios! Warum antwortest du nicht?«

Und sie lauschten angehaltenen Atems auf das näher kommende, dann dicht neben ihnen erklingende und sich langsam wieder entfernende Plätschern tastender Schritte ...

»Wir haben Ebbe«, flüsterte Komi, kaum hörbar, »und kommen wohl vor der nächsten Flut nicht frei. Aber wir sollten erst einen neuen Versuch wagen, wenn sie alle wieder an Bord sind und wir ersehen, was sie als nächstes vorhaben.« Er kauerte, mit dem Rücken zum Wasser, an der Steuerbordreling, ließ den Bootshaken auf den Knien ruhen. Cynthia kroch zu ihm hinüber und setzte sich neben ihn.

Wie seltsam die Götter die Gaben verteilen! dachte sie. Wer, außer Sokrates, hätte bei einem punischen Sklaven ... solche Weisheit vermutet? Wer, außer Zeno, solche Tugend? Komi wagt das eigene Leben, um seiner Schwester die Trauer um ihr Kind zu ersparen, er hätte doch fliehen können und seine Freiheit erlangen. Welcher

Gott, welche Göttin war so klug, diese im Sklavenviertel begrabene Tugend zu finden? Etwa Fortuna?

Aber die Trommel war ja nicht mehr zu hören ... nur noch das Plätschern der gegen die Bordwand schlagenden Wellen und das Singen des Windes in den Wanten – ein irritierender Halbton, wie das Sirren eines Moskitos.

Nun sah sie den Mann, der auf ihrer Reling stand ... so jäh aufgetaucht wie ein Messer aus dem Ärmel des Meuchelmörders. Rasch ging sie ihre paar Zauber durch, fand aber keinen von Wert. Der Mann hatte sich auf seinem Schiff, so gut es ging, gewappnet, und sein Lederharnisch mit Messingnieten war bis zu den Achselhöhlen hinauf durchnäßt. Sein Helm war etwas zu groß für ihn und an zwei Stellen geflickt, sein Kurzschwert von vielen Schlachten schartig – aber noch immer bedrohlich spitz. »Sieh an! Du bist doch die Zauberin aus Syrakus? Was hast du mit meinen Kameraden gemacht?« rief er und visierte über die Schwertschneide ihre Kehle.

Da sprang Komi hoch und hob seinen Bootshaken. »Spar dir die Mühe«, spottete der Pirat und zielte auf Cynthias Herz. Komi schlug die Klinge beiseite. Splitter flogen, aber der Schaft hielt; er war aus zu hartem Holz für diese stumpfe Schneide.

»Du vom Raben gebissener Tor«, rief der Mann. »Sie raubt dir doch die Seele, wie jenen anderen!« Er richtete sein Schwert auf Komi, aber der hielt ihn mit dem Bootshaken auf Abstand. Er wagte einen Ausfall, aber Komi rammte ihm den Haken so in die Bauchgegend ... daß ihn nur der Harnisch davor bewahrte, seine Eingeweide auf den Planken auszubreiten. Jetzt wich er langsam zurück, um Atem zu holen, aber Komi folgte ihm übers ganze Deck, Schritt um Schritt, wie eine kleine Nemesis. Als der Söldner dann mit dem Rücken zur Heckreling stehenbleiben mußte, blieb auch Komi stehen, den Bootshaken schlagbereit.

»Laß dein Schwert fallen«, befahl Komi. »Lege besser gleich auch Helm und Harnisch ab. Dann darfst du über Bord springen und zu deinem Schiff zurückschwimmen. Es sei denn, du willst lieber wie ein Thunfisch ausgenommen und dann in Salzwasser eingelegt werden. Du hast die Wahl!«

»Scheißsklave, Mutterbeschäler«, fauchte da der Mamertiner.

»Heil dir«, erwiderte Komi, mit halbem Munde lächelnd, »und ich bin Komi, Sohn Endreigons.«

Der Mann brüllte wie ein Stier und hob das Schwert hoch über die Helmzier, aber Komi schwang den Bootshaken und traf ihn damit so derb am ungeschützten Ohr, daß er taumelte und über die Backbordseite ins Meer stürzte. Dann war nichts mehr von ihm zu sehen und zu hören, und als Komi und Cynthia über die Reling blickten, hätten sie auch nicht sagen können, ob die Blasen im unruhigen Wasser von diesem ertrinkenden Mann oder dem heißen Sandgrund stammten. Der Mamertiner kam jedenfalls nicht mehr hoch.

»Verdammt«, knurrte Komi nach einer Zeit. »Wenn ich doch nur das Schwert hätte. Das könnte ich vielleicht gut gebrauchen. So einen Bootshaken kannst du nicht überall tragen, aber ein Schwert ist gut zu verstecken ... unter der Tunika, im Ärmel und in einer Wiege ...« Sein nachdenklicher Blick wurde hart. »Vielleicht war einer der anderen so freundlich, an Land zu sterben. Ich schaue mal nach.« Damit holte er seine Sandalen und begann sie anzuziehen.

»Du gehst nicht hinaus!« rief Cynthia und hielt sich nun, so bestürzt wie zu spät, den Mund zu und lauschte. Aber nichts, von ihren Feinden kein Laut. Nur das Rauschen des Meeres und Singen des Windes drangen an ihr Ohr.

»Hörst du da etwas?« fragte Komi nach einer Weile. »Also ich nicht. Die sind alle tot, tot oder von den Erdgasen betäubt. In jeder kleinen Senke lagert sich dieses Zeug, da läuft man schnell hinein. Aber vergiß nicht, ich war ja schon hier und weiß, wie man sich da sicher bewegt.« Er faßte sie sanft an den Schultern. »Du Ärmste hast Ringe unter den Augen«, sagte er. »Aber kein Wunder, daß du erschöpft bist, du hast ja den ganzen Tag bei dem wütenden Wind Seemannsarbeit getan. Setze dich und ruhe dich aus, bis ich zurück bin. Mir stößt sicher nichts zu.«

Cynthia zögerte etwas zu lange: Ehe sie ihr nächstes »Nein!« sagen konnte, war er schon über die Reling gesprungen und im Rauch und Dunst verschwunden. Also ließ sie sich im schmalen

Schatten des Segels nieder, wo auch die Luft um etwas kühler war, und wog den Ring in ihrer Hand und überlegte, ob es für Komi hilfreich oder gefährlich wäre, wenn sie den magischen Rauchschleier vertriebe. Aber dann steckte sie sich den Ring doch nicht an, sondern zog die steifen Schultern hoch, ließ den Kopf kreisen und legte darauf die Stirn auf die Knie, um ihre Augen vor dem grellen Licht zu schützen …

Das Gras war dunkel im Schatten der Bäume, und kleine Blumen schimmerten zart, wie Sterne im Nebel. Cynthia schritt durch kühlen Tau. Da blieb sie wie angewurzelt stehen: Unter einem scharlachrot erblühenden Baum lag eine Gebärende und stöhnte und schrie. Dabei war es eine Geburt so leicht, wie Cynthia noch nie eine gesehen hatte, und ging so schnell vonstatten, daß das Neugeborene, ehe sie noch beispringen konnte, schon aus vollem Halse krähend, zwischen den Beinen der Mutter lag. Und die nahm es auf, wiegte es leise singend in ihren Armen, wischte ihm das Blut und den Schmer ab und legte es an ihre Brust.

Dann riß sie den Mund weit auf, bleckte ihre spitzen, langen Fänge und fraß das Kleine mit zwei Bissen auf …

Cynthia fuhr keuchend aus dem Schlaf hoch; ihre Hände waren so fest geballt, daß ihr der Ring tief ins Fleisch schnitt. Ein böses Omen, ihr Traum – aber mit welcher Botschaft? Der Rauchschleier war dünner geworden, und nun sah sie, daß die Sonne bereits tief am Himmel stand; in ein oder zwei Stunden würde sie hinter den Säulen des Herkules versinken. Vor dem schon rötlicheren Himmel hob sich schwarz der Mamertiner ab, der westlich von ihr lag. Nichts rührte sich dort. Aber die Flut hatte eingesetzt – weiß schäumende Wellen leckten schon den sanft ansteigenden, von kleinen Dampffontänen übersäten Strand hinauf. Und auf dem Dünenkamm ihr fast gegenüber, so fünfzig Schritt von der Ebbelinie, sah Cynthia etwas Dunkles liegen – eine tote Möwe vielleicht oder ein Stück Treibholz, das der Sturm dort hinaufgefegt haben mochte. Da steckte sie sich ihren Ring an den Finger, und als der Rauch mit leisem »Schschsch!« verschwunden war, erwies sich das Etwas als ein Bein in meerwasserdunklem Stiefel, das sehr ruhig dalag …

Sandalen, den Rock hüfthoch gerafft, den Saum in den Gürtel! Wo war der Bootshaken? Ach, den hatte er ja mitgenommen. Nun sprang sie über die Reling ins seichte Wasser und watete zum Strand.

Der Blick, der sich ihr da vom Kamm bot, war so schrecklich, wie sie es befürchtet hatte, nein, schlimmer: Die Mamertiner lagen im Sand aufgereiht – nicht in Haufen, wie von der Flut angespülte Ertrunkene – und jeder für sich, so als ob jeder von ihnen sich da zum Sterben hingelegt hätte, wo er gerade gegangen war. Sie ging vom einen zum anderen und untersuchte sie: Bei keinem war noch ein Atem oder Herzschlag zu spüren, und sie wurden alle schon kalt. Dann fand sie Komi: über dem Mann zusammengebrochen, dem er sein Kurzschwert hatte nehmen wollen. Der mit Bronzedraht fest umwickelte Schwertgriff lag noch in seinen gertenschlanken, vom Segeln und harter Arbeit schwieligen Fingern. Da nahm Cynthia ihren Ring ab – wartete angehaltenen Atems darauf, daß etwas geschähe … vergeblich – und steckte ihn darauf Komi an die Hand. Aber es tat sich auch jetzt nichts.

Er lag, wie der von ihm beraubte Söldner, mit dem Gesicht am Rand dieser flachen Sandkuhle, die nach Schwefel und faulen Eiern stank. Da fielen ihr seine Worte wieder ein: »Erdgase. In jeder kleinen Senke lagert sich dieses Zeug, da läuft man schnell hinein.« Vielleicht käme er wieder zu sich, wenn sie ihn rasch fortbrachte … aber hatte sie sich nicht schon zu lange hier aufgehalten? Es wurde nun dunkel um sie – und als sie in die Kuhle blickte, erschien sie ihr nicht mehr flach und sandig, sondern tief wie ein Grab, tief wie der Schlund des Ätna, und ganz dort unten sah sie bedrohliche Flämmchen züngeln. Ihr war, als ob der Schlund sie selbst in einem Zug austrinke wie einen Krug Wein.

Ringsum zuckten, wie ersterbend, kleine, fahle Flammen. Aber nirgends war Glut: Kalt war der Schlund unter ihr. Sie glitt hinab wie eine Rauchsäule in einem leiseren Luftzug. Bleiche Flämmchen züngelten die Wand entlang … und sie war selbst eine Flamme.

Sie versuchte, dem Zug zu widerstehen und mit dem, was ihre Hacken gewesen sein mochten, ihre Abfahrt zu bremsen, gegen den Strom aufzusteigen … konnte ihr Tempo aber nur verlangsamen. Mit einem schönen fliegenden Start in die Gegenrichtung wäre der Rückweg zu schaffen gewesen, aber nicht so, nicht einmal aus dem Stand! Sie hätte auch mit diesem Luftstrom schwimmen können, ihre Kraft der seinen hinzufügen und damit den Grund schneller erreichen. Aber das schien ihr unklug, solange sie noch eine andere Wahl hatte.

Sie war die Zunge einer Flamme – aber eine, die der Sprache nicht mächtig war. Was aber auch gleichgültig war, denn hier war niemand, den sie zu Hilfe hätte rufen können … Oh, wenn Arethusa und die Götter nicht in Schlaf gefallen wären! Aber die Götter waren verschwunden oder hatten niemals existiert, waren nur Dichterlügen, Blendwerke der Scharlatane gewesen.

Da flackerte und zischte Cynthia wie eine Flamme bei grünem Holz oder starkem Wind; aber sie trieb mit dem Luftzug immer tiefer hinein in die Erweiterung der langen alten Lavaröhre – eine Kammer hoch wie ein Baum und kreisrund wie die Wellen eines in einen Teich geworfenen Steins, mit einem flachen Trichter als Boden, noch ganz in der Form des Magmastrudels, der da durch eine Erdspalte herabgewirbelt und dann erkaltet war. Fast ersterbende Flammen zuckten über den Felsgrund und trieben langsam auf das zu, was in der Mitte war.

Ein Licht, schwach wie der Schein eines Sterns, den man nur aus dem Augenwinkel sehen kann. Sieh direkt hin … Und da war nichts als formlose Schwärze. Aber als sie ihre Aufmerksamkeit auf anderes, auf die am Boden zuckenden Flammen, lenkte, glühte das Ding trübe, so blutrot wie die Sonne durch geschlossene Lider oder die hohle Hand. Da fiel ihr der Traum wieder ein: Das Ding war ein Grab: ein Mutterschoß. Und sie begann sich sehr zu fürchten.

O Zeus, Vater aller Götter und Menschen, erhöre mich, flehte sie. O Persephone, Göttin der Unterwelt, rette mich. O Isis, die du die Toten auferstehen ließest, höre mein Rufen, stehe mir bei. (Dichterlügen, alles Schall und Rauch …) Doch dann hörte sie eine Stimme:

Aber ich bin Isis und auch Persephone. Wußtest du das nicht? Mir hast du gedient, als du meine Kinder zur Welt brachtest, aber auch, als du sie getötet und zu mir zurückgesandt hast. Ich gebäre alles Lebende, schicke es ins Licht der Welt. Und ich verschlinge alles Lebende wieder und hole es ins Dunkel. Hier, am Nabel der Erde, opferten meine Kinder mir einst ihr Leben und gossen all ihr Sein in meinen Schoß. Das hast auch du heute getan, als du mir diese da und dich selbst geopfert hast, und siehe, ich habe Gefallen daran.

(O Hermes, betete Cynthia, o grauäugige Athene! Diese fahlen Flämmchen ringsum waren die schäbigen Seelen der Mamertiner, und sie trieben längs der Windung des erstarrten Strudels zu der Mitte hin, dem Schoß und Schlund der Erde – der sie alle verschlänge. So wie ich dorthin treibe, dachte sie, und bald da enden werde. O Weisheit und Äther des Euripides. Hat euch alle die Erde verschlungen?)

Alle, erhielt sie zur Antwort. Alles Fleisch kommt einmal zu mir, vor mir gibt es ja kein Entrinnen. Auch du wirst zu mir kommen.

Als sie die erste Schleife halb durchlaufen hatte, fiel ein Licht hell wie aus Wolken brechendes Sonnenlicht auf sie und nannte ihr seinen Namen … Tugend, von Göttern und Menschen begehrt. Eine Flamme wie sie, jedoch gleißender, der reinste Glanz, haushoch – aber dem Zentrum schon gefährlich nahe und drauf und dran, verschlungen zu werden.

Trichter, Spiralen, Kegel. Komis strahlender Geist entfachte den ihren. Eine Erinnerung erblühte in ihr wie eine Blume …

Ein glutheißer Tag in Alexandria, vor langer Zeit. Es riecht nach Staub und Schweiß und Öl. Auf den Stufen zur Bibliothek zwei Philosophen, die Notizen zu Geheimnissen der Geometrie vergleichen, Kegel in die Luft zeichnen, sie mit der flachen Hand durchschneiden. Und im Staub der Straße darunter, drei kleine Jungen, die mit Murmeln spielen.

Cynthia lächelte nicht (dazu fehlte ihr die Körperlichkeit), holte auch nicht tief Luft und stieß sich auch nicht mit den Zehen ab. Aber sie durchflog die Schleifen – immer rascher, je näher sie dem am Schlundrand schwebenden Komi kam. Dabei sang sie das Herz ihrer Flamme an und zählte deren zuckende Spitzen, denn das gehörte zu diesem Zauber.

Da stiegen ringsum Flammen empor: Die schmierigen Seelen der alten Söldner lohten wie Fett im Feuer – ein dutzendmal oder sogar hundertmal höher als zuvor. Und sie, unsichtbar in dem Flammenwald, kreiste wie ein Fischadler und spähte nach dem einen Funken, der dort von Tugend künde, und schnappte sich ihn …

Da war es, als ob sie ein Teil der Sonne würde. Nichts stand zwischen seiner Flamme und ihrer, und sie erkannten einander in der Blüte eines Baums voller Sterne. So sprachen wohl die Götter oder welche Himmelswesen auch immer: und ihre Sprache war die Liebe.

… und sie schossen jäh die Röhre empor und brachen aus der Erde hervor wie einst Athene aus dem Haupt des Zeus oder das Kind aus dem Schoß der Sklavin unter dem blühenden Baum.

Als sie wieder zu sich kamen, liefen sie schon Hand in Hand und so schnell sie konnten den Strand hinab. Vor sich sahen sie ihr Schiff liegen, vage nur auszumachen im roten Schein des Sonnenuntergangs, durch die fahlen Schleier des wütenden Sandsturms. Als Cynthia in Komis freier Hand Metall funkeln sah, wußte sie, daß er das verdammte Kurzschwert mitgebracht hatte. Da mußte sie lachen, dann aber krampfhaft husten.

Komi gebot ihr Einhalt und faßte sie an den Schultern. »Ganz ruhig. Sachte durchatmen, Liebes, durchatmen. Ich denke, wir sind jetzt in Sicherheit.« Da mußte er selbst husten, und so standen sie nun, den Kopf auf des anderen Schulter gebettet, und holten tief Luft.

Die Sonne war wieder hinter den Mond getreten und das Feuer der Tugend in einem Menschenleib verborgen. Aber es war noch da: Cynthia spürte es aus seinem Atem, der nun ihre Schulter streifte. Sie umarmten einander, waren einander so nahe, wie Wesen aus Fleisch und Blut es sein können.

»Huch«, seufzte Komi nach einer Weile. »Unser Boot wird bald abtreiben.« Es lag einen Bogenschuß weit vor dem Strand, und die Flut hatte schon eingesetzt. Er las das Schwert auf, das er zu ihrer

Umarmung fallen gelassen hatte, rannte ins Wasser und watete in Richtung Schiff. Und Cynthia folgte ihm.

»Komi«, sagte sie, als ihr das Wasser bis zur Hüfte reichte, »in dir wohnt ein Gott.«

»Dann wohnt wohl in jedem Menschen einer«, versetzte er und hob eine Braue. »Ich grüße sie alle, vor allem den deinen.« Nun mußte er zum Boot vollends schwimmen, mühsam, mit einer Hand, da er mit der anderen das Schwert übers Wasser hielt. Schon kletterte er über die Reling und zog Cynthia mit einer Hand hoch. Der Sturm tobte immer wilder und heulte ihnen wie die Furien ins Ohr. Komi versuchte gar nicht erst, sich noch mit Worten verständlich zu machen – er hob stumm die Falltür und winkte ihr, ihm zu folgen. Da nahm sie den aufgerollten Teppich unter den Arm und stieg hinter ihm her.

Im spärlichen Licht, das von draußen in den Niedergang fiel, sah sie unten am Fuß der Treppe Lampen und eine Zunderbüchse hängen – ja, die würden sie noch gut gebrauchen können. Aber nun entrollte sie erst einmal ihren Teppich, und Komi schloß auf ihr Zeichen die Falltür.

Samtenes Dunkel, Stille fast, ihre Atemgeräusche. »Schön«, sagte er.

»Schön«, wiederholte sie. »Was meinst du, war das wirklich die Königin aller Toten? Also ich habe da so meine Zweifel. Es sterben doch täglich, stündlich viele Menschen … außer uns und den Mamertinern war aber niemand in jener Höhle. Ich halte sie eher für eine unbedeutende lokale Göttin, die seit Jahrhunderten kein anständiges Totenmahl mehr gehabt hat und uns schamlos belogen hat.«

»Ist das so wichtig? Zu ihr oder etwas anderem müssen wir am Ende doch alle. Mögen die Götter, welche auch immer, uns bis dahin noch viele Tage gewähren.«

Da ließ Cynthia die Sache auf sich beruhen. Sie spürte Komis Wärme, so dicht neben ihr saß er. Aber er war wie starr. War er jetzt schüchtern geworden, oder waren ihm die Sitten der Oberwelt eingefallen? Dann würde sie eben dafür sorgen, daß er sie vergäße. So nahm sie ihn in die Arme und zog ihn auf den Teppich hinab. Die fleischliche Vereinigung war nur ein Abglanz ihrer Seelenvermählung – aber ein Fest im Vergleich zu allem, was die Zukunft bringen mochte. Sie hatten weiche Kissen, Wasser und Wein und den gefüllten Picknickkorb eines Fürsten. Und dieser Sturm würde, bei ein bißchen Glück, noch Tage anhalten.

DAVE SMEDS

Dave hat mir für diese Präsentation eine beeindruckend lange Liste seiner Publikationen zugeschickt. Sie reicht von (gut rezensierter) Prosa zu Comics, von Förderkursbroschüren und Texten in Magazinen wie Weird Tales *und* Mayfair *zu allerhand Kurzgeschichten (darunter auch drei in vorigen Bänden dieser Reihe).*

Ich erinnere mich, daß er auf dem Fest zum »Dreijährigen« von Marion Zimmer Bradley's Fantasy Magazine *dabei war. Für mich ist er aber (ich werde offenbar alt) vor allem der Autor der wunderbaren Erzählung »Möwenreiter« (Band IV der* Magischen Geschichten*), die viel zum Abbau meiner Vorurteile gegenüber männlichen Autoren hätte tun können, wenn ich denn je welche gehabt hätte. Er wohnt in Santa Rosa, Kalifornien, hat eine Frau und eine Tochter, verdient als Graphiker und als Setzer seinen Lebensunterhalt und ist Träger des schwarzen Gürtels der japanischen Kampfsportart »Goju-ryu-Karate«, die er auch unterrichtet hat.*

Ich denke, daß Sie seine neue Geschichte, die viele unserer Vorstellungen über Schönheit in Frage stellt, genauso mögen werden wie ich. – MZB

DAVE SMEDS

Eine Blume, die nicht welkt

Sie kroch an den Ring der Verheerung heran. Hinter ihr ragte majestätisch der immergrüne Forst. Aber die Bäume neben ihr bogen sich bis zum Boden wie im ersten Frost ausgetrocknete, abgestorbene Bohnenranken, und das Gras, durch das sie jetzt vorwärts kroch, war so braun und so welk wie sonst nur in den letzten Herbsttagen, und es splitterte wie Glas unter ihren Händen und Knien. Und vor ihr ...

Es war Frühling. Und überall sonst in der Provinz Fuchswald erblühten die Hyazinthen und die Schwertlilien und der Mohn. Überall sonst zeigten diese Lande von Fürst Adlerschrei, wie wahrhaft schön sie sein konnten.

Aber rings um die Burg, im Umkreis von aberhundert Schritt, hatte die Häßlichkeit die Macht ergriffen, all die Wäldchen und Gärtchen vernichtet, eine Ödnis voll makabrer Hexenringe geschaffen.

Kalb wußte, was Häßlichkeit ist: Sie brauchte sich ja nur im Spiegel anzuschauen. Aber dergleichen sah sie zum erstenmal. Tief geduckt kroch sie durch das Gewirr von Totholz näher an die Zone heran, in der vom vormaligen Wald nichts mehr übrig war. Sie wich dabei sorgsam allen Abwehrzaubern aus, die die Erde unter ihr in tödlichen Treibsand verwandelt hätten, und erreichte schließlich den Kamm eines kleinen Hügels, der ihr einen Blick auf die Massengräber gab.

Welch ein Anblick: offene, gähnende Gruben. Die erschlagenen Soldaten des Fürsten Adlerschrei, ihrer Waffen und Rüstung beraubt, dampften im Sonnenglast des Vormittags. Die nackten Leichen der Mägde lagen in wirren Haufen vor den Gruben, als ob die Sieger es nicht für der Mühe wert gehalten hätten ... sie hineinzuwerfen, geschweige denn, sie mit kühler Erde zu bedecken.

Jetzt schlug der Wind um und trug ihr eine Wolke süßlichen, schweren Verwesungsgeruchs zu. Sie würgte, rang um Atem und hielt doch die Luft an. Aber zum Glück drehte sich der Wind wieder, ehe sie ihr Frühstück hätte von sich geben müssen.

Wie konnten die Eroberer nur an derlei Siegeszeichen Freude finden? Die Eisenklauen umgaben sich wohl bewußt mit Tod und Verwesung. Um die Bevölkerung in Angst zu versetzen? Es kann ihnen doch nicht entgehen, dachte sie, daß sie uns so nur in Rage bringen.

Da machte Kalb kehrt, um nicht von den menschlichen Wächtern auf der Mauer erspäht zu werden, und auch, um den Toten nicht so nahe zu kommen, daß sie sie erkannt hätte ... (soweit sie noch zu erkennen waren). Sie hatte gesehen, was ihr Meister wissen mußte – und ein vierzehnjähriges Mädchen so eben noch ertragen konnte.

So ließ sie den schrecklichen Ort hinter sich und tauchte in den kühlen dunklen Fuchswald ein, wo sie nicht mehr ständig mit Zauberfallen rechnen mußte. Hier war es wie zwei Wochen zuvor, ehe die Blumenkönigin mit den Eisenklauensöldnern aus dem Königreich der Flüsse erschienen war, um die Festung des Fürsten zu erobern. Hier brauchte sie nicht mehr die Spionin des geschlagenen Heeres zu mimen, konnte sie wieder ein ganz gewöhnlicher Zauberlehrling sein.

Unter einer hohen Eiche ließ sie den Ruf des Backenhörnchens ertönen. Da traten drei Soldaten des Fürsten aus dem Gewirr von Adlerfarnen und Waldreben, nahmen sie in ihre Mitte und führten sie die zwei Meilen durch Haine und Dickichte zu dem Lager, in dem der Marquis Zuflucht genommen hatte.

In dem Camp irrte auch ein Dutzend Überlebender aus dem Dorf Blauwasser umher, die eben eingetroffen waren und noch unter dem Schock der vergangenen Nacht standen, in der sie Hof und Haus, Verwandte und Freunde verloren hatten. Die Eisenklauen verschwendeten keine Zeit bei der Suche nach dem Marquis und verschonten kaum einen Gefangenen – ob er etwas über dessen Verbleib wußte oder nicht. Einige Flüchtlinge gewahrten sie und verzogen ob ihrer Mißgestalt so entsetzt das Gesicht wie alle, die sie erstmals sahen … Da spielten die Gardisten am Abzug ihrer Armbrüste, um allen klarzumachen, daß sie keine Bettlerin sei, die man verspotten könnte. Der Worte bedurfte es da nicht mehr: Jeder Gemeine in dieser Provinz wußte, daß eine häßliche junge Frau, die man so respektvoll behandelte, nur das Mündel und die Meisterschülerin ihres großen Magiers Sommerblatt sein konnte – der großen Hoffnung des Reiches im Kampf gegen die Blumenkönigin. Die Abscheu in den Gesichtern wich der Vorsicht und Gleichgültigkeit.

Ihr entging nichts davon, denn die Natur hatte sie mit einem Übermaß an Beobachtungsschärfe geschlagen. Aber sie kümmerte sich nicht darum. Derlei zu ignorieren hatte sie vor langer Zeit gelernt.

Nun kam Sommerblatt an seiner Krücke aus dem Zelt gehumpelt, das Fürst Adlerschrei als Notunterkunft diente. »Da bist du ja«, begrüßte er sie. »Komm. Der Marquis wartet bereits auf dich.«

»Wie du vorhergesagt hast, Meister«, sprach sie ernst. »Der Ring der Ödnis ist in diesen drei Tagen noch um gut hundert Schritt gewachsen. Sogar die Burgmauern sehen seltsam stumpf und zerschrammt aus, als ob wieder ein Aschenregen aus dem Feuerberg darauf niedergegangen wäre.«

Sommerblatt runzelte die Stirn. »Erzähle das unserem Herrn«, knurrte er. »Mich brauchst du nicht zu überzeugen!«

Als sie unter das Sonnensegel traten, wandten sich ein paar Männer und zwei Frauen zu ihnen um: Fürst Adlerschrei, seine Gemahlin, sein Erster Rat, der Hauptmann der Garde sowie ein Meisterschüler und eine Meisterschülerin des Magiers.

Der Marquis hielt sich kerzengerade – trotz der Übermüdung, die ihm an den rotgeäderten Augäpfeln anzusehen war, trotz der schweren Schläfenwunde, die selbst Sommerblatts Zauber nicht hatte heilen können. Er war nun bereits Ende Fünfzig, hielt aber darauf, als der brillante Feldherr aufzutreten, der er mit fünfundzwanzig gewesen war.

Die Brauen erhoben, hörte er sich Kalbs Bericht an, und sie fühlte sich unbehaglich unter seinem strengen Blick.

»Sie haben den Tunneleingang noch nicht entdeckt?«

»Nein, aber morgen wird diese Braunfäule ihn erreicht haben.
Wenn die Büsche absterben, die ihn tarnen, wird man ihn rasch
finden.«

»Wir müssen diese Nacht handeln, Herr«, drängte Sommerblatt.
»Wir können nicht auf deinen Schwager und sein Heer warten.
Wenn wir die Blumenkönigin jetzt nicht töten, wirst du die Eisen-
klauen nicht mehr aus deiner Feste werfen können, ehe das ganze
Land verdirbt ... wenn überhaupt!«

Da straffte sich der Hauptmann. Das war nicht das erste Mal, daß
der Großmagier die Erfolgsaussichten einer Militäraktion bezwei-
felte – dabei war der Fürst nur dank seiner glänzenden Burgver-
teidigung mit dem Leben davongekommen!

Der Marquis hob beschwichtigend die Rechte. »Das gefällt mir
nicht. Laut Eichwurz wirst du nach dem Zauber sehr erschöpft
sein, für eine Woche oder mehr. Ich kann in solch kritischer Zeit
aber den Schutz meines Obermagiers nicht entbehren.«

Sommerblatt maß den Schüler mit so bösem Blick, daß der sich
auf die Zunge biß und gänzlich zerknirscht die Augen senkte.
»Entschuldigt, Herr«, fuhr er dann fort, »aber das habe ich wohl
zu erwähnen vergessen! Und trotzdem, es ist das Risiko wert. Du
hast gesehen, wozu die Eisenklauen fähig sind, und sagst: ›Das
sind Menschen, und wir können sie besiegen.‹ Das ist richtig,
wenn man die Zeit und die Männer dazu hat. Aber auch ihr Tod
würde die Blumenkönigin und ihre Schwarze Magie nicht aufhalten. Töte sie, und die Eisenklauen fallen wieder über einander her
statt über andere. Töte sie, und dein Land ist vor dem Los des Flüs-
sereichs bewahrt.«

»Wie sicher bist du dir, daß du sie töten kannst?« fragte da Fürst
Adlerschrei.

»Überhaupt nicht. Aber ich weiß genau, daß ich, mit Kalb als aus-
führender Hand, der einzige bin, der das schaffen kann.«

Der Marquis musterte sie skeptisch. »Sie sieht nicht gerade wehr-
haft aus. Wären deine älteren Schüler nicht geeigneter?«

Kalb schrumpfte förmlich unter seinen prüfenden Blicken. Der
Lord, der nicht das Taktgefühl seiner Vasallen besaß, machte aus
seinem Abscheu vor ihr keinerlei Hehl. Aber sie ließ die Abfuhr

über sich ergehen. Sommerblatt war der einzige Mensch auf Erden, der sie nie so ansah – vielleicht, weil er selbst ein Gesicht hatte, das jede Milch sauer machen konnte ...

»Sie ... und niemand anderes«, beharrte der Zauberer. »Wenn sie scheitert ... kannst du so viele Soldaten aufbieten, wie du magst, die Eisenklauen werden sie wie Schweine abstechen. Wenn sie die Blumenkönigin tötet, ist der Feind enthauptet.«

Auch die beiden Schüler schienen skeptisch; aber sie wagten nicht, ihm zu widersprechen, denn er war ein sehr mächtiger Zauberer. Keiner der Anwesenden hatte ihn je in so besorgtem Ton sprechen können, und so wurden alle von Furcht erfaßt.

Selbst Fürst Adlerschrei. »So sei es«, verkündete er. »Heute nacht!«

Beim kargen Abendessen im Zelt des Magiers brachte Kalb dann ihre eigenen Zweifel zur Sprache.

»Warum ich?« fragte sie. »Ich bin ja längst nicht so gut wie Morgentau oder Eichwurz.«

»Du sollst heute nacht meinen Zauber kanalisieren, und darin bist du gut genug.«

»Aber ...«

»Nein. Dies heute kannst nur du tun«, versetzte er. Und Kalb vermeinte, im schwachen Kerzenschein Tränen auf seiner Wange zu sehen. Aber nein, das bildete sie sich wohl bloß ein. Der große Zauberer Sommerblatt weinte doch nicht!

»Mehr kann ich dir nicht sagen«, fuhr er mit rauher, müder Stimme fort. »Du mußt dich nur an unseren Plan halten. Und schieße sofort, wenn du sie vor dir hast, sonst lähmt sie dir mit ihrem Zauber den Willen.«

Er sagte kein Wort mehr. Sie beendeten ihr Mahl und stimmten den Großen Gesang an. Bald schon fiel er in Trance, und sein Zauber hüllte sie wie ein Umhang ein ... Fröstelnd, trotz der Wärme der Nacht, verließ sie das Zelt.

Nur zwei Soldaten eskortierten sie dieses Mal, aber Dutzende von Augenpaaren verfolgten ihren Aufbruch ... Kalb zuckte bei jedem Zweigknacken, jedem Eulenschrei zusammen. Viel zu bald erreichten sie so die getarnte Tür des unterirdischen Gangs, der in die ehemals fürstliche Burg führte.

Da bog einer ihrer Begleiter das dichte Buschwerk beiseite. Der andere nahm seine Armbrust ab und stellte sie umgekehrt auf den Boden, stemmte den Fuß auf den Bügel und spannte die Sehne, bis sie hörbar im Sicherungshaken einrastete. In die Schußrinne legte er einen rabenschwarzen, vergifteten Bolzen … der für das Herz dieser Blumenkönigin bestimmt war.

Kalb trug ein Messer bei sich, aber das taugte nicht für den Anschlag. Zum Messerstich bräuchte es die kurze Distanz, und der Magier hatte ihr eingeschärft, der Hexe ja nicht auf den Leib zu rücken. Der Bolzen würde sie unvorbereitet treffen, ihr tief in die Brust dringen und sie auf der Stelle töten.

Ein Schuß. Eine Chance. Sie könnte ja nicht einmal die Sehne selbst spannen. Also hing alles vom ersten Durchziehen ihres Zeigefingers ab.

Sie nahm die Armbrust, verabschiedete sich mit einem raschen Nicken und schlüpfte in den engen Gang.

Sie schlängelte und zwängte sich voran und gab dabei acht, daß sie mit der Waffe nicht anstieß … Bald erweiterte sich der Gang, so daß sie, wenn auch gebeugt, gehen konnte. Aber kein Vergleich zu jenem weiten und gut unterhaltenen Fluchttunnel, durch den der Marquis mit seinen Kameraden noch aus der von den Eisenklauen erstürmten Burg entkommen war! Den hatte der Feind schon bei der ersten Suchaktion entdeckt. Dieser Gang war weit älter und besser verborgen, auch im magischen Sinn. Die Eroberer wußten bestimmt nichts von seiner Existenz.

Aber das würde sich durch ihr Erscheinen ändern. Danach wäre das Geheimnis offenbar – und der Fürst wieder eines Vorteils verlustig. Wie es diesen Mann der Tat wurmen mußte, dasitzen und abwarten zu müssen, während eine Kindfrau seine Schlacht schlug …

An der ersten Biegung spie sie die Spinnweben und den Staub aus, die ihr da in den Mund geraten waren, und zündete ihre Laterne an. Und da sah sie, soweit ihr Licht reichte, immer nur modriges Backsteingewölbe – aber es führte direkt unter die Burgverliese.

Am Geruch erkannte Kalb, daß sie in die Zone der Braunfäule kam. Der Pesthauch, der nun die abgestandene Luft erfüllte, drohte sie zu ersticken. Sie holte nur noch vorsichtig Atem, versuchte, den mephitischen Gestank zu ignorieren, war aber nur mit der schirmenden Kraft Sommerblatts fähig, ihre Angst zu unterdrücken und weiter vorzudringen.

Dann versperrte ihre eine Mauer aus Backsteinen anderer Art den Weg. Aber sie fand die geheime Schließvorrichtung, blies nun ihre Laterne aus und schob den kleinen metallenen Riegel zurück.

Da schwang die Wand nach innen wie eine Tür, geräuschlos, an geölten Angeln. Und Kalb trat in den dunklen, feuchten Gang, an dem sich beiderseits die Kerker reihten … Als sie an den Zellen vorbeihastete, vernahm sie aus manchen der winzigen, vergitterten Türluken ein Stöhnen oder ein Schnarchen – doch nicht einen Anruf, der verraten hätte, daß einer sie bemerkt habe.

Aber die Gefangenen hätten sie auch bei aller Aufmerksamkeit nicht hören oder sehen können.

Denn nun schirmte Sommerblatts starker, fürsorglicher Zauber alle ihre Schritte. Sie nahm ihn dankbar an, dachte fast nur noch daran und an ihren Weg. Aber als sie nach einer Biegung die beiden Wärter erblickte, setzte für einen Augenblick ihr Herz aus.

Die beiden hockten da, in ihr Würfelspiel und ihren Tratsch vertieft, an einem Tischchen und kratzten sich die behaarten Bäuche. In nur fünf Schritt Entfernung huschte sie vorüber – unbemerkt, obwohl einer der beiden in ihre Richtung starrte – und stieg dann die Treppe hoch, die in den nächsten Stock führte.

Dort angelangt, atmete sie tief aus – und merkte erst jetzt, daß sie all diese Zeit die Luft angehalten hatte. Sie fühlte sich nie sicher unter dem Verbergzauber, obwohl sie ihn mit Sommerblatt jahrelang, und selbst in größerer Distanz, geübt hatte. Auch die allermächtigsten Hexer konnten ihn nur kurze Zeit aufrechterhalten – für höchstens eine Stunde. Er machte einen auch nicht wirklich unsichtbar und unhörbar, schwächte lediglich die Wahrnehmungskraft anderer. Aber willensstarke Menschen und Magier oder alle, die ihre Anwesenheit ahnten, würden sie bei genauem Hinschauen sehen und die Geräusche, die sie verursachte, hören.

Als Zauber mit starker Ausstrahlung war er aber auch von den Magiern minderen Grades, die der Blumenkönigin dienten, sehr leicht auszumachen. Ihn zu tarnen, das allein war schon eine schwierige Aufgabe für Sommerblatt.

Nun kam sie in vertraute Räume: ins Gesindehaus, in dem sie als Zauberlehrling diese letzten Jahre gewohnt hatte. Aber als sie, über Essensreste und Exkremente steigend, die Küche durchquerte, erblickte sie zwei Eisenklauen, die an einem Metzgertisch einen Kadaver zerlegten, das Fleisch sortierten und sich darüber stritten, wer welche Stücke bekäme. Und als Kalb sah, wen sie tranchierten, hätte sie fast gespien. Aber sie konnte sich ohne Zwischenfall in den Speisesaal retten.

Dort trieben, trotz der vorgerückten Stunde, etliche Wächter mit zwei armen Gefangenen – einem Mann und einer Frau – noch ihr grausames Spiel. Kalb wandte entsetzt die Augen ab. Aber ihre grinsenden Fratzen mit diesen Hörnern, dem verwesenden, pokkennarbigen Fleisch verfolgten sie bis zu den fürstlichen Gemächern hinauf.

Die Eisenklauen waren Menschen gewesen! Und Kalb erschauerte vor Angst, bei langem Verweilen auch diese Handbehaarung und Krallen statt Nägel, Fänge statt Zähne zu haben – und diesen Geruch. Diesen ewigen Leichengeruch.

Wie von allein gelangte sie so zu dem Schlafgemach, das sie gesucht hatte. Aber sie zögerte. Die Tür war nicht bewacht – also schlief die Blumenkönigin dort doch nicht ... Vielleicht jemand anderes? Sie nahm von Sommerblatts Kraftstrom, soviel er geben konnte, schob den Türriegel zurück und trat ein.

Und sah schräg über dem Himmelbett einen schlafenden Krieger liegen, halb aufgedeckt, und neben ihm, in tiefem Schlaf, eine Magd aus des Fürsten Gesinde. Von einem kühlen Luftzug gestreift, bewegte sie sich unruhig. Kalb schloß schleunigst die Tür. Nun schmiegte sich die Magd fest an ihren grotesken Bettgefährten, der bei all dem keinen Muskel gerührt hatte. Aber der hatte auch, seinem Atem nach, den halben Weinkeller des Fürsten leergetrunken.

Sie wirkt wenigstens nicht so mißbraucht wie all die anderen Frauen, dachte Kalb, verbiß sich aber den makabren Gedanken. Sie schlüpfte in den Wandschrank und fand auch sogleich das geheime Schloß, von dem Sommerblatt ihr erzählt hatte. Die Rückwand wich zurück und entließ sie in eine Geheimtreppe.

Und die führte zu des Fürsten Gemach. Die Treppe hatte ihm erlaubt, hinter dem Rücken seiner Gemahlin romantische Liebschaften zu pflegen. Aber ein Großteil seines Gesindes, und auch die Marquise selbst, hatte doch immer davon gewußt.

Nun stieg Kalb bebend die Stufen empor. Vielleicht hatte die Blumenkönigin das fürstliche Schlafgemach doch nicht zu dem ihren gemacht – Sommerblatts Behauptung, die Hexe hätte gar keine andere Wahl, erschien ihr jetzt höchst seltsam … Dann wäre ihr Plan schon im Ansatz gescheitert. Aber wäre ihr das nicht sogar lieber, als der Zauberin entgegenzutreten?

Diese Geheimtür – ein Stück Wand – ließ sich so geräuschlos öffnen wie all die anderen auf ihrem Weg. Kalb schritt über dicke, weiche Teppiche, feine Knüpfarbeiten aus dem Land der Schneegipfel, lautlos auf das riesige Himmelbett zu.

Die Blumenkönigin schlief. Daß sie es war, stand wohl außer Frage. Sie verströmte einen Duft, der so wohltuend war, nach all dem Pesthauch in diesem Gemäuer. Das üppige, feste Haar, das ihr Gesicht rahmte, glänzte selbst jetzt noch wie frisch gestrählt. Und ihr seidenes Nachtgewand war mit einer zarten Spitze gesäumt, für deren Anfertigung eine geübte Klöpplerin viele Wochen benötigt.

Kalb hob ihre Armbrust, legte an. Schieße sofort, hatte ihr Meister gesagt. Aber es war alles so schnell gegangen und so glatt, daß sie es kaum glauben konnte, ihr Ziel schon so nah und schußgerecht vor sich zu haben.

Der Finger am Abzug krümmte sich nicht, und der Bolzen, der genau auf das Herz der schlafenden Hexe zielte, blieb in der Rinne.

Schweiß perlte ihr auf der Stirn, färbte ihr die Bluse unter den

Achselhöhlen dunkler. Dabei wäre es so einfach … bloß ein Fingerkrümmen. Was hielt sie davon ab?

Sicher, Magie! Sie spürte aber nichts von der verräterischen Aura irgendeines Zaubers, stark genug, um sie zu lähmen. Ihre Konzentrationsfähigkeit schwand. Sie keuchte. Und verlor die Verbindung zu Sommerblatt.

Jetzt wieder für jeden sichtbar und hörbar, zitterte sie so, daß sie kaum noch ihre Armbrust halten konnte. Sie sah nach, ob der Abzug mechanisch blockiert sei. Nein! Mit fliegendem Atem und wild pochendem Herzen legte sie erneut an.

Aber der Gedanke, diese feine, weiße Haut mit Blut befleckt zu sehen, war ihr entsetzlich. Oh, sie konnte ihr nicht den vergifteten Bolzen zwischen die Brüste schießen – denn diese zarten Hügel unter der Decke weckten ja Bilder von saugenden Neugeborenen in ihr. Die Vorstellung, daß sich diese weichen Lippen, von denen sie nichts anderes als ein Wort des Grußes hören wollte, vor Todespein verzerren würden …

Kalb senkte die Armbrust, brach in die Knie. Und schluchzte verzweifelt. Ihr Meister und ihr Herr und alle in Fuchswald verließen sich auf ihr Können, ihren Mut, und sie hatte nun versagt!

Da öffnete die Blumenkönigin die Augen, setzte sich auf, da sie ihr Schluchzen wohl hörte, und starrte sie an.

»Hallo«, sagte die Hexe mit einer Stimme so angenehm wie das freundliche Plätschern eines Bachs. »Wen haben wir denn da?«

Kalb sah sie nur weit aufgerissenen Mundes an und war darauf gefaßt, daß die Königin nach ihren Leibwächtern riefe. Aber nichts dergleichen geschah.

»Steh auf. Laß mich dich ansehen«, sprach die Blumenkönigin statt dessen.

Kalb gehorchte, ohne recht zu wissen, warum. Sie mußte ihrer Bitte einfach entsprechen … Aber wohl nicht unter magischem Zwang.

»Du bist ein Mädchen, ja?« fragte die Königin.

Kalb zuckte zusammen. Das war nicht das erstemal, daß jemand Fremdes sie das fragte. »Ja.«

»Und wie heißt du?«

»Kalb.«

Die Hexe glitt anmutig zu ihr her, nahm ihr die Armbrust aus den kraftlosen Händen und legte sie auf ihr Bett.

»Ich heiße Himmelsnebel«, sagte die Blumenkönigin. »Du bist gekommen, um mich zu töten, nicht wahr?«

In ihrer ganzen Schönheit stand die Hexe nun da. Kalb konnte ihr nicht in die Augen sehen und starrte nur auf diese sanft geschwungenen Hüften, diese langen, eleganten Beine und diese feingliedrigen Hände. Sie versuchte zu antworten, aber ihre ausgedörrte Kehle brachte nur ein Krächzen hervor.

»Aber vergiß das nun«, befahl die Zauberin in freundlichem, wohlwollendem Ton. »Erzähle mir von dir, Mädchen. Wo kommst du her? Was hast du gemacht und erlebt?«

Das bilde ich mir alles nur ein, dachte Kalb. Warum sollte die Herrin des Strömereichs einen Zauberlehrling, der sie ermorden wollte, nach seinem Leben und Ergehen ausfragen?

»Sprich. Ich bitte darum.«

Wieder gehorchte sie, ohne zu wissen, warum. »Ich bin Waise. Angeblich im Grasland jenseits der Schneegipfel geboren. Ich habe, soweit ich zurückdenken kann, hier in Fuchswald gelebt ... als Pflegekind und Lehrling des Großmagiers Sommerblatt, der mich hierherbrachte, als ich noch ganz klein war.«

Himmelsnebel beugte sich vor und streichelte ihr sanft das Gesicht, streichelte ihr mit ihrer makellosen Hand das mit Beulen und Warzen und Runzeln so verunzierte Gesicht. Kalb zuckte zurück. Außer Sommerblatt hatte noch niemand sie so zärtlich berührt.

Da neigte die Blumenkönigin den Kopf und tupfte sich mit dem Saum ihres Kragens die tränenfeuchten Wimpern ab. »Ich hätte dir auch eine Geschichte zu erzählen. Willst du sie hören?«

Aber Kalb hätte ihr auch zugehört, wenn sie ihr nicht so auf Gedeih und Verderb ausgeliefert gewesen wäre ...

»Es war einmal ein Reich, das Königreich der Flüsse genannt, ein prachtvolles Land mit mildem Klima und so fruchtbar, daß es alljährlich viele Ernten trug. Da kam einst ein mächtiger Magier, ein unvergleichlich großer Zauberer, der ein Amt bei Hof anstrebte.

Der König machte ihn zu seinem Obermagier und war mit ihm dann so zufrieden, daß er ihm eine seiner jungen Basen zur Frau gab. Sie starb ein Jahr später bei der Geburt ihres Kindes, aber das Kleine, ein Mädchen, blieb am Leben. Ihm galt dann die ganze Liebe des Zauberers, und er erfüllte ihm jeden Wunsch.«

Die Blumenkönigin ging beim Erzählen rastlos im Zimmer auf und ab, als ob sie am liebsten alles auf einmal losgeworden wäre. Und Kalb hing, wie gebannt vom Wohlklang ihrer Stimme, stumm an ihren Lippen.

»Die Kleine hatte seine Gabe geerbt«, fuhr die Königin fort. »Sie konnte schon früh zaubern und hungerte nach allem, was er an Geheimnissen wußte, und er war gern ihr Lehrer, da ihm jede Minute mit ihr ein Vergnügen war. Aber in ihrem Äußeren schlug sie nach der Mutter aus, die, wie alle Mitglieder der königlichen Familie, keine Schönheit war. Als sie erwachsen wurde, litt sie von Tag zu Tag mehr unter ihrer Häßlichkeit. Zuerst versuchte sie, sich mit schönen Kleidern und Kosmetik zu helfen, zu wichtigen Anlässen auch mit Blendzaubern. Aber dann ging sie zu ihrem Vater und bat ihn, sie zu verwandeln, ihr ewige Schönheit zu geben.«

Kalb rieselten Schauer den Rücken hinab – solche Melancholie hatte sie noch aus keines Menschen Stimme gehört.

»Dieser Magier, Nachtlerche hieß er, warnte sie eindringlich davor, aber sie hörte nicht auf ihn. Schließlich willigte er ein, durchforschte seine ganze Bibliothek und fand in einem alten Folianten einen Zauber beschrieben, der ihren Wünschen gemäß schien. Das war ein Blutsbund, ein Ritus, den nur ein Großmagier vollziehen kann ... mit Blutsverwandten, die auch fähig sind, Magie zu kanalisieren.«

Kalb starrte die Hexe mit großen Augen an.

»Ja. Ich sehe, du begreifst ... Ich wurde dank seines Zaubers so wunderschön, daß mir keiner widerstehen konnte. Weder der Kronprinz, der mich heiratete, noch mein Vater, und auch die Soldaten der Nachbarreiche nicht. Meine Schönheit übertrifft jede natürliche so sehr, daß sie die Menschen wehrlos macht. Wir alle haben den Drang, Schönes zu verehren. Aber er wird bei denen zur Sucht, die mich erblicken.«

»Dann konntest du dir doch deine Diener aussuchen ... warum gerade die Eisenklauen?« fragte Kalb.

»Sei nicht albern! Ich habe sie mir nicht ausgesucht. Meine Schönheit hat sie angezogen, wie alle anderen. Dieser Zauber zwingt sie nicht, mir zu gehorchen. Nein, er weckt in ihnen den Wunsch, mich zu besitzen, wie einen kostbaren Edelstein. Schließlich schlugen sich alle im Reich um mich. Mein Mann kam dabei um. Am Ende stiegen die Eisenklauen aus den Bergen herab und eroberten unser Land. Sie schlossen mich in meinem Palast von der Welt ab und vernichteten alles und jeden, in dem sie eine Gefahr für mich sahen. Glaube ja nicht, daß sie ihre Greueltaten auf meinen Wunsch oder Befehl begingen.«

»Könntest du ihnen nicht Einhalt gebieten, wenn sie dich so verehren?«

»Nein. Sie beten mich zwar an, gehorchen mir aber nicht, es sei denn in belanglosen Dingen. Wenn sie wirklich etwas auf meine Wünsche gäben, würden sie mir helfen, endlich den Tod zu finden.«

Welch entsetzliche Vorstellung: die Blumenkönigin tot! Kalb lief es kalt durch den Finger, der am Abzug gelegen hatte. Was nur Minuten zuvor ihr höchstes Ziel gewesen, schien ihr nun ein Affront gegenüber allem Guten in der Welt.

»Warum willst du denn sterben?« fragte sie. »Du kannst doch bestimmt fliehen, oder? Und was ist mit deinem Vater?«

Himmelsnebel setzte sich aufs Bett und zupfte nervös Fäden aus der Decke. »Das ist nicht so einfach. Hast du nicht die Ödnis gesehen, die rings um diese Burg entstanden ist? Mein ganzes Reich sieht doch so aus ... verkommen, verrottet und häßlich, ja, häßlich. Das ist der Preis jenes Zaubers. Magie kann eine Illusion erzeugen, nicht aber wahre Schönheit. Die muß aus einer Quelle kommen. Ich stehle sie mir von all dem, was mich umgibt. Von meinem Gemach, meinen Gefährten, meinem Land ...«

»Warum ... brichst du dann den Zauber nicht?«

»Das könnte ja nur mein Vater. Aber er hatte nicht die Kraft dazu. Denn er ist ihm so verfallen wie jeder andere Mann. Er bringt es nicht über sich, solche Schönheit zu zerstören ... nicht einmal, um seine eigene Tochter zu retten. Als er noch am Hof war, stand er oft kurz davor, sich selbst umzubringen ... das einfach, weil er wußte, welche Bedrohung er für mich war.«

»Das klingt, als ob er noch lebte. Wenn ja, dann ...«

Kalb versagte die Stimme.

»Nachtlerche lebt noch«, erwiderte die Königin. »Da bin ich mir völlig sicher. Vor der Invasion der Eisenklauen fand er die Kraft fortzugehen. Denn er sah, was dieser Zauber seiner Enkelin antat, dem Kind, das ich meinem unglücklichen Gemahl geboren hatte.« Und sie verschränkte so die Arme, als ob ihr fröstle, und fuhr mit rauher Stimme fort. »Sie war schön ... wie alle Neugeborenen eben. Aber ich nahm ihr durch meine Anwesenheit all ihre Schönheit und erhöhte damit die meine. Noch ehe sie ins Krabbelalter kam, war sie schon verwachsen, verwelkt. Nachtlerche entführte sie, gab ihr und sich einen anderen Namen und verbarg sich fern von mir, wo mein Zauber ihn nicht mehr erreichen kann.«

Kalb schüttelte den Kopf, versuchte, sich einen Reim auf all das zu machen.

»Und warum bist hierher gekommen?« fragte sie dann sanft.

»Ich mußte das! In den letzten dreizehn Jahren hatte ich nur eine Freude: dich fern von mir in Sicherheit zu wissen. Aber die Eisenklauen fanden heraus, daß Sommerblatt kein anderer als Nachtlerche ist. Da sie wissen, daß er als einziger mich vernichten kann, sind sie gekommen, um ihn zu töten. Und sie haben mich trotz der erhöhten Gefahr für mich mitgenommen, weil sie es nicht ertrügen, so lange ohne mich zu sein.«

Kalb rappelte sich auf, hatte dann aber Mühe, sich auf den Beinen zu halten, so wackelig waren ihre Knie. »Das hat er nie erzählt. Von dir wußte ich gar nichts. Der Marquis sagte einmal im Scherz zu ihm, wir beide seien wohl blutsverwandt. Aber er hat das abgestritten. Und ich stand doch neben ihm!«

»Wäre es nicht grausam von ihm gewesen, es dir zu sagen? Er wußte ja vom ersten Tag seiner Flucht an, daß du mich einmal töten müßtest ...«

Kalb blinzelte erschrocken. »Aber ...«

»Ein Blutsbund ... ist nur durch den nächsten Verwandten zu

lösen. Und nur durch den Tod. Nachtlerche wußte, daß er den tödlichen Streich nicht führen kann, und hoffte, daß du tun könntest,
wozu er außerstande ist.«

»Ich kann dich nicht umbringen«, murmelte das Mädchen. »Ich
habe es versucht, als du schliefst. Und jetzt, da ich weiß, daß du
meine Mutter bist ...«

»Du mußt es. Wenn irgend jemand anderes mich tötete, bliebe der
Zauber doch bestehen. Mein Leichnam würde von Tag zu Tag
schöner, das Land dabei immer öder und häßlicher. Von diesem
Fluch des Zaubers ahnten wir beide damals nichts, mein Vater und
ich. Aber jetzt wissen wir es. Du mußt es einfach tun!«

»Aber wie? Ich habe es doch schon versucht ...«

»Ich bin sicher, daß er nie vorhatte, dir in so zartem Alter diese
Last aufzubürden. Er wollte abwarten, bis du erwachsen und fähig
wärest, seine Magie gänzlich zu kanalisieren. Aber der Einfall der
Eisenklauen zwang ihn, früher als geplant zu handeln. Ich fürchte
nur, daß er noch nicht erkannt hat, wie stark jener Zauber inzwischen ist. Anfangs brauchte ich eine ganze Jahreszeit, um dem
Land im Umkreis von hundert Schritt die Schönheit zu nehmen.
Jetzt ... Aber noch ist nicht alles verloren. Wenn ich dich mit meiner Kraft stärke, könntest du es schaffen.«

Kalb schluckte schwer: Das war ja so makaber wie ihr Gedanke
vorhin. »Du willst mir wirklich helfen, dich umzubringen?«

»Ach, wenn ich nur an mich hätte denken müssen«, seufzte die
Blumenkönigin, »hätte ich es schon längst selber getan. Das ist ja
kein Leben, was ich da führe! Was bedeutet mir meine Schönheit,
wenn durch meine Gegenwart ringsum alles häßlich wird? Noch
ein paar Jahre von diesem Elend, dann stürze ich mich von einer
Zinne, obwohl das den Weltuntergang bedeutet. Töte mich, Kalb.
Ich bitte dich darum. Tu es gleich!«

Damit reichte sie ihr die Armbrust. Aber Kalb hätte sie fast fallen-
gelassen. Sie holte tief Luft, fuhr mit schweißnasser Hand über
den glänzenden Schaft und erschauerte jäh, als ihr Zeigefinger dabei den Abzug streifte.

»So öffne du Herz und Sinn und fühle die Kraft, die die Welt zu-
sammenhält.«

Die rituellen Worte beruhigten Kalb, ließen die verängstigte Kleine zum – wenn auch nervösen – Zauberlehrling werden. Nun schuf sie eine Leere in sich ...

Und Sommerblatts Energien fanden aus den Wäldern zu ihr her und gaben ihr Kraft. Da trat die Blumenkönigin vor sie hin, fünf Schritt vor ihrer Armbrust. Und Kalb taumelte unter der Wucht des Kraftstroms, der sich nun mit dem ihres Großvaters vereinte.

»Jetzt«, flüsterte Himmelsnebel.

Kalb zitterten die Arme. Aber sie hob ihre Waffe. Ihr Finger fand den Abzug, irgendwie. Aber sie konnte nicht abdrücken.

»Ich ... ich ...«

»Sprich nicht. Schau nicht. Erinnere dich nur ...«, wisperte ihre Mutter.

Erinnerungen stiegen in ihr auf. Erinnerungen, die sie immer in ihrem tiefsten Inneren zurückgehalten hatte, wie in einer tiefen Höhle am Fuß der Schneeberge.

Sieben Jahre war sie alt gewesen ... da hatte Steinhand, der Junge, den sie am meisten bewunderte, mehr als alle anderen Gefährten im Burgkindergarten, ihr gesagt, er wolle mit ihr nicht mehr spielen, weil sie so häßlich sei – und hatte das auch wahr gemacht.

Mit zehn Jahren ... war sie von dem Bauern, in dessen Stall sie vor einem wütenden Schneesturm Schutz gesucht hatte, mit der Mistgabel fast erstochen worden, da er glaubte, wer wie sie aussehe, könne nur ein Schneedämon sein, der ihm wieder Vieh stehlen wolle.

Als sie dreizehn gewesen war ... hatte so ein hübscher Junge von sechzehn Jahren sie mit Schmeicheleien und Beteuerungen, sie glühend zu begehren, zu einer einsamen Lichtung gelockt, sie mit schönen Worten bewegt, sich auszuziehen, ihr dann die Kleidung weggenommen, zehn seiner Freunde aus ihrem Versteck geholt und sie mit ihnen verhöhnt, bis sie vor Scham weinend davongerannt war.

Schönheit, was hatte die je für sie getan?! Aus den rings um sie wogenden Zauberwellen quoll ein Faden Willenskraft – ein Fädchen nur, doch stark genug, ihr den Finger zu krümmen.

Der Bolzen schnellte los, und der harte Schlag der Sehne riß ihr die Waffe fast aus den Armen. Kalb öffnete die Augen.

Und sah, wie Himmelsnebel den Bolzenschaft umfaßte, der ihr aus der Brust ragte, und schmerzverzerrten Munds langsam in die Knie sank.

Kalb brach in Tränen aus und kniete neben sie und faßte nach dem Schaft, wie um den Bolzen herauszuziehen und ungeschehen zu machen, was sie getan hatte.

»Hohe Frau?!« fragte, vom harten Klang der Sehne alarmiert, ein Wächter durch die Tür.

»Nein ... nichts«, erwiderte die Blumenkönigin. »Ein Becher, der zu Boden fiel.« Da mußte sie husten, Blut färbte ihr die Lippen – aber der Mann draußen im Flur bezog beruhigt wieder Posten.

Himmelsnebel hielt die nach dem Bolzen greifende Hand ihrer Tochter fest und wischte ihr eine Träne von der Wange.

»Danke«, keuchte sie und schloß die Augen. Dann sank sie auf den Teppich und erstarrte ... Ein dunkler Fleck breitete sich unter ihr aus.

Kalb warf sich über sie und weinte und schluchzte, bis ihre Augen keine Träne mehr hergeben wollten. Endlich, unter dem drängenden Ruf des Zaubers vom Fuchswald her, stand sie auf, stieß die Waffe fort und floh, wie eine Betrunkene taumelnd, auf dem Weg, auf dem sie gekommen war.

Am folgenden Morgen ließ Adlerschrei seine Armee beiderseits der aus der Feste führenden Straße aufmarschieren, und sein Bannerträger hißte, gut sichtbar für die Besatzer, die grüne Fahne des freien Geleits.

Bevor eine Stunde verstrichen war, kamen sie herausgeritten. Sie waren so grotesk und so schrecklich gerüstet wie eh und je, mit ihren schwarzen Helmen, Halsbergen, Lederwämsern und Beinschienen, die jeden Sonnenstrahl zu schlucken schienen – aber nicht mehr verwachsen, verunstaltet: verschwunden diese Hörner und gefeilten Zähne, das welke, verwesende Fleisch ... Und an der Spitze der Kolonne ritt ein hübscher, ranker Mann mit einem Anflug von Grau im vollen, schwarzen Haar.

Das Funkeln ihrer Augen verriet, daß die Fäule noch in ihren Seelen wohnte. Aber sie hielten sich wie Männer von gesundem Verstand. Ihre Waffen führten sie am Sattel oder eingesteckt mit. Ohne jeden Zwischenfall durchritten sie das Spalier der Gaffer und wandten sich dann nach Süden.

Nun von dem Fluch befreit, der auf der Blumenkönigin gelegen hatte, erwachte die Natur von neuem: Zu Füßen der Burgmauern sproßten die ersten Gräser und Blumen … und die Bäume, die nicht ganz abgestorben waren, reckten sich, und ihre Blätter und Nadeln strahlten wieder im frischen Grün des Lebens. Und Arbeiter, mit feuchten Tüchern als Nasenschutz, begannen die Gräber zuzuschaufeln.

Als der Feind außer Sicht war, trugen Kalb und ihr Großvater ein im unversehrten Wald gefundenes Tännchen in die Zone der hoffnungslos geschädigten Bäume.

Er hob nun mit dem Spaten ein Loch aus, und sie pflanzte den jungen Baum, drückte die fette, süße Erde gut an und goß den Setzling mit Wasser aus ihrem Ziegenlederschlauch.

Da blickte sie zu dem Magier auf und lächelte, als sie, zum zehntenmal an diesem Morgen, im schrägen Licht der Sonne so klar die sanften, weichen Falten auf seiner Stirn, um seine Augen, in seinen Wangen sah … ein altes, runzliges Gesicht, aber von einem Ausdruck, der einem gefallen konnte.

Der Blick, den er ihr nun schenkte, war sanft, noch ohne ein Lächeln, aber doch frei von jener Melancholie, die sie immer darin gewahrt hatte. Und er holte einen winzigen Spiegel mit Eichenholzrahmen aus seiner Tasche und hielt ihn ihr vor.

Sie zuckte automatisch zurück – dann sah sie das Gesicht in dem silberbelegten Glas und starrte es mit geweiteten Augen an.

»Das geschah eben erst«, sagte er. »Du warst in der Frühzeit des Zaubers am engsten mit ihr zusammen. Also wurdest du als letzte davon befreit.«

Kalb musterte das Gesicht einer erblühenden Frau, das sie da sah. Vielleicht war ja das Kinn zu klein, das braune Haar zu dünn und kraus … aber es war ein anziehendes Gesicht, das würde wohl niemand bestreiten, und gemessen an dem, das ihr bislang aus Tei-

chen und Spiegeln entgegengeblickt hatte, so lieblich, daß es sich
mit dem der allerschönsten Prinzessin messen könnte.

»Fast wie deine Mutter in deinem Alter«, seufzte Sommerblatt
und ließ, so erleichtert wie noch nie im Leben, die Schultern fallen
und humpelte fort in den Wald, um noch einen Setzling zur Hei-
lung all der Wunden zu suchen, die sein Bann der Welt geschlagen
hatte.

LINDA GORDON

Was ist ein Titel? Haben und halten *wird für mich immer der Titel eines Historienromans sein, der, wenn mein Gedächtnis mich nicht täuscht, im siebzehnten Jahrhundert spielt – aber eigentlich mehr ein Liebesroman ist. Nun, auch ich habe mit elf Jahren so etwas gelesen.*

Aber hier und jetzt ist das der Titel einer guten, amüsanten und natürlich ungewöhnlichen Fanatasy-Erzählung meiner alten Freundin Linda. Sie und ihr Mann fahren einen Lastwagen und hoffen, damit soviel zu verdienen, daß sie sich eines Tages ein Haus kaufen können: mit einem ganzen Zimmer nur für ihre Schriftstellerei und ihre »Drachen und Einhörner und all die umherschwebenden Gestalten«. »Ich bin«, schreibt sie, »jetzt älter als vor einem Jahr.« Gilt das nicht für jeden? Das ist ja unser aller Los; aber ich habe mir vorgenommen – nicht zu altern, sondern zu reifen. Je älter ein Wein oder eine Geige ist, sagt man, desto besser seien sie. Warum soll das nicht auch auf Frauen zutreffen? – MZB

Haben und halten

Saulsanna hätte dem Mann am liebsten das Herz herausgerissen und es ihm ins Maul gestopft.

Aber sie sah nur zu dem gefesselten Kinde hin, das er unweit der Pferde abgelegt hatte.

Dann blickte sie den hochfahrend wirkenden Mann an, der sich Rabe nannte, und holte ganz ruhig tief Atem.

»Es ist einfach«, sagte er und reichte ihr einen brandroten, mit vielen Zauberzeichen versehenen Tonkrug, den ein Deckel in Form einer Dämonenfratze verschloß. »Ich will die Macht, die nur wenige kennen, die Zauberkraft, die die vier Winde mir geben können.« Nun hielt er inne, lächelte und wies mit dem Kopf auf den Krug in ihren Händen. »Sperre du die Winde darin ein ... dann gebe ich das Kind frei.« Damit deutete er auf die Kleine.

Saulsanna kniff in jähem Zorn die Augen zusammen, sagte dann aber beherrscht: »Wenn du Aulsa etwas angetan ...«

»Deinem Windei geht es gut.«

Saulsanna erstarrte – dieses Kind, ihre Tochter, »Windei« zu nennen!

»Hältst du mich für so blöde, ihr ein Haar zu krümmen?«

Sie runzelte die Stirn und überlegte. »Nein, du kennst mich zu gut, um das zu wagen.«

Rabe nickte kühl.

»Und du hast auch den richtigen Krug mitgebracht«, sagte sie und mußte sich trotz allem ein Lächeln verbeißen. Wenn der Mann wüßte, daß jedweder Tonkrug es täte ...

Fast hätte sie gelacht: Diese Runen und die Dämonenfratze – nichts als nutzlose Dekoration! Wo die derlei nur herhaben? »Die alten Legenden sind also noch lebendig.«

Er nickte erneut. »Es gibt immer noch den einen und anderen, der die Winde mit ihren wundersamen Kräften einfangen kann.«

»Ja«, sagte sie und dachte: Gut, daß diese Gerüchte noch im Umlauf sind, geben sie doch den Menschen zu tun. Leider auch so aufdringlichen und lästigen wie ihm. »Aber die Winde sind gern ihre eigenen Herrinnen ... und nutzen auch die kleinste Chance, ihre Freiheit wiederzuerlangen.«

»Fange endlich an. Ich warte schon zu lange darauf, um jetzt noch mit derlei Gerede meine Zeit zu vergeuden!«

Saulsanna nickte. »Ganz wie du wünschst.«

So verneigte sie sich zuerst in alle vier Himmelsrichtungen und rief dann den Nordwind an:

»Mutter des Nordens, erhöre mich. Gib mir einen Teil deiner Kraft und Magie für diesen Mann, der ...«

Ihre Stimme wurde leiser, leiser, bis nur noch ein Flüstern zu vernehmen war.

Da beugte Rabe sich lauschend vor. Aber eine jäh aufkommende Bö ließ ihn zurückfahren.

Saulsanna hob den offenen Krug gen Himmel.

Das Blau des Himmels wurde zum Purpurrot, durch das schwarze Schlieren zogen. Der Wind pfiff durchs Gezweig und peitschte die Erde ... und legte sich nun.

Dann erhob er sich erneut und wirbelte und raste wild umher, verwandelte sich in einen kleinen Staubteufel.

Saulsanna murmelte darauf beschwörend auf ihn ein, so daß er sie umkreiste und schließlich über ihrem hoch erhobenen Krug tanzte.

Und dann fuhr er plötzlich pfeifend hinein.

Gebannt sah Rabe zu. Staunen malte sich auf seinem Gesicht, und seine Augen funkelten vor Erregung.

Saulsanna wiederholte das Verfahren mit den übrigen Winden, bis sie vier Staubteufel im Krug hatte. Dann schloß sie ihn mit dem fratzenförmigen Deckel.

Und sah Rabe fordernd an, als sie die Arme senkte ... »Meine Tochter!«

Er musterte sie in jähem Argwohn. Sein Blick schoß zum Krug, zu ihr, zum Krug. »So kurz vor dem Ziel«, begann er, sah sie dann lauernd an. »Sage mir, Windhexe, woher soll ich wissen, daß diese Kräfte wirklich da drinnen sind?«

Da schüttelte Saulsanna den Krug, daß der darin angesammelte Sand leise zu knirschen begann.

Rabe lächelte. »Man sagte, da wäre ein Kratzen zu hören, als ob die Winde zu entfliehen suchten.« Damit faßte er nach dem Krug.

Saulsanna brachte ihn außer Reichweite. »Meine Tochter!«

Rabe musterte sie kurz und drehte sich sodann zu dem Kind um. »Ja, ja. In Ordnung, Hexe.« Er hob warnend den Finger. »Aber versuche nicht, mich hereinzulegen.«

»Du weißt doch, daß eine Windhexe dem gehorchen muß, der sie gefangennahm.«

Er grunzte, ein kleines Lächeln spielte um seine Mundwinkel. Dann ging er zu der Kleinen und löste ihre Fesseln.

Das Mädchen rappelte sich auf und lief zu seiner Mutter.

Saulsanna nahm Aulsa in ihre Arme und herzte und küßte sie. »Bist du wohlauf, meine kleine Brise?«

»Ja, Mutter.«

»Gut«, sprach sie und warf Rabe den Krug zu, und er fing ihn behutsam auf. »Laß uns aufbrechen, der Anblick dieses Mannes ist mir zuwider.«

Damit trug sie Aulsa zu ihrem geflügelten Hengst und setzte sie rittlings vor ihren Sattel.

»Da ist alles drin«, rief Rabe und schüttelte den Krug. »All die Macht, die Magie, die ich will. All die Königreiche, die ich regieren werde.« Und wieder schüttelte er das ziegelrote irdene Gefäß. »Einfach alles!«

Saulsanna nickte. »Ja, wunschgemäß«, sagte sie, schwang sich hinter Aulsa aufs Pferd und setzte sich locker zurecht.

Da zog Rabe ein verdutztes Gesicht. »Wie lasse ich die Winde wieder heraus, Hexe?«

Sie nahm mit der Rechten die Zügel und legte den linken Arm beschützend um ihr Töchterlein. »Nimm einfach den Deckel ab, Mann.«

Seine Miene verdüsterte sich in höchster Verwirrung und dann jähem Begreifen. »Aber wenn ich das mache, entkommen sie mir ja!«

Saulsanna lachte, und ein Klang wie von Glocken war in ihrem Lachen. »Ich sollte diese Winde in deinen Krug bringen. Aber du hast nicht gefragt, wie du sie wieder herausbekämst.«

Da hätte Rabe in jäh aufwallender Wut fast den Krug zu Boden geschmettert! Aber er bremste sich und schrie: »Neiiin!«

Die Windhexe gab ihrem geflügelten Roß die Fersen.

Da schlug es mit seinen riesigen blauschwarzen Schwingen und erhob sich sacht in die Lüfte. Aulsa mußte kichern, da sie, wie immer beim Fliegen, das prickelnde Gefühl von wachsender Macht im Magen spürte.

Saulsanna sang ihr, während sie so davonflogen, etwas in der Sprache der Windhexen vor.

Rabe war so wütend, daß er für ihr Lied voller Glockenklang und Windraunen kein Ohr hatte und es ihm auch nicht auffiel, daß es irgendwann ausblieb.

LEE ANN MARTINS

Auch diese Story nun zählt zu denen, an die ich mich bei der nochmalige Durchsicht zur Endauswahl in allen Einzelheiten erinnern konnte. Es ist ein Erstling; aber Lee Ann schickte mir mit dem gegengezeichneten Vertrag die kürzeste Vita, die ich je erhielt; sie habe, schrieb sie mir, »einen prächtigen Araberwallach, und mit dem hatte ich an dem Tag, an dem Sie meine Geschichte akzeptierten, einen Unfall, bei dem ich mir eine Gehirnerschütterung zuzog, und diese beiden Ereignisse werden jetzt in meiner Erinnerung fest miteinander verbunden bleiben – ganz als ob das eine mit dem anderen etwas zu tun gehabt habe«. Und weil das nicht sehr informativ ist, steht es Ihnen frei, sich vorzustellen, daß sie, zur Erholung von ihrer Arbeit als Dentalhygienikerin, Westernstorys schreibe oder an einem Mädcheninternat Arabisch unterrichte oder als Klempnerin arbeite und unter acht verschiedenen Pseudonymen Krimis oder Western verfasse. – MZB

LEE ANN MARTINS

Die Katalysatorin

Valendral reichte dem Azlaepriester, der sie am Portal des Groß-
tempels empfing, ein verschnürtes Päckchen. »Von Jakara
Amohl«, sagte sie.

»Ja, darauf haben wir gewartet«, erwiderte er kühl und nahm es
entgegen.

Und Valendral, die ihm dabei ins Gesicht sah, verspürte für einen
Moment wieder jenes Sehnen aus alter Zeit, da sie noch ernsthaft
geglaubt hatte, vor den Augen des Schöpfers Azlae seien alle
Menschen gleich. Sie überlegte, wie der Priester wohl reagieren
würde, wenn sie jetzt seine Hand ergriffe und ihn um seinen Segen, um Trost oder auch bloß um einen Becher Würzwein bäte.
Aber sein Blick war so sehr nach innen gekehrt und abwesend und
angespannt, das helle Blau seiner Augen so kalt wie Stein und Eis!
Diese Augen nahmen sie kaum wahr – dafür jedoch seine Nüstern, offenbar mit Abscheu. Eine junge Frau, die in einer unge-
heizten Hütte haust, nimmt im tiefen Winter eben nur selten ein
Bad ... ihr Schweißgeruch war sicher für seine Nase so überwälti-
gend wie sein süßlicher Weihrauchduft für die ihre. Nein, ihm trat
sie besser nicht zu nahe.

»Und die Bezahlung ...?« fragte sie schüchtern.

»Ja ... Natürlich«, antwortete der Priester in einem Ton, der ihr
die Ungehörigkeit dieser Erwähnung verdeutlichen sollte. Und er
reichte ihr eine Lederbörse und sog, als sie das Geld abzählte, ungeduldig die kalte Luft ein.

»Aber das ist ja nur die Hälfte!«

»Das ist der Betrag, den ich dir geben soll.«

»Es müßte doppelt soviel sein!« Dann schrie sie, in heller Verzweiflung: »Mein Bruder wird mich umbringen!«

»Unsinn, das ist bestimmt die vereinbarte Summe. Wenn dein

Bruder irgendeine Beanstandung hat, kann er sie ja im Tempel selbst vorbringen. Ein frohes Erneuerungsfest!« Damit schloß er ihr das Tor vor der Nase.

Sie hätte weinen können. Sie hätte ihn umbringen können. Nun mußte sie zu ihrem Bruder heim, und der würde ihr die Arbeit dieses Tages sicher mit einer Tracht Prügel entgelten. Nein, mit zweien: einer für die entgangene Bezahlung und einer für die Prügel, die er selbst bezöge, wenn er dies Jakara sagte. Wahrlich ein frohes Erneuerungsfest!

Mit verschränkten Armen, zum Schutz gegen den Wind, machte sie sich auf den Heimweg. Es war einer dieser bitterkalten, durchdringenden Winde, die an den schlimmsten Winterabenden blasen und einem durch Mark und Bein gehen und Kopfschmerzen bereiten. Val trug zwar drei Gewänder übereinander, aber die waren schon fadenscheinig und so nutzlos bei diesem Wind wie Spinnweben.

In den Straßen dieser Heiligen Stadt Beru drängten sich die Pilger, die zum Wintersonnenwendfest der Erneuerung gekommen waren. Bald schon würde Seine Allerheiligste Majestät, Elward med Azlae, zugleich König und die Verkörperung Azlaes auf Erden, der heiligen Vermählung des Gottes mit Seiner Schöpfung vorstehen, würden die ob ihrer Keuschheit und Glaubensstärke zu Seinen Bräuten erwählten jungen Frauen zu ihrem Schöpfer gesandt. Und durch diese heilige Vereinigung würde die Erde erneuert ...

Die Auserwählten waren so stark und gläubig, daß sie ihren Tod nicht fürchteten. Natürlich halfen die Drogen, die Val eben im Tempel abgeliefert hatte, da ein wenig nach. Man zweifelte ja nicht am Glauben der Gottesbräute, hielt es aber für ein Gebot der Klugheit, für alle Fälle Vorsorge zu treffen.

Daß Val nun in einen offenen Hauseingang schlüpfte, den sie da unverhofft sah, entsprang nur dem Wunsch, für eine Weile aus dem Wind zu kommen. Aber dort drinnen fiel ihr dann ein, daß nur Reiche in diesem Viertel wohnten. Vielleicht könnte ich hier das mir fehlende Geld stehlen, dachte sie, und dem Narren, der seine Haustür nicht abschließt, geschähe das ja nur recht!

Sie schlich vorsichtig den Flur entlang und lauschte. Es war nichts zu hören, das Haus schien leer. »Gut denn«, sagte sie sich, »rasch ans Werk, schnell wieder hinaus. Das Geld finde ich wohl im ersten Stock, in den Schlafzimmern.« Schon stieß sie auf die Treppe, und nun stieg sie, dicht an der Wand, wo diese Holzstufen ja nicht so leicht knarren, langsam hinauf.

Die erste Tür, an der sie es versuchte, öffnete sich in ein riesiges Schlafzimmer mit einem großen Schrank, der fast die ganze Gegenwand einnahm. Sie huschte zu ihm hin und schob eine der breiten Türen zurück: Er war mit Gewändern vollgestopft. Hastig machte sie sich daran, deren Taschen zu filzen – und erstarrte. War das ein Schrittgeräusch gewesen? Sie horchte, zählte ihre Herzschläge, spürte, wie ihr der Schweiß aus den Poren brach. Nichts. Schon schalt sie sich eine Närrin. Aber nun sah sie, wie sich der Türknopf zu drehen begann.

Da schlüpfte sie vor Panik in den Schrank und schob die Tür bis auf einen Sehschlitz hinter sich zu. Der oder die da eingetreten war, blieb außerhalb ihres Sehfelds, schien sich jedoch, dem Stoffrascheln nach, zu entkleiden. Val knirschte vor Wut mit den Zähnen. Eine verdammt schlecht gewählte Zeit für ein Bad! Nun trat die Person in ihr Blickfeld – nackt –, und Val sah, daß sie alle Attribute eines Mannes besaß, aber zugleich auch die einer Frau.

Ein Nekromant!

Val raste das Herz vor Entsetzen.

Die Nekromanten, mit Zauberkraft und groteskem, vom Schöpfer verfluchtem Leib geboren, waren die Nachtmahre schlechthin, Kindheitsmonster, Fleisch gewordene Blasphemie … Waren weit schlimmer als die Dämonen der vagen Legenden ihrer Priester, da sie das Böse in Menschengestalt waren, das Böse, das man anfassen und das einen anfassen und einem an die Kehle gehen konnte.

Da betete Val inbrünstig wie seit Jahren nicht mehr zu ihrem Gott und fürchtete dabei, daß ihr wild pochendes Herz ihr am Ende noch die Brust sprenge … Aber ihr Gebet war vergebens: Denn nun öffnete sich die Schranktür. Und sie blickte dem Nekromanten einen Moment lang ins Gesicht und sprang nun auf wie ein hochgescheuchtes Reh.

Nach Sekunden nur war alles vorbei: Die Schlafzimmertür fiel ganz von allein ins Schloß, noch ehe sie sie erreicht hatte. Da stürzte sie in blinder Angst zum Fenster. Lieber sich das Bein brechen, als dieser Kreatur in die Hände zu fallen! Nur ein Sturz ein Stockwerk tief, vielleicht käme sie mit heilen Knochen davon. Sie riß das Fenster so stürmisch auf, daß der Riegel brach. Eisige Luft schlug ihr entgegen, und schon sprang sie. Da war eine menschenleere Gasse unter ihr und dann, als das rechte Schienbein wie ein Eiszapfen auf Stein splitterte … nur noch Schmerzen.
Und nun nur noch Dunkelheit.

Ihr träumte von Feuer, von gewaltiger Hitze in ihren Beinen, einer Hitze so heiß … daß sie sich wunderte, daß sie nicht schmerzte. Sanfte Hände berührten, wuschen, heilten sie. Und von ihnen ging ein Großteil jener Hitze aus. Val schienen es liebende und liebevolle Hände, und als sie von ihr abließen, wollte sie aufschreien, sie festhalten. Aber es war bloß ein Traum, und sie sank ins Dunkel zurück.

Als sie zu sich kam, war sie von wohliger Wärme umfangen und behaglich sauber und frei von Schmerzen. Sie roch Kochdüfte, hörte ein Feuer knistern, hörte jemanden im Raum umhergehen. Ihr Instinkt sagte ihr, daß dieser Jemand der Nekromant sein müsse. Aber noch hielt sie die Augen geschlossen, um Zeit zu schinden, und wünschte sich in ihren Traum zurück. O bitte, gönne mir noch ein wenig Aufschub. Ich will die Kreatur noch nicht ansehen, danke vielmals.
»Du kannst deine Augen jetzt öffnen. Ich weiß, daß du wieder bei dir bist«, ließ sich jetzt eine höfliche, zurückhaltende Stimme vernehmen.
Nun schlug sie vorsichtig die Augen auf und blickte um sich. Sie lag, unter unzähligen Decken begraben, in einem breiten, weichen Bett. Dieser Eintopf in der kleinen Terrine, die auf dem Nachttischchen stand, war offenbar für sie bestimmt. Aber so hungrig sie war, den würde sie nicht anrühren – wer weiß, was da drin war … Der Nekromant selbst (wieder angekleidet, Azlae sei Dank!)

schob einen lederbezogenen Lehnstuhl an ihr Bett, nahm darin Platz und sprach freundlich: »Du bist aber keine gute Diebin.«
Valendral – da sollte man sich durch ihren Panikanfall nicht täuschen lassen! – war von Natur aus nicht furchtsam. Und so musterte sie die Kreatur nun ungeniert. Sie ließ ihren Blick langsam an ihr hinab- und hinaufwandern, sah ihr ins Gesicht und wunderte sich dabei nur, daß sie von ihr eher fasziniert als angewidert war … und daß dieses Wesen, obwohl es ihren Blick doch standhaft erwiderte, wie ein Mädchen errötete. Es hatte eines dieser seltsamen Gesichter, mit hellem Teint und so sehr dunklen Augen und Haaren, die Männern wie Frauen gut anstehen. Auch von Gestalt war es, wenn man von den üppigen Brüsten absah, von zwittriger Natur. Dies also war das große Monster. Da faßte sie wieder neuen Mut.
»Ich entspreche wohl nicht deiner Erwartung, nicht wahr?«
Sie überging seine Frage mit der ihren: »Was willst du von mir?«
»Das könnte ich auch dich fragen … Warum wolltest du mich bestehlen? Trieb dich der Hunger dazu? Du siehst mir nicht so aus.« Damit wies es auf den Eintopf, den sie verschmäht hatte.
»Ich bin nicht hungrig«, erwiderte sie. Aber dabei knurrte ihr vernehmlich der Magen.
»Es ist ein einwandfreies Gericht. Ich ernähre mich doch nicht von Würmern! Warum sollte ich mir die Mühe geben, dein Bein zu heilen … um dich eine Stunde danach zu vergiften?«
Das schien logisch. Zudem wäre es unsinnig, diese Kreatur zu erzürnen. Das sagte ihr ihr Verstand, aber ihre Zunge wollte darauf nicht hören; »Du bist ein böses Wesen, wundert es dich da, daß ich dir mißtraue?«
Nun griff er sich so schnell, daß sie ihren Augen nicht trauen mochte, die Terrine und machte sich über seinen Eintopf her – wie um zu beweisen, daß damit alles in Ordnung sei –, stellte nach einigen Löffelvoll die Schüssel so hart auf das Nachttischchen, daß etwas davon herausschwappte, sah Valendral verächtlich an und fauchte: »Ich bin böse, und wer hat das gesagt, die Azlaepriester? Weißt du auch, woraus die ihre Macht ziehen? Aus Menschenop-

fern! Das tun nicht einmal die Barbaren mehr … Mit dem Töten eines Menschen setzt man viel Energie frei. Die Priesterschaft nutzt sie zur Stärkung ihrer Macht, und das alles natürlich im Namen des Schöpfers. Und jener Schakal von einem König rechtfertigt das, indem er erklärt, das sei sein und damit Azlaes Wille.« Es schüttelte den Kopf. »Und mich schimpfen sie das böse Wesen. Aber meine Kräfte sind wenigstens natürlicher Art, und meine Sippe lebt wenigstens nicht vom Massenmord.«

Aber Valendral war längst nicht überzeugt. »Das behauptest du«, knurrte sie.

»Lassen wir das«, sagte der Nekromant enttäuscht. »Ich kann darüber mit dir nicht diskutieren, du bist so verblendet wie alle in dieser Stadt. Aber ich würde doch gern wissen, warum du so auf mein Geld aus warst!«

Sie seufzte. »Das ist eine lange Geschichte.«

»Oh, du hast sehr viel Zeit, ich lasse dich nicht so schnell gehen.« Nun grinste er mit schlecht gespielter Heimtücke und beugte sich zu ihr vor. »Du erzählst mir deine Geschichte und ich dir meine.«

Sie sprang aus dem Bett, mehr aus Ärger als aus Abscheu, und nun bemerkte sie, daß sie nicht mehr ihr Gewand, sondern ein weiches, neues Kleid trug, das ihr viel zu lang war. Und sie stolperte darüber, hielt sich an einem Bettpfosten fest und starrte den Nekromanten nun böse an. Dieses Wesen hatte sie ausgezogen, sie nackt gesehen! Aber sie bemühte sich, ihren Zorn zu zügeln … sie hatte schließlich Grund, ihm dankbar zu sein, Grund vielleicht auch, es zu fürchten – obwohl ihr letzteres zunehmend zweifelhaft erschien.

»Nun, kurz gesagt, ich schulde meinem Bruder Geld, habe aber nur die Hälfte des fraglichen Betrags. Das ist alles, was du wissen mußt.«

»Und du hast offenbar Angst … ihm damit unter die Augen zu treten«, ergänzte der Nekromant und blickte sie nachdenklich an.

»Und wie lautet deine Geschichte?« fragte Val, um nicht über ihren Bruder reden zu müssen. »Wie kamst du, ein Nekromant, an den Wächtern vorbei nach Beru?« Man gab sich doch größte Mühe, fremde Magien aus den Landen Seiner Heiligen Majestät, und vor allem aus Beru, fernzuhalten. Es gab hier Priester, die nur eine Aufgabe hatten: die Stadt vor jedem Zauber, der nicht mit dem Azlaekult verbunden war, zu schützen.

»Nicht mein Problem«, erwiderte es, »ich mußte gar nicht an ihnen vorbei, weil ich hier geboren wurde. Meine Mutter war nicht so religiös, daß sie ihr Kind hätte tot sehen wollen. Sie hat mich hier im Haus versteckt. Ich wuchs hier auf und spielte hier, bekam hier Unterricht, lernte hier meine Kunst und habe noch nie einen Fuß aus diesem Haus gesetzt. Und ich schaffte es sogar mit aller Vorsicht, ab und an mit anderen Nekromanten und Magiern Verbindung aufzunehmen, leider nicht häufig genug. Aber es zeigt, daß die Priesterschaft beileibe nicht allmächtig und allwissend ist.«

Nun empfand sie tatsächlich Mitleid mit ihm! Wie entsetzlich einsam es doch gelebt haben mußte. »Und wo ist deine Mutter jetzt?«

»Das ist alles«, knurrte es barsch, »was du wissen mußt. Nur meinen Namen noch. Ich heiße Petyr, und du?«

»Valendral.«

»Valendral. Das bedeutet ›Vom Schöpfer gesegnet‹. Siehst du, was man an Überflüssigem lernt, wenn man immer nur studieren kann? Also, wieviel brauchst du?«

Da nannte sie ihm den Betrag.

»Einen Moment«, versetzte der Nekromant. Und ging zu seinem Kleiderschrank, wühlte darin umher und verschwand fast ganz darin, als er zuhinterst nach etwas tastete. Für ein Wesen, das kaum ausgeht, hat es eine recht umfangreiche Garderobe, dachte Val. Sie erwog, zur Tür zu laufen, solange es ihr den Rücken zukehrte, ließ es aber sein: Wer ein gebrochenes Bein in einer Stunde zu heilen vermochte, konnte sie sicher auch beliebig lange hier gefangenhalten. Zudem, sie hatte keine Angst mehr vor ihm … Wie immer auch der Ruf der Nekromanten sein mochte – dieses Wesen hatte kaum die Ausstrahlung eines übernatürlichen Bösen. Der unnahbare Priester hatte sie weit mehr eingeschüchtert. Und schließlich, wenn es ihr wirklich etwas antun wollte, hätte es das schon früher getan, als sie es erzürnt hatte.

Petyr kehrte mit einem Beutel zu ihr zurück. »Das sind genau hundertfünfundsiebzig Dulmeken, genug für deinen Bruder, und noch ein Rest für dich. Aber warte mal!« Damit entzog es ihn ihrer begehrlichen Hand. »Mir ist eingefallen, daß nur du in ganz Beru von meiner Existenz weißt. Du könntest mich leicht verraten, und das wäre mein Tod ... Es wäre also unklug, dich gehen zu lassen. Aber ich schlage dir einen Handel vor: Ich schenke dir deine Freiheit und das Geld, wenn du dafür etwas für mich tust.«

Eine Welle von Furcht und Zorn überkam Val. Sie hatte diesen Nekromanten und die von ihm verkörperte Gefahr offenbar sehr unterschätzt. Wie töricht auch von ihr, zu dieser verdammten Kreatur so eine Zuneigung zu fassen und zu glauben, sie käme ungeschoren davon.

»Das hängt ganz davon ab«, erwiderte sie vorsichtig. »Was hätte ich also zu tun?«

»Weißt du denn, was ein Katalysator ist?« fragte es und fuhr sogleich fort: »Nein, natürlich nicht. Wie solltest du auch? Ja, um von uns auszugehen: Nekromanten können Magie ausüben, und Katalysatoren sind Magie. Sie sind Kraftquellen, Leiter magischer Energie. Sie können nicht selbst zaubern, könnten aber beispielsweise als Medien meine Macht verzehnfachen. Von meiner Art gibt es außerhalb dieser Stadtmauern Hunderte und Tausende. Aber solche Leute sind so selten, daß sie ihr Gewicht in Diamanten wert sind. Und du bist, das spürte ich, als ich dich berührte, eine sehr starke Katalysatorin.«

Da hätte sie fast gelacht. »Mein Gewicht in Diamanten wert!« Bockmist! »Und warum waren dann die Priester nie hinter mir her?«

»Weil sie die Magie des Blutes, nicht die natürliche nutzen. Von Katalysatoren haben die noch nie etwas gehört.«

»Du willst also nur mit mir irgendeinen Zauber vollbringen und mich dann gehen lassen?«

»Nur das.«

»Was für einen Zauber hast du im Sinn?«

»Das tut nichts zur Sache. Nun überlege nicht lange. Es ist doch ganz einfach: Entweder du hilfst mir und kommst frei, oder du weigerst dich und bleibst für immer gefangen.«

»Du stellst mich ja vor eine schöne Wahl!«

»Was ist dir denn dein Leben wert?«

Val wurde ganz starr vor Anstrengung, ihre Wut zu bändigen. »Sage mir, was du verlangst.«

»Ich muß deine Kraftquelle anzapfen ... wir müssen ein Band zwischen uns schmieden ... Wir ... wir müssen uns fleischlich vereinigen«, brachte Petyr schließlich hervor.

Nun mußte Valendral aber wirklich lachen, schon wegen seiner prüden Wortwahl. »Soviel Gerede, und nur um mich ins Bett zu kriegen? Du tätest wohl einiges für eine Nummer, oder?«

»Vielleicht«, erwiderte Petyr gekränkt. »Aber darum geht es hier nicht.«

»Da müßte es doch irgendeinen anderen Weg geben.«

»Wenn dem so wäre, hätte ich dann Zeit damit vergeudet, dich dazu zu beschwatzen? Los, entscheide dich. Du hast doch wohl schon schlechtere Bettgenossen als mich gehabt!«

Val ignorierte die implizite Beleidigung und überdachte ihre Lage. Nein, ihr blieb keine andere Wahl – beim Schöpfer, sie hatte schon Schlimmeres getan, um sich aus einem Schlamassel zu befreien! Um der Wahrheit die Ehre zu geben, sie fand ihn (»Wenn wir hier nun Mann und Frau spielen sollen, ist ›ihn‹ angemessener als ›es‹!«) gar nicht abstoßend. Er war eher so etwas wie ein exotisches, noch unentdecktes Wesen, fremdartig vielleicht und auf den ersten Blick sogar schockierend, aber nicht häßlich. Sie hatte schon schlechtere Gespielen gehabt. Man würde das wohl für ein Sakrileg halten – na und, sie war noch nie sehr gläubig gewesen. Sie ging zu ihm hin, streckte sacht die Hände aus, um seine Brust zu berühren ... und fuhr zurück wie vor einem Feuer, war ihr doch ein böser Verdacht gekommen.

»Das ist nur dein Werk, daß ich dich begehre!«

»Wirf das nicht mir vor, wenn du Verlangen spürst. Nie würde ich meine Macht so mißbrauchen, ich habe auch meine Moral.«

»Lügner!«

»Du kannst es dir ja noch anders überlegen.«

»Und von dir getötet werden. Eine schöne Moral!«

»Verdammt«, rief er, außer sich vor Wut. »Vergiß das Ganze! Verschwinde, ich habe dich nie gesehen ...«

Ein Wink von ihm, und die Tür öffnete sich auf einen Schlag. Val sah ihn zweifelnd an.

»Das ist kein Trick, junge Frau! Ich werde dir weder etwas antun noch versuchen, dich aufzuhalten. Ja, du kannst sogar das Geld mitnehmen. Nur verschwinde jetzt!«

Noch auf der Schwelle, zögerte Val und überlegte fieberhaft. So sehr sie sich auch eine Närrin schalt ... sie brachte es einfach nicht über sich, ihn zu verlassen. Sie kehrte zu ihm zurück und legte ihm die Hand auf den Arm.

»Sieh, ich schulde dir etwas, du hast mein Bein geheilt. Ich helfe dir! Aber nur, wenn du mir versprechen kannst, daß ich kein Risiko eingehe.«

»Keine Angst, dir droht keine Gefahr«, sagte er und lächelte sie beglückt an.

Valendral holte tief Luft. »Also gut. Dann nichts wie ...«

»Warte, ich muß den Zauber vorbereiten.«

Nun kniete er vor dem Kamin, breitete die Hände und stimmte ein Lied an, sang aber so leise, daß Val kein Wort verstand. Er schien mit den Flammen zu sprechen, ihnen zu schmeicheln, sie zu locken. Plötzlich sprang ihm eine Feuerzunge zwischen die Hände, und er fuhr fort zu singen, bis sie zum Feuerball wurde. Dann warf er die Hände hoch und öffnete sie weit, und die Flammenkugel verschwand im Rauchabzug. Petyr blickte Val an. »Gut«, sagte er sanft. »Und jetzt brauche ich dich.«

Aber er rührte sich nicht – als ob er ihr nun die Initiative überlassen wollte. Sie ging zu ihm und legte ihm die Arme um den Hals. Aber er fühlte sich seltsam hart und steif an, wie aus Holz geschnitzt. Dann ging ihr ein Licht auf! Natürlich, er war starr vor Angst, weil es für ihn das erstemal war. Da zog sie ihn ganz an sich. »Oh, mein Kind, laß mich dir etwas zeigen.«

Aber er überraschte sie: Sie hatten kaum begonnen, da war er nur noch Begehren. Er erkundete ihren Körper mit einem Feuer und einer Art Ehrfurcht, die sie verwirrten, und schien den schnöden Grund ihres Liebesspiels völlig vergessen zu haben. Da lohte sie so heiß wie er und gab ihm, was er ihr gab, und das überraschte sie noch viel mehr. Denn sie hatte geglaubt, so etwas nicht mehr empfinden zu können. Das kann nicht wahr sein, das ist doch Zauberei ... er verhext mich! Aber als er in sie eindrang und sie die Woge der Macht – und vor allem der Liebe – spürte, fiel das alles von ihr ab. Jetzt gab es für sie kein Gestern und kein Morgen mehr. Bloß noch seinen Leib und ihren Leib und diesen Moment der Ewigkeit.

Petyr wühlte in seinem großen Schrank, nahm einen Reisesack heraus und begann, ihn mit Winterkleidung vollzustopfen. Val rollte sich im Bett herum und sah ihm erstaunt zu. »Wo soll es denn hingehen?«

»Uns bleibt nicht viel Zeit«, erwiderte er, ohne sich auch nur umzudrehen.

»Entschuldige, aber Zeit wozu?«

»Valendral, verzeihe, daß ich dir die Gefahr verschwieg, in der wir sind.«

Ihr verkrampfte sich der Magen vor böser Ahnung. »Was hast du getan?«

»Azlaes Großtempel in Brand gesteckt.«

Sie war wie vor den Kopf geschlagen. »Ja, bist du verrückt? Warum?« keuchte sie und setzte sich auf.

»Vor allem zur Ablenkung, aber es dürfen gern auch ein paar Priester dabei verschmoren. Ich will aus der Stadt fliehen, solange die Wächter mit Löschen beschäftigt sind ... Ich bin dieses Lebens müde, und als ich dich fand, da mußte ich die Chance eben nutzen. Aber wir müssen uns beeilen, sie werden sich bald fragen, wer denn hinter diesem Feuer steckt. Hier, ziehe das an!« Damit warf er ihr ein paar warme Sachen und einen schweren, pelzgefütterten Umhang zu.

»Was heißt denn da ›wir‹? Ich dachte, die wüßten nichts von Katalysatoren!«

»An sich nicht. Aber dieser Zauber hat viel Kraft gebraucht, und du warst die Quelle … Sie können ihn zu dir wie zu mir zurückverfolgen. Wir müssen beide fort.«

»Du Narr, niemand legt sich ungestraft mit den Priestern an! Wir kommen nicht lebend aus der Stadt.«

»Wir schaffen es, mit deiner Kraft und meinem Talent, sie zu nutzen.«

Val bebte vor Wut und Angst. »Von mir bekommst du nichts. Du hast mich ja schon einmal hintergangen!«

Da reckte er sich, wie um sich gegen ihren Zorn zu wappnen. »Wir sind vereint. Für immer. Also kann ich über deine Kraft verfügen, ob du das willst oder nicht.«

Der erneute Verrat ließ sie rotsehen. Sie stürzte sich auf ihn – gewillt, ihn mit bloßen Händen zu töten. Er versuchte, sich zu verteidigen und sie zu besänftigen, konnte sich aber kaum seiner Haut wehren, da er vom Kämpfen nichts verstand. Schließlich, als ihm schon die Nase und die Lippen bluteten und eine Gesichtshälfte schwoll, griff er in seiner Not zur Magie, um sie abzuwehren.

»Hör mir zu!« flehte er. »Ist mein Angebot denn so schlecht? Schau dich doch an! Wie alt bist du … siebzehn? Du siehst zehn Jahre älter aus und dürftest in weiteren zehn schon tot sein. Ich biete dir doch die Chance zu einem besseren Leben. Du kannst hier genausowenig bleiben wie ich!«

»Rede mir nicht von Angebot«, fauchte Val. »Du läßt mir ja keine andere Wahl.«

»Bitte, laß uns das später ausfechten, ja? Sie werden uns schon suchen.«

Da gab sie es auf, auf den Zauberring einzuschlagen, den er um sich gelegt hatte. Und als sie sich nun abwandte, um sich anzukleiden, war ihr Herz so voller Verachtung, wie es kurz zuvor noch voller Liebe gewesen war. »Schaffe mir ein paar Waffen her«, herrschte sie ihn an.

Wortlos holte er einen Satz Klingen herbei. Das Schwert, das dazu zählte, war nur ein Zierstück; aber sie war ja ohnehin des Schwertkampfs unkundig. Es waren aber auch etliche recht brauchbar aussehende Dolche darunter, und mit derlei Klingen wußte sie verdammt gut umzugehen … Sie steckte sie in ihren Gürtel, gut verborgen unter ihrem Umhang.

»Valendral …«, bat er und legte ihr die Hand auf den Arm.

Da zuckte sie zornig zurück. »Petyr, ich würde dir die Kehle durchschneiden, wenn ich nicht so auf deine Hilfe angewiesen wäre. Vergiß das nicht!«

»Ich werd's mir merken«, erwiderte er trocken und schulterte seinen Sack. »Versuchen wir, zum Bauerntor zu gelangen. Der Marktplatz wird zu dieser nächtlichen Stunde verwaist sein. Was hältst du davon?«

»Einverstanden.«

»Aber führen mußt du. Du kennst die Stadt besser als ich.«

Val fauchte verächtlich und stürmte die Treppe hinab und auf die Straße. Die Flammen des wohl eine halbe Meile entfernten Tempels waren von da schon zu sehen: Petyr hatte gute Arbeit geleistet, das mußte sie zugeben! Sie machten sich zum Markt auf, schoben sich durch die dichten Menschenmengen, die zum Feuer strömten, und fürchteten immer, an irgendeiner Biegung einer Schar Wächter in die Hände zu laufen. Aber sie hatten Glück und erreichten auf allerlei Umwegen in einer halben Stunde den Marktplatz, ohne ein einziges Mal angerufen oder auch nur bemerkt worden zu sein.

»Das war gar nicht so schlecht«, knurrte sie, »jetzt müssen wir noch die Torwächter außer Gefecht setzen und …«

Sie hatte das Pferd, das sie nun über den Haufen rannte, nicht kommen gesehen, sah es erst, als es schon über ihr war. Aber sie wußte gleich, wer die Reiter waren, denn nur die Wächter konnten sich so gut tarnen. Benommen und bebend rappelte sie sich auf. Es waren ihrer drei, und sie warfen sich fluchend auf Petyr, hieben mit all ihrer mit Blut erkauften Kraft auf ihn ein. Selbst aus ihrer Distanz sah sie die helle Panik in seinem Gesicht. Petyr verstand es ja gut, aus der Entfernung zuzuschlagen, schien aber im Nahkampf ohnmächtig. Sie waren drauf und dran, ihn zu überwältigen. Da stürzte Val sich auf den nächstbesten Wächter. Der schrie überrascht auf. Ja, das letzte, was die Kerle bei diesem

Zauberkampf erwarteten, war eine profane Attacke mit einem hundsgewöhnlichen Dolch. Sie traf ihn in die Schulter, zerrte ihn vom Pferd und stieß ihm ihre Klinge in die Kehle. Einer weniger!

Jetzt fühlte Val sich von einer Hitzewelle und gleich darauf von einer kühlenden Woge durchlaufen. Wie eine frische Brise an einem glutheißen Sommertag, fuhr es ihr durch den Sinn ... Dann kam die Hitze wieder. Petyr holte sich wohl bei ihr die Kraft, den zweiten Reiter anzugehen! Aus seinen Fingern sah sie Blitze zukken. Wirklich beeindruckend, aber sie hatte keine Zeit, seine Künste zu bewundern, ritt doch schon der dritte Wächter auf sie los. Sie zog einen Dolch, zielte aber nicht auf ihn, der ja auf den Wurf gefaßt war, sondern auf sein Pferd. Und die Klinge bohrte sich dem armen Tier in die Brust, daß es vor Schmerz aufwiehernd zu Boden ging. Der Wächter kam unversehrt wieder hoch und drang, die Waffe zum Schlag bereit, auf sie ein. Dann war nur noch Lärm und Angst und Nacht, kein Entrinnen mehr, ihr Körper kraftlos und das Pflaster schlüpfrig von Blut. Ein sengendheißer Schmerz fuhr ihr durchs Rückgrat. Sie schrie nach Petyr. Gab er Antwort? Dann ein tagheller, weißer Blitz und gnädige Stille, die nur Petyrs sanfte Stimme, dicht an ihrem Ohr, durchbrach.

»Val, alles in Ordnung?« keuchte er und half ihr auf. »Ich dachte schon ...«

»Erzähle mir das später«, unterbrach sie ihn. »Wir sind noch nicht entronnen!« Sie reckte sich und musterte sich, tastete sich vorsichtig ab. Arg zerschrammt, aber nichts gebrochen – sie würde es noch lange machen! Die Wächter und das gefällte Roß waren nur noch ein paar Häufchen Asche. Nicht schlecht, Petyr.

Val fing die übrigen beiden Pferde ein und rief: »Sitz auf, wir brechen durchs Tor. Wenn du drei Wächter in Asche legen kannst, kannst du auch ein Tor sprengen.«

»Nein.«

»Was?«

»Ich kann nicht reiten. Wenn ich herunterfalle ...«

»Du Idiot! Hinauf mit dir! Da können jeden Moment noch mehr auftauchen. Und zu Fuß entkommen wir denen nicht.« Sie warf ihn förmlich in den Sattel und piekste sein Pferd mit ihrem letzten Dolch, daß es lospreschte, wobei jedoch sein Reiter bedrohlich hin und her schwankte. Dann schwang sie sich auf ihr Roß und galoppierte, wenn auch selbst recht unsicher im Sattel, hinter ihm her.

Bis zum Bauerntor, das die Hauptdurchgangsstraße des Marktes abschloß, war es etwa eine halbe Meile. Auf halbem Weg, mit dem Geschrei der Verfolger im Ohr, begann Petyr wieder Kraft zu sammeln ... und spürte Val, da er aus ihrem unermeßlichen Quell schöpfte, erneut jene abwechselnd heißen und kühlenden Wogen. Ja, sie fühlte sich plötzlich so unendlich groß. »Ich kann die ganze Welt umfangen«, dachte sie, wie närrisch. Auf der Stadtmauer sah sie Soldaten ihrer harren. Im gestreckten Galopp jagten sie auf das Tor zu. Es öffnete sich nicht! Nun fürchtete sie, sie wären zwischen den Kriegern vor ihnen und den Wächtern hinter ihnen gefangen. Aber damit unterschätzte sie Petyrs Kunst und ihre Kraft. Denn das Tor vor ihrer Nase tat sich nicht nur auf – sondern barst in tausend Stücke und nahm die Soldaten mit sich. Die begriffen nicht einmal mehr, was sie da aus heiterem Himmel traf.

Eine Stunde später brachten sie ihre Pferde in den Schritt, um sie zu schonen. Besser, sie ritten sie nicht zuschanden! Petyr wagte nicht, den Mund aufzumachen, und Val, der nicht nach Gesprächen zumute war, war das recht. Aber der Gedanke an die Verfolger und das Wohin nagten so an ihr, daß sie das Schweigen schließlich doch brach.

»Ob wir sie wohl abgehängt haben?«

Petyr sah müde auf. »Ich glaube schon, ich habe all die Zeit Illusionen und Verbergzauber hinter uns gelassen. Nichts von ihnen zu sehen! Wir haben zumindest einen großen Vorsprung.«

»Oh. Und weißt du schon, wo wir hingehen?«

»Laß uns nach Osten reiten. Ich möchte nach Medilind.«

»Medilind! Bis dorthin sind es ja fast tausend Meilen!«

»Wir könnten dort als freie Bürger leben.«

»Das können wir überall, sobald wir diese Grenze hinter uns haben.«

»Aber ich habe schon immer davon geträumt, nach Medilind zu gehen, Val! Dort wohnen die größten Zauberer und Nekromanten der ganzen Welt!«

»Wir haben aber nicht genug Geld für eine so weite Reise.«

»Doch, das auf jeden Fall.«

»Ich habe gehört, die Medilinder seien alle verrückt.«

»Du hast ja auch gehört, die Nekromanten seien der Inbegriff des Bösen.«

Das hat sich an dir bewahrheitet, dachte sie, ließ es aber dabei bewenden. Sie hatte keine Lust, mit ihm zu streiten.

»Du hast dich in Beru tapfer geschlagen, Val. Ich bin nicht halb so mutig wie du.«

»Versuche nicht, mir zu schmeicheln«, knurrte sie. »Dir ist noch längst nicht verziehen.«

»Ich habe dir doch gesagt, wie leid es mir tut.«

»Na und?«

»Wolltest du wirklich so weiterleben wie bisher? Wäre es dir wirklich lieber, du hättest mich nie kennengelernt?«

Die Einsamkeit, die in seiner Stimme schwang, rührte sie ein wenig. »Schau, Petyr, ich bin so zornig, daß ich dich hasse. Das muß nicht ewig so bleiben. Vielleicht kann ich dir eines Tages gut sein, aber nun bin ich erst einmal bloß wütend auf dich.«

»Natürlich«, erwiderte er sanft. »Val?«

Sie knirschte mit den Zähnen. »Ja?«

»Ein frohes Erneuerungsfest!«

Er war zum Wahnsinnigwerden! Und dennoch mußte sie sich ein Lächeln verbeißen. »Dir auch!« antwortete sie widerwillig.

»Danke sehr!«

»Keine Ursache. Ruhe jetzt.«

Und sie ritten gen Osten.

LESLIE ANN MILLER

*Leslie Miller hat als Schreibkraft in meinem Büro gearbeitet
und dann eines Tages selber eine Geschichte geschrieben: ein
perfektes Beispiel für die Art von Menschen, die etwas lesen
und dann, mit den Worten eines Songs aus* Chorus Line, *sagen:
»Das kann ich auch« – und es machen. Allerdings ist sie auch
eine von denen, die es versäumt haben, mir ihren Lebenslauf
zu schicken. Sie dachte wohl, ich könnte hier improvisieren, da
ich sie ja kenne; ihr ist offensichtlich nicht klar, wie vergeßlich
ich bin. Aber Sie, liebe LeserInnen, könnten ihr ja genausogut
wie ich eine Vita erfinden! (»Sie kennen doch meine Methode,
Watson.«)
Ich weiß aber, daß sie wieder eine prachtvolle, waschechte
Abenteuergeschichte geschrieben hat. Und für so etwas habe
ich eine Schwäche. – MZB*

Breschen schlagen

Burg Rengar, im Winter des Jahres vierhunderteins unserer Könige

Lieber Vater, liebe Mutter,

ich weiß, daß Ihr um mich besorgt seid, aber ich bin wohlauf und mache gute Fortschritte. Heute hielt Frau Gunhild, eine Veteranin des Südkrieges, uns Rekrutinnen eine begeisternde Ansprache. Da ich glaube, daß diese Rede Euch interessieren könnte, gebe ich sie aus der Erinnerung so genau wie möglich wieder. Sie ist nicht allzu lang, und Pergament gibt es hier ja genug. Ich habe die Abende zu meiner freien Verfügung und nutze diesen jetzt, um Euch zu schreiben. Gunhild und ihre Schildschwestern schlossen sich in einem Trainingslager dem königlichen Heer an, ehe die Südler in die Steppe einfielen. Ihr Bericht handelt aber von den großen Steppenschlachten:

»Von Beginn unserer Ausbildung an hat der Hauptmann mir und meinen Schildschwestern Katriona, Treschen und Elfwyn immer eingeschärft: Wenn der Befehl zum Angriff kommt, greift ihr an! Wenn ihr übers Wasser angreifen sollt, greift ihr übers Wasser an. Wenn ihr die Ringmauer stürmen sollt, stürmt ihr die Ringmauer. Und wenn ihr die Schildmauer ersteigen sollt, ersteigt ihr diese Schildmauer. Es ist ganz einfach, hat er gesagt: ›Ihr duckt den Kopf hinter den Schild und lauft. Und lauft. Bis ihr durchgebrochen seid ... oder getötet werdet. So einfach ist das.‹«

Bitte entschuldigt die Unterbrechung, liebe Eltern, aber ich sollte erwähnen, daß wir Rekruten an der Stelle etwas nervös lachten.

Weil es nämlich genau das war, was wir hier anfangs zu hören bekommen hatten. Nun, Frau Gunhild lächelte uns da für einen Augenblick zu und fuhr dann fort:

»So einfach ist das«, sagte sie. »Oder doch nicht? Warum ist dann die Attacke auf die Grenzbrücke zu Beginn des Krieges gescheitert? Der Befehl kam, und die Ritter griffen an, aber keinem gelang der Durchbruch. Die Ritter fielen, der Angriff scheiterte, die Südler hielten die Brücke. Nur das Wintereis hinderte sie, bis zur Hauptstadt durchzumarschieren. Was war geschehen? War unser Angriff nicht machtvoll genug, um ihren Schildwall durchbrechen zu können? Wir wußten es nicht. Aber diese Frage quälte uns, meine drei Schwestern und mich, als wir am Vorabend dieser großen Schlacht am Lagerfeuer saßen.

Ich, Gunhild, bin ja, wie ihr sehen könnt, eher wie ein Mann denn wie eine Frau gebaut. Ich bin groß und stark, und meine Rüstung, konnte ich doch hoffen, würde diese Südler vollends über mein Geschlecht täuschen. Aber meine Schwester Kat, von der ihr vielleicht schon gehört habt, da sie nun in der Südgarde Seiner Majestät dient, ist ja fast um einen Kopf kleiner als ich, Elfwyn bloß eine Handbreit größer als sie und Treschen, obwohl größer als die zwei, leichter als ich und von weitaus zarterer Statur.

Nun, seid bitte nicht gekränkt, ist festzuhalten, daß Frauen eben im allgemeinen kleiner sind als Männer. Das ist einfach eine physiologische Tatsache. Aber eindeutig ein Nachteil in der Schlacht. Beim Zweikampf gibt es natürlich Möglichkeiten … dieses Handikap auszugleichen. Die geringere Körpergröße hat hier sogar auch Vorteile. Die kleine Elfwyn trägt nicht umsonst den stolzen Spitznamen ›Kniehackerin‹. Aber in einer Schildmauer sind die Kleineren eindeutig gefährdet und auch eine Gefahr.

Im Nahkampf kann man ihnen eher über den Schildrand schlagen und den Schädel spalten. Im Fernkampf können die feindlichen Speerwerfer und Bogenschützen über sie hinweg leichter die Hinterleute treffen und zudem besser sehen, was hinter ihnen vorgeht. Am kritischsten aber ist, daß der Feind den Angriff auf die Kleinen richten wird, weil sie die Schwachpunkte der Mauer sind.

Da sie seinem Stoß weniger Masse entgegenstellen können, bieten sie ihm ja die bessere Chance zum Durchbruch.

Ungeachtet unserer Überlegungen an jenem Abend war uns klar: Wenn wir den Angriffsbefehl erhielten, müßten wir versuchen, eine Bresche in den Schildwall der Südler zu schlagen, die, wie es hieß, wohl doppelt so groß und schwer wären wie wir. Aber ich für meinen Teil war mir gar nicht sicher, daß wir das schaffen würden. Wir hatten keine Lust, an einem Angriff so desaströs wie dem bei der Grenzbrücke teilzunehmen, und noch weniger, Ursache seines Scheiterns zu sein.

Jede von uns hatte ihre eigenen Gründe, am Vorabend dieser Schlacht dort zu sein, so wie jede von euch ihre Gründe hat, hier zu sein. Ich war dort, weil mein König ja mein Schwert brauchte. Kat und Elfwyn waren da, weil sie nirgendwo sonst hätten hingehen können. Treschen war da, weil die Südler ihr Haus niedergebrannt und ihren Mann und ihre Kinder getötet hatten … und sie betete in dieser Nacht darum, für jeden ihrer erschlagenen Lieben einem Südler das Leben nehmen zu dürfen. Aber, meine Freundinnen, daß wir in jener grausigen Nacht beisammensaßen, lag vor allem daran, daß wir einander brauchten.

Als der Morgen graute, machten wir unseren Frieden mit Gott. Dann legten wir den Panzer an, nahmen Schild und Waffen auf, meldeten uns bei unserem Hauptmann, nahmen Aufstellung. Wir waren in der zweiten Linie, hatten vor uns eine Reihe Speer- und Schildträger. Wir konnten die Südler zuerst nicht sehen, da die Steppe noch in Nebel gehüllt war. Aber wir hörten aus der Ferne das Klirren ihrer Rüstungen … und wir hörten sie singen. Es war ein grausiger Gesang, fast schrecklich genug, um im Herzen des Tapfersten unter uns das Feuer des Muts zu ersticken.

Dann, als die höhersteigende Sonne den Nebel vertrieb, sahen wir vor uns die rot und golden bemalten Kampfschilde unserer Feinde … Reihe um Reihe, so weit das Auge reichte … und hörten wir ihre kohlschwarzen Fähnlein in der frischen Brise schlagen, gleich den Schwingen der Geier dicht über uns. Der Anblick der riesigen Armee ließ mir den Mund trocken werden. Und ich war überzeugt, daß wir an diesem Tag sterben müßten.

Aber die Hauptleute ließen zum Sturm blasen und feuerten uns mit wilden Rufen an. So rückten wir vor, obschon unsere Füße schwer wie Blei wogen und wir vor Schreck wie betäubt waren. In der vordersten Linie begannen einige, mit dem Schwertheft gegen den Schild zu schlagen, und nicht lange, da trommelten wir alle im Takt unserer Schritte. Das übertönte den Gesang unserer Feinde, und bald, da unser Mut stieg, steigerten wir unser Tempo. Die Hauptleute taten nichts, um uns zu bremsen, und als die ersten Pfeile über uns hinwegzischten, setzten wir uns in Trab. Bald stürmten wir im Laufschritt voran und brüllten aus vollem Halse wie Wahnsinnige. Sekunden später stieß unsere vorderste Linie gegen die Südarmee, und als wir nachsetzten, um ihr zum Durchbruch zu verhelfen, prallte ich gegen einen unserer Speerwerfer, der mit einem Pfeil im Hals rückwärts taumelte. Aber als ich wieder aufblickte, sah ich, daß unsere Frontreihe sich unter einem Hagel von Speerstößen und Schwerthieben auflöste. Über dem Geschrei der Sterbenden und dem Kampflärm hörte ich kaum den Rückzugsbefehl unseres Hauptmanns.

Ich wich langsam zurück, hielt mich mit meinem Schild gegen Speere und Pfeile gut bedeckt. Und ich sage euch nun, meine Freundinnen, daß mir das Herz vor Freude zerspringen wollte, als ich an meiner Seite Elfwyn, Katriona und Treschen heil und unversehrt gewahrte.

Hundert Schritt von den Südlern entfernt, nahmen wir wieder Aufstellung. Wir hörten das Getöse der Kämpfe, die längs der Linie tobten, und wußten, daß die unseren noch hier und dort angriffen. Unsere Aufmerksamkeit galt aber den stumm hinter ihren roten Schilden lauernden Südlern uns gegenüber. Warum griffen sie denn nicht an, wo sie sich doch unseren Rückzug hätten zunutze machen können? Unsere Attacke hatte kaum eine Minute gewährt, und nun lagen ihnen unsere vordersten Kämpen schon tot zu Füßen. Sie wollten wohl einfach, daß wir uns an ihrem Wall aus Schilden die Köpfe einrannten, so gewiß waren sie seiner Stärke. Das war kein angenehmer Gedanke für mich und meine Schwestern, denn nun standen ja wir in vorderster Reihe.

›Wir müssen eine Bresche in diese Mauer schlagen‹, sagte der Hauptmann. ›Das ist unsere einzige Hoffnung. Auf den Flanken wird noch gekämpft, aber wir müssen im Zentrum durchbrechen. Wenn wir das schaffen, haben wir eine echte Chance, sie in die Flucht zu schlagen.‹

Kat und ich wechselten Blicke, und auch Elfwyn und Treschen sahen einander an. Das war es. Ja, das war unser Tag, uns zu bewähren ... oder zu sterben ... oder uns zu bewähren und zu sterben.

Der Hauptmann gab uns noch einen Moment Zeit, Kraft und Mut zu schöpfen, und erteilte dann den Angriffsbefehl.

Ohne zu zögern, und mit dem Namen des Königs auf den Lippen, stürmten wir los. Für den Gegner hatte ich kein Auge. Nein, ich duckte mich hinter meinen Schild und hielt meine Klinge zum Schutz gegen von oben geführte Schwert- und Keulenhiebe quer über dem Helm. Kat und Elfwyn, die, ihre Schilde Seite an Seite mit dem meinen, zu meiner Rechten, zu meiner Linken dahinstürmten, taten bestimmt dasselbe.

Wir prallten mit einer Wucht gegen den Wall, daß es mir den Atem nahm und mich vom Boden hob ... Ich wäre auf den Rücken gefallen, wenn der Speerträger hinter mir mir nun nicht den Schild ins Kreuz gerammt hätte. Ein Keulenhieb eines Südlers rammte mir mein Schwert in den Helm, etwas stach mir in die bloßen Unterschenkel. In meiner Verzweiflung und Not stemmte ich eine Schulter in meinen Schild, drückte mit aller Macht und schwang dabei mein Schwert wild über den Schildrand. Da traf ich etwas Hartes und spürte, daß der Widerstand gegen meinen Schild plötzlich nachließ.

Ich drängte voran, das Rot-Gold war neben mir. Ich hieb nach rechts, fühlte, wie sich mein Stahl tief in etwas fraß. Kats grünweißer Schild schob sich vor, als der rotgelbe fiel. Ich stolperte über einen Körper und trat auf etwas Weiches, und schon durchbohrte eine Speerspitze meinen Schild, eine halbe Spanne neben meiner Nase. Dann ein Schildhieb von hinten auf die Schulter und ein Ruck an dem Speer, daß es mich vorwärts riß. Daß ich da nicht der Länge lang zu Boden ging, verdanke ich nur dem Hagel von Lanzen, die meinen Schild trafen, mich mit ihrer vereinten Wucht aufrecht hielten. Aber eine drang durchs Holz und traf mich an der Seite. Mein Kettenhemd wies die Spitze zum Glück ab, und ich bog mich weg, als der Mann nachstieß und dann seine Lanze heraußriß.

Ich taumelte und sah kaum, wie Kat, die rechte Schulter fest an Treschens Schild gepreßt und einen Wald aus Schilden und Speeren hinter sich, an mir vorüberstürmte.

Ich hatte mich noch nicht wieder gefangen, als einer mit der Hellebarde meinen Schild bei einer Ecke faßte und so drehte, daß ich der zweiten Reihe der Rotgoldenen gänzlich ungedeckt gegenüberstand. Und ich sah gerade noch, wie Kat, Elfwyn und Treschen auf sie trafen, als mich schon die Leute hinter mir wieder vorwärts stießen, genau auf die Hellebardenspitze zu. Ich brach in die Knie und schrie vor Todesangst, obwohl doch Elfwyn dem Hellebardier die Knie zerschlug. Dann rannten die Nachdrängenden mich über den Haufen. Von den Stiefeln meiner eigenen Kameradinnen wurde ich niedergetrampelt, und doch hatte ich, meine Freundinnen, bis Dunkelheit mich umfing, bloß den Gedanken: Wir haben es geschafft. Wir haben eine Bresche in ihren Wall geschlagen! Der Tod hatte kaum noch Schrecken für mich an diesem Tag, denn ich hatte zwei neue Freundinnen in der Pein und Dunkelheit: die Hoffnung und die Zufriedenheit.

Der Rest ist Geschichte, wie ihr wißt. Wir haben ihre Reihen durchbrochen und so ihre Armee in zwei Hälften gespalten. An den Flanken durch unsere Kavallerie bedrängt, im Zentrum vom Keil unserer Schilde durchstoßen, geriet sie so in Panik und Chaos, daß sie die Schildmauer nicht wieder zusammenbrachte. Und unsere Leute machten so viele von ihnen nieder, daß die, die noch am Leben waren, endlich ihre Waffen von sich warfen und entsetzt flohen.

Treschen nahm dreifache Rache für die Ermordung ihrer Lieben und wurde dann von einem Kürassier mit einem Morgensternhieb zu ihnen ins Reich des Todes geschickt. Elfwyn verlor ihren Schwertarm, als sie eine Wurfaxt abwehrte, die Kat galt, und ist jetzt Jagdhundmeisterin der Königin. Vielleicht habt ihr sie ja hier herum schon gesehen. Katriona führte den Angriff an, der das Südheer in zwei Hälften teilte, kämpfte bis ganz zum Ende und wurde für ihren Mut in den Ritterstand erhoben. Und ich habe, wie ihr seht, meine Verletzungen überlebt und helfe nun bei der Ausbildung unserer Rekrutinnen.

Aus dieser Geschichte könnt ihr zwei Lehren ziehen, die ihr hoffentlich auch beherzigt. Erstens: Wenn der Angriffsbefehl kommt, greift ihr an, und wenn die einen durchstoßen, folgen die anderen nach. Zweitens und vor allem: Für den Durchbruch wie für die Abwehr der feindlichen Attacke kommt es mehr auf Entschlossenheit als auf Körpergröße an.

Jede, aber auch wirklich jede von euch, und sei sie noch so klein, kann ein Pferd zu Fall bringen, wenn sie es nur will ... und daran glaubt, daß sie es schaffen kann. Wir bringen euch die dafür benötigte Fertigkeit bei, aber wenn ihr euch vom Gegner einschüchtern laßt, kann euch nichts und niemand retten. Ihr müßt daran glauben, daß ihr Kriegerinnen seid, und ihr müßt, wenn der Angriffsbefehl kommt, daran glauben, daß ihr die Mauer eurer Feinde durchbrechen könnt. Ich und Kat und Elfwyn sind der lebende Beweis dafür, daß man dies schaffen kann.«

Ihr seht also, liebe Eltern, mein Entschluß steht fest. Daß ich schon in der ersten Schlacht getötet werden könnte, ist wohl nicht, was Ihr am meisten fürchtet. Die Ausbildung ist gut, und mein Ziel ist, eines Tages unter Lady Kat in der Südgarde zu dienen. Ich glaube an mich und bete zu Gott, daß auch Ihr eines Tages an mich glauben werdet. Der Glaube kann Breschen schlagen und Mauern niederreißen.

CYNTHIA L. WARD

Auch dies hier ist die Variation einer alten Geschichte, die »jeder (in mehreren Versionen) kennt« – des Märchens von dem Frosch, der in Wirklichkeit ein verzauberter Königssohn ist. Ich habe kürzlich einen Becher gekauft, der die Aufschrift trägt: »Man muß viele Frösche küssen, bis man einen Prinzen findet.« Und eine Story von Jennifer Roberson, die ich herausgab, endete damit, daß die Königstochter einen Frosch küßte und dabei angewidert »einhundertachtunddreißig« murmelte (oder war es »einhundertsiebenunddreißig«?).
Cynthia Ward lebt in Silicon Valley und hat einen Mann (der auch Computer-Experte ist) und einige Maine-Waschbärkatzen. Meine Erfahrung mit solchen Maine Coon cats beschränkt sich auf eine Begegnung mit einem Exemplar, das Madeleine L'Engle gehörte: Es war die größte Katze, die ich je außerhalb eines Zoos zu Gesicht bekommen habe. Sie sollen ja sehr sanftmütig sein. Dazu kann ich aber nichts sagen, weil ich damals einen großen Bogen um dieses Tier gemacht habe. – MZB

Der Zauberfrosch

Den baumwollenen Rock lässig um sich gebreitet, saß Therese auf einem Felsen am Fluß, starrte in die kühlen, sommerblauen Fluten und dachte an all die Male, da sie mit ihren Vettern und Basen hier getollt und gespielt hatte, damals, vor ihrer Lehre. Sie waren geschwommen und von Felsblöcken in den Fluß gehechtet, hatten sich von Seilschaukeln ins Wasser plumpsen lassen, hatten Lilien gepflückt, Fische gefangen und Frösche gehascht. Die kleine Sandbank hier war ihr Strand gewesen. Nun war sie zwar knöcheltief überspült, aber noch immer makellos sauber wie vor Jahren. Nur ein Kiesel, der den Wasserspiegel durchbrach, störte das Bild.

Dieser Kiesel ist kein Kiesel, ging es Therese auf. Denn was da aus dem kühlen Naß ragte, waren die vorspringenden Augen und das gerundete Maul eines Froschs.

Ob sie noch schnell genug war, einen Frosch zu fangen? Aber vielleicht hatten ihre Reflexe in all den Jahren des Lesens, Schreibens und langsamen, bedächtigen Gestikulierens so sehr gelitten, daß … Da ließ sich die Siebzehnjährige von ihrem Felsen herab, um die Probe aufs Exempel zu machen.

Sie schlich ans Wasser, raffte mit der Linken ihren Rock und ging, die Rechte griffbereit ausgestreckt, in die Hocke. Ein Satz – und der Frosch zappelte in ihrer hohlen Hand.

Der kleine Ochsenfrosch kämpfte wie wild, um seine Freiheit wiederzuerlangen. Er zappelte, strampelte mit den lächerlich langen Beinen und trat ihr mit den einwärts gedrehten Füßen gegen Daumen und Zeigefinger. Und er wäre ihr entwischt, so dünn und feucht, wie er war, wenn sie nicht ihre linke Hand über ihn gelegt hätte. Dafür fiel ihr aber ihr Rock, den nun nichts mehr hielt, ins Wasser und war im Nu bis zu den Knien klatschnaß … Da sprang sie mit einem Fluch zurück, der sich für ein Mädchen gar nicht geziemte.

Nun zwängte der Frosch seinen sandbraunen Kopf zwischen zwei Fingern hindurch, wobei er vor Anstrengung sein breites Maul aufriß.

»Laß mich frei ... laß mich frei ... laß mich frei ...«

»Du kannst ja sprechen!«

Er machte sich stocksteif, klappte die runden Kiefer zu und legte das stumpfe Köpfchen schief und musterte sie mit einem runden, kalten Auge, das wie aus Blattgold getrieben aussah.

»Du kannst mich ja hören!«

Doch er hatte das Maul nicht aufgetan ... Seine Worte gellten Therese im Schädel. Sie blinzelte vor Schmerz, funkelte den Wicht böse an und fauchte: »Nicht so laut!«

»Vergebt mir, mein Fräulein.« Diesmal war die stumme Stimme, der Bariton eines junges Mannes, aber viel leiser. »Ich habe mit dir ja erst den zweiten Menschen vor mir, der mich hören kann.«

»Den zweiten?« fragte Therese in höflicher Lautstärke. »Wer war der erste, der die Gedanken eines Frosches verstand?«

»Der böse Hexer, der mich verzaubert hat.«

»Natürlich! Wo habe ich nur meinen Kopf?! Vielleicht kann ich ja diesen Zauber lösen.«

»Wie sollte ein Mädchen das schaffen?« zweifelte der Frosch. »Alle Hexer sind böse Männer.«

»Ich bin weder das eine noch das andere«, erwiderte Therese kühl und setzte ihn wieder ins seichte Wasser.

Als sie sich zum Gehen umdrehte, ertönte, wie sie erwartet hatte, seine Stimme in ihrem Kopf: »Ach, Fräulein, ich bin durch mein Schicksal so verbittert ... Aber das entschuldigt nicht solche Unhöflichkeit. Bitte verzeiht meine voreiligen Worte.«

»Gut denn«, sagte sie und machte wieder kehrt. »Auch ich war etwas voreilig.«

Sie kauerte sich hin und hielt ihm die Rechte hin. Da setzte er die Vorderfüße auf ihre Finger und schnellte sich mit den Hinterbeinen hoch und in ihre hohle Hand.

»So, Frosch«, seufzte sie. »Kann ein Kuß den Zauber lösen?«

»Ein ... Kuß?«

Therese runzelte die Stirn. »Das soll ja die Remedur sein in solchen Fällen. Mir gefällt das genausowenig wie dir.«

»Der Magier, der mich verhext hat, hat gesagt, nur er könnte den Zauber lösen.«

»Das sagen sie immer«, brummte sie und küßte ihn. Um es sich nicht noch anders zu überlegen.

Seine Lippen – wenn man die so nennen konnte – fühlten sich hart, kalt und feucht an. »Schleimig« war das Wort, das ihr dazu einfiel, und als sie zurückfuhr, mußte sie einen jähen Brechreiz unterdrücken ... Sie hätte am liebsten ausgespien, begnügte sich aber damit, sich den Mund am Ärmel ihrer Bluse abzuwischen.

»Entschuldige meine Unhöflichkeit«, sagte sie zu dem Frosch. Ja, er war immer noch ein Frosch.

»Ich verstehe.«

Doch sie hörte aus seiner Kopfstimme Enttäuschung heraus.

»Vielleicht kann ja nur der Kuß einer Prinzessin den Zauber lösen. Aber es gibt in diesem Land keine Prinzessinnen.« Und wird es wohl auch künftig nicht geben, wo doch der König und die Königin schon so alt sind und ihr Sohn verschollen ist! »Es müßte auch noch andere Möglichkeiten geben. Nun werde ich einmal die weisen Bücher meines Meisters befragen.« Und so erhob sie sich, raffte mit der Linken ihren Rock und trat, den Frosch schön hoch haltend, damit er auch etwas von der Gegend sähe, den Heimweg an. Wegen ihrer sensiblen Last schritt sie langsam aus. Und sie genoß die wohlige Wärme des sonnenbeschienenen Pflasters der alten Römerstraße, die sie nach Hause bringen sollte.

»Höre«, sagte sie bald, »ich möchte dich nicht gern ›Frosch‹ nennen. Schließlich haben wir uns ja schon geküßt. Wie heißt du?«

»Und du?« erwiderte der Frosch mißtrauisch.

»Therese de Bouton.«

»Und ich ... Robert.«

»›Robert‹?« Sie wäre fast stehengeblieben. »Und wer hat dich verzaubert?«

Ein glanzloses, kaltes Auge richtete sich auf sie. »Der böse Hexer Thibault.«

»Thibault!« Jetzt blieb sie aber wirklich stehen. »Ich habe von ihm gehört. Ein sehr mächtiger Magier. Ein Nekromant.«

»Ach, Ihr könnt mir nicht helfen!«

»Gebt mir eine Chance, Hoheit!«

»Ihr wißt jetzt also, wer ich bin!« keuchte der Frosch.

»Von mir habt Ihr nichts zu befürchten, Hoheit«, versicherte sie. Natürlich hatte auch sie vernommen, der Thronfolger sei von Thibault aus dem Norden mit einem grausamen Fluch belegt worden und seither verschollen. Aber die Gerüchte über sein Los waren so zahlreich und so widersprüchlich, der Königshof und die Hexerburg so fern und diese Ereignisse so lange her, daß erst dieser Name – »Robert« – sie darauf gebracht hatte, daß sie in ihm den verschollenen Königssohn vor sich hatte.

Nun schritt sie aber wieder munter fürbaß und sah denn auch bald das Haus ihres Meisters vor sich, ein arg verwittertes Holzhäuschen, das inmitten einer weiten Wiese stand und von einem Kräutergärtchen umgeben war. Die Haustür öffnete sich von allein, als sie näher kam, und als sie über die Schwelle trat, war der Raum plötzlich von goldenem Licht erfüllt, das keiner Lampe und keiner Kerze zu verdanken war.

Hurtig ging sie zu dem fleckigen, verkratzten Arbeitstisch, der mit allerlei Destillierkolben, Fläschchen, Mörsern und anderen Werkzeugen ihrer Kunst übersät war, machte rings um den Wasserkrug und das Messingbecken, die da standen, etwas Platz und sagte dabei: »Ihr müßt immer feucht bleiben, hoher Herr, nicht wahr?«

»Ja. Wenn meine Haut austrocknet, tut es mir weh.«

Da ergriff sie mit der freien Hand den Krug, goß fingerhoch Wasser in das flache Becken und setzte den Frosch darein.

»Bleibt bitte, wo Ihr seid, Hoheit. Ihr könntet sonst einen Schutzzauber auslösen oder in eine tödliche Falle hüpfen.« Unwahrscheinlich, das eine wie das andere – aber wenn er auf dem Boden hockte oder herumspränge, träte sie womöglich noch auf ihn.

Und nun ging sie zu dem Regal, in dem ihres Meisters Schatz stand: seine zehnbändige Bibliothek.

Völlig erschöpft und staubbedeckt, legte Therese den letzten Folianten beiseite, strich sich ihr schweißnasses, rotes Haar aus der Stirn und warf dem Frosch einen langen Blick zu.

»Ihr hattet recht«, murmelte sie. »Nur der Magier, der Euch verhext hat, kann den Zauber lösen.«

»Das habe ich befürchtet«, versetzte er ruhig, aber in einem Ton so voller Verzweiflung, daß es ihr einen Stich ins Herz gab. »Drei Jahre schon ... wie lange kann ich so noch leben? Wie lange will ich überhaupt noch so leben?«

»Da gibt es nur eins, hoher Herr: Wir müssen zu Thibault!«

»Aber ... aber er wird mich bestimmt nicht erlösen!«

»Wenn er stirbt, werdet Ihr zurückverwandelt.«

»Fräulein, ich will Euch nicht in solche Gefahr bringen!«

»Wenn ich es nicht tue, werdet Ihr als Frosch sterben. Ich könnte Euch nicht guten Gewissens zum Fluß zurückbringen und glaube auch nicht, daß Ihr den Rest Eurer Tage in dem Becken auf meinem Tisch verbringen wolltet.«

Der Frosch blieb stumm.

»Ich wünschte, mein Meister wäre hier«, fuhr sie ruhig fort. »Er weiß Dinge, die ich nicht weiß. Fünfundzwanzig Jahre übt er diese Kunst schon aus. Und ich bin nichts als eine kleine Gesellin.«

»Dein Meister?« fragte der Frosch hoffnungsvoll. »Wo ist er denn?«

»Weit drunten im Süden, hoher Herr, und so weit reicht meine Geiststimme nicht. Seine Mutter ist schwer erkrankt, und da ist er zu ihr, um sie gesundzupflegen ... oder beim Sterben zu begleiten. Er ist schon Monate fort und kehrt vielleicht erst in Monaten zurück.«

So lange konnte der Prinz nicht warten – Frösche leben nicht lang. Aber vielleicht hatte er ja die Lebenserwartung eines Menschen. Vielleicht auch nicht. Er war nun schon drei Jahre ein Frosch, und Thibault war keine barmherzige Seele.

Nein, sie konnte nicht auf die Rückkehr des Meisters warten!

»Warum heilt er seine Mutter nicht mit Magie?«

»Das geht leider nicht«, seufzte Therese. »Wir Magier können Beschwerden lindern und Wunden heilen ... wir tun alles, was wir können ... aber wenn Gott eine Seele ruft, vermag keiner sie zurückzuhalten.«

Sie musterte das Durcheinander auf ihrem Tisch und dachte an all die Stapel schmutzigen Geschirrs in der Küche. Nein, sie konnte nicht sofort zu der langen Reise aufbrechen. »Hoheit, laßt mich erst das Haus meines Meisters in Ordnung bringen. Morgen früh können wir uns auf den Weg machen.«

Im Frühlicht ritten sie auf der alten Römerstraße aus Bouton hinaus: der Frosch in einem Krug, den sie zwischen Bauch und Sattelhorn geklemmt und mit einem Seil, vom etwas verjüngten Krughals zu ihrem Messergurt, gesichert hatte ... Therese war als Junge verkleidet, trug lange schwarze Hosen, Reitstiefel mit hohen Absätzen, ein weites Hemd, das ihre kleinen Brüste mehr als verbarg, und einen breitrandigen Filzhut, der ihren empfindlichen Teint vor der Sonne schützen sollte. Das Haar hatte sie sich auf Schulterlänge gekürzt. Höchst ungern, muß man sagen, weil es trotz seines häßlichen Orangestichs doch das einzig Ansehnliche an ihr war. Aber mit hüftlangem Haar hätte sie ja schlecht als Junge durchgehen können.

Sie legten drei Pausen ein, damit Robert sich etwas zu essen fangen konnte. Therese sah ihm bei seiner Insektenjagd aber lieber nicht zu. Sie gab sich Mühe, auch etwas zu essen, da sie ja bei Kräften bleiben mußte, hatte aber keinen Appetit. Außerdem war sie schon etwas wundgeritten. Sicher, sie hatte bei ihrem Meister reiten gelernt, hatte dann aber, da sie ja kein Pferd besaßen, wenig Gelegenheit gehabt, sich in Form zu halten.

Am ersten Tag schafften sie nicht einmal fünfzehn Meilen ... Diese Vierhundertmeilenreise versprach sehr lang zu dauern.

Ein armer Holzfäller, der am Rande eines Waldes hauste, nahm sie für die Nacht in seiner Hütte auf. Und Therese half ihm dafür, Feuerholz zu hacken und zu stapeln. Er erriet nicht, daß sie ein Mädchen war; sie war ja auch unmädchenhaft groß und dünn und mit einem unansehnlichen, kantigen Gesicht und einer tiefen, rauhen Stimme geschlagen. Mag sein, daß er sie für einen entlaufenen Lehrling hielt. Aber er stellte keine Fragen, servierte ihr einfach eine große Schüssel mit dickem Eintopf (den sie mit jähem Heißhunger verschlang), holte ein Feldbett für sie und stellte es fern vom seinen auf. Als sie sich in ihrem Schlafsack vergrub, zog sie ihr Kruzifix unter ihrem Hemd hervor und bat Gott und alle Heiligen, ihr nun zu helfen, Wort zu halten. Sie hatte ja solche Angst!

Ihr Silberkreuz, vom Papst gesegnet, war ein Geschenk ihres Meisters, ein Mitbringsel aus Rom, wohin es ihn einstens bei seinem Wanderjahr verschlagen hatte. Er hatte nicht viel für die Kirche übrig, Therese fehlte sie sehr – ihre Sakramente, die Kraft ihrer Rituale, das Gemeinschaftsgefühl –, und sie wußte, daß sie ihr immer fehlen würde. Seit Beginn der Lehre war sie nicht in der Kirche gewesen. Hexen waren da ja noch weniger gelitten als Juden, hieß es doch im Alten Testament: »Die Zauberinnen sollst du nicht am Leben lassen.« Nun, die Leute von Bouton, fern von Städten und Ärzten, schätzten die Hexen. Und ihr Priester war kein Hexenhasser wie die meisten seiner Konfratres. Aber er hätte niemals eine Hexe in seiner Kirche geduldet.

Beim Morgengrauen machten Therese und Robert sich wieder auf den Weg. Als die armselige Hütte des Holzfällers hinter den Bäumen verschwunden war, rief der verzauberte Prinz: »Er hat Euch wirklich für einen Jungen gehalten!«

»Damit bin ich früher schon durchgekommen, wenn ich mit dem Meister reiste.« Sie verbiß es sich zu erwähnen, daß sie nun älter war und damit eher Gefahr lief, als Mädchen erkannt zu werden. Ein Glück, daß sie so dünn geblieben war!

»Laß uns bald eine Pause einlegen«, bat er. »Ich komme sonst um vor Hunger.«

Da lenkte Therese das geborgte Pferd zum nahen Fluß. Als sie so den Krug am Ufer absetzte, starrte sie sehnsüchtig in die Fluten. Sie erinnerte sich, wie sehr sie einst der Spott des Meisters über eine Heilige empört hatte, die man rühmte, nur einmal in ihrem Leben, bei ihrer Taufe, ein Bad genommen zu haben. Seither hatte sie ein heißes Bad so schätzen gelernt, daß schon der Gedanke, in so einem kalten Fluß zu baden, sie schaudern machte.

Natürlich war sie jetzt auch viel schamhafter als zu Zeiten, da sie mit ihren Vettern schwimmen gegangen war. Vor Roberts Augen splitternackt zu baden kam nicht in Frage. Er war ein Frosch, sicher, aber immer noch ein Mann – und der Erbprinz! Aber sie konnte auch nicht einfach weit weg baden gehen und ihn hier allein lassen. Da wäre er ja eine leichte Beute für Wildkatzen, Waschbären und Schlangen.

»Ich gehe jetzt schwimmen«, verkündete sie, ohne sich zu ihm umzudrehen. »Ihr könnt mich ja rufen, wenn Ihr irgend etwas braucht.«

Sie zog sich schnell aus, watete hastig in den Fluß, kniete sich hin und tauchte bis zum Hals ein. Und keuchte entsetzt: Das Wasser war viel kälter als die Luft! In einer Schneewehe wäre mir kaum kälter, dachte sie. Was habe ich nur an langen Flußbädern finden können? Bald schon stieg sie ans Ufer und rieb sich mit ihrem kratzigen Wollumhang ab. Dann hüllte sie sich ganz züchtig darein, holte aus ihrer Satteltasche einen irdenen Salbentopf und schmierte sich mit der durchdringend riechenden Mixtur den wunden Hintern und die wunden Schenkel ein. Hoffentlich härtete sich die weiche Haut bald etwas ab! Diese Salbe würde ihre offenen Stellen heilen, aber das wäre verlorene Mühe: Sie würden sich doch wieder aufreiben. Ein bißchen Hornhaut brauchte sie da ...

Als sie sich, jetzt wieder angezogen, umdrehte, sah sie, daß Robert seine Mahlzeit bereits beendet hatte: Er saß, mit dem Rücken zu ihr, auf dem Krugrand und starrte höflichst in den Wald hinein. Sie löste etwas Moos vom Ufer, tauchte es kurz ins Wasser und tauschte es, als Robert seinen Platz geräumt hatte, gegen das schon trockene Moos in dem Krug aus. Ein Wassersack mit einer für ihn ausreichend großen Öffnung war leider nicht aufzutreiben gewesen. Also hatte sie sich eben diese Möglichkeit ausgedacht, seine empfindliche Haut feucht zu halten.

»Hoheit«, sagte sie, »warum fangen wir nicht einen Haufen Fliegen und trocknen sie als Euren Vorrat für unterwegs?«

»Nein!« protestierte er so schneidend, daß ihr der Schädel schmerzte. »Ich esse keine toten Fliegen. Schon die lebenden sind mir zuwider. Und mit diesen verfluchten Augen kann ich eine Fliege auch nur sehen, wenn sie sich bewegt.«

Da lenkte sie schnell ein: »Es bleibt bei den Essenspausen.«

»Warum müssen wir überhaupt reiten?«

Sie starrte ihn verdutzt an. »Was meint Ihr damit?«

»Man erzählt sich doch von Hexen, die durch die Lüfte gehen, ohne Flügel fliegen und auf Drachen oder geflügelten Pferden oder Riesenfalken durch den Himmel brausen. Und Thibault hat mich nach meiner Verwandlung im Handumdrehen in einen weit entfernten Wald versetzt! Warum nehmen wir die Landstraßen?«

»Glaubt mir, Herr, wenn es einen leichteren Weg gäbe, würden wir den auch nehmen. Aber es gibt keine Drachen, fliegenden Pferde oder Riesenfalken. Das sind, leider vielleicht, alles nur Mythen dieser Heiden und Sarazenen. Was das Luftgehen und freie Schweben, Levitieren, angeht … das ist machbar, aber unpraktisch. Ja, ich müßte, damit wir uns nicht zu Tode stürzen, den Zauber ständig nähren und wäre bereits Stunden vor Sonnenuntergang am Ende meiner Kräfte. Zaubern ist sehr anstrengend, müßt Ihr wissen. Anders wäre es, wenn ich mich mit einem Dämon verbündete. Dann könnte ich uns den ganzen Tag, ohne zu ermüden, hoch in der Luft halten, uns im Nu zu Thibaults Burg versetzen oder durch die Lüfte tragen lassen. Aber mit satanischen Mächten gehe ich keinen Bund ein!

Zudem wären wir beim Luftgehen und Levitieren extrem leicht auszumachen. Und so hoch aufzusteigen, daß uns niemand mehr sähe, ist auch keine Lösung, denn dann gelangten wir in den Äther, das Reich der Engel, wo die Luft für Sterbliche viel zu dünn ist. Wir würden ohnmächtig werden, abstürzen und so den Tod finden! Aber wenn wir uns tiefer hielten, wären wir ja von weither sichtbar. Dann würde Thibault doch von solch wundersamen Luftreisenden erfahren, oder? Aber auch wenn er nicht von uns hörte und uns nicht sähe, bliebe, daß er die enorme Zauberenergie spüren dürfte, die da im Spiel wäre …

Magie ist in solchen Fällen also nicht immer das geeignete Mittel.«

»Ich verstehe«, erwiderte er. Aber die Enttäuschung war ihm anzuhören.

»Robert, ich wünschte, es wäre anders.«

Da hüpfte er in den Krug und streckte dann den Kopf heraus. »O Gott! Nur Magier können meine Stimme hören ... Thibault dürfte mich schon sprechen hören!«

»Nein, erst wenn Ihr ganz nahe bei seiner Burg seid. Wäre es anders, wären wir ja längst tot. Euren Tod dürfte er spüren, aber er überwacht Euch nicht ...«, sagte Therese und sicherte den Krug wieder an ihrem Gürtel. »Hoheit, warum hat er Euch verzaubert?«

Der Frosch sah mit einem seiner goldenen Augen zu ihr auf. »Mein Vater hat sich immer geweigert, sich mit den Kräften des Bösen einzulassen, und dazu zählt für ihn jede Art von Magie. Er hat deshalb nie einen Zauberer in Dienst genommen. Als ich fünfzehn war, kam Thibault in unsere Lande und bald auch an unseren Hof und forderte das seit langem nicht mehr besetzte Amt eines Hofzauberers. Als er eine Abfuhr erhielt, verwandelte er mich in einen Frosch und schwor, mich erst zu erlösen, wenn mein Vater seinen Sinn geändert hätte. Doch der wies ihn erneut ab. Dann fand ich mich mit Thibault jäh in einem dunklen Wald wieder. Er machte sich über meine Hilflosigkeit und Vaters Entscheidung lustig, sagte, daß mich nun nur noch Zauberer hören könnten, schleuderte mich in einen Teich und verschwand. Ich floh aus dem Wald, so schnell mir meine neue Gestalt das erlaubte, mußte aber bald feststellen, daß kein Menschenwesen mehr meine Stimme vernehmen konnte ... und daß ich aberhundert Meilen von unserem Palast entfernt war.«

»Ihr tut mir so leid, Hoheit!«

»Mag ich auch sein einziges Kind sein, mein Vater wird Thibaults Forderung nie erfüllen. Denn er glaubt, seine Seele und die seiner Untertanen in Verdammnis zu stürzen, so er mit einem Magier paktierte.«

»Das würde er bei einem Bund mit einem Neokromanten«, sagte sie. »Und daß Euer Vater bei seinem Entschluß bleiben wird, dürfte Thibault erkannt haben. Sonst hätte er Euch ja nicht Eurem

Schicksal überlassen. Hoheit, ich will alles in meiner Macht Stehende tun, um seinem Leben bald ein Ende zu setzen und Euch von diesem Fluch zu befreien. Das schwöre ich beim Allmächtigen Gott!« Nun zog sie ihren Dolch und ritzte sich damit den rechten Zeigefinger. »Diesen Bund besiegle ich mit meinem Blut und meiner magischen Kraft.«

Da fiel ein Blutstropfen von ihrem Finger und ging im Nu in Rauch auf.

»Fräulein, wie kommt es, daß Ihr Zauberlehrling wurdet?«

»Gnädiger Herr, ich war das einzige Kind in meinem Dorf, das Zaubergaben zeigte, sehr starke dazu. So hat mich der Magier Michael in die Lehre genommen, als ich sieben war.«

»Bitte, mein Fräulein, sagt ›Robert‹ zu mir! Und wollen wir uns nicht duzen? Es ist doch grotesk, einen Frosch mit ›Ihr‹ und ›Hoheit‹ und ›gnädiger Herr‹ anzureden!«

»Ich bin nicht von Stand, Robert, trotz meines ›de Bouton‹. Nenne mich einfach Therese …«

Am zweiten Tag ihrer Reise legten sie zwanzig Meilen zurück. Das gute Wetter hielt noch drei Tage vor und erlaubte ihnen ein zügigeres Vorankommen – wobei sie aber trotzdem nie mehr als zwei Dutzend Meilen schafften, weil ihr geliehenes Pferd kein schnelles junges Tier war. Aber am sechsten Tag, als sie eben von der gepflasterten Römerstraße auf ein unbefestigtes Sträßchen kamen, kühlte es rasch ab, zogen dunkle Wolken auf und grollten Donner, immer näher, immer lauter. So warf sich Therese den Umhang über und gab ihrem Roß die Fersen, um die Stadt, die, dem schlechten Weg nach, vor ihnen liegen mußte, vor Ausbruch dieses Gewitters zu erreichen. Sekunden später schon öffnete der Himmel seine Schleusen – und es schüttete so, daß ihr Cape in Minuten durchweicht war und der Lehmweg zum Morast wurde, in dem ihr armes Pferd bei jedem Schritt bis zu den Fesseln versank.

Da stimmte Therese einen Gesang an.

Doch nicht den, der Gewitter vertreibt, aber so anstrengend ist, daß sie darüber hätte betäubt vom Pferd stürzen können, und so radikal, daß er das Wetter für Wochen, ja, für Monate durcheinandergebracht und ihnen statt dieses Wolkenbruchs am folgenden Tag vielleicht einen Schneesturm beschert hätte – was, das eine wie das andere, ihre Reise nicht erleichtert und zudem wohl Thibault auf sie aufmerksam gemacht hätte.

Nein, der Zauber, den sie sang, war viel einfacher als jener Wetterbann, aber doch auch kräftezehrend – es war der Zauber zur Luftverfestigung. Dabei stand ihr nicht der Sinn danach, mitten im Gewitter auf fester Luft über den Baumwipfeln oder in noch höheren Höhen dahinzuziehen. Ihr schwebte etwas mehr in Bodennähe vor ...

Ihr Pferd zitterte heftig und wieherte bei jedem Blitz und Donnerschlag, machte aber noch keine Anstalten durchzugehen. Als sie es nun wieder antraben ließ, war ihm anzusehen, wie wenig geheuer es ihm war, nicht mehr einzusinken. Aber die dünne, feste Schicht verhexter Luft, die jetzt den Morast bedeckte, war für Pferdeaugen ja auch nicht zu erkennen.

Nach einer halben Stunde eines elenden Ritts erreichten sie die erste richtige Stadt auf ihrer Reise: eine ansehnliche Landstadt, die eine hohe, aus Steinen der alten Römerstraße erbaute Mauer umgab. Und da es inzwischen fast unaufhörlich blitzte und noch immer in Strömen regnete, fragte Therese – gegen den Rat ihrer Tante und gegen ihr eigenes Gefühl – am Tor nach einer anständigen Herberge.

Sie war, ehe sie sich beim Schmied die Stute geborgt hatte, noch bei ihrer Familie – ihrer Tante, ihrem Onkel und ihren Vettern und Basen – vorbeigegangen, um Adieu zu sagen. Ihre Mutter war bei ihrer Geburt gestorben. Man hatte den Magier Michael zu spät zu Hilfe gerufen (aber vielleicht war ihr ja gar nicht zu helfen gewesen) ... Niemand wußte, wer ihr Vater war; es waren damals unruhige Zeiten gewesen in der Baronie, ihr Dorf war mehr als einmal von Banditen verwüstet worden, ehe der König einen starken neuen Herrn sandte, die Ordnung wiederherzustellen. Die ältere Schwester ihrer Mutter hatte sie dann wie ihr eigenes Kind aufgezogen.

»Dein Meister ist weg, und du trägst dein Reisehabit«, hatte die Tante sie begrüßt. »Gehst du auf dein Wanderjahr?«

»Mag sein«, hatte sie erwidert und große Augen bekommen bei dem ihr nun erst keimenden Gedanken, daß sie ja, wenn es ihr gelänge, mit ihrer Magie den mächtigen Nekromanten zu töten, bestimmt dafür ihren Meisterbrief erhielte. »Doch, ich gehe auf eine lange Reise und weiß nicht, wann ich zurückkehre.«

»Wohin . . .«

»Das darf ich nicht sagen.«

»Soso. Wenn du schon reisen mußt, Therese, halte dich bitte von den großen Städten fern! Das sind riesige, ungastliche Stätten, und dort gibt es Männer, die . . .«, und da hatte eine leichte Röte ihr runzliges Gesicht überzogen, ». . . die sogar Jungen Gewalt antun. Und du gibst ja nun einen sehr hübschen Burschen ab.«

»Ja, ich werde die Städte umgehen«, hatte Therese gesagt, da sie dies eh vorgehabt hatte, aber nicht etwa, weil sie sich, so sommersprossig, blaß, rothaarig und spindeldürr, wie sie war, für hübsch und also besonders gefährdet gehalten hätte.

Und jetzt nahm sie Unterkunft in einer Stadt.

Sollte der Wirt es seltsam gefunden haben, daß ein so junger Bursche allein reiste und noch dazu Geld genug für ein Zimmer ganz für sich allein hatte, dann ließ er sich das jedenfalls nicht anmerken – er war so beschäftigt, daß er kaum die Zeit fand, dem späten Gast den Schlüssel auszuhändigen und eine Magd anzuweisen, ihm sein Zimmer zu zeigen.

»Das Essen ist inbegriffen«, sagte die junge Frau und führte sie in die Gaststube. Die war größer als das ganze Gasthaus von Bouton, und zu der Stunde hielten sich darin sicher mehr Zecher auf, als ihr Dorf an Einwohnern hatte . . . Das Gedränge und der Lärm dort machten Therese ganz benommen.

So faßte sie die Magd am Handgelenk und schrie ihr ins Ohr: »Hier möchte ich nicht essen!«

Die Magd wies auf eine Treppe am anderen Ende der Gaststube und ging gleich voran. Und Therese, die vor Kälte, Müdigkeit und Unbehagen schon zitterte, zog ihren feuchten Umhang fest zu und folgte ihr – und betete zu Gott, daß keiner der Gäste auf sie aufmerksam würde. Es sprach sie auch keiner an. Aber einige riefen der Magd Bestellungen und Anstößigeres zu. Und die gab ihnen allen recht kecke Antworten. Was Therese etwas beunruhigte. Zum Glück ließ sich keiner der Kerle durch das aufreizende Gehabe und Aussehen der Magd animieren, ihr auch noch nachzusteigen.

Noch an der Tür schickte Therese sie, ihr das Abendessen und glühende Kohlen für das Wärmbecken zu holen. Aber sie kehrte schon Sekunden – wie ihr schien –, nachdem Therese den Krug und die Satteltaschen abgestellt, Hut und Cape abgelegt und eine Kerze aus dem Flurleuchter angezündet hatte, wieder zurück.

»Dein Essen, Hübscher«, lachte die Magd, stellte das Tablett auf den Boden, schüttete die Glut aus der Tragepfanne in das Heizbecken unter dem Fenster, ließ dann mit den Worten: »Ich muß nicht gleich wieder runter« die Pfanne fallen, warf sich ihr an den Hals und küßte sie leidenschaftlich.

Therese stieß sie von sich, daß sie rückwärts taumelte, und rief: »Ich bin ein guter Christ und nach dem Gesetz Gottes und der Menschen verlobt.«

Möge Gott mir meine Lügen verzeihen!

Die Magd riß Mund und Augen auf, schüttelte dann den Kopf, lachte und seufzte: »Ein Pech immer auch!« Und verschwand.

Therese warf die Tür hinter ihr zu und stützte sich dagegen. Vor lauter Sorge, als junger Mann von einem Mann belästigt zu werden, hatte sie ganz vergessen, sich auch vor Frauen zu hüten. Und solch einen Kuß hatte sie noch niemals empfangen. Sie hatte geglaubt, so glühende Küsse würde sie nur im Traum zu spüren bekommen, und sich damit abgefunden, als Frau mit ihrem Beruf und ihrem Aussehen nie einen Mann zu finden. Was da soeben geschehen war, ähnelte in nichts dem, was sie sich je vorgestellt hatte. Und es war ihr keine Lust gewesen, von einer anderen Frau gegen ihren Willen geküßt zu werden …

Da dankte sie Gott, daß er sie so knochig gemacht hatte. Wie peinlich, wenn die Magd nun gemerkt hätte, daß sie eine Frau umarmte!

»Therese … ist die Luft rein?« fragte der Prinz mit seiner stummen Stimme an.

»Warte, ich verriegle die Tür«, sagte sie und tat es. »Komm heraus.«

Nun zog sie sich ungeniert ihre nassen Sachen aus: Die Scheu davor, sich ihm nackt zu zeigen, hatte sie sich doch bei den Bädern abgewöhnt, indem sie immer nur an seine Froschgestalt gedacht hatte. Dann zog sie ihr Wechselzeug an, das einzige, ebenfalls Jungensachen, und war froh, wieder etwas Trockenes anzuhaben.

Es goß auch am nächsten und an vielen der folgenden Tage wie aus Kübeln, aber immer nur kurz und ohne die Zutat von Blitz und Donner, und so kamen sie gut voran. Die Städte vermieden sie nun. Dennoch begegnete Therese einem Mann jenes Schlags, vor dem ihre Tante sie gewarnt hatte ...

Als die Nacht sie in einem tiefen Walde überraschte, fanden sie bei einem jungen Köhler Herberge. Thereses Angebot, ihm dafür bei der Arbeit zur Hand zu gehen, schlug er aus. Aber als sie sich an dem Wild, dem aufgewärmten Eintopf und dem sauren, starken Bier labte, das er ihr vorsetzte, fühlte sie seinen Blick ständig auf sich. Wann immer sie die Augen hob, sah sie, daß er sie starr musterte. Vielleicht war er ja nur ein ungehobelter Kerl ... aber es war ihr unbehaglich dabei. Dann packte er sie so jäh an den Schultern, daß ihr der Napf aus den Händen fiel, riß sie an seine Brust und preßte seine fettigen Lippen auf die ihren.

Diesmal küßte sie ein Mann, aber es war ihr nicht angenehmer – im Gegenteil, fühlte sie sich doch ohnmächtig gefangen in seinen Armen. Sie warf den Kopf nach hinten, brach damit den Kuß zwar ab, konnte sich aber sonst nicht rühren, geschweige denn sich losreißen oder ihren Dolch ziehen.

»Du hast es noch nie mit einem Mann gemacht, he?« keuchte er rauh und starrte ihr bohrend in die Augen. »Junge, das wird dir mehr Spaß machen als mit so einem kalten Fisch von einer Frau!«

Da legte Therese die Arme um ihn und begann, ihm den Rücken zu streicheln, koste durch sein fadenscheiniges Baumwollhemd seine Muskeln und fuhr ihm dann mit den Fingern das Rückgrat entlang.

Der Köhler bekam ganz große Augen. »Ah, du verstehst, Männer sollten alles teilen!« stöhnte er und lockerte seinen Griff, drückte ihr dafür aber wieder einen Kuß auf.

Und schob ihr seine Zunge in den Mund … für Therese ein so neues, bestürzendes Gefühl, daß sie bei ihrem stummen Zauber nun fast den Faden verloren hätte. Aber wenigstens merkte er nicht, daß sie ihm ganz präzise Muster auf den Rücken malte.

Nun war es vollbracht. Der Mann erstarrte – ihr Zauber hatte gewirkt. Rasch entwand sie sich seinem Griff und blickte auf ihn hinab. Er hielt die Augen geschlossen und die Arme steif und saß reglos auf seinem Stuhl – wie versteinert.

Therese zog ihren Dolch, hatte dann aber nicht das Herz, den Kerl zu erstechen. Zuvor, als er sie noch umklammert hatte, wäre ihr das nicht schwergefallen, wenn sie nur ihre Waffe zu fassen bekommen hätte. Aber sie konnte doch nicht kaltblütig einen Wehrlosen töten! Das liefe allem zuwider, was ihr ihre Tante, ihre Kirche und ihr Meister beigebracht hatten.

Sie stieß den Dolch wieder in die Scheide und spie dem Mann ins Gesicht. Nun bemerkte sie, daß der verzauberte Prinz sie anstarrte.

»Therese«, begann er sanft, »hat er dir weh getan?«

»Nein«, erwiderte sie und holte sich aus dem Geschirrschrank einen frischen Napf und einen frischen Löffel. Als sie sich Eintopf nachschöpfte, sah sie, daß ihre Hände zitterten. Sie zwang sich, einen Löffelvoll zu nehmen. Ja, sie kam fast um vor Hunger. Und sie mußte den schlechten Geschmack in ihrem Mund loswerden.

»Du solltest ihn töten!« rief Robert.

Zu schlucken, um den Mund freizubekommen, fiel ihr schwer – ihre Kehle war wie zugeschnürt. Aber nach einer Weile konnte sie wieder sprechen.

»Er kann sich nun einen Tag und eine Nacht lang nicht rühren und wird hinterher noch für Tage Höllenqualen leiden. Danach dürfte er derlei nicht mehr versuchen!«

»Ich wünschte ja, ich könnte dir glauben, aber du irrst dich sicher. Gott, ein Päderast! Ich habe nie wirklich geglaubt, daß es solche Leute gäbe. So einer verdient den Tod!«

»Wäre es besser, wenn er erkannt hätte, daß ich ein Mädchen bin, und mich dann darum zu vergewaltigen versucht hätte?«

»Was? Ich ...«, stammelte er und fuhr darauf in ruhigem, aber drängendem Ton fort: »Du hast recht, Therese. Aber ich würde gern sicherstellen, daß er niemandem mehr, ob Mann oder Frau ... derlei antun kann. Du solltest ihn töten.«

Der Prinz sprach voller Leidenschaft, befahl ihr aber nicht, den Köhler zu töten. Er gab, wie sie dankbar vermerkt hatte, überhaupt nie Befehle, sondern äußerte immer nur Bitten. Das wohl weniger aus Rücksicht auf sie als aufgrund seiner demütigenden Erfahrung, nun schon drei Jahre lang in diesem kleinen, fast hilflosen und ihm ganz fremden Leib zu leben. Aber vielleicht war ihm ja auch jene geheimnisvolle Gabe zu eigen, die man den Adligen zuschrieb: »Höflichkeit«.

»Wenn du diesen schlechten Kerl nicht töten kannst«, sagte er, »wie willst du es dann schaffen, Thibault umzubringen?«

»Ich tue keinem Böses an, wenn es sich vermeiden läßt. Werde aber tun, was ich tun muß. Ich werde meinen Eid halten, mein Herr.«

Da verschwand der verzauberte Prinz ohne ein weiteres Wort in seinem Krug.

Es war schon zu spät, um die Reise noch fortzusetzen. Daher verbrachten sie, so unbehaglich ihnen dabei auch war, diese Nacht in der Hütte des Köhlers. Therese wußte wohl, daß ihr Zauber vorhalten würde, und schlief dennoch unruhig. Daß sie fast vergewaltigt worden wäre, verstörte sie tief. Sie mußte an ihre Mutter denken, die sie nie kennengelernt hatte, und daran, was diesem jungen Bauernmädchen geschehen sein mußte. Sie verdankte ihr Leben letztlich nur dieser Vergewaltigung. Dennoch wünschte sie sich, ihre Mutter hätte sich besser zur Wehr setzen können.

Am nächsten Morgen hüllte sich Robert in Schweigen. Aber sie fühlte, daß er sie nicht aus den Augen ließ, und spürte auch sein Schweigen. Manchmal döste er unterwegs Stunden vor sich hin. Aber meistens unterhielten sie sich. Wobei er ihr über seine Kindheit als einziger Sproß des Königshauses und, ganz nebenbei, auch manches über das Leben des Adels erzählte und sie dafür aus ihrer

Lehrzeit berichtete, was sie durfte, und die ihm vielleicht am wenigsten öden Seiten ihrer Kindheit unter dem gemeinen Volk schilderte. Jetzt hoffte sie, daß er nicht ewig weiterschwiege – denn ohne ein nettes Wort ab und an würde ihr die lange Reise noch länger werden.

Nach dem Mittagessen brach er dann sein Schweigen. »Ich muß sagen, du siehst deiner Mutter nicht sehr ähnlich.«

Sie starrte ihn verwundert an. »Das hat man mir schon immer gesagt. Aber woher willst du das wissen?«

»Ich sah sie kurz, als wir bei deiner Familie waren.«

»Ach, meine Tante! Die Schwester meiner Mutter und ihr Mann haben mich großgezogen, weil meine Mutter bei meiner Geburt starb. Es heißt, daß sie meiner Tante sehr glich. Daher weiß ich, daß ich ihr nicht ähneln kann.«

»Du hast in so jungem Alter beide Eltern verloren! Verzeihe, Therese, daß ich dich an diesen Verlust erinnert habe.«

Der Prinz war so offensichtlich bemüht, zu ihrer gewohnten, unbeschwerteren Gesprächsebene zurückzufinden, daß sie sich gedrängt fühlte, ihn mit einer Vertraulichkeit zu beruhigen.

»Du brauchst dich da nicht zu entschuldigen! An meine Mutter erinnere ich mich nicht, und meinen Vater möchte ich lieber nicht kennenlernen. Er war einer dieser Banditen, die Bouton heimsuchten, bis dein Vater den guten starken Lord schickte, der ihrem Treiben ein Ende setzte. Und dafür bin ich deinem Vater, mag er uns Magier auch verabscheuen, sehr dankbar.«

»Therese, du mußt mir deine Geheimnisse nicht anvertrauen.«

»Das ist aber keins. Es ist wahr, eine Zeitlang war ich ganz verrückt darauf zu erfahren, wer mein Vater ist, und da ich die einzige magisch Talentierte im Dorf war, war ich sicher, daß kein schlichter Bandit mich gezeugt haben könnte. Nein, der Magier Michael mußte mein Vater sein! Hatte er mich, ein namenloses Bauernmädchen, nicht als Lehrling genommen? Aber er hat zum Glück meine Gedanken erraten und mir freundlich gesagt, er sei nicht mein Vater, so gern er das auch wäre … Darauf hätte ich aber auch von selbst kommen können, ist er doch so klein von Wuchs und so dunkelhaarig wie meine Tante. Mir wurde schließlich klar, daß es gar nicht darauf ankommt, ob er mein Vater ist oder nicht. Er ist ja der, der mich zur Magierin gemacht hat.«

»Therese, es tut mir leid. Ich ...«

»Robert, ich glaube, ich kenne niemanden, der sich so häufig entschuldigt wie du! Und da gibt es nichts zu entschuldigen. Komm, wir machen uns besser wieder auf den Weg.«

»Entschuldige, daß ich dich aufgehalten habe ... O Jesus, jetzt bin ich ja schon wieder dabei!«

Da brach sie in fröhliches Gelächter aus. Nach kurzem Zögern stimmte er darin ein.

So war die Kameradschaftlichkeit wiederhergestellt, und die weitere Reise verging ihnen, obwohl sie zwei Monate währte, dank ihrer Gespräche und des angenehmen Sommerwetters schier wie im Flug.

Dann, viel früher als erwartet, kamen sie in verödetes Land. Der Himmel war bleiern und die Erde wüst und jeder Baum kahl ... mit nur einigen verschrumpelten, schwärzlichen Blättern, die wie die verwesenden Felle winziger Tiere von den Zweigen hingen. Und von manchem Ast baumelten grausige Früchte – die Leichen von Gehenkten, Männern wie Frauen und sogar Kindern. Der Verwesungsgestank war so stark, daß kein Zauber Therese ganz davor abschirmte. Sie übergab sich mehr als einmal. Dem Prinzen, in seiner fremden Gestalt, war solche Erleichterung nicht beschieden.

Einmal kreuzte gar ein Haufen wandelnder Toter ihren Weg. Es waren zwei Dutzend gedunsener, bläulich weißer Leichname mit nichts als Resten verrotteten Tuchs am Leib, und sie brachen beim Anblick der jungen Reiterin in grausige Freudenrufe aus und kamen mit ausgestreckten Armen, von denen Hautfetzen wie graue Schneeflocken fielen, hastig auf sie zugeschlurft. Therese zügelte ihr sich panisch bäumendes Pferd, holte ihr vom Papst geweihtes Kruzifix unterm Hemd hervor und hielt es ihnen hoch erhoben entgegen, und es gleißte und funkelte wie Feuer, obwohl doch die Sonne unter dicken, schwarzen Wolken verborgen war.

Da schrien die wandelnden Toten gräßlich auf, mit Stimmen so rauh wie Schotterstein, bedeckten mit ihren wurmzerfressenen

Armen ihre glubschigen Augen und flohen von dannen, so rasch die knochigen Füße sie tragen wollten. Einer lief sich dabei die Beine aus dem Leibe, fiel, zerfiel in seine Einzelteile. Therese stieg, trotz des schweren Leichengeruchs, vom Pferd, kniete sich neben ihn und legte ihm ihr Kreuz auf die Brust. Da schrie er, obschon sein Schädel vom Rumpf gelöst war, so gellend, daß ihr die Ohren schmerzten, verstummte dann aber mit einemmal und wurde zu einem Haufen Staub, in dem sich die Leichenwürmer wanden.

Nekromanten können die Toten auferstehen lassen – aber nicht ihre Seelen zurückrufen. Deshalb beleben sie sie mit Dämonen niedrigsten Ranges. Therese hatte solch einen Unterteufel in die Hölle heimverbannt. Auf Thibault hätte das Kruzifix aber leider keine Wirkung, da die Sterblichen göttlichem Zwang ja nicht unterliegen.

Sie wischte ihr Heilswerkzeug ein paarmal an ihrem Hosenbein ab, steckte es in die Tasche, schwang sich in den Sattel und ritt weiter. Der verhexte Prinz sagte keinen Ton. Er schwieg seit ihrem Eintritt in Thibaults Gebiet, damit der Nekromant nicht etwa seine Geiststimme hörte. Und Therese betete stumm vor sich hin, während sie das immer ödere Land durchquerten.

Nun kamen sie durch ein Dorf. Es war, was nicht überraschen konnte, menschenleer, und die geduckten, schmutzigen Hütten mit ihren leeren Tür- und Fensterhöhlen sahen wie grinsende Totenschädel aus.

Eine Stunde später sah Therese die Burg des Nekromanten vor sich liegen: ein hohes, exotisch schlankes Gemäuer, das aus dem ragenden Fels, auf dem es stand, zu wachsen schien. Und es war auch durch Magie aus dem Boden gewachsen, war, wie Therese gehört hatte, über Nacht entstanden.

Sie betete, bis sie den Fuß des Felsen erreicht hatte. Dann stieg sie ab und starrte hinauf – und sah von der Burg doch nur ein Stückchen grauer Mauer, so sehr sie auch den Kopf in den Nacken legte.

»Thibault«, rief sie laut, aber doch bedacht, ihre Kehle zu schonen. Er würde sie auch so hören. »Ich suche einen guten Meister! Ich will bei dem größten Hexer in die Lehre gehen!«

»Warum sollte ich einen Lehrling nehmen?« ließ Thibault sich vernehmen, der nun, zwei Schritt von ihr, fest auf dem Boden stand, als ob er all die Zeit da gewartet hätte. Er war kein knochiger Graubart in schwarzer Robe, sondern ein kräftiger, schöner Blondschopf in der Blüte seiner Jahre, und er war in Samt und Seide gewandet und trug ein makellos weißes Cape um die Schultern und ein keckes flaschengrünes Käppchen auf dem Kopf. »Und was hätte ein zerlumpter Bauernlümmel mir wohl zu bieten?«

»Mein Herr, ich bringe Euch Prinz Robert«, sagte Therese und hob den an ihrem Gürtel gesicherten Krug.

»Den Prinzen?« Da kniff der Hexer die hellen Augen zusammen, um mit seinem Blick das tönerne Gefäß zu durchdringen, und zog dann die blonden Brauen hoch. »Du hast ihn in der Tat!«

»Verräterische Hexe! Daß Gott dich in den tiefsten Kreis der Hölle verdamme! Lieber Jesus, vergib mir bitte, daß ich einer Hexe traute ...«

»Du hast mir also den Prinzen gebracht«, übertönte Thibaults ruhige Tenorstimme das stumme Gezeter des Königssohns. »Den hätte ich mir ja jederzeit selbst holen können. Gut, du hast dein Magiertalent bewiesen, aber was soll das mich scheren?«

»Ich habe große Macht«, versetzte Therese und ließ den Krug wieder an seiner Schnur baumeln. »Und«, fuhr sie fort, legte den Kopf schief und sah schlau lächelnd zu ihm auf, »andere Gaben, die Euch gefallen könnten ...«

»Ich mache mir nichts aus Knaben.«

Jetzt fegte sie sich den Hut vom Kopf und riß sich das Hemd auf, daß die Knöpfe nur so flogen. »Ich bin ja kein Junge!« rief sie aufgebracht.

»Dafür aber etwas mager für ein Mädchen«, versetzte er, nun mit einem dünnen Lächeln um die Lippen. »Aber dem läßt sich mit regelmäßigen Mahlzeiten und einer Prise Schwarzer Magie ja leicht abhelfen. Du hast etwas, was viel seltener ist als Schönheit: Mut. Seit über einem Jahr hat ja nicht einmal ein Königsritter gewagt, mein Land zu betreten, und jetzt kommst du daher und hast den Mut, mich zu rufen und zu bitten, dich als Lehrling zu nehmen!«

sagte er und trat auf sie zu. »Nun, vielleicht werden wir uns ja einig.«

Er streckte ihr die Hand hin, aber sie breitete die Arme und warf ihm einen Blick so heiß zu, daß ihr die Augen brannten. Und er starrte sie für einen langen Moment an, nahm sie dann sanft in seine Arme und küßte sie zart.

Da zog sie ihren Dolch und stieß zu.

Als sein Kopf hochfuhr, als sie das Messer aus seinem Bauch zog, schrie sie: »Robert! Raus aus dem Krug!«

Und stieß wieder zu, aufwärts, trieb ihm die Klinge bis zum Heft in den Mundboden. Er riß, vor Schreck oder Schmerz, den Mund auf, aber da kam kein Schrei, sondern ein Strom hellen Bluts. Jetzt verdrehte er die Augen, kippte nach hinten und riß sie mit sich. Der Aufprall nahm ihr kurz die Luft. Aber sie gönnte sich keine Pause, sondern säbelte dem Magier den Kopf ab, legte ihm ihr Kruzifix auf die Brust und warf dann den Kopf weit weg, damit der sich nicht wieder mit dem Rumpf vereinen könnte.

Als Therese sich nun, um Atem ringend und mit bluttriefenden Händen, wieder erhob, stand ein nackter junger Mann vor ihr, den sie noch nie im Leben gesehen hatte. Da hob sie jäh den Dolch.

Der große, schlanke Jüngling warf die Arme hoch und schrie: »Therese!«

»Robert?« stieß sie hervor und griff sich an die Stirn, noch fassungslos darüber, daß sie das Unmögliche geschafft hatte. Sie hatte den Nekromanten getötet. Sie hatte den Königssohn erlöst. Sie hatte überlebt.

Nun erbleichte oder schwankte sie wohl, trat doch Robert jäh auf sie zu, packte sie an den Armen und starrte ihr besorgt in die Augen. Und da sah sie, daß er kein schöner Prinz war: das Gesicht lang und knochig, die Augen schlammbraun und die Haut so unglaublich blaß, daß sie durchscheinend war und ein feines blaues Adernetz zeigte, das ihr das Aussehen feinsten Marmors gab. Sein schulterlanges Haar aber war, im Gegensatz zu seinem Teint, schwarz und glänzend wie eine Rabenschwinge und schien dabei weicher als Gänsedaunen. Ob es sich auch so weich anfühlte?

Plötzlich errötete er tief, und das erinnerte sie daran, daß er ja splitternackt und sie halb entblößt war. Da schüttelte sie seine Hände ab und wich zurück, raffte ihr Hemd über der Brust und kehrte ihm den Rücken zu.

»Thibaults feines Gewand ist nur zum Teil verdorben«, sagte sie. Ihr war so heiß im Gesicht. »Und du hast ja fast seine Größe.«

Sie ließ ihn stehen, ließ ihr Kreuz auf dem Leichnam liegen, setzte sich zu ihrem Pferd und sprach mit ihm, rieb sich mit ihrem zerfetzten Hemd das Blut von den Händen und zog sich ihr heiles Ersatzhemd an.

Als sie nach einer Weile seine Schritte hinter sich vernahm, den trockenen, steinigen Boden unter seinen neuen Stiefeln knirschen hörte, errötete sie erneut, mußte sie doch daran denken, daß sie ihn nackt gesehen hatte – und er sie schon häufig so. Aber sie machte tapfer kehrt. Ihm ins Gesicht zu sehen konnte doch nicht schwerer sein, als dem Nekromanten gegenüberzutreten!

Prinz Robert war in den Staat des Toten gekleidet, hatte nur diese komische Kappe und die blutbefleckten Sachen, Hemd und Cape, verschmäht. Seine bloße Brust war mager, unbehaart und alabasterweiß. Aber Therese konzentrierte sich ganz auf sein Gesicht, das wieder blaß und von einem Lächeln erhellt war.

»Wunderbar gemacht, Therese … Ich dachte schon, du wolltest mich verraten, dabei hast du ja nur Thibault ausgetrickst!«

»Entschuldigt, Hoheit«, erwiderte sie höflich und neigte den Kopf. »Der Gedanke, Thibault ohne Magie zu schlagen, kam mir erst, als wir auf seinem Gebiet waren, und da konnte ich das nicht mehr mit Euch erörtern. Ich dachte, daß er sich nicht umstimmen ließe und jeden Anschein von Vertrauenswürdigkeit oder Schönheit, den ich mir so zulegen könnte, durchschauen würde. Und ich hoffte eben, daß Eure ehrliche Empörung ihn überzeugen würde.«

»Ihr habt recht behalten«, sprach er, beugte sich zu ihr und sah ihr fest in die Augen. »Mein Fräulein, Ihr habt mir das Leben gerettet, und damit meine Familie und das Königreich. Jede Belohnung, die Ihr Euch wünscht, ist Euch gewiß. Selbst wenn Ihr Hofmagierin werden wolltet, würde ich alles tun, um diesen Wunsch Wirklichkeit werden zu lassen … und wenn ich warten müßte, bis ich König bin. Ja, ich bitte Euch, dieses Amt anzunehmen. Das Königreich braucht eindeutig die Dienste und den Schutz eines Magiers, und niemand ist dieser Aufgabe würdiger als Ihr!«

»Hoheit, ich verdiene diese Auszeichnung nicht! Ich bin nur eine kleine Gesellin und habe Thibault mit weltlicher Tücke getötet!«

Robert lächelte seltsamerweise. »Habt Ihr mir nicht gesagt, Magie sei nicht immer das geeignete Mittel?«

Da mußte Therese lachen.

Prinz Robert aber nahm ihre Hand und sprach: »Ich hoffe, daß Ihr am Tage Eures Amtsantritts meine Braut werdet.«

Ganz erstaunt holte sie tief Luft. Widerstreitende Gefühle – Begehren, Entsetzen, Machthunger – erfüllten ihr Herz. Sie hörte nicht darauf. »Ich bin eine Namenlose aus dem gemeinen Volke und eine Hexe dazu, und Ihr seid der Thronerbe und mit der Tochter des Grafen von Savoyen verlobt. Wir beide können nicht heiraten.«

Da verdüsterte sich seine Miene. »Ich heirate, wen ich will. Natürlich will ich Euch Titel und Ländereien geben. Ihr habt sie verdient. Ja, ich will Euch das Land zu Füßen legen, das Ihr gerettet habt ...«

»Ich strebe nicht nach Titeln, nicht nach Land«, widersprach Therese. »Und wenn Ihr mich zur Frau nähmt, würdet ihr Jahre diplomatischer Bemühungen zunichte machen. Hoheit, Ihr habt Eure Pflicht, ich die meine. Ich habe nur einen Wunsch: eine gute Magierin zu werden!«

Robert neigte den Kopf.

»Kommt, Hoheit«, rief Therese, sprang auf und zog ihn hoch. »Ihr seid lange fort gewesen. Eure Eltern warten auf Euch ... Und Euer Vater muß Priester herschicken, damit sie die durch Thibaults Tod freigesetzten bösen Geister verbannen. Es gibt viel zu tun. Machen wir uns also auf den Weg!«

Aber der Prinz ließ ihre Hand nicht gehen. »Ihr wärt die Art von Beraterin, die ein König braucht, eine, die harte, klare Entscheidungen fordert. Sagt mir, daß Ihr meine Hofmagierin werdet, sobald Ihr Euren Meisterbrief habt.«

Therese sah ihn lange an. »Das würde ich ja gern, Herr, aber mein Dorf braucht eine Zauberin, und der Meister Michael ist nicht mehr der Jüngste. Wenn ich jemanden fände, der meinen Platz in Bouton übernähme ...«

»Mag Rom höchstselbst auch protestieren, ich werde Euch bei Eurer Suche nach besten Kräften unterstützen!«

»Danke, Hoheit.«

Er lächelte. Und seine dunklen Augen schienen zu glühen, als er seine Hand mit der ihrigen verschränkte. »Therese ... ich heiße Robert.«

»Robert, ich komme zu dir an den Hof.«

Das Pferd am Zügel führend, traten sie den Weg gen Süden an. Und sie hielten einander noch immer an der Hand: ein stummes Gelübde von größerer Kraft als die Gesetze der Menschen und die Gebote der Diplomatie.

ROXANA PIERSON

Bei dieser Geschichte hatte ich so meine Bedenken. Ich hätte sie fast postwendend zurückgesandt, da ich mit Horror-Storys wenig anfange (in meinem praktischen Ablehnungsvordruck habe ich dafür die Vorgabe »zu gruselig«). Aber sie hat mich doch so beeindruckt, daß ich sie Ihnen nicht vorenthalten möchte.

Roxana Pierson hat es vergessen oder versäumt, mir ihre Vita zu schicken. Ich erinnere mich, daß sie vor etwa drei Jahren (als ich erstmals eine Erzählung von ihr herausgab, und zwar »Swarm Song« in der Anthologie Four Moons of Darkover*) meine (bis dato) jüngste AutorIn war. Inzwischen haben ihr Nicole Sudberg – Erstpublikation mit vierzehn, nun im College – und ein paar andere sehr junge Leute diesen Rang abgejagt. Auch diese Geschichte nimmt, wie alle von ihr, eine überraschende Wendung. – MZB*

ROXANA PIERSON

Der Preis der Göttergabe

Zharad verbeugte sich tief und sprach: »Die Zauberin Sharala ist jetzt bereit, mit Euch zu reden.«
Arusha, die Königin von Endor, musterte ihren Foltermeister voller Verachtung. Er war ein vierschrötiger, stiernackiger, über und über behaarter Kerl mit langen Affenarmen und stank nach Blut, Schweiß und glühendem Eisen.
Die Königin verzog angewidert den Mund und betupfte sich mit einem parfümierten Taschentuch ihr zartes Näschen. »Will sie mir das Geheimnis offenbaren, ja?« fragte sie schneidend.
»So sagt sie.«
»Dann ist sie also endlich gebrochen?«
»Das ist schwer zu sagen ... Hexen sind ja nicht wie andere Frauen«, erwiderte Zharad und knetete vor Unbehagen darüber, so fern von seinem Verlies zu sein, nervös die Riemen seiner Peitsche. »Soll ich Euch zu ihr in den Kerker führen?«
»Oh, das wird nicht nötig sein!« sagte sie, ganz blaß ob des Gedankens an den Gestank und die grausigen Folterinstrumente dort. Ja, der eine Besuch, bei dem sie Zharad bei der Arbeit zugesehen hatte, genügte ihr völlig. Sie ließ sich von einer Dienerin dunklen Rotwein bringen und nippte nun nachdenklich an ihrem Glas. Die Hexe war also bereit zu reden! Wirklich? Oder war das nur wieder ein Versuch zu entkommen? Es wäre ja interessant zu sehen, wie es ihr in Zharads Händen ergangen war. »Kann sie gehen?« erkundigte sie sich angelegentlich.
»Mit Unterstützung.«
»Dann bringt sie her, aber schnell ... ich habe schon lange genug gewartet.«
»Wir Ihr wünscht, Majestät«, sagte er und entfernte sich so katzbuckelnd, daß sie an sich halten mußte, um ihm nicht mit einem

337

gutplazierten Tritt nun Beine zu machen. Der Kerl verstand sich immerhin auf seine Arbeit – von seinen Gefangenen starb kaum einer vor der Zeit. Trotzdem, es war schon schrecklich, auf die Dienste solch einer Kreatur angewiesen zu sein!

Fest im Griff zweier bulliger Wächter, kam Sharala da herein: Blutergüsse unter den Augen, die Lippen geschwollen – aber dieselbe Feinheit des Gesichts und dieselbe Bosheit in den funkelnden schwarzen Augen! Zorn packte Arusha, als sie sah, daß nicht einmal die Folter ihre jugendliche Schönheit hatte zerstören können. Mit Mißbehagen vermerkte sie, daß man der Zauberin die zerfetzte Robe frisch gewaschen und den Schädel frisch rasiert hatte und die komplizierte blaue Tätowierung, die ihre Kopfhaut überzog, wie neu leuchtete. Das bedeutete, daß sie anderen mit der Kraft ihrer Stimme noch immer ihren Willen aufzwingen konnte. Ein schlechtes Zeichen.

Die Wächter warfen Sharala zu Füßen der Königin auf die Knie und preßten ihr die Stirn auf den Boden. Aber sie hatten sie kaum losgelassen, als sie sich wieder auf die Füße rappelte. Sie schwankte etwas, richtete sich dann aber auf und reckte sich stolz. Nun starrten die beiden Frauen einander an.

»So«, sagte Arusha langsam, »hast du jetzt genug?«

»Und du?« Sharala stöhnte auf, da ihre geschwollene Zunge an schmerzende Stummel ausgeschlagener Zähne gestoßen war. Aber ihre Worte waren deutlich genug gewesen, um Arusha Schauder über den Rücken zu jagen. »Die Stunde meines Todes bestimme ich, nicht du.«

Arusha umklammerte so fest den Stiel des Glases, daß ihr die Fingernägel in die Handfläche schnitten. »Ich lasse dich bis in alle Ewigkeit foltern, wenn es das braucht ... Bisher habe ich Milde walten lassen, aber ich muß bloß den Befehl geben! Wenn Zharad dann mit dir fertig ist, werden selbst die Hunde dich verschmähen. Oder glaubst du mir vielleicht nicht?«

»Ich glaube dir. Aber vielleicht glaubst du mir nicht?«

»Verrate mir das Geheimnis des langen Lebens, und ich lasse dich frei.«

»Es ist das meines Ordens«, sagte Sharala langsam. »Es dir, einem

Laien, zu verraten, ist für uns beide gefährlich. Wie ich dir schon sagte.«

»Bleibst du bei deiner Weigerung, kommst du nie frei ... wie ich dir schon sagte. Wenn du nicht endlich redest, übergebe ich dich wieder Zharad. Ist es das, was du willst?«

»Du hast gewonnen, Königin«, seufzte Sharala. »Du sollst das Geheimnis erfahren. Aber ich warne dich: Es könnte sein, daß du diesen Tag einmal verfluchst. Die Gaben der Götter haben ihren Preis!« Nun ließ sie so müde die Schultern fallen, daß Arusha den Eindruck hatte, nur die bloße Willenskraft halte diese Frau noch aufrecht.

»Sprich, nun sprich schon!« rief die Königin und beugte sich gespannt vor. »Wie lautet das Geheimnis? Ich muß es wissen!«

»Du mußt von meinem Blut trinken.«

»Von deinem Blut!«

»Das ist der einzige Weg. Die Lebenskraft liegt im Blut. So wurde sie mir verliehen, und so muß ich sie dir weitergeben. Gut, rufe deinen Leibmedicus, damit wir die Sache hinter uns bringen.«

»Vergiß doch den Arzt! Du ...«, rief Arusha und wies mit dem kleinen Finger auf den Wächter zur Linken Sharalas, »... du hast ein Messer ... Nun mach schon!«

Der Mann wich erschrocken einen Schritt zurück und keuchte: »Hoheit ... ich weiß nicht, wie man zur Ader läßt ...«

»Blut zu vergießen ist doch das Handwerk des Soldaten, ja?«

»Das ist nicht dasselbe.«

»Nun, dann muß ich es eben selbst tun«, sagte Sharala ruhig. »Gib mir deinen Dolch, Soldat.«

Da reichte er ihr wortlos die handlange, schmale Klinge und verfolgte dann verdutzt, wie sich die Zauberin so gelassen, als ob sie Obst schneide, mit dem rasiermesserscharfen Stahl am linken Handgelenk die Pulsader aufschnitt.

Und Arusha schüttete schleunigst ihr Weinglas aus und fing das helle Blut auf, das da in dickem Strahl sprang. Als es gefüllt war, sagte Sharala: »Das reicht für deine Zwecke!«, beugte den Arm und drückte die Ader mit dem Daumen ab.

»Ich hoffe für dich, daß das nicht wieder so ein Trick ist«, sagte

Arusha drohend, rümpfte vor Ekel die Nase, holte tief Luft und leerte das Glas mit drei langen Zügen. Darauf hielt sie sich den Mund zu, rülpste, schluckte ein paarmal schwer, hielt ihr das Glas wieder hin und sagte: »Wenn ein wenig gut ist, ist mehr besser. Fülle es noch einmal.«

Sharala starrte ihre Peinigerin mit abgrundtiefer Verachtung an. »Ich habe getan, was du verlangt hast. Laß mich gehen.«

»Nein«, fauchte Arusha. »Noch eins. Sobald ich eine Wirkung spüre, kannst du gehen. Aber nicht früher.«

»Nun gut, wie du willst«, seufzte die Zauberin und ließ sich erneut zur Ader ... Aber das Glas war kaum halb voll, als sie ohnmächtig wurde – sie wäre umgefallen, wenn die Wächter sie nicht aufgefangen hätten. Arusha entriß ihr das Glas, damit der kostbare Saft nicht noch gänzlich verschüttet würde, und musterte die Reglose verächtlich: Diese einst so stolze Hexe sah wie ein ausrangierter Scheuerlappen aus!

»Bringt sie weg«, befahl die Königin, »und schickt jemanden, hier aufzuwischen!« Sie verzog angewidert das Gesicht, zwang sich aber, das restliche Blut zu trinken, lehnte sich in die Kissen zurück und wartete darauf, irgendeine Veränderung in sich zu verspüren. Aber außer einer leichten Übelkeit fühlte sie nichts.

Arusha starrte zu ihrem Betthimmel hoch. Das reich bestickte Tuch glomm so düster vom Licht der Kerze. Die Königin gähnte herzhaft und wälzte sich auf die linke, auf die rechte Seite – die eine war ihr so unbequem wie die andere. Aus der Ferne hörte sie den Nachtwächter die Stunde ausrufen: »Hört, ihr Leute, laßt euch sagen, es hat vier Uhr geschlagen ... Wahrt das Feuer und das Licht ...«

Die Königin schloß krampfhaft die brennenden Augen. Vier Uhr morgens, und noch immer hellwach! Es war, als ob ihre Lider Sprungfedern hätten – sie wollten und wollten einfach nicht zubleiben. Ach, sie hatte jedes Geräusch gehört, vom harten Trappeln der Kutschpferde bis zum zarten Trippeln der Mäuse in der Zimmerdecke. All ihre Nerven schienen bloßzuliegen.

Seit Wochen floh der Schlaf sie nun schon, sank sie nur noch in

Dämmertiefen, in denen sie von Tod und Feuer träumte. Ja, sie scheute sich bereits, ihr Bett aufzusuchen, da es ihr zu einem Ort der Folter geworden war. Aber wenn die Erschöpfung sie zwang, sich einmal auszuruhen, setzten die Visionen ein: Alpträume so lebhaft, daß sie danach nicht immer sicher war, ob sie das alles nur geträumt oder wirklich erlebt hatte ... ganz als ob sich der Schleier zwischen Wachen und Schlafen verflüchtigte.

Nichts schien ihr zu helfen: weder die Tränklein des Arztes noch die Massagen der Hofheilerin, noch die Bemühungen ihres königlichen Gemahls. So zweifelte sie schon daran, je wieder schlafen zu können. Ohne diese Zäsur zwischen den Tagen, die der Schlaf ihr geschenkt, schien ihr ihr Leben eine einzige, lange Kette unzusammenhängender Ereignisse, auf die sie sich keinerlei Reim zu machen vermochte. Wenn sie doch nur wieder schlafen könnte! Müde erhob sie sich und rief nach der Magd, die bei ihr schlief – ihre Zofen hatte ihre mit jeder Nacht schlechtere Laune gelehrt, sie nicht zu stören, wenn sie so wachlag.

»Mädchen!«

»Ja, Eure Majestät?« Sich den Schlaf aus den Augen reibend, taumelte die Kleine auf und machte dann einen tiefen Knicks. Ach, was für ein fades, farbloses Dingelchen, dachte Arusha, aber was kümmert mich das Aussehen der Dienerin, solange sie gehorcht?

»Rasch, meinen Morgenmantel und meine Pantoffeln, wir wollen den Sonnenaufgang beobachten.«

Das Mädchen holte ihr schnell und geräuschlos das Gewünschte und folgte ihr wie ein Schatten bei ihrem Gang durch düstere Flure und über eine Wendeltreppe hinauf zu den windumtosten Zinnen. Zarte Streifen von Rosa und Purpur färbten schon den Himmel, und hinter den Gipfeln der Berge lohte Rosenröte wie von Feueröfen. Beim ersten Sonnenstrahl brachen die Vögel in hektischen, heiseren Gesang aus, begannen die Hähne, um die Wette zu krähen.

Die Königin schritt rastlos hin und her. Mochte sie auch zum Umfallen müde sein, sie konnte einfach nicht stillstehen. Es war, als ob ein dämonisches Feuer in ihren Adern brannte ... Sharalas

Blut! Unsinn, fauchte sie und schalt sich ob ihrer Furcht. Bloß ein böser Anfall von Schlaflosigkeit, und nicht mehr. Es sei denn ... dieses Weib hätte es geschafft, sie zu verhexen. Ja, das mußte es sein, das war des Rätsels Lösung.

Schon der Gedanke an Sharala machte sie rasend. Die Zauberin hatte sie hereingelegt, und alle wußten das, der gesamte Hof machte sich ja hinter ihrem Rücken über sie lustig. All dies eklige Blut, das sie hatte trinken müssen, und wozu? Wenn es einen Schlüssel zum langen Leben gab, dann hatte Sharala ihn behalten. Sie fühlte sich jedenfalls nicht anders als zuvor. Doch, schlechter. Ja, es wurde Zeit, daß Zharad der Hexe den Garaus machte ... Aber vorher würde sie sich noch ein letztes Mal an ihrer Angst und Pein weiden!

Arusha wollte ihren Augen nicht trauen: Sharala schien dem Tode nah. Sie war sozusagen über Nacht gealtert – das Haar schlohweiß, die Haut welk und runzlig – und sah aus wie eine Greisin von hundert Jahren. Wenn sie jetzt stirbt, bangte die Königin, erfahre ich jenes Geheimnis nie. »Ich habe dem Arzt befohlen, nach dir zu sehen«, sprach sie schneidend. »War er noch nicht da?«

»Doch, doch«, murmelte Sharala. Ihre Stimme bebte, und ihre Hände zitterten.

»Und? Du bist wohl sehr krank.«

»Krank?« fragte die Zauberin ironisch. »Ich bin nicht krank, nur eben alt.«

»Das verstehe ich nicht.«

Sharala lächelte flüchtig. »Ich gab dir mein Blut und meine Jugend. Was willst du denn noch?«

»Ein langes Leben!«

»Hast du keine Veränderung bemerkt?«

»Nein, nichts. Mein Haar ist grau geblieben, meine Haut gelb und schlaff. Du hast mich betrogen!«

»Tatsächlich? Gar keine Veränderung, bist du sicher?«

»Wenn du es unbedingt wissen willst: Ich finde keinen Schlaf mehr«, fauchte Arusha.

»Wirklich?«

»Ja, wirklich! Wenn das dein Zauber ist, beseitigst du ihn besser ... sonst lasse ich Zharad dich beseitigen!«

»Ich fürchte ihn nicht. Weder er noch sonst jemand kann mir jetzt noch etwas anhaben. Und was meine Zauber angeht, mein Vorrat ist erschöpft. Du hast mir schon alles genommen, was ich geben konnte.«

»Was meinst du damit?«

»Nun, den Schlüssel zu einem langen Leben, natürlich!« sagte Sharala und kicherte. Es war ein wildes, unheimliches Lachen voller Hohn, und in ihren Augen war wieder diese Glut. »Kein sterbliches Wesen wie ich kann deine Lebensspanne verlängern ... woher also das Mehr an Zeit nehmen? Denke nach, Königin! Ist dein Leben denn jetzt nicht länger, da du keine Zeit mit Schlafen mehr vergeudest?«

»Das ist nicht dasselbe!« rief Arusha, sprang vom Thron auf und schlug sie ins Gesicht. »Hexe! Was hast du bloß mit mir gemacht?«

»Nur, was du wolltest. Ich persönlich nutzte die Nacht immer zur Kontemplation. Aber inzwischen schlafe ich dafür ja viel zu gut.«

Da packte Arusha die Hexe am Hals und schüttelte sie wütend. »Hebe den Zauber auf. Löse ihn!«

»Ich wollte, ich könnte das«, versetzte Sharala ernst.

»Und wenn ich mich zur Ader ließe?«

»Das wäre vergebliche Mühe. Erst wenn du dem Tode nahe bist, kannst du das Geheimnis weitergeben. Nur das Feuer in deinen Adern hält dich nun am Leben. Du brauchst weder Speise noch Trank, noch Schlaf.«

»Aber wie lange werde ich so leben müssen?«

»Das wissen nur die Götter. Wie gesagt: Sie geben ihre Gaben nicht umsonst. So wie ich mußt auch du einen Preis bezahlen. Aber jetzt will ich meinen Schlaf suchen.«

Damit nahm Sharala Abschied, und Arusha ließ sie gehen. Die Hexe humpelte durch den hallenden Gang davon – eine kleine, gebeugte Greisin in einer viel zu weiten Robe.

SYNE MITCHELL

*Das hier ist einer der kürzesten Texte meiner Anthologien –
und doch mehr als nur ein zu einer Geschichte aufgeblasener
witziger Einfall.*
*Syne ist einundzwanzig und lebt in Tallahassee in Florida – ein
Mehr an Angaben würde ihre Vita länger als ihre Story machen. Nur dies noch: Syne Mitchell ist eine Frau, ihren Vorna-
men spricht man wie »Saini« (mit langem »i« am Ende). – MZB*

SYNE MITCHELL

Tigerauge

Marla aus den Ebenen war eine unauffällige Erscheinung mit braunen Haaren, braunen Augen, brauner Haut und schlichter, schmuckloser Kleidung. Aber sie war schlank und kräftig, ihr Körper vom Leben in ihren Ebenen gestählt. Höllisch erschrak sie nun, als sich eines Tages, da sie ein hinter ihrer Herde zurückgebliebenes Pferd hetzte, jäh die Erde vor ihr auftat und sie in eine nur schwach erhellte Höhle stürzte.

Als ihre Augen sich an das rote Fackellicht gewöhnt hatten, sah sie dort auf einem reich verzierten goldenen Thron einen kleinen, stiernackigen Kerl hocken, der nichts am Leibe trug als ein seidenes Lendentuch, um den Hals aber einen Reif aus gehämmertem Gold mit vielerlei Edelsteinen darauf, die sogar glommen, wenn Schatten auf sie fielen. In der Rechten hielt dieser Kerl einen schwarzen Stab, den eine griffbereite Hand krönte.

»Schätzchen«, höhnte er, »du willst sicher wissen, warum ich dich kommen ließ? Ich bin Sammler, ich sammle Frauen, weißt du. Anders als meine Kollegen, genieße ich die Essenz meiner Kollektion unbeeinträchtigt von Unterhaltspflichten.« Damit wies er auf seinen Reif. »Das sind alles meine Frauen, durch die Macht meines Stabes in kostbare und zeitlose Edelsteine verwandelt.«

Marla sah sich um: ein Ausgang nur, durch den Perlenvorhang!

»Der«, fuhr der Magier fort, auf einen funkelnden Diamanten deutend, »ist die Essenz der Zauberin Darsheel. Was für ein Stück! Und du, mein kleines Tigerauge, wirst meinen Reif als nächstes zieren.« Da langte er mit seinem Stab nach ihr. Und Marla hechtete nach links, sprang wieder hoch. Wo sie soeben noch gestanden hatte, explodierte grell ein Feuerball.

»Aber, aber«, schimpfte der Hexer, »benimmt man sich so als Dame?«

Sie sprang durch den Perlenvorhang – prallte aber gegen eine unsichtbare Türfüllung. »Da kommst du nicht raus«, kicherte der Kerl und schwang den Stab.

Da riß Marla zwei, drei Perlenschnüre herab, warf sich damit auf den Hexer, ehe er auch nur schreien konnte, und fesselte ihn im Nu – und so fest, daß ihm die Schnüre tief ins feiste Fleisch schnitten. Und jetzt lallte er nur noch, mit all den Perlen, die sie ihm in den Mund gestopft hatte.

Als sie so überlegte, was als nächstes zu tun wäre, fiel ihr Blick auf den Stab. Nun sah sie auf den Reif an seinem Hals. Dann wieder auf seinen Stab. Kurz entschlossen nahm sie ihm den Reif ab, löste mit ihrem Jadgmesser einen milchigen Opal aus seiner Weichgoldfassung und bettete ihn in die Klaue. Da zuckte ein Blitz darin auf, so weiß und hell, daß sie völlig geblendet wurde. Als ihre Augen sich erholt hatten, sah sie eine zarte junge Frau mit rotblondem Haar vor sich stehen … Minuten später drängten sich in dieser Höhle zweiundzwanzig Frauen.

»Ich überlasse es euch, ihn zu bestrafen«, sprach nun Marla zu den Erlösten.

»Frau der Großen Ebenen, dein Mut verdient eine Belohnung«, versetzte Darsheel und trat boshaft grinsend und dämonischen Blicks auf den Hexer zu, der sich in seinen Fesseln krümmte und wand …

Marla aus den Ebenen war eine unauffällige Erscheinung mit braunen Haaren, braunen Augen, brauner Haut und schlichter Kleidung. Ihr einziger Schmuck war der schöne Onyx, der an ihrem ledernen Halsband baumelte und tanzte.

Marion Zimmer Bradley

Die Feuer von Troia
Roman
Aus dem Amerikanischen
von Manfred Ohl und Hans Sartorius. Band 10287

Luchsmond
Erzählungen
Aus dem Amerikanischen
von V. C. Harksen und Lore Straßl. Band 11444

Lythande
Erzählungen
Aus dem Amerikanischen
von V. C. Harksen und Lore Straßl. Band 10943

Die Nebel von Avalon
Roman
Aus dem Amerikanischen
von Manfred Ohl und Hans Sartorius. Band 8222

Tochter der Nacht
Roman
Aus dem Amerikanischen
von Manfred Ohl und Hans Sartorius. Band 8350

Die Wälder von Albion
Roman
Aus dem Amerikanischen
von Manfred Ohl und Hans Sartorius. Band 13312

Die Herrin von Avalon
Roman
Aus dem Amerikanischen
von Manfred Ohl und Hans Sartorius
592 Seiten. Geb. Wolfgang Krüger Verlag

Fischer Taschenbuch Verlag

fi 1588 / 9

Marion Zimmer Bradley (Hg.)

Schwertschwester
Magische Geschichten I. Band 2701

Wolfsschwester
Magische Geschichten II. Band 2718

Windschwester
Magische Geschichten III. Band 2731

Traumschwester
Magische Geschichten IV. Band 10678

Zauberschwester
Magische Geschichten V. Band 13311

Mondschwester
Magische Geschichten VI. Band 13312

Drachenschwester
Magische Geschichten VII. Band 13313

Lichtschwester
Magische Geschichten VIII. Band 13314

Feuerschwester
Magische Geschichten IX. Band 13315

Fischer Taschenbuch Verlag

Donna Gillespie

Mondfeuer

Roman

Aus dem Amerikanischen
von Manfred Ohl und Hans Sartorius

Band 13191

Faszinierendes Frauenschicksal und Epochenroman vor dem
Hintergrund historischer Wandlungen in Europa. Auriane ist
die Tochter eines Chattenfürsten. Ihr wird geweissagt, daß sie
eines Tages ihren Stamm anführen wird, dafür aber auch in
einem fremden Land schwere Leiden erdulden muß. Als sie
älter wird, erfüllt sich die Prophezeiung und Auriane wird zu
einer Art »heiligen Johanna«, die die anderen Krieger durch
ihre Tapferkeit überzeugt. Sie kommt als Gefangene nach Rom
und wird dank ihrer Fechtkunst als Gladiatorin zu einem Liebling der Publikumsmassen und Geliebte eines vornehmen Patri-
ziers. In Rom besteht sie zahllose Gefahren, bis hin zu einem
Kampf auf Leben und Tod mit ihrem ärgsten Widersacher im
Circus maximus, bevor sie nach Germanien zurückkehrt.

»Ein vorzüglich erzählter Roman,
den man nicht wieder weglegen möchte.«
Brigitte

Fischer Taschenbuch Verlag

Stephan Grundy

Rheingold

Roman

Aus dem Englischen
von Manfred Ohl und Hans Sartorius

Band 12464

Stephan Grundy erzählt nicht einfach den Mythos nach, er
schreibt über Menschen, die unter schwierigen Konstellationen
leben und auf ihre Weise versuchen, das Beste daraus zu machen. Jeder geht seinen individuellen Weg, auch in der von den
Göttern bestimmten Welt. *Rheingold* ist daher nicht nur die
Geschichte von den Wälsungen, von Sigmund, Siglind und Sig-
frid, dem Drachentöter, eine Geschichte über die Gier nach
Macht, die Hoffnung auf Liebe und den Wunsch, mit den göttlichen Gesetzen in Einklang zu leben. Es ist auch die Geschichte von Fabelwesen und Göttern, die sich und die Ihren sammeln für einen letzten Kampf, bevor auch ihre Zeit abläuft. Die
Schicksale der Menschen und der Götter sind eng miteinander
verwoben. Die Götter zeigen menschliche Bedürfnisse und die
Menschen haben magische Fähigkeiten. Beide stehen in so engem Zusammenhang, daß auch ihr Untergang unvermeidbar
miteinander verknüpft ist.

Fischer Taschenbuch Verlag

fi 880 / 3